2006·15

(总第366–369期)

合订本

上海文艺出版社

图书在版编目(CIP)数据

《故事会》2006年合订本.15/《故事会》编辑部编.
上海：上海文艺出版社，2006
ISBN 7-5321-3053-3

Ⅰ.故…　Ⅱ.故…　Ⅲ.故事－作品集－中国－当代　Ⅳ.Ⅰ247.8

中国版本图书馆CIP数据核字(2006)第077168号

责任编辑：鲍　放
封面设计：李宝强

故事会2006年合订本15
(总第366-369期)
《故事会》编辑部　编
上海文艺出版社出版、发行
地址：上海绍兴路74号
电子信箱：gushihui@263.net
网址：www.slcm.com
中国图书进出口上海公司发行
地址：上海市广中路88号
电话：36357888
字数280,000

ISBN 7-5321-3053-3/I·2336

366  2006 SEMIMONTHLY 上半月版 5月 

故事会

2006年5月

上半月·红版

主　编：何承伟

常务副主编：吴　伦

副主编：姚自豪（上半月·红版）

副主编：夏一鸣（下半月·绿版）

本期责任编辑：吕　佳

发稿编辑：

姚自豪　周　吟　郑继文

夏一鸣　鲍　放　王雅静

美术编辑：李宝强

电脑制作：郭瑾玮

通　联：归依玲

本社办公室电话：021-64375030

上半月刊编辑部电话：021-64332325

下半月刊编辑部电话：021-64336469

（上海市绍兴路74号 邮编：200020）

主管、主办：上海文艺出版总社

制作、发行总监：张　凯

电话：021-64313938

广告总代理：上海文艺广告传播中心

（上海市绍兴路74号 邮编：200020）

广告业务：021-34010383

广告投诉：021-64333738

广告经营许可证

沪工商广字3100320050022号

发行：中国图书进出口上海公司

手机阅读器服务商：北京掌讯远景信息技术有限公司　客服电话：010-51196627

封面插图：谢有苏

本刊各栏目欢迎来稿。来稿寄上海市绍兴路74号《故事会》杂志社，邮编：200020。

本期责任编辑E-mail地址：lujia411@yahoo.com.cn

（本栏插图：李　加　史　琦）

书的作用

有个漂亮美眉，不管出门干什么都要带一本书，许多人都称赞她爱学习。她说：“才不呢，我带书是给别人看的，我每天拿不同的书在手里，为的是搭配衣服的颜色。”

（赵清川）

马上就写

有一天，王大爷去商店买食品，他拿起一个面包，可是怎么也找不到生产日期，于是问售货员：“这面包怎么没有生产日期啊？”

售货员过来找了一会儿，也没有找到，便拿起笔说：“不用担心，我马上就给你写上。”（文　沙）

还没想好

热闹的婚礼上，一大群新娘的女友围着新郎新娘高声嚷着：“亲一个，亲一个……”

新郎憋红了脸，紧张得不知所措，新娘嗔怒地对新郎说：“你怎么还不亲？”新郎立刻说：“她们都要我亲，我还没想好先亲哪一个。”

（文　洁）

开罐头

女生寝室里有一阵流行吃罐头。一日小莉买回一瓶罐头，可这瓶罐头封得很紧，手劲最大的女生拧了半天也没拧开。

小莉急了，怒吼一声：“我来！”只见她憋足了劲，涨红了脸，拼命地拧、拧、拧……只听“啪”的一声，众女生齐声欢呼，不料小莉极为羞涩地小声嘀咕道：“不是啊……是我的腰带断开了……”

大家哗然。　　（吴　思）

广东方言：一日唔见心乱乱，二日唔见隔如年，三日唔见晕牛牛，四日唔见眼泪流，五日唔见惨过死老豆。广东 陶丽芳（0901）

美女埋单

一个美女走进酒吧找了个角落坐下，服务员道："请问要点什么?"

美女道："我刚才进来的时候有没有男人看我？"服务员感到很奇怪，答道："没有。"

美女说："看来没有人给我埋单了——来点便宜的吧。"

（朱龙刚）

巴西咖啡

在莫斯科的一个餐厅里，侍应生走到一位先生跟前:"这是您要的咖啡。这饮料非常出色，纯天然，是从巴西来的!"

那先生呷了口咖啡，赞道:"真不错啊，那么大老远的运来，居然还是热的!"

（麦　子）

女秘书

莫尔经理目不转睛地看着新来的女秘书。

人事处长在一旁耳语道:"四个孩子了!"

莫尔经理惊诧地说："不可能！这么年轻漂亮！四个孩子？"

人事处长嗫嚅着说："我不是说她……是说你……"

（陈明智）

失　误

杂货店开张第一天，店老板收到了一束鲜花，当他看到夹在花中的卡片时，顿时惊呆了，只见卡片上写着"深表同情"。他看了半天，没弄明白这是怎么回事，这时，花店老板打来电话，为放错卡片而道歉。

杂货店老板说"我也是商人，发生这种情况，我可以理解。"

"但是，我把应该送给你的卡片送到了别人的葬礼上。"

"哦，卡片上都写了什么?"杂货店老板问。

"祝贺你乔迁新址！"花店老板回答。

（丁丽娜）

酒　徒

一个好酒之徒碰到了一位朋友，死气白赖地要到朋友家去喝酒。

朋友说：“我家太远了。”

酒鬼说“不要紧，再远也不过二三十里路吧！”

“我家很狭窄，不好待客。”朋友继续推托道。

酒鬼笑道：“能够有个地方让我张开嘴就行了。”

朋友急了，说：“我家连个酒杯也没有。”

“太好了！”酒鬼乐了，“我习惯整瓶整瓶地喝。”

（吴　思）

肉食者的歪论

在一家餐厅里，两个人正在用餐。素食者：“老兄，你不觉得这是一件很残忍的事情吗？”

肉食者：“什么？”

素食者“想想看，你正要吃的东西在一个小时前还是活生生的呢！”

肉食者：“那我能怎么办？它都已经死了，我总不能让它死无葬身之地吧？”

（林中鸟）

空 欢 喜

有个姓张的同学，一直暗恋班上的一个女孩。这天，他好不容易有了和这个女孩共进午餐的机会，两人边吃边聊，突然，女孩叫了一声：“张郎！”

张同学几乎幸福得晕过去，不知所措地大吃特吃。

女孩奇怪地说：“你的碗里有只蟑螂，你怎么还吃啊？”（文　洁）

全部家当

两个酒鬼在大街上邂逅，其中一个人背着一只硕大无比的编织袋，里面装满了空酒瓶。酒友问他：“你这是去哪儿啊？废品收购站吗？”

“不是，我老婆把我撵出来了，我临走时她扔出一句话‘收拾起你的全部家当，滚出去！’”　（任　芳）

天津方言：割微亲耐地各门儿解门儿闷，佳节揍快要到捏，隐为梅嘛钱不能乃个埋礼物给你们，嫩么伴捏？归奇只好发条新西，跟你们缩一声：“天天快乐！”　上海　张君（0902）

离婚的目的

一对夫妻来到民政局办理离婚手续。

工作人员问："为什么离婚？"

丈夫无奈地回答："她想多个纪念日拿来庆祝。"

工作人员疑惑地说："多个纪念日，多一个什么纪念日啊？"

妻子笑着说："复婚纪念日啊，怎么样，这主意不错吧！"（陈历智）

都是一个场的

小孙骑自行车不小心和一个老头撞到了一块，老头从地上爬起来，拍拍身上的土，说："小伙子，骑车要小心，你的路还长，不像我，没几步路可走了。"

小孙"噌"的一下从地上蹦起来，便和老头吵了起来，老头也不生气，等小孙骂累了，才说："小伙子，何必呢，咱们都是一个场的，有什么可计较的？"

"一个场的？"小孙迷惑了，愣愣地看着老头。

老头慢条斯理地说："咱们最后不都得去火葬场吗？"

（赵清川）

吃亏

小杨与一女孩在周末的早上初次约会，临别，女孩对他说："你其他什么都好，就是肚内空了点……我们这事就算了。"

小杨感叹地说："真绝了，我妈让我吃早餐，我等不及，空着肚皮就赶来了，真是'不听老人言，吃亏在眼前'啊！"

（陈明智）

多子女家庭

火车包厢里进来一位太太和六个孩子。孩子们又叫又闹，又推又打。同包厢的一名旅客挺不高兴地说："出门旅行的时候，起码要把一半子女留在家里……"

那太太叹了口气，说："我正是这样做的。"

（陈明智）

就是不能卖给你

□林贤安

漫天要价的小男孩

我工作之后，独自租了间房，房子附近经常有一只流浪猫来光顾，它是只被阉割过的雄猫，叫声尖锐凄厉，浑身脏兮兮的，肯定是被哪个狠心的主人遗弃了。我打心眼里同情这个可怜的家伙，收留了它。小家伙彻彻底底洗了个澡后，恢复了本来面目，没想到它还是个挺漂亮的角儿，一身雪白的长毛，我给它取名叫小白，从此朝夕相处。

白天，我得去上班，就把小白关在家里，为它准备好猫食；晚上，我带小白出去散步，回来一起看电视、听音乐。因为有小白的陪伴，我渐渐不再感到孤独，心里很踏实，工作起来也干劲十足。

可日子久了，小白似乎不大乐意被独自关在屋子里了。每天早上我出门时，它都巴巴儿地跟出来，有时还叼着我的裤管不放，我总要费不少力气哄它回屋。大概它太孤单了吧，我这么一想，就有些过意不去了，打算给它也找个伴。我想，小白被阉割过，如果再买一只猫，无论雌雄，小白都会很不自在。于是，我决定买一条小狗给它做伴。

一个周六的下午，我带着小白来到宠物市场，打算让它自己挑一只合得来的小狗。

宠物市场的狗品种还真不少，这小白也通人性，这边瞅瞅那边转转，眼光还挺挑剔。足足逛了一个小时之后，我才发现它唯独和一条小花狗挺亲热。这只小花狗一点也不名贵，是很一般的家狗。可两个小家伙你蹭蹭我，我蹭蹭你，好像老相识一般，特别投缘。我心下一喜，就买这狗了。

小花狗的主人与其他商贩不同，是个十二三岁的小男孩，样子蛮干净、清秀。我走上前，问他这狗卖多少钱。

“五百。”小男孩白了我一眼，语气挺不友好，好像我惹了他一样。

“什么！”我差点叫起来，“小朋友，这条草狗顶多值几十块，你这不是狮子大开口吗？”

可小男孩头也不抬：“就五百。”

我试探着还价：“二百五行了吧？”

天津方言：竹板那么一打呀，别的咱不夸，夸一夸你长的像朵花，虽然像朵花，可你要耷拉，狗不理的小包子你一口能吃仨！ 天津 金一鸣（0903）

谁知这小男孩固执地一口咬定："五百！"

哪有这样做生意的！我只好带着小白走向下一个商贩。它还对小花狗恋恋不舍呢，一步三回头，嘴里呜呜地叫着。这时有个中年人走过来，向小男孩买狗。我放慢脚步，想听听这个男孩是不是还这样卖狗，谁知不听还好，一听，我差点没吐血！小男孩只开价一百五十元。但中年人可比我精明多了，说要砍掉五十，决不二价，结果双方谈崩了。我简直不敢相信自己的耳朵，同样一只狗，前后脚的工夫，就差了三百五啊！难道独独我的钱贬值了，还是我跟他前世结了血海深仇，这么宰我！我越想越憋得慌，但顾及自己刚刚杀过价，便没有立刻过去争辩。反正我也没心思买其他的狗了，干脆带着小白来到几米外一个石凳上坐着，眼睛一眨不眨地盯着小男孩，看他葫芦里究竟卖的什么药。

我在树下整整等了一个下午，眼看其他商贩差不多走光了，小男孩还是没把狗卖出去。他给了所有顾客一个统一价——一百五，分文不让。既然如此，卖给我不就得啦！一条一百五都没人要的狗，我出二百五都不肯卖！我气得咬牙切齿，不过做买卖毕竟是周瑜打黄盖——一个愿打一个愿挨才成啊。

眼见他形单影只地左顾右盼，满心巴望有人来买狗的样子，我终于忍不住了，径直走上前去。

猫叫惹来大误会

尽管已经知道他的狗值什么价了，我还是不愿落井下石，说："你这狗两百五卖我吧，你看这么晚了，不会有顾客了。"

"不卖。"他答得倒干脆。

"嘿，你这孩子脾气真怪。我出二百五你不卖，反倒肯一百五卖给别人。我们有仇？"

"就是不卖给你！我们也没仇，我不想跟你说话。"

"这话稀罕！你要能说出个道道来，让我心服口服，别说五百，就是

八百、一千，我也舍得出！”小白似乎也纳闷了，喵呜了一声，在静寂的黄昏，它的声音显得特别尖锐刺耳。

小男孩白了我一眼，用手一指小白：“你真要打破沙锅问到底是吧？这声猫叫就是答案。”

“啊？”这下我真是丈二和尚摸不着头脑了。

“事情要从早上说起。”小男孩瞪了我一眼，说了起来，“早上，我去药店给妈妈买胃药，路过菜市场时，看见有人在大街上宰狗。一个大笼子里关了十几只狗，正眼睁睁地瞧着自己的伙伴被人开膛破肚，一只只叫得可凄惨了。我心疼它们，好想把它们都买下救走，可我只有买胃药的一百五十块钱。杀狗的人说，这只小花狗正好值一百五，我便把钱全给他了。我买了它，又得再把它卖了，好去给妈妈买胃药。我想替它找个好主人，不要又被抓去杀了吃掉。”

我赞许地点着头：“嗯！想不到你这么疼爱小动物。可这跟我的猫叫扯不上关系啊。”

“我家隔壁有个宠物诊所，我常去那里玩，一眼就看出你的猫被阉过了，所以它的声音才这么尖利。你对小猫都这么残忍，我怎么放心卖狗给你！”

我一听恍然大悟：“哎，原来如此！小朋友你误会了，我早跟你说就好了，这只猫叫小白，是只可怜的流浪猫。它被我收养之前，就让人阉过了。我想买条狗给它做个伴，你没见小白和这条狗多亲热吗？”

小男孩低头一瞥，一猫一狗正粘乎哩。

他不好意思地笑了：“叔叔，一百五卖你好了。”

我微笑着点了点头，叫他以后常去我家看望小花狗和小白。然后，我们向不远处的一家药店走去。昏黄的路灯灯光下，我、小男孩、小白和小花狗的影子，高低错落地朝前方缓缓移动……

（题图、插图：安玉民）

陕西方言：诊向喇着逆的瘦，给命道路亦气奏。耐腰怎么舍出扣，补腰纤饿丈的臭！（真想拉着你的手，革命道路一起走。爱要怎么说出口，不要嫌我长得丑！）陕西 吴崎（0904）

最具人气短信推荐 5月(上) 关键词：方言短信

还记得《大话西游》里那段经典的台词吗？要是用不同的方言读出来会是什么效果呢？把下面的短信发给你的好朋友，考考他们吧！

参考原版：曾经有一份真挚的爱情放在我面前，我没有珍惜，等我失去的时候我才后悔莫及，人世间最痛苦的事莫过于此。如果上天能够给我一个再来一次的机会，我会对那个女孩子说三个字：我爱你。如果非要在这份爱上加上一个期限，我希望是——一万年！

● **四川版** 曾经有一个堂客摆到我的当门，老子没张实她，等到耍脱了，才晓得背实，要是老天能给老子复二火的机会，我会对她说："耍个朋友啥！"四川 沈娟（0944）

● **东北版** 曾经有份贼纯的爱情，搁在俺跟前儿，俺没咋当回事儿。直到让俺整没了，俺才发现：世上最憋屈的事就是这了。如果老天爷再给俺匀个空儿，俺就对那个闺女说："俺贼稀罕你啊！"辽宁 张云海（0945）

● **上海版** 老历八早，有一段老刮三的感情摆勒吾眼门前，吾么睬伊，等到格段感情窝死空勒以后，吾再晓得，奈么格记僵特了，假使讲老天爷让吾再来一趟，吾勿会神之呜之了。1381***6649（0946）

● **武汉版** 蛮早以前有一个姑娘伢在老子面前，老子冒晓得珍惜，到了这么暂真是后悔得不得了！要是天老爷再让老子走一次火，老子要对她讲两个字：站到！要是问老子要她站几长时间，老子巴不得是一万年……湖北 陈元昆（0947）

● **天津版** 说借话可是那阵了，有一份倍儿真的感情摆在我眼皮底下，我倒霉催的，愣没当回事，等没了吧倒醒过闷来了，唉，没法儿啊，世界上最点儿背的事儿也就借意思了。1336***0128（0948）

本期特别征集

晚归丈夫给妻子的短信。丈夫加班或者在外应酬，妻子在家苦苦等候。夜深了，如果你是那位晚归的丈夫，会给妻子发一条怎样的短信？是一句关切，还是一个借口？如果你是妻子，又希望丈夫发给你怎样的消息呢？把你的短信发过来，赢取3000元大奖哦！（详情见P28）

2月份短信王中王最终优胜者揭晓！

编号为0446的短信下载数最高，成为2月份的"短信王中王"，推荐者经琦（北京）获得奖金3000元！（您可以下载此条短信，详情见P28）本刊下一期将公布3月份下载数前10名的"本月短信王"，敬请关注。

生死赌博

□郭荣立

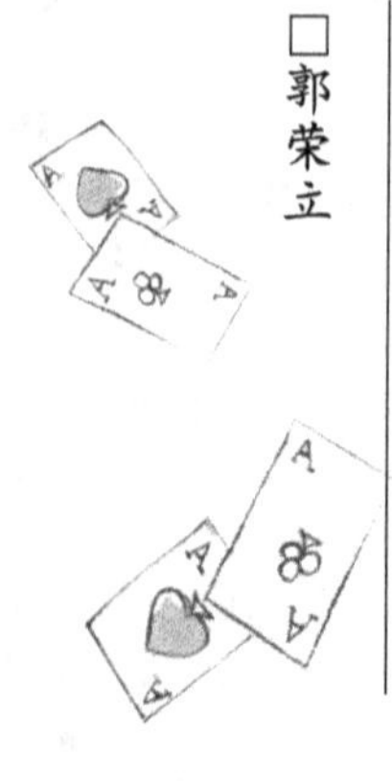

赌命游戏

大毒枭奥杜波瓦靠贩卖毒品聚积了巨大的财富，这些钱他这辈子都花不完。所以，只要能开心，花多少钱他都不在乎。一次，大毒枭又想出了一个新的刺激游戏，他兴奋不已，没几天，这游戏便在他的主持下悄悄地开始了。

这个游戏叫生死赌博，赌具是一副扑克。大毒枭先随意从一副完整的扑克中抽掉二十张，然后把剩下的三十四张牌按顺序分发给来参与赌博的人们，他们都围坐在一张大圆桌前。在这三十四张牌中，谁分到了黑桃A，谁就得喝下毒药去见阎王，其余的人则每人赢得一笔二十万元的赌资。如果三十四张牌发完了还没有出现黑桃A，那就皆大欢喜。正是这一点，吸引了不少心怀侥幸的人前来冒险。

这个赌命游戏每周举行一次，到现在为止已进行两次了。第一次，有一个人得到了黑桃A，命赴黄泉；第二次黑桃A没有出现，人人得了二十万。

第三次赌命游戏又要开始时，来了一个十五六岁的男孩。男孩个子高挑，身材瘦削，一头金黄色的卷发，两只深邃的大眼睛里流露着淡淡的忧郁。大毒枭看到男孩，两眼放射出喜悦的光芒，前两次参加赌命的都是成年人，大毒枭对他们在赌桌上的表情看得差不多了，没有什么新鲜感了，

陕西方言：逆施飒儿饿施傻，逆施皮鞋饿施耍，逆施哈咪饿施寡，逆不力饿饿资傻。（你是风儿我是沙，你是皮鞋我是刷，你是哈密我是瓜，你不理我我自杀。）陕西 王旭阳（0905）

他想看点不同的、更刺激的东西。男孩的到来正合大毒枭的心意。

大毒枭走到男孩跟前，呵呵地笑道："小朋友也是来赌命的吗？"

男孩把目光迎向他，坚毅地说："是的！"

男孩的神态激起了大毒枭的兴趣，他继续逗男孩道："不怕丢了小命呀！"

"怕，怕得要死！"男孩说。

"怕死干吗还要赌呢？"

"因为我想得到一大笔钱。"

"呵呵，小小年纪，要那么多钱干啥？"大毒枭说。

"有用，我要用钱来买一样我一直想得到的东西。"男孩咬牙切齿道。

"好，小小年纪就这么有志气，好样的，祝你走运！"大毒枭拍拍男孩的肩膀，说完他就离开男孩，去张罗他那刺激的游戏去了。

勾魂黑桃A

这次来参与赌命的有十五个人，大毒枭安排他们坐好后，说："先生们，请注意了，我们的游戏就要开始了。我先提醒各位，如果怕死不想赌的话现在还可以离开，要是等我发下第一张牌，再想离开就没门了。"大毒枭说完，用锐利的目光来回扫射着围坐在桌边的十五个人。一会儿，一个人站起来离开了，接着又有一个离去。大毒枭的目光停在了男孩的身上，只见男孩一脸焦虑，眼睛里含着恐惧，身子微微颤抖。大毒枭看着男孩的样子，开心极了，他笑着用话刺激他："小朋友，看来你挺不住了吧？那就赶快离开啊，生命比金钱宝贵呢。"男孩咬了咬牙，果决地说："不，我决不退却！"大毒枭为男孩的勇气折服，不再逗他了，大声说："好了，我们的游戏开始！"

大毒枭慢悠悠地发牌，他每发一张都停下来老半天，等那个人将牌翻转来，让大家都能看见牌面。大毒枭居高临下地欣赏着这些赌命的人各具特色的恐惧神态，欢快无比。

第五张牌发到了男孩跟前的桌面上。男孩身子抖如筛糠，伸出的手几乎不听使唤，他在心中默默地祈祷上帝保佑他手上的牌千万不是黑桃A，然后才一点点地翻转过来。当男孩一看到了牌面上的符号，便恐怖地叫了一声，身体从座位上软软地滑下，昏了过去。看到这样的情景，其余赌命的人便断定男孩拿到了黑桃A。他们的心中一阵狂喜，都欢呼起来。

游戏这么快就结束，大毒枭有点扫兴。他叫大家先安静下来，然后请坐在男孩旁边的人把男孩手中的牌取下翻转放到桌面上。那张牌一放下，赌徒们的脸又突然变成了死灰色，而大毒枭却高兴得笑出了声。那张牌不是黑桃A，而是梅花A，男孩只看到

A字，因心中恐慌，错看成了黑桃A了。于是，大毒枭吩咐手下把男孩弄醒过来。

生死赌博继续开始，大毒枭兴高采烈地把剩下的牌分发下去。终于，在人们的极度恐惧中，那张勾魂牌落到了一个赌徒手中。当人们都看清了那张牌后，绷得几乎要断了的神经才松弛了下来，室内立刻恢复了热闹，充满了一种复活的生机。当那个倒霉的赌徒被迫去见阎王后，大毒枭很爽快地把钱发给了那些赌命的人。由于男孩的表现给大毒枭带来了新鲜的刺激，他给了男孩双倍的奖励。

大毒枭笑着逗男孩“小朋友，刚才够刺激吧，下次还来玩吗？”

男孩盯着大毒枭，认真地说：“原本是还要来的，但你给了我双倍的奖励，这笔钱已经够了。谢谢你提供我挣这笔巨款的机会，不然，也许我这辈子都无法实现心愿啊！”说完，男孩提着钱大踏步地离开了。

游戏终局

几天后的一个晚上，一个蒙面大汉闯进了大毒枭的豪宅，把黑洞洞的枪口对着大毒枭的额头。大毒枭惊恐得只会发出“你，你，你”这个字音。蒙面大汉说：“我是坚守信用的杀手，我会让你死个明明白白的。你还记得前几天到你这里来赌命的男孩吧，是他用四十万元雇我来杀你的。第一次生死赌博中死去的那个男人是他的父亲，他是为了筹措妻子的医药费才冒险来参加赌博的。他死后男孩时刻都在想着为父亲报仇。他知道自己不是你的对手，雇请杀手，他又没钱，所以他决定用自己的生命来赌一把。如果他赢了，就可以永远结束你那个害人的赌命游戏，以后再也不会有可怜的人为此而失去生命了。”

杀手说完，便扣动了扳机。随着一声枪响，大毒枭倒在了血泊中。他合上眼前，在心里叫道：“原来我才是这种赌命游戏的最后输家啊！”

（题图、插图：安玉民）

京片子：您吃您的，我吃您的，您别吃我的，我光吃您的，吃完了您的，您走您的！北京 丁美琴（0906）

百姓故事(1)(2)

书中所列的百姓话题有三十个之多，诸如话说“当官的”、话说“发财”、话说“球迷”、话说“妻子”、话说“打工”等等，每一个话题都以一种朴实亲切的叙述方式，通过一则则情节性强、生动有趣的小故事揭示问题，形象地道出老百姓要说的心里话。都是老百姓自己讲述的故事，都是讲述老百姓自己的故事。

名作故事

汇集了经过精心修改包括美、英、法、德、日、俄等国名家大师的作品，其情节或紧张奇特，或真切动情，或诙谐幽默，或荒唐却耐人寻味，既简练明朗，又保持了原作之精华。

笑话故事

是从《故事会》十几年来的作品中遴选出来的笑话精品，共600余则，全方位地折射了社会、艺术和人生，作品趣味盎然，回味无穷。

谜案故事

收入的90则作品都是世界著名谜案故事，主人公除了名侦探福尔摩斯外，还有怪盗英雄、强悍警察、著名律师等等，他们八仙过海，各显神通，是一本谜案故事的精萃之作。

当代传奇故事

优秀的传奇故事能给人以悲喜、惊恐、神秘等强烈而多变的阅读快感。本书每则故事无不以“奇”作为情节的核心，让人读来欲罢不能。作为“故事会爱好者丛书”中的一种，本集子相当具有代表性，故事的特点，《故事会》的风格，从此书可窥一斑。

发财故事

发财，自古以来人皆往之，因此发财故事也就在民间绵延不绝。本集36则发财故事分六大类：因财起祸、生财之道、天落横财、发财恶梦、飘忽财运、钱难通神等。故事生动，通俗可读。

旅途故事

46则旅途故事，让人在应接不暇的情节、人物中体验生活、体验社会、体验人生，从而拥抱生活，拥抱明天。作品充分运用了故事艺术的诸种表现手法：悬念、对比、误会、包袱……情节跌宕起伏，引人入胜。

喝酒故事

酒这东西，自古以来人们就对它褒贬不一，毁誉参半。本集古今中外64则喝酒故事，或喜或悲，或辛或酸，或啼笑皆非，按内容分为“因酒生事、借酒陈言、醉酒出丑、酒水糊涂、酗酒丧身、荒唐赛酒”等六类。

说大事、小事，普通人的身边事
讲闲话、实话，老百姓的心里话

城里的几个有钱人

有多少钱才算是有钱人？中国到底有多少有钱人？他们都是些什么人？这些都是很难说得清的问题，但有一点是明确的：中国的富人越来越多，但是，富了以后怎么办？这是每一个富人甚至是每一个朝着富有之路迈进的中国人都应该思索的问题。中国历史上有一个"比富"的史实，那是在晋代，一个人叫石崇，一个人叫王恺，当时的皇帝曾将一株两尺来高的珊瑚树赏给了舅舅王恺，而石崇竟毫不在乎地把这棵珊瑚树砸了，他拿出了更多、更好的珊瑚树。这样的穷奢极侈在历史上留下的不是美名而是丑行，只有那些富而不傲、富而慎行、富而行善积德、富而为国为民的人，才为世人所尊崇，就像著名慈善家余彭年先生，拥资30亿，富甲一方，可他生活节俭，在深圳，他一天三餐都在职工食堂吃简单的素菜和汤，食堂的墙上，有他的亲笔字："反对浪费，宁可多盛一次。"他计划资助5亿元人民币，用5年时间免费为15万至20万白内障患者治疗。现在他84岁高龄了，子孙满堂，却要将几十亿财产全数捐给社会，像他这样的人，才是经过了文化洗礼、物质和精神双富有的令人尊崇的有钱人。

但有些人，口袋里有了几个钱，就张狂得连自己姓什么都不知道了，今天，我们就来说几个这样的故事……

·第一个故事·

洒下一把辛酸泪

有个农村青年叫金小宝，因妹妹考上了大学，每个月都需要一笔生活费，他只得到城里打工。城里

的工作很难找，金小宝每天都到劳务市场去碰运气。劳务市场在城郊接合部，一个大院子里挤满了人，招工的人来了，大家一齐拥上前去，你争我夺，讨价还价，最后招工的点上几个，领到旁边的小房子里办一下手续，就把人领走了。无奈每天来招工的不多，僧多粥少，这就苦了金小宝，他已在这里候了三天啦，还是一无所获。

这天上午，金小宝早早地到了这里，虽然这几天已经精疲力竭，但他硬是振作精神，伸胳膊蹬腿，把自己弄得昂首挺胸、生龙活虎的，想给招工的留个好印象。

大概九点左右，院子外开来一辆黑色轿车，车上走下来三个西装革履的男人，都三十来岁年纪，油头粉面，一个还戴着副墨镜。众人见状，一齐拥上前去，喊道："老板，招工吗？"一会儿，就把这三个人围了个水泄不通。戴墨镜的手一挥说："我们要招一个跑路快的，一天工资50块，愿者报名，择优录用。"

"墨镜"的话刚说完，马上站出一个汉子，大声喊道："招我吧！"大家一看，此人五大三粗，牛高马大，站在人群里，一副雄赳赳、气昂昂的样子，很多人看了，一下子灰溜溜地退出了人群。金小宝不想失去这个机会，因为要是今天再找不到工作，别说给妹妹赚生活费，就连自己的肚子都成问题了。他硬着头皮一步上前，对着"墨镜"把胸脯一挺，说："我也算一个。"接着，人群中又站出一个，长得和那位高个子不相上下，也是腰圆膀粗，金小宝夹在他俩中间，就像两座大山中夹着一个小土堆。

"墨镜"说："三人报名，我们就来个三取一，现场比试，择优录用。"接着，他和同来的两个人嘀咕了一阵，就把金小宝他们领出了院子。

院子外面是一条废弃的公路，"墨镜"让三个竞争者站在他的轿车后面，说是过一会儿他就上去开车，车子一动，金小宝他们三个就跟着车子跑，跑满一千米决定胜负，离车子最近的就是胜利者。

一会儿，车子启动，比赛开始。两个大汉一上来就占有了明显的优势，"噔噔噔"只跑出几十米，就把金小宝甩出老远。金小宝当然不甘示弱，他知道长跑靠的是耐力，开始跑在前面的人不一定能赢，他只是一个劲地鼓励自己：别泄气，千万别泄气，妹妹等着我挣钱回家呢！

大约五百米以后，金小宝同两个大汉的距离渐渐拉近；到八百米的时候，金小宝已经赶上了他们。两个大汉见金小宝追了上来，拼命加快速度，金小宝也拼出了死劲，这时候他想：一天能赚50元的工作，现在上哪里去找呀，要是得到了这工作，一个月一千五百元，那真是天大的运气

京片子：你丫就甭在这儿混了，你这样的哥哥我见多了。我最面一兄弟也能把你捏巴捏巴搁兜里，洗洗睡吧！北京 陈真真（0907）

了，不说妹妹的生活费全都有了，连他自己每月都可以有几百元的积攒哩！这样一想，他就浑身长了力气，两只脚也像踏上了风火轮，在只剩一百米的时候，他终于超过了两个大汉。两个大汉急了，其中一个一急，心一慌，脚一软，只听"砰"地一声，跌倒在地，再也爬不起来了。另一个见金小宝已将他远远甩在后面，绝望了，一下子瘫坐到地上，捧住脑袋"呜呜"地大哭起来。

轿车停下了，三个西装革履的走下车来，"墨镜"走到金小宝身边，拍拍他的肩膀，说："不错，不错。"说着取出一张50元的钞票递给金小宝，金小宝眨巴着眼睛，不明白是啥意思。"墨镜"说："我说过得胜者一天工资50元，这是你的工资。"

金小宝高兴极了，像这样说到做到、当场发工资的老板还从没见过哩！他当即问道："我现在就跟你们走吗？"

"墨镜"说："你不用跟我们走了，你的班已经上完了。"

金小宝奇怪了："什么，上完了？"

"墨镜"点点头："上完了，就今天这一次。"

金小宝呆住了，以为"墨镜"在开玩笑，正要问问是怎么回事，却见另一个西装革履的人正在骂那个"呜呜"大哭的大汉："没用的东西，枉生了一身肉，害我输了20 张伟人票！"

金小宝还做梦似的呆在那里，三个西装革履的已经坐着轿车走了，这时候才有人走过来告诉金小宝：这三个人是城里的公子哥儿，仗着有钱，开着车到处寻欢作乐，今天他们是吃

饱了饭没事做，跑到这里玩新鲜，把金小宝他们三人作赌具进行了一次赌博……

金小宝听到这里，心头一酸，眼泪就“滴答滴答”地淌了出来……

•第二个故事•

看看今天谁是乞丐

李伟在工商银行上班，为人八面玲珑，三十多岁就当上了科长，手头有了几个钱，张狂得不得了。

一个星期天的中午，李伟跟几个男女在饭店喝酒，喝到半醉，突然来了个女乞丐，向他们伸出手来：“各位老板发大财，走大运，帮帮几个钱吧！”桌上有两个人刚想掏零钱给她，李伟制止道：“等一会儿！”他说着，喷着酒气，瞄着女乞丐又开了口：“看你年纪不大，洗洗干净，也能有点模样，怎么偏偏干这个？这不是大姑娘要饭，死心眼儿吗？”女乞丐被他奚落得有些窘迫，嘟哝道：“没办法呀，家里穷嘛，总得活命啊……”李伟说：“你们这帮要饭的都这个腔调，纯粹是为不劳而获找借口，这样吧，你给我们唱首歌，我给你十块钱！”“俺、俺不会唱歌……”“不会唱就走人！”女乞丐犹豫了一下，说：“俺唱得不好，行吗？”李伟见女乞丐没经得住十元钱的诱惑，心中得意，便说：“唱好唱坏是水平问题，唱不唱是态度问题，唱吧！”

女乞丐唱了，她唱得果然不好，跑调带拉腔，丢词又串句，把一桌人笑得前俯后仰的，大家乐了一阵子，李伟掏出十元钱，把她打发走了。

几个人笑够了，酒兴大增，就在这时候，李伟突然拍了一下脑袋，大叫一声：“哎呀！坏了！”他说着拔腿就向外面追去。

事情是这样的：李伟他们行里有个姓韩的行长，李伟对他比对自己的亲爹还恭敬，韩行长也把李伟当作心腹。这韩行长有一大嗜好——赌博，并且赌起来非常投入，不顾天不顾地的。今天，又有一伙赌友约韩行长去搓麻将，可是他还要乘下午两点四十分的车到省里参加一个重要会议，卧铺票已经买好。他告诉了李伟搓麻将地方的电话号码，并让李伟两点钟的时候务必打这个电话联系他，然后接他去车站。李伟当时身上没纸，就把这电话号码记到了一张十元的钞票上，就是李伟刚才给女乞丐的那张，李伟虽然知道韩行长的手机号码，可韩行长在玩牌时手机是从来不开的，没了这电话号码，这不是误大事了吗？

眼下已快到两点了，李伟心里像火烧，失魂落魄的，追出老远，才撵上了那个女乞丐，他上气不接下气地说：“哎，你把……把我刚才给的十元钱还……还我……”

上海方言：某君赴宴讲：“还好，吾坐勒咯则乳猪厄旁边。”闲话刚出口发现身旁一只胖女人怒目相视，伊急忙赔了笑面孔讲：“对伐起，吾是讲伊只烧好了厄。” 上海 赵乐乐（0908）

女乞丐愣了愣，说“哪有拉出的屎憋回去的？”李伟也顾不得她抢白，解释道“哦，你误会了，我是说，再给你换一张。”女乞丐的眼睛眨巴眨巴，说：“不用！”

李伟急了：“你怎么这么不识抬举！我再给你换一张二十元的……干脆，五十元的，行了吧？”女乞丐手一伸：“拿来！”她这一说，李伟顿时急出一身冷汗，为啥？他刚才走得急，外套留在饭店里，钱全在外套里，现在身无分文哪！

李伟赶紧说“走，你跟我回饭店去拿！”女乞丐“哼”了一声：“净骗人！”她说着就抬腿要走，李伟一把拉住她：“哎，你别走啊！求求你，把钱给我行不行？要不你把那张十元的钱拿出来让我看一眼也行，我那上面记着一个十分要紧的电话号码！”女乞丐瞟了他一眼：“神经病！”她说完又要走，李伟却死死拉住她不放。

这时，周围已经围了不少看热闹的人，他们见一个留板寸头、穿着讲究的“有钱人”在向一个乞丐讨钱，都觉得奇怪，李伟没工夫向他们解释，面对眼前这个油盐不进的女乞丐，打不得骂不得，李伟没辙，竟对着她苦苦哀求起来：“你把钱给我吧！我叫你一声姑奶奶行了吧！”女乞丐却像是吃了秤砣铁了心“不行！”“那、那我怎么做你才能给我？”女乞丐想了想说：“你给俺唱支歌吧！”

“什么？让我给你唱歌？”

“不唱？不唱俺就走了！”

李伟哭笑不得：“行行，姑奶奶，你想听什么歌？”

女乞丐说：“俺愿意听蒋大为的歌，你就给俺唱个蒋大为的吧！”

李伟说“好好，我就给你唱个蒋大为的！”说完，他咳了两下嗓子，唱了起来，“在那桃——花——盛开的地咿咿方……”嗨，那哪是唱歌呀，简直就是在哭，在嚎，这也难怪，李伟这个时候哪有心思唱呀，好不容易唱

完了一段，他便哭丧着脸说：“行了吧？姑奶奶，给钱吧？”

女乞丐乐了，掏出一张钞票，说“唱得不错！呶，俺给你 20 元。”

在这城市里，乞丐不稀罕，可一个乞丐，光天化日之下，神气十足地把钱施舍给一个有钱人，这可从来没有看到过呀，围观的人全都捧腹大笑，李伟恨不得找个窨井一头钻进去！他接过钱，兔子般地逃了。

可是，等李伟回到饭店，准备去接行长时，脑袋一下又晕了：他拿回来的是张二十元的钞票，那记着电话号码的十元钱，还是没要回来呀！

•第三个故事•

比比谁的美女多

马兰模样儿俊，也很能干，下岗后开了一家理发店，但由于竞争激烈，生意不太好，而且有时还会有一些心术不正的人前来骚扰，马兰一直在苦苦支撑。

马兰的店门口经常会出现一个乞丐，一大把年纪，破衣烂衫，别人都很讨厌他，但马兰心地善良，看他可怜，见他来了，时常会拿点吃的给他。看得出，那乞丐对她很感激的。

这天深夜，马兰正准备打烊，却来了两个人，一胖一瘦，一副有钱人的派头，脸上红红的，满嘴酒气。

胖子一进门就大声嚷嚷：“给、给、给我们找两个小姐。”

马兰回答说：“对不起，我这里是理发店，没有小姐。”

“理发店怎么就没有小姐？老子有的是钱，快叫小姐来，不然把你的店子砸了！”胖子说着，从口袋里掏出一把钞票，在马兰眼前挥舞着。

马兰好心地说“两位大哥，你们喝多了，快点回家休息吧，你们的妻子在家多担心啊！”

胖子牛气冲冲地说：“老婆算个屁！小丫头，我告诉你，我不但有老婆，还有好几个情人呢，老婆根本就管不着我！”

一旁的瘦子也充起英雄来，大声

四川方言：今天终于耍倒了个女朋友，她长得直乖，看倒她我就心直跳，连手都不敢切拖，朋友些一个劲洗我，哎呀都把我洗安逸咯。四川 邹姝娇（0909）

嚷嚷着：“我还包了三个二奶哩，只要肯出钱，什么样的女人找不到？笑话，我就不信你们这里没小姐！”

这两个家伙喝多了酒，色胆包天，竟然对着马兰动手动脚了，马兰吓得直叫，连连往后退。就在这时，有人在背后冷笑起来：“养三四个女人狂个啥？我一年要换十二个女人哩！”

马兰回头一看，惊得舌头差点缩不回去，这口出狂言的人竟然是那个经常在店门口乞讨的乞丐。胖子见是个老叫花子，一脸的瞧不起：“去去去，叫花子凑什么热闹，连吃饭都吃不饱，还想要女人？难道你比我们还有钱？也不撒泡尿照照自己！”

“我虽然没有钱，可我的确每年换十二个女人，骗你就是王八蛋！”老乞丐赌咒发誓，一本正经的样子。胖子一看来了劲：“真的？如果是假的，你敢给我们舔鞋子吗？”

“当然敢了，但要是真的，你们也得向这位姑娘磕三个响头！”

瘦子有些犹豫了，他知道现在有些“乞丐”比一般的工薪阶层还有钱，白天做乞丐，晚上还到高档娱乐场所娱乐消费，怀里揣的存折说不定会有五位数。胖子见瘦子在犹豫，就咬着耳朵给他鼓劲：“别怕，他要是真能包养十二个女人，哪里还会做乞丐！再说了，就算是真的，他哪能一下子同时喊来十二个女人？”

瘦子一寻思，对呀，于是喉咙又响了起来：“赌就赌，快把你的十二个女人一齐叫过来！”

虽然夜色已深，路上三三两两的行人听到动静也围了过来，围观的人渐渐多了起来，老乞丐便让众人作证，大家痛痛快快地答应了。只有马兰心里不是滋味，心想这老乞丐平时那样可怜，难道真的一年包养十二个女人？真是知人知面不知心啊！

众目睽睽之下，老乞丐变戏法似的拿出一个美女挂历，笑嘻嘻地打开，一张一张地数过去，说：“你们瞧清楚了，一个月一张，一张一个美女，一年加起来刚好十二个美女，我一个月换一个哩！”

围观的人看了，顿时都哄堂大笑起来，胖子涨红了脸，粗着脖子说：“你这不是真人，不算！”

马兰瞧瞧这两个家伙，说：“你们仗着几个臭钱玩弄女人，哪里又把女人当人了？”

胖子和瘦子一齐傻了眼……

“洒下一把辛酸泪”作者：赵和松；“看看今天谁是乞丐”作者：庞洪成；“比比谁的美女多”作者：胡小卫。

下期话题：私房钱的故事

（**题图、插图**：刘斌昆）

流泪的路灯

□郭　选

一百一十二盏奇怪的路灯，在广场上屹立了整整十年。那惨然的灯光似在诉说：有些事情，永远不应该被忘记……

于清辰是一家灯具安装公司的经理，他的公司正面临着破产的威胁。就在他心急如焚的时候，从千里之外的南方某城市传来了一个好消息，那里的建筑商吴老板请他去一趟，说有个工程要包给他。

吴老板是于清辰在飞机上结识的一个朋友。于清辰大喜过望，急忙乘飞机赶往那城市，吴老板早早就开着自己的奔驰在机场等候了。当他们经过中心广场时，吴老板把车停在路边，指着外面说，他接的工程就是改造广场上的这一百多盏路灯。

透过车窗，于清辰端详了一下，发现这些路灯样式十分奇特，每根灯杆上有两盏灯，都向同一个方向照明，灯下面还缀有水滴形状的金属饰品，看上去觉得特别扭。

“这是谁设计的？”于清辰说，“这种怪模怪样的灯立在这繁华的市中心，真是太不般配了！”

他的话逗得吴老板哈哈大笑，说是早该去旧换新了。

吴老板把于清辰接进了市里一家星级宾馆，丰盛的酒宴早已准备好了，主宾落座后就边吃边谈。谈判进行得非常顺利，于清辰报出了一个比预算高一倍的试探性价格，预备着讨

结婚叫入网，重婚叫一卡双号，婚外恋叫呼叫转移，情人多叫移动梦网，离婚叫销号，分居叫停机保号，女人再婚叫过户，男人再婚叫补卡，互换配偶叫联通。北京 经琦（0910）

价还价，没想到吴老板想都没想，一口应承下来。顺利得太出奇了，反而引起了于清辰的怀疑：是不是这里面有什么陷阱呢？而且本地也有不少安装公司，为什么非要花大价钱请他这个外地公司来安装呢？

思索中，于清辰不由顺手拿起了一支烟，旁边的一个女服务员见状急忙上前为他点火。于清辰刚才就注意到了，这个清秀的女子似乎对他们的谈判很感兴趣，一直在倾听着。

终身难忘的夜景

合同很快就签好了，吴老板一再强调工程进度越快越好，看样子他比于清辰还着急。接下来大家推杯换盏，喝了起来，于清辰有点累，提出回房休息，吴老板也不勉强，只是吩咐一个下属老刘好好照顾他。

稍微躺了一会，于清辰想独自到街上转转，他刚一出门，对面的门马上就开了，一个人走出来恭敬地问道："于经理，请问您到哪里去？"

于清辰一看，原来是吴老板的那个下属老刘，当知道于清辰要出去转转时，老刘立即提出可以带他去。虽说于清辰喜欢独自闲逛，可人家的好意也不好回绝。

两个人一边说话一边走，刚走到宾馆大堂，酒宴上的那个女服务员端着一个盘子迎面走来，经过他们身旁时，她的手突然一抖，一碗汤顿时倾倒在老刘的西装上。老刘气得破口大骂，服务员连忙一个劲地赔不是，于清辰看她挺可怜的，就劝了老刘几句，让他先去换衣服。老刘请于清辰务必在这里等他，他换了衣服马上就来。

女服务员连连向于清辰道谢，并热情地问他是不是去看夜景。于清辰点点头，女服务员微笑道："我们这里最好的夜景在中心广场，你如果去了，一定会看到终身难忘的景色！"

于清辰等了一会，不见老刘下来，他想起女服务员的话，干脆自己踱了出来。宾馆离中心广场不远，他一边走一边看，不知不觉，就溜达到了广场。令于清辰不解的是，现在虽

说才晚上十点多钟，可中心广场竟然冷冷清清，几乎没有行人，和周围街道的热闹形成了鲜明的对比。

他走在空旷的广场上，习惯性地抬头去看四下的路灯，突然，他发现这些路灯的造型其实很像人的两只眼睛，而下面的饰物就像滴下的泪珠。在这么多“眼睛”的注视下，于清辰莫名其妙地感到脊梁发凉，他不敢再看下去，就向前走去。

长不大的小姑娘

正走着，他突然听到一阵低低的哭声，只见前面一盏路灯下，站着个十来岁的小姑娘，小姑娘嘤嘤地抽泣着，小肩膀一抖一抖，看样子十分伤心。莫非她迷路了？于清辰不由走上前去，关心地问她哭什么。

小姑娘哭着说：“今天是我的生日，妈妈说好过来接我，可是她一直没来。”

于清辰同情地问：“你家的电话是多少？我帮你打，让他们赶快来。”

“我家没有装电话。”小姑娘还在抽泣。

“不要哭了，要做个坚强的孩子。”于清辰蹲下身来安慰她，“叔叔也有个女儿——是1996年出生的，十岁了——和你差不多大，那次她迷路了就没哭……”

“叔叔说错了。”小姑娘仰起头说道，“我是1986年出生的，我今年才十岁。”

于清辰觉得这小姑娘有点特别，就逗她道：“那你说今年是哪一年啊？”

“今天是1996年9月1日！”小姑娘清晰而坚决地说道。

于清辰扑哧一下就笑了，纠正说今年是2006年，可小姑娘一口咬定是1996年。为了说服小姑娘，于清辰环顾了一下四周，见有两个人从不远处经过，便迎上去问道：“兄弟，借问一声，今年是哪一年啊？”

“你有病啊？”其中一个不客气地说道，“我喝了一瓶半白酒还知道是……是2006年，你没喝酒……咋就糊涂了？”

“是这样，刚才路灯下面有个小姑娘，非要说今天是1996年9月1日，她在等她妈妈接她回家过生日……”

于清辰还没有说完，那两个人就一激灵，酒也似乎醒了一大半，转身就走。于清辰回身去叫那个小姑娘，可是路灯下面空空荡荡，哪里还有小姑娘的影子！

于清辰惊出了一身冷汗，匆匆往回走去，他头也不敢回，感觉背后有无数双流泪的眼睛盯着自己。

回到宾馆门口，他的心才安定了些，老刘正在门口紧张地东张西望，看到于清辰，老刘便迎上来问他到哪里去了，于清辰觉得刚才的事情有点

夜幕有了星星，显得迷人；大海有了涛声，显得渊博；冬季有了雪花，倍感浪漫；朋友中有了你，深感荣幸；把最美的祝福送给你，祝你健康快乐。 浙江 徐月琴（0911）

蹊跷，就没说实话，说只是到夜市上随便转了转，老刘轻轻地吁了一口气，说没事就好。

上楼回房间时，于清辰又碰到了那个把汤打翻在老刘身上的女服务员，见于清辰回来了，她深深地看了他一眼。

回到自己的房间，于清辰赫然发现房间里面的门把上挂着个纸片，他摘下来一看，只见上面写道："路灯下的那个女孩想见你，请你用手机拨打下面的号码……"

带着满腹疑问，于清辰拨打了那个号码，电话那头传来的果然是那个稚嫩的声音："叔叔，你不要害怕，我不是鬼，刚才我不是故意吓您的……"

接着就听见小姑娘旁边有个女子的声音说："还是让我来说吧。"于清辰觉得这个声音好熟，突然他想起来了，她就是碰了老刘一身汤的服务员，从她的嘴里，于清辰听到了一个令人震惊的往事。

一场做了十年的噩梦

十年前，那个中心广场是一所小学，1996年9月1日，是学校开学的日子，也是新教学楼落成典礼之日，仪式结束后，孩子们欢呼雀跃地向漂亮的新楼跑去。就在这个时候，意想不到的事情发生了，刚刚落成的教学楼竟然整体垮塌，一百一十二个鲜活的生命，骤然间消失了！

那里当然不能再办学校了，没多久，就在废墟上建起了广场。广场建成时，很多人也都认为路灯的设计布局不美观，可是细心人一数路灯的数量，一百一十二盏，人们顿时明白了，原来这里每盏路灯，都象征着一个屈死的冤魂！慢慢地，有人了解到，广场设计师的外甥，也在这场事故中遇难。

十年来，路灯就那么惨然地亮着，照得一些别有用心的人心头发

慌。不断有人提出要改造那些路灯，把纪念这次事件的最后一点痕迹抹去，但在遇难者家属及众人的坚决反对声中作罢。

“你知道那个豆腐渣教学楼是谁建的吗？”女服务员在电话里问道。

“是谁？”于清辰反问。

“不是别人，就是吴老板的父亲！他当时被判了十年刑，眼看就要出狱了，他怕看到那些凄惨的眼睛，让他儿子赶紧想办法把路灯拆了，为此吴老板费尽心思，打通了各种关节，他还威胁死者家属，谁敢找事就让他全家不得安生，依他的性格，是什么事都能干出来的。不过这里到底没人敢施工，他就只好从外地找人。我们不敢直接告诉你，只能采用这种方式，宾馆房间里的电话，说不定都被他们监听了呢。”

一系列疑问，此时都解开了，于清辰的心里反倒更沉重了。

停了一会儿，话筒那头女服务员继续说道：“我当时也在那个小学上学，要不是我系鞋带耽误了时间，没和同学们一起跑进新楼，说不定我也早已不在人世了。想起那些死去的同学，我常常睡不好觉，不为他们做点什么，我永远都会不安……”话筒里的声音有些哽咽。

天明的时候，于清辰乘坐的出租车已经驶离那城市几百里了。突然他的手机响了，不用问，是吴老板打来的。

“好你个于清辰，你不按合同办事，是要支付违约金的！”吴老板气急败坏地吼道。

“赔多少，我认了！这个工程我绝对不能接！”于清辰说完这句话，才感到心里有点轻松。

（本篇月月评短信代码：AA091）

（题图、插图：刘斌昆）

·本刊信息传真·

短信收发自如　3000元奖金等你来赢

2006年《故事会》“短信王中王”有奖大征集

应征方式：将短信内容（原创、推荐均可，本期特别征集：晚归丈夫给妻子的短信）发送到9119004（移动、联通），02838666（广东移动），并按提示完成相应步骤，即可参赛。每条参赛短信收费0.50元。

下载和评奖 您可以随时下载本刊迄今刊登的所有短信，再转发给你的亲友！只需发送 XF+4位短信编号（如XF0908）到91191（移动、联通），广东移动用户发送GU+4位短信编号到02838666000，即可获得该条短信。每月下载数前10名的短信成为“本月短信王”，作者奖金100元；每月下载数最高的1条短信荣获“短信王中王”称号，作者奖金3000元！所有入选短信作者（或推荐者）获得短信公司赠送价值10元的彩铃服务。下载资费：0.50元/3条（广东移动：1元/5条）。客服电话：020-22816956。

当你快乐的时候，沙滩上有四行脚印；当你悲伤的时候，沙滩上有两行脚印。因为当你快乐时我陪着你，当你悲伤时我背着你，所以你要快乐，否则我会很累。北京 李扬（0912）

药枕情缘

□赵　风

半封情书

清河市古城县文化馆有对搭档，一个叫高乐天，是写唱词的，一个叫谢晓禾，是配曲的，两人在一起合作十多年，创作了不少好作品。

这年清河市文化局组织全市新民歌大奖赛，由他俩合作的新民歌《‘乐儿嘀喂’唱起来》得了一等奖。大赛结束后，馆长为他俩捧回了奖品：一个药枕。当馆长把这药枕交到高乐天手上时，高乐天犯了难：药枕只一个，自己留下不妥，送给谢晓禾，他肯定也不会要，不如将药枕剪开，一分为二，各得一半。刚好自己颈椎有毛病，谢晓禾患有偏头痛，说不定这药枕能将两人的毛病都治好呢。

高乐天一个电话把谢晓禾招了来，把自己的想法一说，谢晓禾说：“好端端的一个枕头，剪开干啥？药枕就归你得啦！”高乐天说：“这哪行？奖是我俩共得的，有我的一半也有你的一半。”说着找出一把大剪刀，“喀嚓喀嚓”一阵忙乎，一会儿就将半边药枕塞到谢晓禾手上，谢晓禾只好夹着半个药枕回了家。

谢晓禾走进家门，就急忙找针线，想把剪开的半边药枕缝好。可当他拿来针线，却发现药枕半开处，露出剪破了的大半张纸条。

谢晓禾抽出纸条一看，发现这是一封信，字迹娟秀，像是出自女人之手。因为信的另一部分在高乐天那半边枕头里，信的内容不完整，但可以

看懂大意。信是这样写的：……的某某：我在清河市药枕厂工会工作，喜好文艺，前年丧偶……丈夫生前是位音乐教师……一直想找个文艺界的男士为伴……如果获奖者是位单身中年男士，恰好又看到了这封信，说明咱俩有缘，倘若有意，请到清河市北环路89号见面……

谢晓禾看完信，心儿犹如鹿撞一般，"怦怦怦"地一气乱跳，心想，这女人好生奇怪，这样的信为啥要装进药枕？万一没人看见，岂不是白忙乎一场？一大堆疑问搞得他一头雾水。

说起来，这谢晓禾也是个苦命人，他老婆是位演员，歌唱得好，两人志同道合，相敬如宾，以前他创作的作品总是由她试唱。但去年老婆得了急症，不几天就去世了。这回新民歌大赛，还是高乐天在清河市请了一位业余演员帮忙唱的。

谢晓禾在古城小有名气，老婆一死，有位胖胖的银行女主任喜欢他，但谢晓禾思念亡妻，便一口谢绝了人家的好意。可没女人的日子不好过，谢晓禾又当爹来又当娘，白天上班还好说，一到晚上，常觉孤枕难眠。此时他一看完信，就像有条毛毛虫在心里拱来拱去。这天晚上，他枕着半边药枕，闻着阵阵药香，浮想联翩，怎么也睡不着，心里好想有个伴儿同他一起，把后半辈子的日子过下去。

第二天一大早，谢晓禾拿着半封信，想出门找高乐天商量商量，可刚走到门口，他又犹豫起来，在屋里打着转转。这时，外面"嘣嘣嘣"地响起了敲门声，开门一看，来人正是高乐天。高乐天进门就扬了扬手中的半张纸条说："晓禾，你说古怪不古怪？药枕里有封信，你看到没有？"谢晓禾说："怎么没看到，我正想去找你，问问这到底是咋回事儿呢。"

说着，两人坐下来，将各自的半张信合在一起，仔仔细细地研读了好几遍。最后，高乐天说："晓禾，这真是天上掉下个'林妹妹'，好事儿！好事儿！我看你得主动出击，亲自上门一趟，探个究竟。"

谢晓禾心里好奇，也想去探个虚实，但嘴里却嗫嚅道："这成吗？"

"咋不成？"高乐天掸掸信纸说，"你想，全市多少获奖者啊，咋没收到这封信？再说，就算他们收到了，又有谁会想到这信在药枕里？偏偏就是咱俩把药枕剪开了，你说，这不是缘分是啥？"

好事多磨

在高乐天的再三鼓动下，国庆长假的头一天，谢晓禾真的搭车来到清河市。一下车，他就按信上的地址找到了北环路89号。可来到门前，谢晓禾又迟疑着不敢敲门，心想，不如先向旁人打听一下，看看89号的主人是

国王招亲，第一个人一箭射穿公主头上的梨说："I am 罗宾汉"；第二个同样射穿梨，说："I am 后羿"；第三个人一箭将公主射死，说："I am sorry！"天津 张亚静（0913）

不是真的如信中所说，在药枕厂工作，是单身。

谢晓禾来到隔壁人家，一打听，一点没错，89号的情形真的如信中所说，他还打听到女人的名字叫阿珍。谢晓禾按捺不住心头的喜悦，重又来到89号门前，他刚要伸手去按门铃，忽听“喀哒”一响，那门从里面打开了，谢晓禾心里咯噔一下，吓得连门里的人都没看清，转身就跑了。

回到古城，高乐天把他好一通埋怨：“你呀，真是烂泥糊不上墙，听我的，明天再去！”

第二天，谢晓禾鼓起勇气又来到清河，这回一按门铃，果然从门里探出一个人来，谢晓禾抬眼一看，心里不觉往下一沉，只见这女人大约五十多岁，头发花白，谢晓禾愣在门口哭笑不得，心想，开的哪门子玩笑，这么大的年纪还玩啥浪漫啊？女人似乎没察觉到谢晓禾表情的变化，十分热情地将他迎进门里坐下，问谢晓禾有啥事。谢晓禾立起身，支支吾吾地说“我……我找……找阿珍。”老女人正要回应，忽然从里屋传出一个声音：“姐，谁找我啊？”接着从房里走出一个三十五六岁的女人，谢晓禾只觉眼前一亮，这女人不就是帮他演唱《‘乐儿嘀喂’唱起来》的那个业余演员吗？那次他在家中看大赛现场直播见过，当时，她的演唱深深地打动了他。此时一见，这女人虽谈不上十分漂亮，但长得眉目清秀，浑身上下清清爽爽，一看就是个会过日子的好女人。

阿珍坐下来，问谢晓禾：“先生，你找我有啥事？”

阿珍一问，谢晓禾的脸腾地一下红了，他结巴着说“我……我是特意按，按你信上的地址找到这里来的。”

“信，啥信？”阿珍大吃一惊，满脸疑云。

谢晓禾心想，啥信？当然是你自

己写的信，但这话不能直说，他只好问："你是不是在药枕厂工作？"

见阿珍点头，谢晓禾便说："这就对了，那信就放在药枕里。"

"药枕里的信？"阿珍更糊涂了，惊愕地瞪着一双大眼，望着谢晓禾。

阿珍吃惊的样子不像是装的，这一下，谢晓禾也糊涂了，这是咋回事？谢晓禾只好竹筒倒豆子，把他和高乐天如何分药枕，如何发现里面有封信，然后他便趁国庆假期特意从古城赶到清河的事，原原本本、结结巴巴地说了一遍。

良苦用心

听完谢晓禾的话，阿珍"啊"了一声，似乎明白了什么，先是脸上一红，然后不禁"扑哧"一笑。阿珍一笑，把谢晓禾也闹了个大红脸，他抹了一把头上的虚汗，慌乱地立起身，打算告辞。

谢晓禾正往外走呢，突然门外有人哈哈大笑，跟着走进一个人来，将他挡在门边。谢晓禾和阿珍抬头一看，忍不住同时惊叫起来："你……你怎么来了？"

来人正是高乐天，他把谢晓禾拉到沙发上坐下，说："怎么，刚一来就要走？难道我的表妹你看不上眼？"

谢晓禾愣愣地望着高乐天，红着脸，小声地嘀咕："乐天啊，你这到底搞的是个啥名堂？"

"啥名堂？"高乐天眯眯一笑，说了起来。

原来，谢晓禾老婆去世后，高乐天总想为他物色一个伴儿，他想起了表妹阿珍。阿珍的丈夫是位多才多艺的教师，可在前两年赴藏支教，遇上雪崩时为了保护学生牺牲了。两年多来，表妹一直沉浸在思念亡夫的悲痛中。高乐天想将他们撮合到一起，于是，他把他们创作的民歌拿去请表妹唱。新民歌会演结束后，高乐天见到奖品是药枕，灵机一动，就想了个药枕里面藏信的招。

高乐天话一说完，谢晓禾就急切地问："乐天，这么说来，那封信是你写的？"

高乐天往沙发上一靠，得意而又狡黠地一笑："这还用问，如果我不想这个法子，哪能说动你亲自上门来？"

高乐天说完，谢晓禾这才明白老友的一番苦心：难怪他非要把药枕剪开，分给自己一半，原来这一切都是为了成全他和阿珍哪！想到这里，谢晓禾扭头望了一眼阿珍，见她双颊绯红，粉面低垂，正用眼角偷觑自己。谢晓禾不由心头一热，眼角发红，起身冲到高乐天面前，一把拉住老友的手，双唇哆嗦着想说点啥，却又喉头发哽，一句话也没说出来……

（题图、插图：魏忠善）

祝你忙中有闲，兜中永远有钱，身边好人相伴，容颜永驻今天，银行存款只增不减，人生目标一直向前，日子越过越甜，如此年复一年。山东 胡春凤（0914）

刺激性训练

□彭晓风

想听点别人的隐私

邱大宇今年刚毕业就参了军，由于自幼缺乏锻炼，训练时又爱偷懒，有几项指标怎么也不达标。

这天，连长见邱大宇训练又不认真，当即吹响集合哨，黑着脸当众批评他吃不得半点苦，不像个男子汉。当时连长右手拿着一叠邮递员刚送来的信，批评完邱大宇后他又说："别以为我只批评他一个，你们这代人娇生惯养，他的问题在你们身上也都存在！"说着他扬扬右手，"这些信是刚送来的，连里每人都有，现在你们用俯卧撑来换信，一封信一百个俯卧撑！"

这下可苦了邱大宇，这次他收到三封信，三百个俯卧撑，打死他也不能一次做完。连长似乎早想到了这点，对体能差的新兵，他制定了一套方案，按收信的多少，把俯卧撑数分摊在一周内。邱大宇那三百个俯卧撑一经分摊，除去休息日，每天五十个。

原来军营在山区，路很不好走，邮递员一周只来一次，不过下周发信时连长改了主意，提议说："像上周那样做俯卧撑太枯燥了，我们来点刺激的好不好？"

军营远离城市，周围人烟稀少，训练又累又枯燥，新兵们一听有刺激，赶紧催连长快说。连长指了指手里的信，说："有人信多，有人信少，每封做一百个俯卧撑不公平。这样，我们看谁的信里出现的'想'字和'爱'字多，出现一个'想'字加三十个俯卧撑，出现一个'爱'字加五十，分摊在一周内做完。"

连长说完，见新兵们都耷拉着

头，不由笑了：“我知道你们想什么，就你们那点隐私，在这山沟里，过不了几天，别人不问你们都会自己说出来。”连长的话有道理，或许是都觉得自己信里没什么，又都想听点别人的隐私吧，新兵们同意了连长的建议。

“大家都很想念你”

连长随手抽出一封信，向全连新兵示意了一下，然后把脸转向邱大宇说：“是你的家信，你妹妹写的，要不要我念一下？”邱大宇点头，连长打开信先看了一遍，一伸右手，对全连新兵夸张地说：“邱大宇这封家信出现五个‘想’字！”新兵们顿时都来了兴致。连长看了一眼已经自觉趴下的邱大宇，念道：“亲爱的哥哥，你好！你参军后，妈妈很想你……”念到这里连长顿了一下，不知为什么，邱大宇心里涌起一股前所未有的温暖，浑身一下充满力气，以前让他做俯卧撑就像让他上刑场，这次他竟一点也不厌烦。连长又接着念道：“爸爸很想你，我很想念你，邻居张军他也很想念你，对了，红姐说她也想你。”

连长刚念完五个“想”，只听“扑通”一声，邱大宇一下趴在了地上。连长很纳闷，问他：“怎么回事，这才做几个你就趴下了？”邱大宇趴在地上哭笑不得地说：“连长，你是不知道，妹妹信中的‘红姐’，她是个傻子！”此话一出，新兵们都笑了个前仰后合。

练完几十个俯卧撑回到宿舍，邱大宇心里打起了小算盘，他灵机一动给妹妹寄了封快信，叮嘱她以后写信，凡是涉及到“想”啊、“爱”啊的字眼，通通用别的词句代替。果然，接下来的几周，邱大宇成了全连最轻松的人，他的家信里只偶尔出现过一两个“爱”字和“想”字。看着其他新兵成百成百地练俯卧撑，邱大宇还故作羡慕地说：“看你们多好啊，哪像我，没人惦记！”

信里收获好多“爱”

转眼又一周过去了，那天连长给邱大宇送来一封信，他打趣地说：“这信

这是个恐怖而真实的故事，发生在南部的小山村，当你在午夜十二点的时候，对着镜子梳十二下头发，你就将看见……头皮屑！浙江 杨君明（0915）

地址姓名内详，看样子不是你妹妹写来的，是女同学写的吧，邱大宇，要不要念？”

连长话音刚落，其他新兵都起哄说“要念”，窘得邱大宇满脸通红。连长似笑非笑地打开信，先用眼睛扫了一遍，这一扫不打紧，张大的嘴顿时就合不拢了，随后他把信装了起来，一脸怪笑地说：“哈哈，邱大宇，你这封信出现八个‘爱’字，今天你先做七十个俯卧撑吧。”

其他新兵好奇心更重了，纷纷问连长：“连长，信是不是邱大宇女朋友写的，那么多‘爱’字，都说了些什么？”连长板着脸，一本正经地说：“别急，等邱大宇这七十个俯卧撑做完了，看了信，你们再问他。”连长这一吊胃口，邱大宇也急着想看是谁来的信，都写了些什么，一口气把七十个俯卧撑做完了。

望着满脸是汗的邱大宇，连长拍拍他肩膀说：“今天不错，破了你的纪录。”说完把信递给他。邱大宇接过信，急忙打开来看，谁知不看倒好，一看竟一屁股坐在了地上。其他新兵捡起邱大宇扔在地上的信一看，顿时都哈哈大笑。只见信中这八个“爱”分别是：希望你爱军队就像爱自己的家，爱护战友，爱惜身体，爱读书，爱学习，总之爱所爱的一切，做个心胸宽广的军人。

邱大宇又仔细看了一遍，发现信中虽没留姓名，但邮戳却是自己家乡学校附近的邮局。信到底是谁写的？

从那天起，每星期邱大宇都会收到这样的怪信，内容都是和他谈理想谈生活，当然，每封信里总有“想”和“爱”这两个字，虽然不是想他、爱他，却让他每周额外多做几百个俯卧撑。

时间在邱大宇的疑惑中流逝了半年，经过这半年额外的训练，他体能大增，已经成为全连军事训练的尖子。这天邱大宇又收到信，出乎他意料的是，这封信没有一个“想”和“爱”字，写信人平静地告诉他，一周后来部队看他。

猜了半年的谜即将揭晓，邱大宇既激动又忐忑，几天过后，当写信人真的出现他面前时，他却愣住了，写信人是他高二时教政治的王老师！看他一脸困惑，王老师笑着说：“告诉你一个秘密，我是你们连长的女朋友。收信加练俯卧撑的办法是你们连长想出来的，当他发现你妹妹的信‘有问题’后，就找我帮了个小忙。”

望着憨笑的连长，邱大宇感动万分，禁不住立正、抬手，端端正正地给连长敬了个军礼。在他背后，齐刷刷一排士兵也向连长敬礼，他们像邱大宇一样，都是通过加练俯卧撑锻炼出来的士兵。

（本篇月月评短信代码：AA092）

（题图、插图：谭海彦）

·中国新传说·

阿狗奇遇

□张开山

这个女人不寻常

阿狗是土生土长的北京人，几年前下岗了，一直没有再找到工作，没办法就开起了黑车，靠拉黑活来养活一家三口。

这天阿狗在马路上转了一圈又一圈，也没有找到一个活儿，车上油表的指针却“噌噌”地直往下掉，阿狗正生闷气呢，就见有人在路边向他挥手。

这是个单身女子，手里拿着一个小包，阿狗将车开过去，在女子面前停下，问：“小姐，坐车吗？”女子美丽的大眼睛看了看阿狗，说：“我要去的地方恐怕你不敢去，我还是等正规出租车吧。”嘿，这话不气人吗？啥地方还有阿狗不敢去的！阿狗说：“你说要上哪去，只要钱给得合适，我哪都敢去！”

女子沉默了一下，小嘴一张，说出一个地名来，差点没把阿狗给吓着：“我要去哈尔滨接个人，然后再回北京来，你敢去吗？”

一听她要去哈尔滨，阿狗心里一激灵：这是什么怪人呀！哈尔滨离北京远隔千山万水，龟孙子才会去呢！他刚想说不去，可又一想：这女子莫非是在开玩笑？从北京到哈尔滨这么远，谁会那么傻，不坐飞机和火车，而是打的去呢？想到此，阿狗乐了，他打开车门，对女子说：“别说是哈尔滨了，就是俄罗斯，我也拉你去。”

女子高兴了，美丽的脸蛋笑成了一朵花，她上车坐在副驾驶的位置上，说：“我老家在哈尔滨的郊区，到

真心祝愿你：上班偷偷傻笑，下班活蹦乱跳；嘴里哼着小曲，不知不觉跑调；娱乐叽哩呱啦乱叫，晚上呼噜呼噜睡觉；早上醒来吓了一跳，又迟到！ 1342***7256（0916）

了地方你得等我几个小时，正好你也休息一下。你想要多少钱？”

上了车还开这玩笑，太过分了！阿狗怕她再装下去，就单刀直入地说：“多了我也不要，你就给一万吧。”阿狗想，这话一出口，准把这女子给震住，谁知这女子也不含糊，竟爽快地点头答应了：“行，可是过路费和过桥费，我就不管了啊！”

算你狠！一计不成，阿狗又来一计，他说“不过你得先给钱，给了钱，我马上就拉你去哈尔滨。”这回女子愣住了，她忽闪着两只大眼睛，打量了阿狗半天，犹犹豫豫地说：“我要是给了钱，你不去了咋办？”阿狗笑了，拍拍胸脯说：“我阿狗是什么人呀？一个真正的北京爷们儿，还能说话不算话？你要是给了钱，我又不敢拉你去，就双倍地赔你钱好了，咋样？”

阿狗本来只想吓唬吓唬她，谁知这个女子沉思良久，最后打开她的小包，从里面掏出一沓百元大钞来，往阿狗手里一放，说：“你数数，正好一万。”

阿狗傻了，他结结巴巴地问：“小姐，你、你真的要上哈尔滨？”听他这么问，女子很是吃惊：“这不是废话吗？不去哈尔滨，我找你干吗？真是的，快开车吧。”

掏出一把手枪来

阿狗傻了，他哪敢去哈尔滨呀，他只好低下头，给人家说好听的：“小姐，我以为你是在开玩笑才说能去，其实那么老远，我可不敢去，你还是换个车吧。”说完，他把钱还给女子，女子不干了，她要阿狗双倍返还，拿出一万元钱来赔她。

阿狗的脾气再好，也不禁火冒三丈，冲女子吼了起来：“你要讹人呀！告诉你这是在北京，我就不送你，你能把我怎么着吧？”

女子听了阿狗的话，没做声，默默地打开手里的小包，掏出一把手枪

来，接着又掏出一块精致的白手帕，细细地擦起枪来。

看着漆黑的手枪，阿狗顿时从头凉到脚，他声音颤抖，小心翼翼地说：“小、小姐，你把枪、枪口移开点好吗，要是走了火，我可就没命了。”女子不为所动，仍擦着枪，嘴里说：“我要去哈尔滨，听明白了吗？”

这还能不明白？阿狗想，这个女人肯定是个罪犯，真惹怒了她，小命就没了，看来只有在路上再借机行事了。主意打定，阿狗就开车出发了。

一路无话，走四环，上京哈高速，这车是开得飞快，什么限速八十、一百一，阿狗通通不管。要在平时，吓死他也不敢这么开车，要是让摄像头拍下来，还不罚死他。可如今不同了，阿狗就是要让摄像头拍下来，让警察追上来，那样他就得救了。可今天也不知是怎么了，平时刚超速一会儿，警察就追上来了，今天却没有一个警察来找他的麻烦。

一路上，这个女子倒也没有难为阿狗，只是在路过公路收费站的时候，女子才会紧张一下，用她的手枪轻轻顶住阿狗的肚子。阿狗本来还有点想法，想故意撞坏收费站的设备，然后喊救命，可这冰凉的手枪一顶，他只好放弃了。

几个小时过去了，阿狗越开心里越害怕，而这个女子却悠闲自在，车一过高速公路的收费站，她竟把自己坐椅的后靠背用劲往后推，几乎快成了一张平板床，她往后一躺，说：“不许东张西望，更不许回头看我，一直往前开。”阿狗心想，这回完了，这样她能看得见我，我却看不到她，我的一举一动全在她的眼里，而她就是闭眼睡觉，只要不打呼噜，我就一点也不知道呀。阿狗气得咬牙切齿。

阿狗想找机会逃生，车一过沈阳，他就偷偷乐了，车子没油了，眼看前面有个加油站，阿狗提出要停车加油，女子说：“加油可以，你可别想跑，你跑得再快，也跑不过我的子弹。”

阿狗当然不傻，他并不想蛮干。给阿狗加油的是个中年妇女，她问阿狗：“加多少？”阿狗打开油箱盖，对她使了个眼色，说：“加满了。”中年妇女哪里知道阿狗被绑架了，见阿狗挤眉弄眼的，还以为他是个色鬼呢，就狠狠地瞪他一眼。眼看油快加满了，阿狗这个急呀，他对中年妇女眨眨眼，中年妇女可给气坏了，厉声说“少给我使眼色，我又不认识你，不会给你便宜一分钱的。”

这时，女子冷笑一声，一拉阿狗，说：“少在这给我丢人现眼，赶快给钱上车。见一个就爱一个，真没出息，你再不走，我可真要急了！”

阿狗知道这“急了”的潜台词，他可不想被一枪打死，只好乖乖地上

有一叶草为你绿，有一枝花为你笑，有一阵风为你吹，有一朵云为你飘，有一片天为你晴，有一轮月为你走，有一句话为你说：“你平安，我快乐。”河南 于景锋（0917）

车。车子过了长春，阿狗越来越胆寒，他知道快到哈尔滨了，谁知道到了以后这女子会不会杀自己灭口啊！正在着急，他突然看见前面的路上有警察在查车，一个警察挥手示意，让他靠边停车。

这些警察可真是救星呀，阿狗心想事后一定要给他们送面锦旗，但他不敢流露出自己的情绪，装作老实的样子问："警察在查车，怎么办？"女子坐起身，用手枪一顶阿狗的肚子，说"停车后你要敢胡说八道，我就先一枪打死你！"

车停下后，警察先给阿狗敬了个礼，然后说："请你出示一下证件。"

阿狗把自己的身份证、驾驶证和汽车的行驶证全给了警察，并乘机向警察又是眨巴眼儿，又是往边上嘬嘴，警察看了看他，说："你小子的身份证有问题，下车接受检查！"阿狗回头看看女子，做出无奈的表情。女子也没办法，就说："你下车吧。"阿狗一到车下，就大声喊道："枪、枪、枪，那女的手里有枪！"

警察一听，哗拉一下，全把枪对准了车上的女子。一个警察厉声说道："别动，双手抱头，走下车来。"

阿狗那个乐呀，他终于获救了。那女子还真不是寻常之辈，只见她面不改色心不跳，双手抱头从车上走下来，还对阿狗说："你对我有气，骗人家警察同志做什么？咱们两人的事警察也管不了。"

警察毫不放松警惕，说："你少废话，枪放哪了？"

女子哈哈一笑，说："什么手枪呀，那是打火机，在我的小包里呢。"一个警察手快，上来就把她肩上的小包夺下，打开，拿出那把手枪来，他仔细地看了看，说"是把手枪形的打火机。"虚惊一场，警察很是气愤，问阿狗："到底怎么回事？"

女子走过来，搂住阿狗，对警察说"他是我未婚夫，我带他回来见我父母的。"说着一拉阿狗，道，"哎呀，你就别生我的气了，我妈不就是想要三万元彩礼吗？你就答应她吧，好歹

她把我这么个大姑娘给了你，你不吃亏呀！”

警察们都笑了起来，让他们赶紧上车，别再闹矛盾了。上车前，女子还淑女似的和警察挥手告别。

千里劫车有苦衷

阿狗气晕了，自己竟然被一个小女子用一把破假枪绑架到这么远的地方，他一踩油门，一路狂奔，到了一个生活区里，他把车一停，对女子说："请你下车吧，我不能再拉你了。"

女子怔了一下，眼睛里流出了泪水，但她并没有下车，而是哭着告诉阿狗，她母亲病了，后脊椎骨错位，腰不能动了，而她家离哈尔滨市里还有三百多公里，而且尽是山道，怕让母亲受颠簸之苦，所以她才没陪着母亲坐长途汽车，然后再倒火车或飞机来北京治病。她在电话里告诉母亲要打个出租车来接她，而母亲心疼钱，说什么也不让她来，说你就是坐出租车来了，我也不跟你走，没办法她才想打个黑车，就骗母亲说是朋友的车。可是那些司机一听说去哈尔滨就没一个敢来的，万般无奈之下，她才劫了阿狗。她的手枪式打火机是防身用的，一个女孩子出门在外不容易呀！

这女子赔礼道歉了半天，见阿狗还是不为所动，铁了心要赶她下车，就有点生气了，说："你要让我下车也成，把我给你的一万元车费还给我，我再打别的车走。"阿狗生气归生气，可一提到钱，他的心就软了。他看着这个女子，真是又可气又可笑，可事到如今要是不送她，自己一分钱也得不到，恐怕连回去的过路费和油钱都要赔进去。

阿狗思考了片刻，说："就是拉你，你也得给我下车。"女子不解地问："为什么呀？"

阿狗更生气了，说："开了这么久，我还没吃一口饭呢！"女子一听，扑哧一声笑了。

当他们再次上车时，女子又把坐位的后背压了下去，往后一躺。阿狗说："你现在已不用押送我了，怎么还这样坐呀？"女子笑了，说："我这是在做试验，看我妈妈这样躺着舒服不，哪里是在监督你，你可真够笨的了。"阿狗一边开车一边想：我是够笨的，让一个小女子拿把假枪绑到这来了，唉，倒霉！

阿狗回到北京没几天，更倒霉的事就接踵而来：石景山、海淀、朝阳和通州四个区的交通队，都给他发来了超速行驶的罚单，细细一数竟有十几张之多，再一细看具体时间，正是送那个女子去哈尔滨的那天，气得阿狗大叫："我的妈呀，竟然被罚了四千多元！"

唉！这一趟哈尔滨，阿狗是白跑了！

（题图、插图：魏忠善）

有一种关心不请自来，有一种默契无可取代，有一种思念因你存在，有一种孤单叫做等待，有一种沉默不是遗忘，有一种心情是祝你愉快。广西 尹平（0918）

小丑的秘诀

□张东兴

父亲送来老师

明朝正德年间，宦官刘瑾得宠，大小官员要使劲拍他的马屁，给他送东西，才能得到提拔。有个刑部主事叫王伯安，尽管很有政绩，因为没搞这一套，坐了冷板凳。

王伯安眼看着那些平庸之辈的官位一个个超过自己，心里很不好受，心想：你们有人，我就没人？我的老子通着天呢！于是就动笔给自己父亲写了一封信。他父亲王老先生中过状元，当过皇上的老师，深得皇上敬重，如果父亲能在皇上面前替自己美言几句，凭父亲的老脸、自己的实绩，那是关老爷卖大刀，人硬货也硬，还有不行的？

信发出去后，王伯安就天天掰着手指头算，等了两个月，终于等来了父亲的回书，那只是一张二指宽的小纸条，上面写道：“我儿目前困境，全因不懂为官之道所致。随信托来一人，为官秘诀全在此人身上。望我儿拜他为师，尊之敬之，若能习得此秘诀，终生受用不尽。”

王伯安读罢大喜，可是等他一看来人，心不由又凉了半截：只见来人高不满五尺，年不过三旬，一双似无还有绿豆眼，两弯似有还无吊梢眉。这样的人能有什么秘诀？

王伯安问来人：“家父对您推崇备至，让我拜您为师，还没请教老师您的名号呢？”

那人一躬到地，说：“大人错爱，实不敢当。小人侯三，是个跑龙套的戏子，大人您要肯赏口饭吃，我给您牵马坠镫，当老师那可折杀小人了。”

王伯安一听是个戏子，心想父亲眼界奇高，他欣赏的戏子一定错不了，就说：“我最爱听戏了，可否请您清唱一曲，让我一饱耳福？”

侯三也不推辞，清一清嗓子，开口就唱。谁知他一开口，荒腔走调，五音不全，听了叫人直起鸡皮疙瘩。王伯安刚呷了一口茶，听他这一嗓子，“噗”地把茶全喷出来了。

别看侯三戏唱得不怎么样，脾气倒不小，王伯安这口茶一喷，他立刻罢演，一个头叩在地下，说：“既然不中少爷的意，我还是回去服侍老爷。”

王伯安刚想顺水推舟，忽然想到父亲从千里之外巴巴地给自己送来一个不会唱戏的戏子，其中必有深意……脑子一转圈，顿时明白了：原来如此！想不到父亲说的为官秘诀就是这个啊！他想着转脸看了看侯三，说道：“既是老爷千里迢迢介绍来的人，定有过人之处，我怎能让你走呢。我跟前也没个贴心人，你就留下吧。”

侯三一听，得，眼睛一眨，老母鸡变鸭，由老师变成随从了。他想，随从就随从，将来有机会，我会让你知道我的本事，也就答应了。

老师的绝技

王伯安见他不反对，长出一口气，说：“你去给下面人说，准备轿子，我今天要去给吏部孙大人的老爷子祝寿。”

侯三去传话，下面的衙役轿夫一听全瞪大了眼，原来王伯安自上任以来，从没理会过这些应酬之事，侯三一来，老爷就改了性，大家都以为这是侯三开导的呢。

可王伯安怎么会突然转性的呢？原来他想，戏子讲究唱念做打，“唱”排在第一位，这侯三唱的不好，却能得到父亲推崇，必定是做功好，因此父亲所说的为官秘诀，一定是：“嗓子不必动听，长袖善舞就行。”只是父亲一向道貌岸然，这样的话说不出口，才给自己打了一个哑谜。既然父亲都这样说，看来要想提官，非得这样行事不可了，所以他才勉为其难，去给孙大人的老爷子祝寿。

孙府离得不远，一会儿就到了，还没到府门口，老远就听得人喊马嘶，鼓乐震天，转过巷子，只见那官轿一个挨一个，排出去老远。孙家门口立着许多官员，王伯安便也过去，扎堆立着，听他们聊了两句，才知道这些人都盼望自己的寿礼能给老爷子留点印象，赏见一面。

看这场面王伯安顿时倒吸了一口

笑能交朋友，诚能解怨恨，容能化千仇，气能伤身体，愁能要人命，为人要常乐，才能心情好，愿你一生无忧无愁无苦无难无怨无悔。福建 肖秋涵（0919）

冷气：本想自己能来祝寿，就算给的面子不小，根本没考虑寿礼的事。他赶紧翻遍全身，又找轿夫借了点，才凑了二十两银子贺仪，让侯三送去，心想自己这二十两银子一定会给老爷子留下深刻印象——少得扎眼啊。

正在那儿局促不安呢，只听门口鼓乐齐鸣，孙府管事出来高声喊道："有请刑部主事王老爷——"

王伯安一听，得，一准是自己的贺礼太少，孙老头特意叫自己进去羞辱一番。正要硬着头皮进去，只见孙老头竟然在一群家人的簇拥下，亲自迎出了二门，见了王伯安，老远就喊"多谢王老爷，圆了老朽多年的心愿！"

王伯安听他语气真诚，不像挖苦自己，摸不着头脑，只好"嗯嗯"地敷衍着，一路往里。

到了内堂，只见给自己送贺礼进来的侯三倒已经入席了，而且是一个人单拉了一席，在下首坐着。席前高搭戏台，一个小丑正在翻筋斗，众宾客不断叫好喝彩。王伯安仔细一看，不由呆了：只见那小丑并不是在平地上翻筋斗，也不是在八仙桌上，而是在农家养蚕的竹匾上绕着圈沿儿翻筋斗。要知道这种竹匾最多两斤重，平常人一只脚踩上去，竹匾就得翻，两只脚上去，那就真成了"竹扁"了。要在这上面走，那得会轻功才成，而绕着竹匾的圈沿翻筋斗，一般人想都不敢想。

这时，那小丑一通筋斗翻下来，面不改色气不长出，下得台来，径直向王伯安走来。王伯安正准备打招呼，不料小丑绕了一个弯，跑到侯三跟前，恭恭敬敬一揖到地"请侯师傅多多指教。"

王伯安闹了个大红脸，细看那小丑，恭敬发自内心，不由暗想，难道父亲荐来的这个侯三真的身怀绝技？

只听侯三对那小丑说："你这出戏演的是考中状元后头戴官帽跨马游

街，怎么你只戴了个头巾？”

那小丑红着脸说：“不瞒侯师傅说，我要戴上官帽，翻筋斗不单竹匾要翻，帽子也要掉，苦练多少年，就是练不成。”

侯三说：“那好，我家老爷让我来给孙老太爷拜寿，承蒙老太爷错爱，今天这个丑不献不成了，我也上去翻翻。”说着他便去换了打扮，不同的是戴上了簪花官帽，也到那竹匾上翻了一通筋斗。

老师的教诲

台下，孙老头看得不住咂嘴：“筋斗王果然名不虚传！我早就听说他有这手绝活，一直请不到他。多亏王老爷，让我了却多年的心愿！”王伯安这才恍然大悟：原来这番热情，不是我那二十两银子换来的，而是因为侯三这小子把自己当寿礼了！这小子是演丑角的，怪不得唱得那么难听。

先前那小丑在旁边解说：“其实能戴着帽子翻筋斗的，我们行里也不止侯师傅一个，但是，翻筋斗时帽子上不系绳，帽子也不掉，那当真是独此一家，再无第二人会得。”

孙老头听了更是惊叹，等侯三从台上下来，孙老头上去就摘他头上的帽子，那帽子果然没系绳，轻轻地就摘下来了。孙老头就问：“你那么折腾，帽子怎么不掉呢？”

侯三趴下就叩头：“这是小人一辈子的饭碗，请老爷恕罪。”

孙老头只想饱眼福，又不想偷师学艺，见他如此，也就不问了。

王伯安这才知道，父亲所说的为官秘诀，绝不是自己悟出的什么长袖善舞，回去的路上，他说什么也不坐轿了，非要亲自抬侯三不可。侯三见他心诚，这才把王伯安拉到一旁，说了实话：“令尊于小人有救命之恩，他老人家叫小人来教您，我不敢不来。其实这秘诀说穿了也没有什么，就是立定脚跟做人，咬紧牙关做事。”

王伯安疑惑地问：“这和翻筋斗有什么关系？”

侯三小声说：“我的爷，您这么聪明还不明白？只要立定脚跟做人，心里不去想什么竹匾，就不会从竹匾上掉下来；咬紧牙关，鬓角不就有两块骨头凸起来吗？卡住帽子，它自然就不会从你头上掉下了呗。”王伯安愣了愣，随即哈哈大笑：“原来如此！”

从此王伯安虽然屡经坎坷，甚至一度被贬到贵州当一个小小的驿丞，但他始终坚持立定脚跟做人，咬紧牙关做事。后来刘瑾被砍了头，投靠他的那些人，自然也没什么好果子吃。倒是王伯安，在贵州当驿丞时得以专心做学问，成了一代心学大师；出山后又立下赫赫战功，成了一代名臣，他就是历史上有名的王阳明。

（本篇月月评短信代码：AA093）

（题图、插图：黄全昌）

逃避不一定躲得过，面对不一定最难过，孤单不一定不快乐，得到不一定能长久，失去不一定不再有，转身不一定最软弱。别急着说别无选择，别以为世上只有对与错！黑龙江 付宇航（0920）

非凡誓言

□于　强

风云突变

哈里斯与女友凯伦相识半年多，便山盟海誓，爱得死去活来。不料天不遂人愿，正当哈里斯与凯伦计划举行婚礼时，给两个人做体检的医生说出了一个惊人的消息：哈里斯患上了癌症，而且是晚期，估计活不过一个月。

医生的诊断犹如晴天霹雳，震得哈里斯差点晕倒，凯伦更是哭得撕心裂肺，可是哭归哭，她不可能嫁给一个快死的人，离开前她伤心地对哈里斯说："亲爱的，我不能再嫁给你了，希望你能原谅。"

哈里斯心如死灰，坐等死神降临。可一个月过去了，哈里斯的身体没有一点毛病，三个月过去了，哈里斯连感冒也没有。他十分奇怪，去医院一检查，结果令他大跌眼镜，他什么毛病都没有，所谓的癌症只是医院的误诊而已。

哈里斯气得半死，他拿着医院的报告去找凯伦，可遗憾的是，凯伦已经与别人订婚了。哈里斯失望之余，不禁愤愤不平地想：自己一定要找一个比凯伦更漂亮的女友，让她瞧瞧。

不久，在一次聚会上，哈里斯认识了漂亮迷人的黛西，两人一见钟情，很快坠入了爱河。这天，刚刚与黛西订婚的哈里斯去公司上班，正巧上星期公司组织员工体检的报告出来了。老板把哈里斯单独叫进办公室，严肃地将一份记录交给他看，哈里斯一瞧不禁大吃一惊，原来医生说他感染了艾滋病。

“这真是无稽之谈，一定是他们又误诊了！”可是老板却不听他的辩解，宣布立即解雇哈里斯，因为其他的员工都害怕被传染。

哈里斯差点气疯了，他跑去医院复诊，结果却令他震惊，他竟然真的感染上了艾滋病！哈里斯傻了，他不明白洁身自好的自己是怎么感染上的。当黛西听到这个消息，吓得赶紧与他解除了婚约。哈里斯短时间内连遭女友抛弃，又丢了工作，还得了不治之症，他的精神受到了极大打击。

这天晚上，哈里斯喝得酩酊大醉来到河边，一不小心他失足掉进了河里。等他醒来后，发现自己被镇上有名的吉卜赛巫医老珍妮救起了。镇上的人们都说，老珍妮有一百多岁了，会用占卜术替人治疗古怪的疾病。哈里斯见到她，仿佛抓住了救命稻草，苦苦哀求她治好自己的病。谁知老珍妮给他占卜后，却说他什么病都没有，身体非常健康。哈里斯不相信：“你一定是弄错了，我有艾滋病，是许多医生确诊的。”老珍妮咧嘴笑起来：“我的占卜从来不会错，不信你再去检查，保证啥事都没有。”

哈里斯将信将疑地走进医院，果然，检查后医生告诉他，他根本没有艾滋病。哈里斯先是大喜过望，继而愤怒了，都是那些混蛋庸医的误诊，才使他连遭厄运，于是他向法院起诉了那些误诊的医生。那些医生都觉得奇怪：当时的检查结果明明显示哈里斯患有重病啊，难道是医疗仪器发生了故障？医院为此向哈里斯道歉，并支付了一笔数目不小的赔款。

孤独一生

拿到赔偿金的哈里斯却高兴不起来，他感到事情真是太奇怪了：为什么每次自己与女友订婚，之后都会检查出得了绝症，而与女友分手后，病却不治而愈呢？他想起了占卜大师老珍妮，于是他求老珍妮帮他占卜一下，看看问题到底出在哪里。

老珍妮被哈里斯缠得没办法，就带他来到一个昏暗的小房间，屋里一个水晶球正发着神秘的光彩。老珍妮捧起水晶球，闭目冥想了半天后睁开眼告诉哈里斯：“你曾经对人发过一个誓言，可是你至今都没有兑现誓言，因此，每当你订婚时，这个誓言就会惩罚你。”哈里斯忙问：“那是什么誓言？”老珍妮摇了摇头，说：“我怎么知道呢？可是如果你不兑现那个誓言，今后就会孤独一辈子。”

哈里斯陷入了苦恼中，他的确记不得自己发过什么古怪的誓言，致使现在遭受报应。哈里斯苦思冥想着：

对不起，不是有心伤害你，而是我太在乎你，假如你还生我气，我当沙袋送给你，直到笑容还给你！ 1357***4322（0921）

小时候自己对父母发过誓，要考建筑大学，结果却偷偷报考了经济学院；长大后他对老板发誓要努力工作，但有时他还是会故意拖拉，甚至在上班时间睡大觉、打扑克；对女友他也发过誓，只爱她一个人，但有时候他还是会背着她约会女同事……哈里斯越想越怕：自己违背过那么多誓言，到底是哪个害自己如今要孤独一生呢？

不久，哈里斯在加油站找了份新工作，在那里他认识了莉娜，莉娜仿佛对哈里斯很有好感，经常约他去看电影，逛大街。一次看完电影后，莉娜吐露了对哈里斯的爱意，不料哈里斯一听却大惊失色，落荒而逃。在没有破解那个誓言之前，他不敢与任何女性交往。虽然哈里斯心里也挺喜欢莉娜，可是想到自己一与女人交往就会患绝症，他还是退缩了。

这天是莉娜的生日，哈里斯应邀去参加她的生日宴会。到了莉娜家，他才发现莉娜只邀请了自己一个人。只见莉娜衣着性感，红唇欲滴，尤其喝下几杯酒后，她更是大胆地用火辣辣的眼神盯着哈里斯："哈里斯，你为什么不接受我的爱呢？难道我真有那么讨厌吗？"望着莉娜幽怨的眼神，哈里斯一时语塞。莉娜见哈里斯无动于衷的样子，忍不住伤心地呜呜哭起来。哈里斯很尴尬，只好告辞。

一晃几天，莉娜都没有去上班。哈里斯很奇怪，向同事一打听，才知道莉娜那晚喝醉酒后出了车祸，如今正在医院抢救。哈里斯赶紧赶到医院，望着被厚厚纱布包裹的莉娜，他心里说不出的难受。

眼见莉娜的呼吸越来越微弱，哈里斯终于忍不住脱口而出："莉娜，你一定要坚持住，等你出院，请……请你嫁给我好吗？"想不到奇迹出现了，莉娜竟然睁开了眼睛："这……这是真的吗？"哈里斯郑重地点了点头。

天降奇缘

也许是爱情的力量，被医生宣布

生还希望渺茫的莉娜，竟然奇迹般地痊愈了。在她出院那天，哈里斯遵守誓言，与她举行了婚礼。没想到，两人结婚后，哈里斯并没有像前两次那样得上绝症，他奇怪之余，又万分庆幸。

这天，哈里斯与莉娜一起整理莉娜的旧东西，翻出了一张老照片，哈里斯吃惊地发现上面竟然有自己小时候的身影。莉娜告诉他，这是她小时候与小伙伴诺里的合影，后来诺里搬家了，他们就再也没联系过。

“天哪！真是太巧了！”哈里斯告诉莉娜，他小时候的名字就叫诺里，自己改名是十八岁时的事情。想不到对方还是自己童年时的朋友，两人都十分兴奋。他们说起了小时候一起干的顽皮事，当说到当年两人一块爬教堂的院墙时，莉娜笑着说“你还记得在教堂里，你发过的誓言吗？你说长大了要娶我，如果违背了誓言你就会生病，你还记得吗？”哈里斯点头说记得，突然他想起了什么，不禁恍然大悟，自己小时候对莉娜发过的那个誓言，不就是那个没有兑现的古怪誓言吗？而如今自己娶了莉娜，兑现了誓言，也许这就是自己没有再得病的原因啊！

“这真是个非凡、奇特而又无比灵验的誓言呀！”哈里斯感慨万分，忍不住紧紧抱住了心爱的妻子。

（题图、插图：杨宏富）

·本刊信息传真·

《解读〈故事会〉》

一本揭示故事会40年发展历程的传记

欢迎评说

亲爱的读者，为体现与时俱进、求实创新的办刊思想，本刊在《故事会》创刊40年之际，特推出《解读〈故事会〉：一本中国期刊的神话》一书。关于《故事会》这本杂志，你可能有过这样那样的疑问：为什么《故事会》能几十年长盛不衰？高考满分作文与读《故事会》有什么关系？为什么卖《故事会》杂志就能赚钱？……看完这本书，相信你会揭开所有的谜底。

今日晴空万里，朋友真的想你，怕你孤单寂寞，短信传递给你，同时带去祝福，愿你开心无比，仿佛听见笑声，猜想一定是你。祝你今天有个好心情！1396***2363（0922）

吃人的笑容

□徐　洋

·情节聚焦·

在一幢住宅楼的二层住着老两口，都是退休老工人，两个老人无儿无女，日子也还过得去。最近老两口遇到了一件怪事：对门的男主人竟然朝他们笑了！

原来，自打老两口搬到这楼里，就从没见对门那家的男主人笑过。对门这人脸比较黑，一向表情严肃，抬头挺胸，一看就是很有地位的人。有一次老太太忍不住问老头："你说那黑脸他是不是天生不会笑呢？"老头把脸一沉，说："你怎么能这样说人家？人家是领导，领导见的人多，要是见人就笑，还不把他累死？笑不笑是他的事，反正咱们和他笑了就行。"

转眼几年过去了，这天老太太正在做饭，老头从外边拿牛奶回来，一进门就像发现新大陆一样，激动地对老伴说："出怪事了！出怪事了！我刚才在楼道里碰上黑脸，你猜怎么着？他……他居然对我笑了一下！"

老太太说"不能吧，他多少年都不会笑，是你看花眼了吧！"老头把拐杖一顿说："千真万确，他的脸黑，不笑是露不出白牙的，可我刚才看见他的白牙了，他不但笑了，还问了我一句干什么去，你说怪不怪？"

这天晚上老两口一边吃饭一边还念叨着黑脸的事，门铃响了，老太太赶紧把门打开，只见黑脸笑容可掬地站在门前，这下不用怀疑了，他笑起来的样子还蛮不错的呢。老两口急忙

让他到屋里坐，黑脸说："不坐了，我就是来告诉你们一声，这个星期天我儿子结婚，在东海大酒店请客，我们是老邻居了，您二老可一定要去呀！"

黑脸走了，老两口半天没缓过劲来，敢情他对我们笑是为了让我们参加婚礼呀！老太太问老头："你说我们得送多少钱的礼？"老头想了想说："人家在那么好的饭店请客，我们去两个人吃，我这个月的退休金拿一半去，二百！"

这一天，老头老太太互相搀扶着参加了黑脸家的婚礼，他们想，这一下他们和这个对门邻居的关系肯定会比以前改善多了。可没想到那天刚过，黑脸又恢复了以前的面目，在楼道里见面时再没对老两口笑过。

又过了一年多的时间，老头老太太已经习惯了黑脸木着脸从他们面前一次次走过。这天，老头在家里正忙着，老太太从外边风风火火地进来说："不得了啦老头子，黑脸今天又对我笑了，不光笑，还用手搀了我一下呢，你说这可怎么办呢？"

老两口提心吊胆地等着，这天晚上黑脸没来，可第二天一大早他就来叫门了。一进门他就亮出一张烫金大红请柬，对老两口说："大爷大妈，今天我家孙子满月，在王府大酒店请客，到时候咱们楼下有大客车来接，您二老可一定要去哟！"

黑脸走后老两口愣住了，因为最近老头刚刚因为心脏病住了一次医院，把家里的存款差不多全花光了。老两口翻箱倒柜地找了半天，总算凑了四百块钱。老头说"这回人家专门下了大红请帖，饭店也比上回的高档，还有专车来接，我们的礼钱只能比上回高，不能比上回低。"两个老人算来算去，最后带着三百元参加了宴席。不管怎么样，总算又过了一关。

这件事一过，就像上次那样，老两口又开始每天面对黑脸那石头般毫无表情的面孔了。老两口估计，这下黑脸是彻底不会再对他们笑了。

可世界上的事好

浪花朵朵为装扮海滩，繁星点点为点缀夜幕，春雨丝丝为滋润万物，温情短信为祝你平安。愿幸运与福星钟情于你，快乐和开心陪伴于你，健康与青春常驻于你。山东 赵栋（09023）

像专和好人过不去，又过了一段时间，老两口正在院子里散步，老远就看到黑脸从对面走来，天呀！他露出了白牙，笑着朝他们走来了。虽然他只是扫了老两口一眼，可老两口赶紧也赔起了笑脸，目送黑脸笑着从他们身边走过。

这下麻烦了，老两口又睡不着了，让他们没想到的是，这之后的一连三天，他们天天见到黑脸笑着从他们眼前过去。两个老人可真吃不消了，心想：前两次黑脸只是笑了一下，我们就得出好几百块钱，这回他一连笑了三天，怕是两个人的退休金全搭上也不够，这可如何是好？两个老人脸皮都薄，知道自己不好意思拒绝黑脸的邀请，只好日夜在家里转着圈，等待着黑脸来敲门。

毕竟是上了年纪的人，经不起煎熬，也不知道是不是因为这事，老头的心脏病突然发作，面色铁青，气息急促，送到医院没多久，老头就离开了人世。老太太这个伤心呀，真是没法对人说。

老头走了，老太太的身体也一日不如一日，她每天拄着棍子在楼下站着，看到黑脸还是天天咧嘴笑着，可笑归笑，他再没通知老太太请客的事。这一日老太太正准备上楼回家，黑脸家新来的小保姆从后边经过，老太太心里正憋得难受，就冲着小保姆问：“姑娘，你们家最近有什么喜事呀？”小保姆说：“喜事？没有啊！”老太太问：“没有？那你家主人怎么总是笑个不停呢？”

小保姆说“嗨，不是那么回事！大娘，他前一段时间体检，查出来嘴里长了个瘤子，大夫给他做了肿瘤切除手术，不知是手术伤了神经还是怎么的，他那嘴从此就合不上了，看上去就和笑一样……”

（题图、插图：谢　颖）

·本刊信息传真·

《青春读本》再次面向全社会征稿

《青春读本——感动中学生的100个故事》第一、第二、第三辑出版后，在社会上引起了巨大的反响，被读者誉为“一本能真正打动中学生心灵的好书”，“一本能让中学生懂得许多道理的教材”。根据广大读者的建议，编辑部决定继续编辑《青春读本—感动中学生的100个故事》第四辑。为此，再次面向全社会征稿，希望广大读者，特别是中学生们将你们在各类报纸、杂志、网络上读到的最感人的作品推荐给我们。

推荐稿要求：1、立意：清新隽永，富含真情至理，读之令人经久难忘；2、内容：以叙事为主，一篇作品中要有一个感人的故事情节或细节；3、字数：一般在2500字左右。

推荐稿请务必注明原作者、发表日期和出版单位以及推荐者的真实姓名、联系方式。所荐作品一旦入选，每篇即付推荐费50元。推荐稿请寄：上海市绍兴路74号《故事会》编辑部（邮编 200020），并在信封上注明“青春读本”。网上来稿请发以下信箱 gigimoon@vip.sohu.net。征稿截止日期为2006年12月31日。推荐稿一律不退，请自留底稿。

永远的叔叔

他给了我一个家

哲野是我的爸爸,但我叫他叔叔,他是在车站的垃圾堆边把我捡回家的。

他给了我一个家，还给了我一个美丽的名字，陶夭。

哲野的父母都是归国的学者，他们没有逃过那场文化浩劫，愤懑中双双弃世，哲野被发配农村，和相恋多年的女友劳燕分飞，从此孤身一人，直到35岁回城时捡到我。

童年在我的记忆里并没有太多不愉快，只除掉一件事。

上学时，班上有几个调皮的男同学骂我“野种”，我哭着回家，告诉哲野。第二天，哲野特意在学校大门口拦住了那几个男生，他大声吼道:“谁说夭夭是野种的？”小男生一见高大魁梧的哲野，都不敢出声。哲野再次挥挥拳头:“下次谁再这么说，让我听见，我揍扁他！”

有个男生忍不住嘀咕:“她又不是你生的。”哲野牵着我的手回头笑:“可是我比亲生女儿还宝贝她。不信哪个站出来给我看看，谁的衣服有她的漂亮？谁的书包比她的好看？她每天早上喝牛奶吃面包，你们吃什么？”小男生们顿时气馁，说不出话来。

自此，再没有人骂我是野种。大了以后，想起这事，我总是失笑。

哲野是个建筑工程师，他温雅整

一条短信，一种心情，一声问候，一片温馨，一点距离，一份牵挂，一颗真心，一个愿望，一起祈祷，一切如意！广东 丘美妮（0924）

洁，风度翩翩，是个吸引女人眼球的帅哥。记得我八岁的时候，曾经有一次，哲野差点要和一个女人谈婚论嫁了。那女人精明漂亮，不知道为什么我不喜欢她，总觉得她脸上的笑像贴上去的，哲野在，她对我笑得又甜又温柔，哲野不在，她那笑就变戏法似的不见了。有一天我在阳台上看图画书，她问我："你的亲爹妈呢？一次也没来看过你？"我呆了，望着她不知道说什么好。她啧啧了两声，说："这孩子，傻，难怪他们不要你。"

就在这时，哲野铁青着脸走过来，牵起我的手什么也不说就回了房间。后来那女的就再也不上我们家来了。

哲野有个好朋友叫邱非，有一天我听邱非问哲野："怎么好好的又散了？"哲野说："这女人心不正，娶了她，夭夭以后不会有好日子过的。"邱非叹了口气，说："你还是忘不了叶兰！"八岁的我牢牢记住了这个名字。长大了我才知道，叶兰就是哲野当年的女朋友。

青春，因他而不同

我们一直相依为命，哲野把一切都处理得很好，包括让我顺利健康地度过青春期。

我考上大学后，因学校离家很远，就住校，周末才回家。

回到家,哲野有时会问我："有男朋友了吗？"我总是笑笑不作声。学校里倒是有几个男生总喜欢围着我转，但我一个也看不上：甲高大英俊，无奈成绩三流；乙功课不错，但外表实在普通；丙功课相貌都好，气质却似个莽夫……

二十岁生日那天，哲野送我的礼物是一枚红宝石戒指。这类零星首饰，哲野早就开始帮我买了，他的说法是：女孩子大了，需要有几件像样的东西装扮。吃完饭他陪我逛商场，我喜欢什么，他就马上买什么。

回校后，我敏感地发现同学们在背后议论我，当时我也不放在心上，直到有一天一个要好的女同学私下把我拉住，她问我："他们说你有男朋友了，而且年纪比你大好多？"我莫名其妙，不解地问："谁说的？"女同学说："有好几个人看见的，你跟他逛商场，亲热得很呢！他们说你难怪看不上这些穷小子，原来是傍了大款！"我略一思索，脸慢慢红起来，过一会笑道："他们误会了。"

我并没有解释，静静地坐着看书，脸上的热久久不退。

周末回家，我发现哲野的精神状态非常好，走路轻捷生风，偶尔还听见他哼一些歌，倒有点像当年我考上大学时的样子，他一定是遇到什么喜事了。

又过了一个星期，我接到哲野的电话，要我早点回家，和他一起出去吃晚饭。

回到家，我看见他刮胡子换衣服，不禁心一跳，问："有人帮你介绍女朋友？"哲野笑着说"我都老头子了，还谈什么女朋友，是你邱叔叔，还有一个也是很多年的老朋友，一会你叫她叶阿姨就行。"

我当时就判断出，那个叶阿姨一定是叶兰！

路上哲野告诉我，前段时间通过邱非，他和叶兰联系上了，她丈夫几年前去世了，这次重见，感觉都还可以，如果没有意外，他们准备结婚。

我不经意地应着，渐渐觉得脚冷起来，一股冷气慢慢往上蔓延。

梦中，他和别人结婚了

到了饭店，我很客观地打量着叶兰：她微胖，眉宇间尚有几分风韵，和同年龄的女人相比，她无疑还是有优势的，但是跟英俊的哲野站在一起，她看上去老得多。

她对我很好，很亲切，一副爱屋及乌的样子。

到了家哲野问我："你觉得叶阿姨怎么样？"我说"你们都计划结婚了，我当然说好了。"

那晚，我睁眼至凌晨才睡着， 第二天回到学校我就病了。虽然发着高烧，但我撑着不肯缺课，只觉头重脚轻，终于栽倒在教室里。

待我醒来时已经躺在医院里了，哲野坐在旁边看书。

我住院期间，哲野除了上班，就是在医院。我每一次从昏睡中醒来，就立即搜寻他，要马上看见，才能安心，看不见，我会非常失落。我听见他和叶兰通电话："夭夭病了，我这几天都没空，等她好了我跟你联系。"我凄凉地笑，如果我病，能让他天天守着我，那么我何妨长病不起。

住了一星期院才回家，哲野在我房门口摆了张沙发，晚上就躺在上面，我略有动静他就爬起来探视。

那几天，叶兰天天买了大捧鲜花和水果来探望我，我礼貌地谢她。她做的菜很好吃，但我吃不下。我早早地就回房间躺下了。

我时时做梦，梦见哲野和叶兰终于结婚了，他们都很年轻，叶兰穿着婚纱的样子非常美丽，而我这么大的个子充任的居然是花童的角色。哲野愉快地微笑着，可就是不回头看我一眼，我清晰地闻到新娘花束上飘来的百合清香……我猛地坐起，醒了。半晌，又躺回去，绝望地闭上眼。

黑暗中我听见哲野走进来，接着床头的小灯开了。他叹息，轻声问："做什么梦了？哭得这么厉害。"我装睡，然而眼泪就像漏水的龙头，顺着眼角滴向耳边。哲野温暖的手指一次又一次地去划那些泪，泪却怎么也停不了。

这一病，缠绵了十几天。等痊愈，我和哲野都瘦了一大圈。我又要上学了，哲野说："还是回家来住吧，学校

照照镜子，收起憔悴挂起快乐的笑脸；整整衣衫，掸去疲惫换来一身的轻闲；出去转转，抛弃烦恼放松心的大自然；发发短信，祝你健康快乐每一天。云南 金明（0925）

那么多人一个宿舍，空气不好。”我当时想都没想就点头答应了。于是，他天天开摩托车接送我上学，我的脸贴着他的背，心里忽喜忽悲。

以后叶兰再也没来过我们家。过了很长很长的一段时间，我才确信，叶兰是过去式了。

幸福，从指间点滴流逝

我顺利地读完大学，顺利地找到理想的工作，原以为幸福就将来临，但上天却不肯给我这样的幸福。

那天，哲野在工地上晕倒了，医生诊断是肝癌晚期。闻此消息，我犹如晴天霹雳，以至于眼中竟然没有一滴泪水，我追着医生问:“他还有多少日子？他还有多少日子？”医生说:“一年，或许更长一点。”

我把哲野接回家。白天我上班，请一个钟点工看护，中午和晚上，由我自己照顾他。

哲野笑着自责:“看，都让我拖累了，本来你应该和男朋友出去约会呢。”我也笑说“男朋友？那还不是万水千山只等闲。”

每天吃过晚饭，我和哲野出门散步。我挽着他的臂。在外人眼里，这何尝不是一幅天伦图，只有我，在美丽的表象下看得见残酷的真实。我清醒地悲伤着，我清晰地看得见我和哲野最后的日子在一天天飞快地消逝。

哲野很平静地照常生活，看书，钟点工说，每天他有大半时间是呆在书房的。

我也越来越喜欢书房，饭后我和哲野各泡一杯茶，相对而坐，下几盘棋，然后我帮哲野整理他的资料。他规定有一叠东西不准我动，我好奇，终于一日趁他不在时偷看。

那是厚厚的几大本日记。

“夭夭长了两颗门牙，下班去接她，摇晃着扑上来要我抱。”

“夭夭十岁生日，许愿说要哲野叔叔永远年轻。我开怀，小夭夭，她真是我寂寞生涯里的一朵解语花。”

“今天送夭夭去大学报到，她事

事自己抢先，我才惊觉她已经长成一个美丽少女，而我，垂垂老矣。希望她的一生不要像我一样孤苦。”

“邱非告诉我叶兰近况，然而见面并不如想象中令我神驰。她老了很多，虽然年轻时的优雅没变。她没有掩饰对我尚有剩余的好感。”

“夭夭肺炎，昏睡中不停喊我的名字，醒来却只会对我流眼泪。我震惊，我没想到要和叶兰结婚对她的影响这样大。”

“送夭夭上学回来，觉得背上凉嗖嗖的，脱下衣服才发现湿了好大一片。唉，这孩子……”

“医生宣布我的生命还剩一年。我无惧，但夭夭，她是我的一件大事。我死后，如何让她健康快乐地生活，是我首要考虑的问题。”

我捧着日记本子，眼泪簌簌地掉下来。原来他是知道的，原来他是知道的。

后来，那叠本子就不见了，我知道哲野已经处理了。他不想我知道他的心思，但他不知道，我已经知道了。

哲野是第二年春天走的，临终，他握着我的手说：“本来想把你亲手交到一个好男孩手里，眼看着他帮你戴上戒指……来不及了。”

我微笑。他忘了，我的戒指，二十岁时他就帮我买了。

书桌抽屉里有他一封信，简短的几句：“夭夭，我去了，可以想我，但不要时时以我为念，你能安详平和地生活，才是对我最大的安慰。叔叔。”

我并没有哭得昏天黑地，此刻，我心静如水。

在书房整理杂物的时候，我在柜子角落里发现一个满是灰尘的陶罐，我拿出来，洗干净，见上面有四句诗：君生我未生，我生君已老。恨不生同时，日日与君好。

到这时，我的泪，才肆无忌惮地汹涌而下。

（作　者：陶　夭　推荐：文　闻）

（题图、插图：安玉民）

雪是白的，煤是黑的，我对你的思念是成山成堆的；药是苦的，蜜是甜的，我对你的牵挂是成月成年的；冰是凉的，火是热的，我对你的爱是每时每刻的。山东 隋家良（0926）

食堂留言簿上的经典

◇ 能不能请那个打饭的不要把手指伸到我的菜里……

◇ 京酱鸡丝，咖喱鸡块，宫保鸡丁，炸鸡排，鸡丝豆腐，红烧鸡腿，黄瓜鸡丁，青豆鸡丁……猪牛羊鱼虾都死光了吗？

◇ 食堂的人好心眼，知道我们的牙齿不坚固，为了锻炼我们的牙齿特地在饭里面加入了很多小石子。

◇ 请问：食堂的工作人员是炊事员还是饲养员？

◇ 不到食堂就不知道什么是节约：中午剩的晚上热热再吃，晚上剩的可以当第二天早上的包子馅。

◇ 大师傅打菜用的勺怎么和我不见了的掏耳勺那么像？在哪买的？

◇ 建议禁止喂饭！（指情侣互喂）

◇ 今天晚上的紫菜蛋花老鼠汤不错呀——一位从汤里吃出小老鼠的同学留。

◇ 每次我打四毛饭的时候不用再给我加一毛的沙子啦！

◇ 虽然我喜欢钱，但也不要总是用刚拿完钱的手打菜给我吧。

◇ 能不能不要让苍蝇淹死在西红柿汤里面？

◇ 建议禁止打菜师傅把头探出窗口看来的是不是熟人！

◇ 建议把菜单上的“土豆炖牛肉”改成“土块炖牛肉”吧。

◇ 我们又不是鸡，不用吃沙子帮助消化！

◇ 除了土豆不刮皮，食堂里样样都“刮皮”！（**推荐者**：顾　萌）

·本刊信息传真·

2006年《中国最有影响力的故事》征文启事

五大奖励措施　稿酬外追加千字千元奖金

为鼓励多出优秀作品，《故事会》杂志社决定继续举办2006年《中国最有影响力的故事》征文大赛，并对优秀作品实行5大奖励措施：

1. 入选作品除在杂志上发表外，还将收入《〈故事会〉中国最有影响力的典藏故事》（2006年版）一书。2. 入选作品可得两笔稿酬：在《故事会》杂志发表的作品，首发稿酬每千字400元，选入书后再追加每千字1000元。3. 入选作品均颁发奖励证书。4. 本刊将委托有关专家对入选作品进行精彩点评。5. 本刊将邀请有关作者参加5月在上海举办的第十一期“故事创作研讨班”、10月在外地风景区举办的优秀作品改稿会以及年底的颁奖大会，所有费用均由我社承担。

征稿范围：具有现实感、新鲜感且可读性强的中短篇原创作品。超短篇（如幽默故事）的字数一般在1500字以内，短篇（如中国新传说）的字数一般在5000字以内，中篇故事的字数一般在15000字以内。

来稿方法：1. 从邮局寄发，请在信封上注明“征文大赛”字样，本刊地址：上海市绍兴路74号《故事会》杂志社，邮编：200020。2. 从网上传递，可发以下信箱：wulun@vip.sohu.net，请在主题上注明“征文大赛”字样。来稿也可直接发至各责任编辑的电子信箱，本期责任编辑的信箱是：lujia411@yahoo.com.cn。

·点击网络故事·

我是一条小鱼儿

□何选奇

小鱼儿游进了市长家

我是一条小鱼儿，才长到半寸多长一点儿，就被鱼贩子从池塘里捞出来扔进了筐里。就在我快要渴死的时候，突然听到一个老太太的声音：“快看看，筐里还有一条小鱼呢，快点把它放到水池里去，要不它会被憋死的。”

鱼贩子很不耐烦，说“一条小破鱼儿，有什么可大惊小怪的，你要是可怜它就送给你吧。”老太太一听这话就乐了，打开她随身带来的矿泉水瓶子，把我放了进去。我一下子就来了精神，在瓶子里面给她三鞠躬，感谢她的救命之恩。

我正想再好好地谢谢老太太，就听得一声“好”字，一个记者走了过来，他扛着摄像机，对老太太说：“大妈，您老人家仁慈为怀，救了这条可怜的小鱼儿，真是太令人感动了，我刚才把您的一举一动全拍了下来，请您对着全市的观众说上几句话吧。”

老太太不好意思起来，说：“我……我只是觉得鱼儿虽小也是条生命，再说我有个小孙子，我想把鱼拿回去让他玩。”记者说：“您讲得太好了，鱼儿再小也是一条生命！我们新上任的刘市长有您这样一位充满爱心的母亲，他该多么自豪呀！能否请您谈谈刘市长小时候的事迹，我们全市人民都想听听。”

老太太脸红了，她说：“这和我儿子没关系，他不让我多管闲事，我走了。”老太太说完带着我就走了，而记

一片两片三四片，片片相思把你念；五片六片七八片，片片柔情把你恋；九片十片十一片，片片愁云难相见；百片千片万万片，一片真心永不变。山东 刘军（0927）

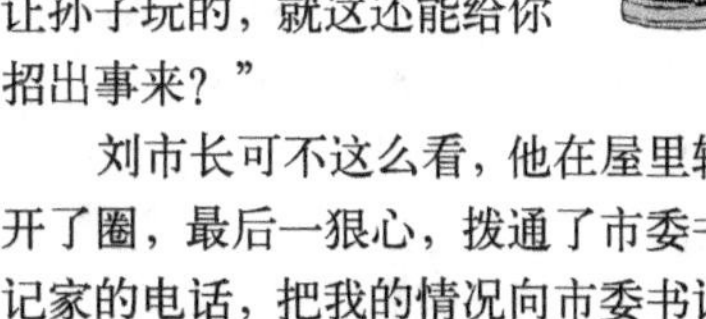

者偏偏不干，还追着老太太让她讲话，最后吓得老太太加快了脚步。

回到老太太的家里，她把我放入了一个玻璃缸里，高兴得我又蹦又跳。可到了晚上，刘市长一回来就发了脾气，他埋怨老太太说：“妈，我告诉你多少遍了，不要在外面出头露面，你就是不听，你看看，报上把你救鱼的事登出来了，还说你是中国最慈祥的母亲呢。”

刘市长的话还没说完，小孙子就打开了电视，画面上正在播放老太太救我的全过程，孙子手舞足蹈地说：“快看呀，奶奶上电视了。”刘市长一看电视上的大吹特吹，更是火冒三丈，他对老太太说：“一会儿要是有人来，千万别说我在家，我现在谁也不想见，更不愿就此事发表任何看法。”

刘市长的话音刚落，就有人敲门了，他赶紧走进里屋。来人进门就道喜，还带来很多吃的，说是给我的。这个人还没走，就又来了不少人，个个手里都拿着好吃的，有的还放下了很多钱。还有人特意走过来看看我，夸我多么可爱，多么漂亮，简直把我夸成了一朵花。老太太说什么也不肯收钱，可是架不住人们求她，最后没办法，就收下了。

夜深人静，人全走光了。刘市长从里屋走出来，看着堆积如山的各种物品，不禁喟然长叹：“唉！这可怎么好呀！”老太太不以为然，说：“一条小鱼算个什么，我是要回来让孙子玩的，就这还能给你招出事来？”

刘市长可不这么看，他在屋里转开了圈，最后一狠心，拨通了市委书记家的电话，把我的情况向市委书记汇报了，并说：“我想明天就把这条鱼和这些物品上交到市委去。”

听完刘市长的汇报，市委书记没有生气，反而哈哈大笑起来，他说：“别那么大惊小怪的，我看这不是件坏事，只要我们处理得好，还会成为一件大大的好事。通过这件事，开展一项爱心大行动，让全市人民来献爱心，这样不是更好吗？”

厄运就又一次降临

后面我不知他们俩是怎么商量的，反正第二天我就被刘市长带到了市委，再由别人将我带到了一间大会客厅里，这里正中摆着一个大八仙桌，桌子上放着一个大鱼缸，我被放进了大鱼缸里，感觉好舒服呀！

自从我进来的那一刻起，这里就变成了欢乐的海洋，人们像潮水一般地涌来，捐钱捐物，还站在鱼缸前与我合影留念。这些人就是霸道，和我照相从来不经我同意不说，还总爱拉着市长和书记一起照，这叫什么事呀？那么多闪光灯，都快把我的鱼眼给闪瞎了！

一晃一个多月过去了，来的人渐

渐少了，不过我的待遇还是蛮高的，鱼虫、饼干、面包，样样都有。可是突然有一天，我感觉气氛有些不对了，那些天天守护我的工作人员全撤了不说，刘市长也好久不见了，这是怎么一回事？

还没等我明白过来，厄运就又一次降临到了我的头上。过去人们见了我那么亲近，现在他们的眼里却充满了憎恶和鄙视，有的人还咬牙切齿地往我的鱼缸里吐痰。

正在我一筹莫展，要活不下去之时，老太太再次出现了，一见到她，我就哭了。只见她拨开杂物和浓痰，小心翼翼地将我抓起，放进她带来的矿泉水瓶子里，我一下子就感觉身上爽快多了。

老太太悲悲切切，边走边哭，工夫不大，她就把我带到了一条小河旁。她小心翼翼地捧起了我，哭泣着说“鱼儿呀，小鱼儿！当初我看你可怜，怕你一命呜呼，才把你带回家中，谁知好事的记者小题大做，更有一群拍马屁的能手大吹大擂，搞个什么献爱心运动，这一献不要紧，就把我的儿子给献进牢里去了。唉！我对不起儿子，现在儿媳妇带着小孙子走了，我还有什么老脸活在这世上呀……”

老太太哭得很伤心，她把我轻轻地放入小河里，对我挥了挥手，说：“鱼儿呀，你逃生去吧，咱们下辈子再见……”

老太太伤心至极，莫非她要寻短见？我吓坏了，急忙将自己的头向河中的大石头撞去，顷刻之间，我就晕死了过去。

老太太愣住了，她快速地将我捧起来，流着泪说：“鱼儿呀，你这是干什么呢？你要让我怎么办才好呀？”

我慢慢地活了过来，看着老太太慈祥的眼神，我知道她不会再去自杀了。我做得有点卑鄙，但为了救老太太，我只能这样做，因为我只是一条可怜的小鱼儿，我什么本事也没有。

雨打梨花深闭门，辜负青春，虚度青春；赏心乐事共谁论，花下销魂，月下销魂；愁聚眉峰尽日颦，千点啼痕，万点啼痕；晓看天色暮看云，行也思君，坐也思君。吉林 邵明凯（0928）

价值百万的“神鱼”

一晃三个月过去了。那天喜从天降，刘市长竟然平安无事地回来了，而且还官复原职。刘市长告诉老太太：“我的一个下属贪污了献爱心的捐款，被查了出来。有人想把我也搞下台，诬告我有贪污行为。可事实就是事实，最后查清了我没事。”

刘市长一回来，家里就又热闹起来，祝贺的人来了一拨又一拨，他们还是照样和市长说笑，照样有人要和我合影。这回我可没有以前那么傻了，对那些曾经往我鱼缸里吐痰的人，我坚决不和他们正面照相，只给他们一个屁股。

等人们全散去了，刘市长对老太太说：“你别说，这条鱼儿还真有点灵性，在这次事件中凡是给我下套的人，它一律全用屁股对着人家，而对那些为我申诉，为我抱不平的人，它就摇头摆尾，好像它知道内情似的。”

刘市长的话不知怎么地就在外面传开了，以后来看市长的人就都先来和我照张相，看我是用屁股对着他还是摇头摆尾，一时间我成了一条神鱼。有人向刘市长出一百万的高价要买我，市长夫人还真的动心了，她对市长说“如果有人真出一百万，那就卖了吧。”刘市长不同意，说：“这些人醉翁之意不在酒，这是在借机行贿。”刘市长和夫人言语不和，越说越僵，最后吵了个天翻地覆。

当天夜里，老太太又把我带到了小河边，她捧起了我，说：“鱼儿呀，小鱼儿，为了我们一家人的安宁，我只好让你走了。”她把我放入了小河，我对她深深地三鞠躬，然后一游三回头，流着泪水向远方游去……

（题图、插图：谭海彦）

·本刊信息传真·

《滴水藏海》再次面向全社会征稿

《滴水藏海——300个3分钟典藏故事》第一、第二、第三、第四辑出版后，在社会上引起了巨大的反响。

根据读者的建议，编辑部决定继续编辑《滴水藏海——300个3分钟典藏故事》第五辑，为此，再次面向全社会广泛征稿，希望广大读者将你们在各类报刊杂志上读到的以及各种场合听到的这类“3分钟典藏故事”推荐给我们。

推荐稿要求：1、立意清新隽永，富含真情至理；2、以叙事为主，一篇作品中要有一个精彩的情节或细节；3、篇幅：一般在500字左右。

推荐稿务必注明原作者、发表日期和出版单位以及推荐者的真实姓名、联系方式。所荐作品一旦入选，每篇即付推荐费50元。推荐稿请寄：上海市绍兴路74号《故事会》编辑部(邮编：200020)，在信封上注明“典藏故事”。网上来稿，请发以下信箱：wulun54@163.som,征稿截止日期为2006年12月31日。推荐稿一律不退，请自留底稿。

·外国文学故事鉴赏·

根据英国作家爱丽丝·莫多克的作品编译

送您一束丁香花

□李月平　编译

今年夏天对乔尼来说真是祸不单行：父亲溘然长逝，母亲又不幸中风瘫痪；更为不幸的是，他苦心经营的公司也出现了重重危机，而要使公司渡过危机，唯一的办法就是得到文森公司这样的大客户的订单。可是，乔尼早有耳闻，文森公司的老板彼得森是个挑剔至极的家伙，乔尼陷入了深深的忧虑之中。

乔尼请了一名叫朵拉的护士小姐照料母亲的起居生活。一天下班后，乔尼站在门口仔细地观察着这位新来的护士：朵拉正坐在床沿，耐心而细致地为母亲擦洗身体，由于母亲身高体胖，朵拉挪动她时显得十分吃力，但朵拉毫无怨言，依旧面带微笑，默默地工作着，并不时用喃喃细语安慰着母亲。母亲好像非常信任这个女孩，努力地配合着她的工作。

乔尼被眼前的这一幕深深地感动和吸引了，可就在这时，电话铃声唤醒了他。电话里传来了文森公司的老板彼得森的声音：“非常抱歉，乔尼先生，我们暂时还不能和贵公司签订合同，因为现在有好几家公司向我们抛出了橄榄枝，所以我们还得考虑一段时间。”

放下电话，乔尼沮丧之极，他喃喃自语道：“时间对我来说就是金钱和生命，推迟一天就意味着公司离破产更近一步啊！”他独自来到院子里的花圃旁，点燃一支烟，焦躁不安地

有你开心省心，对你真心痴心，为你担心痛心，也曾伤心醉心，不敢变心花心，不要多心疑心，发信我很费心，最怕你是无心。1373***4020（0929）

踱来踱去。

许久之后，乔尼的背后传来一个温柔的声音:“乔尼先生，这束丁香花送给您吧！”蓦然回首，乔尼发现朵拉正微笑着望着自己，她手里拿着一束淡紫色的丁香花，花朵散发出阵阵袭人的芳香，让人感到神清气爽。

“您的工作压力太大了，这样不利于身体健康，您需要多加休息和调养。山重水复疑无路，柳暗花明又一村，看上去挺糟糕的事情，实际上总会有转机的。”朵拉如知心朋友一般轻轻地劝慰道。银白色的月光洒在她身上，显得那样清秀典雅，如同一朵雨后的丁香。乔尼点了点头，向她表示感谢。那一晚，伴随着丁香花的芳香，乔尼第一次睡了个安稳觉。

一周之后，合约的事情依旧没有进展。乔尼烦躁地走到花圃散心，工作的烦恼就像幽灵一般缠绕着他，他长长地叹了口气，回到屋子。这时，耳畔又传来朵拉轻柔的声音:“又被工作的事情困扰吗？”她给他端来一杯茶，“送您一盏香茗，袅袅茶香能让人的心变得清雅平实，返璞归真。”

乔尼品着茶，觉得内心充满了感动：真是个善解人意的女孩啊！

转眼之间，已经到了等待签约的第三个星期了。乔尼独自一人来到花圃，抬头望了望母亲的房间，房间里的灯熄了，想必母亲已经安睡，朵拉呢？她也休息了吗？在这样一个宁静安谧的夜晚，乔尼忽然有些期待朵拉那轻柔的声音陪伴，期待她给他带来减压的良药……

“送您一张老唱片吧！”朵拉不知什么时候来到了乔尼的身边，微笑着递给他一张唱片，“这是理查德·克莱德曼的钢琴曲，听听《献给爱丽丝》，如天籁般优美的琴声，会为你营造一份好心情的。”

乔尼凝视着朵拉清澈如水的眼睛，忽然有一种将她长久留在自己身边的冲动，于是说道:“真感激你为我所做的一切，如果我给你加薪，你可

不可以再续约一年呢？”

顿时，朵拉熠熠闪光的眼神黯淡了下来，她忧伤地说“难道您真的认为爱可以用金钱来衡量吗？您或许可以用加薪的办法来酬谢我付出的辛劳，但有一个人对您的关爱，却是您一辈子也酬付不起的！”朵拉指着乔尼母亲的房间，轻轻地说，“其实，您真正应该感谢的，是您的母亲凯琳女士，这些良药都是她让我转交给您的。虽然她的身体不能动弹，可是每当她看见您为工作而烦恼时，我都能看到她眼里流露出关切和心疼的神色。如果您多和她交流、沟通，您会发现母亲的爱才是您一生受用不尽的财富啊！”

乔尼无比惊讶地听着朵拉的话语，内心翻涌着一股复杂的情绪：一直以来，在他的眼里，母亲只是个脾气暴躁、疾病缠身的老妇人，他虽然用最好的药来医治她，却没有给她足够的关爱；还有朵拉，他一直认为他们之间只是简单的雇佣关系，只要用金钱就可以保证她的忠诚，但是，在他最危难的日子里，她们却如天使一般，给予了他无尽的爱和力量。

大滴大滴的泪水沿着乔尼的脸颊不断滑落，他终于醒悟过来：在这个世界上，有很多东西无法用金钱来衡量，惟有用爱和关怀才能挽留……

夕阳西下，霞光给周围的一切披上了一层金黄色的外衣。乔尼用轮椅推着母亲，和朵拉一起来到城市的中心花园。一路上，他们有说有笑，晚霞染红了他们的笑脸。

忽然，一个响亮的声音从路边传了过来：“你好啊，小伙子！”乔尼转头一看，路旁的椅子上坐着一位老人，老人正笑容满面地和乔尼打招呼。乔尼一眼就认出来了，他正是文森公司的老板彼得森。

“乔尼先生，还记得三个星期前我们商量的关于合约的事情吗？我决定不再犹豫了，很高兴能成为你的合作伙伴！”彼得森先生微笑地看着不知所措的乔尼，“一个对自己的家庭充满关爱的人，必定是一个值得信赖的人。小伙子，希望你好好珍惜眼前所拥有的一切。瞧，刚才你们一家人这样相亲相爱的样子，真是人世间最温馨最感人的一幅图画啊！”

乔尼幸福地搂着母亲和朵拉，如同搂着他的全世界……

（题图、插图：安玉民）

·公益广告·

弘扬先进文化，繁荣故事创作

真实和谎言去河边洗澡，先上岸的谎言偷穿上真实的衣服不肯归还，真实就赤裸裸地回家。从此人们眼中只有穿着真实外衣的谎言，却无法接受赤裸裸的真实。1373***2686（0930）

·中篇故事·

玉观音是奇宝，它能救穷苦、医绝症，它出现时身围瑞气千条，祥光万道；玉观音是祸根，它使人起纷争、兴贪念、绝亲友、造谎言，它雕成时暴雨三日，天地为之恸哭……究竟是祸是福，是吉是凶？一切自在人心……

玉观音传奇

□安昌河

1．年轻人与藏宝者

有个年轻人，前几年曾跟一帮人干过盗墓的勾当，后来他改邪归正，开了一家古董行。然而，年轻人缺乏自知之明，不知道自己不是搞经营的料，两年过后，弄得债台高筑，焦头烂额。年轻人有心想重操旧业，可看到昔日道上的兄弟们相继落网，成为阶下囚，又赶紧打住邪念。他想让古董行起死回生，却又回天乏力。

就在年轻人急得团团转时，突然得到一个让他无比振奋的消息，他梦寐以求的一对玉观音终于有了线索。

说起那对玉观音，那是他当年倒卖一对玉佛时，从买主口中得知的。年轻人对买主出的低价很不满意，可买主说，这玉佛只值这个价，如果是那对玉观音，就算是高出这对玉佛一百倍一千倍的价钱他也肯出。什么玉观音竟这么值钱？顿时诱得年轻人两眼发绿，从此他开始了漫长而艰难的寻找……

这时有人告诉他，玉观音在安州一对老夫妇手里。那对老夫妇原是烈士陵园管理处的，如今虽已退休，但仍住在里面，老夫妇每天一早起来就要去陵园里清扫落叶，提供线索的人建议年轻人趁两位老人去扫落叶的空隙，进入老夫妇家中去偷玉观音。

年轻人根本不屑去做小偷，他要

大摇大摆地进入老夫妇家中,索要那对玉观音。年轻人这么做，是有“本钱”的。你看，他拎着一只皮箱，皮箱里有两样东西，一样是他费尽心思弄来的几捆钞票，另一样是一把装满子弹的手枪。年轻人为这次行动制定了两套方案。一套是“巧取”，就是先把钞票摆在老夫妇的面前，再施以花言巧语。另一套是“豪夺”，这是在巧取失败之后的备用方案，到时他将手握手枪，一枪一个，然后按照计划好的脱逃路线，迅速离开安州。

年轻人清楚这对玉观音对他太重要了，得到它们，他不仅能立即摆脱困境，而且前途也将如同铺满了黄金和钻石一样璀璨夺目……

年轻人乔装打扮一番，冒充园区安检人员，顺利地骗开了老夫妇的房门。一进屋，他顿时感受到屋里充满了“玉气”。他听人说过，玉是天地间的灵物，即便隐于形，却难抑住“气”。年轻人按捺住心头的狂喜，装模作样地在屋里瞅了一圈，只见屋子收拾得整洁明亮，一尘不染，屋内种植的花草郁郁葱葱，生机盎然。再看那对老夫妇，虽然年岁已高，却是鹤发童颜，精神矍铄。

年轻人心里感叹道：只有这样的人家，才能藏得住玉观音，也只有玉观音那样的稀世宝物，才会使这户人家呈现出这样安谧祥和的气氛啊!

然而感叹归感叹，年轻人还是自负地认为，这样的稀世宝物只有自己才配拥有。他正想开口说明来意，一直坐在一边冷眼看他的老头却先说话了：“我看你不是来检查安全的。”

年轻人先是一怔，随即笑道：“怎么见得？”

老头微微一笑说：“你的目光闪烁、贼亮，安检人员没有这样的眼神。你的脚步轻快如猫，只有老贼才会有这样的步伐。再说了，安检人员又怎么会带你这样的皮箱？”老头说罢，嘴角带着嘲讽，就像一位资深的戏剧评论家，在点评一个三流演员的拙劣表演。随后，他侧头看着一旁的老妇人，好像在征询她的看法。

老妇人无声地点点头。

两位老人的话语和神态，使年轻人乱了方寸，他只得直言相告自己此行的目的，然后提起皮箱，搁在桌子上，打开，露出里面一沓一沓的钞票，在那花花绿绿的钱堆上面放了一把闪着幽幽冷光的手枪!

年轻人语气阴冷地说：“你们说得对，我不是安全检查员。我来，是要拿走那对玉观音。”说着，他一指皮箱，“这箱子里面有两样东西，你们可以任选其中一样，咱们就算成交了。”

老夫妇对视一眼，老妇人叹息一声，对老头说“看来只有这样了。”说着进了里屋，从一个柜子里拿出一个精美的盒子来。

找一湖碧水，钓几尾游鱼；喝一壶老酒，交一群朋友；看世间冷暖，忆人生得失；虽说人在江湖身不由己，记住别累着自己，周末愉快！福建 吴家祥（0931）

年轻人一看那盒子，再一嗅盒子散发出的淡淡馨香，不由得感叹道：“真是好宝贝啊！”

老头接过盒子，抱在怀里，问年轻人：“你是说这盒子是宝贝，还是盒子里的玉观音是宝贝？”

年轻人说：“这盒子是用整块紫檀木雕成的，这样大的紫檀木，树龄起码在千年以上。闻这香气，不燥不烈，淡如风，雅如月，这盒子应该也已在这世间历练了数百年……这盒子是宝贝，藏在里面的玉观音当然更是宝贝中的宝贝。”

老头微笑道：“听你这话，好像也是识宝之人。我来问你，你可知道这玉观音为何如此贵重？”

年轻人侃侃而谈起来：“这玉观音的玉料出自新疆和田，和田玉以白黄青墨为常见，血玉翠玉则极为罕见。而这对玉观音一为血玉观音，一为翠玉观音，据说是从同一块玉石上雕琢出来的，加之年代久远，因此被世人视为稀世珍宝。”

老头眯眼问道：“你就知道这么多吗？”

年轻人点点头。

“哪会这么简单！”老头说，“你只知其珍贵而不知其为何珍贵，宝物落在你这种人手里，等于明珠掉入泥淖！”

年轻人听了，以为老头不肯将玉观音给他，正欲奋身抢夺，却听老头长叹一声，吩咐老妇人道：“你去泡两杯茶来，我与他好好说说这玉观音的由来吧。”

老头示意年轻人坐下，说：“既然你想要得到这对玉观音，最好先把你那躁动的情绪收敛收敛，听我给你说说这玉观音的故事，你只有知道了它们的历史，才会明白它们的价值！”

年轻人本不想听，但见老头一副不说不肯罢休的样子，正犹豫时，老妇人端了两杯茶来，对年轻人说：“时候尚早，我们家也难得来个客人，他既然要讲，你就一边品茶一边听吧，何苦急在一时呢？”年轻人只得接过茶水，耐着性子坐下来。

于是，老头啜了一口清茶，说了起来。

2. 将军与制玉者

乾隆年间，新疆和田有一条羊渡河，河流两岸分别居住着两个部族，他们互相通婚，世代友好。一天，有人突然发现在两个部族之间的河道上，布满祥云瑞气，由此人们断言，河道中必然有宝物出现。消息传到两个部族首领的耳中，他们立即组织勇士跳入河中进行打捞。

几经周折，宝物终于打捞上来了，那是一块哈密瓜大小的玉石。这玉非常奇特，一半血红，一半翠绿，血红那面，用手触摸一下，立刻感到温润无比，而翠绿那面，还没靠近，即可感到一股清凉，沁人心脾。一件宝物，两个部族，就纷争开了，你抢了去，我又夺回来，因为夺宝而展开械斗，死伤无数。

就在双方斗得难分难解的时候，驻扎边疆的一位将军把两个部族的首领召集到一起，说愿意主持公道，平息他们之间的纷争。

将军把那玉搁在桌上，看了半晌，连声感叹“好宝贝”，随后，将军抱起玉石，对两位首领挥挥手，说道：“纷争已经平息，两位首领请回吧，愿你们今后世代友好！”

两个部族首领听了，愣了一愣说：“哪有你这样调解的，竟把玉据为己有，叫我们空手而回！”

将军笑着说：“我本想将这玉从中间割开，让你们各执一半，但是这玉浑然天成，若是割开，坏了宝物，后人必然骂我昏庸。若把玉判给一方，那没得到玉的一方必然还会想方设法争夺，纷争只会越来越大，仇怨也就越积越深……到那时，朝廷派我出兵平息，后果不堪设想啊！”

两个部族首领听得瞠目结舌。

将军接着说道：“你们原本是睦邻友好的部族，这块玉的出现使得你们反目成仇。现在我把玉拿走，你们不就没有争夺的目标了吗？不就可以重归于好了吗？”

不知怎的，这事却被乾隆皇帝知道了。乾隆听说那玉是稀世珍宝，便下了一道圣旨，命将军火速将玉带回京城，上呈朝廷。

一路上将军抱着玉石，长吁短叹，爱不释手。他的一位谋士见了，就给他出了个主意，说皇帝又没亲眼看见玉的大小，不妨做做手脚，从上面切割两块下来，制成两个玉观音搁在身边，做个留念。

将军一听大喜，在返回京城的途中，将军故意放慢行进速度，暗中派人四处寻找制玉高手。

经过一番明察暗访，谋士终于给将军带来了一位老者，将军一看老者的眼神和双手，就知道此人正是自己

早晨下大雨，快乐属于你；中午是蓝天，开心每一天；下午雷阵雨，健康伴着你；晚上观美景，心情如流水；深夜寒风吹，祝你人人追。田永清（0932）

要找的制玉高手。于是他捧出那块奇玉，让老者从上面切割两小块下来，在三日之内为他雕琢成两个玉观音，事成之后许以黄金百两。

老者一见那玉，一言不发，转身就走。将军好生奇怪，赶紧叫人拉住他。

老者慌忙跪下说道："此玉浑然天成，我若动了它，就是违了天意，将给小人和将军招来杀身之祸！"

将军抽出佩剑，冷笑道："你若再借故推辞，杀身之祸就在眼前！"

老者无奈，抱着那块玉，一阵号啕大哭之后，便雕琢起来。

老者刚一下刀，只见电闪雷鸣，暴雨如注。老者不吃不喝，一刻不息地雕琢了三天三夜，那暴雨也一刻不停地下了三天三夜。

到了第三天傍晚，暴雨突然停止，云开雾散，西方天空出现了金光万道。这时，谋士来告诉将军，说老者已经将玉制好了，请他过去观赏。

老者的制玉手段果然高明，制出了两尊观音，一尊血玉观音，一尊翠玉观音，全都玲珑剔透，栩栩如生。

当天夜晚，将军给老者送去美酒，老者端起酒杯，泪流满面地说道："没想到将军还算有点仁义，肯给老汉我留下全尸。"

将军面露哀伤，说道："留下你，必然会泄露我偷料制玉的事情，我这么做也是不得已啊。"

老者躬身道："临死前我有一事，求将军将我的尸体送回我家，嘱咐我的儿孙千万不可用棺材装殓，一定要浅土掩埋。另外吩咐他们，每日清晨必须到坟头拜我。"

将军大惑不解地问："这是为何？"

老者说："坏了宝物，违背天意，这么做只是为了向苍天谢罪。叫他们每日清晨到坟头拜我，是为了让他们记得我生养他们的辛苦。将军一定要嘱咐他们。"说完，老者举起酒杯一饮而尽，随即七孔流血，倒地身亡。

将军带着玉石回到了京城，可就在他捧着玉石上殿面见乾隆的时候，蹊跷的事情发生了——那块玉石突然在他手里碎成了粉末。

乾隆一见，好生惊奇，他也是爱玉之人，知道玉有"仁、智、义、礼、乐、忠、信、天、地、德、道"十德，是天地间的灵物。一块好端端的稀世宝玉，怎么会无缘无故地碎成粉末呢？其中必有隐情。将军见玉碎了，顿时吓得魂飞魄散，没等乾隆发问，就跪倒在地，将他为了满足私欲如何偷料制玉、杀人灭口的事情一一招了。他边说边在身上掏来掏去，掏出了那两个玉观音。

两个玉观音呈送到乾隆手里，乾隆仔细一看，品相极差，根本不是出自和田的美玉，一怒之下，将两个玉观音摔得粉碎。

一块稀世宝玉，就这样在一瞬间灰飞烟灭，乾隆皇帝万分心疼，气恨交加，当即传旨，将那将军推出午门斩首示众……

年轻人听到这里，不由大笑起来："老先生，你真会编故事啊。请你告诉我，那玉怎么会碎成粉末呢？"

老头说："人活在这世上靠的是一口'精气神'，这玉也是如此。玉若没了'精气神'，连一块顽石都不如。那老者制活了一对玉观音，却坏了母玉的'精'，损了母玉的'神'，断了母玉'气'。那玉是何等高洁之物，所以才会有'宁为玉碎，不为瓦全'的成语流传下来。"

年轻人问道："照你刚才所说，乾隆皇帝摔了玉观音，那你这盒子里放的又是什么东西呢？"

老头说："乾隆摔碎的玉观音，不过是老者随身所带的样品。老者在制那对玉观音的时候，用雕琢下来的玉屑捏成了样品，它和制成的玉观音放在一起，几乎难分真伪。"

听到这儿，年轻人拍拍箱子，说道："老先生讲的故事的确精彩，你已经讲完了，该是我们交易的时候了。"

"不，不，故事还没完呢，一块奇玉，传承数百年，怎么会只这点故事呢？"老头端起茶杯，啜下一口热茶，继续娓娓道来。

3. 东鱼的喜怒哀乐

晚清年间，秦村有个读书人姓东名鱼，此人相貌堂堂，满腹经纶，人们都说他是个做翰林的料。但是他长到三十岁，也没有去参加过一次科举，不明就里的人以为他贪恋娇妻，而不想求取功名。

其实这天下哪有不想求取功名的男儿？东鱼为此也很苦恼，他苦恼自己虽读书破万卷，下笔如有神，却不能离开家门。这是因为他父亲临终时交代过，嘱他务必遵照祖传规矩，每日清晨去老祖宗的坟前叩头。东鱼并不清楚这个规矩是从哪一代传下来的，可父亲临终时的遗言，东鱼自然不敢违背。

这天清晨，暴雨过后，彩虹映天，东鱼信步来到那老坟头前，一边磕头，一边想着老祖宗如何立下这般古怪规矩。正胡思乱想，眼前突然一亮，只见青翠草丛中露出两个小巧玲珑的玉观音。东鱼拿起一看，狂喜不已，他这才明白祖宗立下规矩的原因。

东鱼怀揣着两个玉观音急急回到家中，掩上房门，悄悄捧出来给妻子豆娘看。豆娘看了不屑地说："不就是两个玉石观音么？又不是中了举，点了翰林，值得这样高兴吗？"

"你哪里知道啊，这可是价值连城的宝贝！真亏得祖宗这般煞费苦心！"东鱼告诉豆娘，他天天去拜的

曾经拥有的，不要忘记；已经得到的，更要珍惜；属于自己的，不要放弃；已经失去的，留做回忆；想要得到的，必须努力；但最重要的，是好好爱惜自己。江西 杨志刚（0933）

坟头里，埋的是一位制玉的祖先。这位祖先临终前要求子孙不得用棺材装殓自己，必须浅土埋葬，子孙们虽遵照办了，却一直不知道这位祖先究竟为什么这么要求。现在看来，这是因为他在死前吞了两个玉观音下肚。

豆娘问："吞进肚子里的玉观音怎么跑到了你的手上？莫不是你掘了祖坟？"

"这就是这玉的神奇之处了。"东鱼告诉豆娘，他以前听父辈们闲谈，知道真正的宝玉是天地间的灵物，断然不肯深埋地下，更不肯与腐尸为伴，所以每到雷声响起时，宝玉就会往泥土外面拱动，这就叫"通灵宝玉，应雷而动"。为了让后代早日得到这块宝玉，这位祖宗才要求子孙们把他不加棺椁，浅土埋葬，而且要他们每日清晨前来坟头叩拜，为的是不让宝玉被他人拾去。

"原来这样。"豆娘听了笑道，"现在你祖宗的目的已经达到，你也该去实现你的愿望，求取功名了。"

东鱼点头说："那是自然，此番我去求取功名，必能如愿以偿。"

转眼秋试在即，东鱼动身之前备好酒菜，请来好友南郭。这南郭与东鱼是三代故交，两人又都喜好诗文，谈吐相投，故而义结金兰，亲如骨肉。南郭要东鱼专心前去应试，家中一切，有他照应，尽可放心。

临行前夜，东鱼和豆娘难分难舍。东鱼将两个玉观音中的翠玉观音交给豆娘，要她好好保管，不可轻易示人。

经秋试春闱，东鱼终于得中，并被钦点为知州，这次回家，待省亲过后，就走马上任。

回到秦村，东鱼先去拜了祖宗，随后回到家中，问豆娘那翠玉观音可在。豆娘见问，顿时泪流不止，说她在睢水关春社踩桥的时候，那玉观音被挤掉了。

“掉就掉了，哭有何用？”东鱼叹息一声，安慰道，“你且放宽心思，安排些酒菜，我去请南郭前来小酌几杯，感谢他对我们一家的照应。”

南郭欣然而来。菜肴十分丰盛，东鱼久别家乡，贪恋家乡美食，就特别嘱咐弄来家乡油泼辣子鱼，麻辣口水鸡以及产自茶坪的烧刀子酒。

东鱼和南郭开怀畅饮，笑谈自己高中的经历，听得南郭啧啧感叹，说东鱼真不愧人杰，他为有东鱼这样的好朋友好兄弟而感到颜面光彩。不料东鱼突然冷笑一声，乜斜着眼看着南郭，冷冷道：“你既当我是兄弟朋友，为何背地里向我捅刀子？”

南郭听了惊愕地问：“东鱼好兄弟，为何出此恶语伤我？”

东鱼腾地站了起来，将手中酒杯“叭”地一摔，冲过去一脚将南郭踹倒在地，大声骂道：“你这人面兽心的家伙，证据面前还敢隐瞒！”

南郭叫道：“有何证据说我害你，你且拿来！若拿得出来，不劳你动手，我自行了断！”

东鱼冷笑道：“今天的酒宴大家都吃得汗流浃背，为何却不见你有半点燥热的迹象？这是因为在你的身上，藏了属于我的宝贝！”东鱼说着伸手从南郭怀里拽出一个东西来，早已惊惶不定的豆娘一见是翠玉观音，顿时哀叫一声“悔啊”，就晕倒在地。

东鱼继续斥道：“这翠玉观音，玉气清凉，沁人心脾，人若随身佩带，就算在三伏天烈日下吃火锅，也不会出半点汗水。豆娘平时最不喜欢热闹，她怎会去雎水关春社踩桥那种人挤人的地方？又怎会在那里把玉观音丢了？我托付你照应家人，你却不顾廉耻，竟与我妻勾搭成奸，她将这翠玉观音作定情物赠送给你，却不想今日它让你露出了马脚！”东鱼越说越悲愤，他喘了一口气，继续说，“这还不算，豆娘对你说了这玉观音的来历，你以为我家祖坟里还有没出土的宝物，竟然丧心病狂地偷偷将我家祖坟也掘了！”

老头说到这儿，顿了一顿，做了个“请”的手势：“喝茶吧。”年轻人端起茶杯刚凑到唇边，心头猛然一惊，赶紧搁下茶杯，吞了口唾沫，问道：“后来呢？”

老头长叹一声：“劣迹败露，南郭无脸见人，触壁而亡。那豆娘也羞愧难当，悬梁自尽。东鱼万念俱灰，上任不到两年，就郁郁寡欢死了。临死前，他将一对玉观音送给了一位姓章的老仆人。”

年轻人也怅然若失地说：“祖坟被掘，爱妻背叛，好朋友也在背后捅刀子，唉……怎么会这样呢？”

老头说：“你且慢为他伤神，我再给你讲一个更加奇特的吧。”

竹，四季长青；水，清澈透明；荷，独善其身；柳，温和近人。友谊如竹天长地久，朋友如水知己知彼，爱情如荷始终如一，恋人如柳柔情似水。重庆 刘廷富（0934）

4."章三刀"与过山风

爱城有个很有名气的剃头匠，真名叫章九龄，绰号叫 "章三刀"。

章九龄祖籍绵竹城，家境小康。他尽管读书用功，却连年不中，大清亡国后科举无望，他更是沉湎酒色，他父亲一怒之下将他赶出了家门。章九龄自觉没了颜面，就到处流浪，一日浪荡到了爱城，一时心灰意冷，投河自尽，被一个老剃头匠给救了。走投无路的章九龄索性拜剃头匠为师，那剃头匠无儿无女，见章九龄机灵孝顺，就将一手剃头绝活教给了他。几年下来，章九龄凭着一手绝活赢得了大家的赞誉，人称"章三刀"。虽然出了名，但也改变不了剃头匠属"下九流"的地位，章九龄自然是没有脸面回老家了。

大清亡后不兴留辫子，很多人喜欢把脑袋剃成个白瓢，原因是光头长不了虱子。

章九龄剃白瓢堪称一绝，让你不低头，不仰脸，唰唰几下，拍拍你背，说声好了。你左右瞧瞧，身上的衣衫不粘一丝头发，站起来，摸摸脑袋，光溜溜的，一股清风吹来，由头顶沁入心脾，顿时觉得耳聪目明，神清气爽。

旧时理发有"拿晕穴"的，那是按摩。章九龄理发不按摩，却照样让人舒坦赛神仙，那就是他的绝活：打三刀。

第一刀叫洗刀，洗眼睛，他拿了厚背利刃的剃头刀子刮掉眼睛里面的不洁物，洗过的眼，能看得清空气里游动的微尘；第二刀叫搜刀，让你解开胸襟，手执明晃晃的刀子伸进去，由腹至胸，一路游荡上来，保管你心明肚净；第三刀叫颤刀，他用那寒气逼人的剃头刀子在你背上颤悠悠时紧时慢地敲打，不几下你就觉得骨松筋酥，仿佛到了神仙境地。

爱城方圆数百里，享受得起章九龄"打三刀"的只有两个人，一个是管着几百号兵的把总，另一个就是土匪头子过山风。

过山风的土匪队伍常年横行在爱城、绵竹、茂汶一带。由于长年待在山野之中，为免虱子骚扰，过山风的队伍个个都是光头白瓢，因此人称“白瓢队伍”。过山风是个心狠手辣横行百里的土匪头子，最喜欢的享受之一就是剃头，每当他干了大买卖，就会让人把章九龄抬上山来，享受他的绝活，顺便让手下人也面貌一新。

那是入秋后的一天早上，章九龄只觉得眼皮左跳右跳，心神不宁。

晚上，过山风的人就用一乘滑竿把章九龄抬上了山。

第二天一早起来，章九龄将刀细细打磨锋利。过山风早已经做好了准备，宽衣解带坐在那里等着。

此时，章九龄的眼皮仍然左跳右跳，跳得心里发慌，握刀的手居然微微有些颤抖。章九龄心想这样子剃头肯定要坏事的，要是让过山风见了红，自己这条命没准就要留在山上了。

越是这么想，他的手就越是颤，心头就越是慌张，迟迟不敢动手。过山风微睁双眼，哼了一声。章九龄知道这是在催他动手了，于是他深深吸了几口山风，屏着气息，运起刀来。

正小心翼翼地剃着，忽然他看见过山风的胸前挂着一个玉观音，章九龄的手顿时不颤了，心也一下子不慌了，因为他看清楚了：那是一个血玉观音。

章九龄忍不住说了一声：“好佛！好玉！”

过山风“唔”了一声。

章九龄问：“哪里请的？”

过山风淡淡说道：“绵竹城一老头送的。”

章九龄说：“这样的宝贝，必是传家之宝，怎会轻易送人？看来那老头与你的关系一定非比寻常了。”

过山风冷笑道：“当然，为了这玉观音，我三番五次上门讨要，老头耐不住我的缠磨，就送给我了。他送我血玉观音，我送他西天成佛，我们啊，两不亏欠！”

章九龄默默听着，手下还是认真操作，不几下，过山风的脑袋就亮花花地成了一个大白瓢。

接下来就是章九龄的绝活了。只见他挥舞着手中的厚背剃刀，犹如狂草疾书，在过山风身上书写起来。

片刻之后，章九龄手捧着血玉观音定定地站在那里，过山风圆瞪双眼坐在椅子上纹丝不动。土匪们早已被章九龄刚才那“打三刀”的动作惊呆了，没等他们缓过神来，只见章九龄从怀里摸出一个翠玉观音，双手捧着，“扑通”一下跪在地上，仰天大叫：“我的老爹爹啊！”

这时候，过山风“哗”地从椅子上倒了下来，只见他已经手脚分离，那个白晃晃的脑袋像个大葫芦，咕噜

中年四要四不要：饿了要吃，不要怕贵；累了要睡，不要怕肥；愁了要说，不要怕丑；病了要看，不要怕死。广东 王可敏（0935）

噜滚了好远。

老头讲到这儿，年轻人听得心里一阵“扑棱棱”乱跳，他心神不宁地问道：“后、后来呢？”

“你说呢？”老头平静地看着他。

年轻人说：“章九龄杀了那些土匪的头领，他们……”

老头说：“所谓‘盗亦有道’，那些土匪都敬重章九龄是条好汉，看他也是为父报仇，就将他放了。下山后，章九龄赶回家乡绵竹，不料一家人已全被那心狠手辣的过山风杀了，就大哭了一场。由于悲伤过度，他料理完丧事后就大病不起，不久不治身亡。临终的时候，章九龄将这对玉观音送给了为他治病的梁医生，并一再关照梁医生将这对玉观音藏匿起来，万万不可示人，以免招来血光之灾。然而宝物岂是能够藏得住的呀……”老头说到这儿，望着年轻人说，“你不想知道我是怎么得到这个玉观音的吗？”

年轻人没有答话，不过从他额头上密密的汗珠和那飘忽的眼神就可以看出来，他还沉浸在老头刚才讲述的那个故事里呢。

老头见他不吭声，又重复问道：“你可想知道我是怎么得到玉观音的？”

年轻人终于开了口：“你……你请讲吧。”

“玉观音是我在日本人的死牢里，从一位老人手中得到的。”老头说，“那位老人，就是为章九龄治病的梁医生。”

接着，老头语气沉重地讲述起他得宝的经过。

5. 梁医生与曹司令

鬼子攻城的时候，我还在医科大学念书，因为卧病在床，没能逃走。家国沦丧，自己成天像只关在笼子里的麻雀，小心翼翼地过日子，别提心里有多难受了。一天晚上，我在酒馆里多喝了几杯酒，说了几句牢骚话，就被鬼子兵抓了起来，说我是抗日组织的可疑分子，打得我皮开肉绽。我知道自己一旦承认，立马就会被枪毙，于是咬紧牙关硬挺着，我以为只要自己不承认，总有一天他们会放了我的。

哪知鬼子兵却说，如果是平常百姓，在这样的严刑面前，早就招了，这个嘴硬不怕死的，肯定是抗日组织的人，也许还是共产党员！于是将我丢进了死牢。

我进了死牢，看见里面还关押了一个老头。我上前细看，认出了那老头竟然是我们学校的医学教授梁老先生。这梁老先生当年给章九龄看过病，章九龄死后，梁医生自责学识浅薄，万分愧疚，就出国留学深造，回来后在大学任教。他还开了家诊所，利用课余时间为大家治病。他为人和善，医术精湛，收费低廉，一时间诊所声名远扬，人称“赛华佗”。日本鬼子破城时，学校被夷为平地，老师和同学死的死，逃的逃，我真没想到在死牢里竟遇见了大轰炸下的幸存者。看到老先生被折磨得不成人形，我不禁暗自思忖：这样一个好人，他又招惹了日本鬼子什么呢？

梁老先生告诉我：“他们是想要我的宝贝——玉观音！”

原来鬼子进城后，到处烧杀掳掠，梁老先生关了诊所，平时闭门不出。一天，梁老先生正在家中看书，突然一群鬼子兵冲了进来，将他摁倒在地，搜查了他的全身之后，又把他的屋子里里外外翻了个底朝天。

鬼子兵搜查了半天，什么也没搜到，就把他带进了鬼子的宪兵队。一个鬼子军官走出来，用流利的汉语问道：“你把玉观音藏在什么地方？赶快拿出来！”

梁老先生看着这个鬼子军官，觉得有些面熟。

鬼子军官笑着说：“我在中国留学的时候听过你的课。你讲到中国养生学与玉石的关系时，拿出过一对玉观音，虽然我对玉器不怎么懂，但是知道那是珍贵的玩意儿，我现在还惦念着呢。”

梁老先生轻蔑地看着鬼子军官，冷冷地告诉他说：“很遗憾，玉观音在这次战乱中已经遗失了。”

鬼子军官见来软的不行，就决定来硬的，他将梁老先生带到宪兵队，吊起来严刑拷打，梁老先生只是冷笑，连口也懒得开了。鬼子军官只得将他丢进死牢，隔三差五拷打一顿。他以为总有一天梁老先生会支撑不住，主动交出玉观音。

这天晚上，鬼子兵又分别将我们拖出去拷打了一顿，随后给我们留下句话，要是还不交代，明天天亮的时候，就是我们的死期。

我对梁老先生说：“不管我承认不承认自己是

遇上一个人，只需擦肩而过的缘分；喜欢一个人，只需一见钟情的瞬间；爱上一个人，只需流星划过夜空的刹那；可是要忘记一个人，却要用上一生的岁月！山西 许卫华（0936）

抗日组织，都是死路一条，但是你就不一样了，只要把玉观音交给他们，不就可以活下来……”

哪知我的话还没说完，梁老先生勃然大怒，声色俱厉地说：“你怎么能说这种话？玉观音是至德至仁之物，他们这群畜生，怎么配得到这样的宝物！”

就在我和梁老先生面临死亡，辗转难眠时，突然响起一阵激烈的枪声，我们的牢房被打开了，进来几个人背起梁老先生就往外面冲。

梁老先生问：“你们这是干什么？”

“我们是来救你的！”

“你们把他也捎上吧，他是我的学生。”梁老先生指着我叫道。那些人赶紧上前将我的镣铐打开，搀扶着我跟在后面。

救我们的是曹司令的队伍。这个曹司令原来是个声震八方的土匪，说他是土匪，却深得穷苦百姓的爱戴，因为他专抢财主恶霸，所抢财物，也大都拿出来救困济贫。后来鬼子来了，曹司令就拉起队伍和鬼子对着干，成了一支远近闻名的地方抗日武装。

曹司令的队伍之所以冒险前来营救梁老先生，是因为曹司令近来患了一种怪病，身上长满了恶疮，又痒又痛，多次求医吃药，都没有效果，无奈之下，便想到救出梁老先生为他诊治。

就在我们逃出城的时候，梁老先生被追上来的鬼子的一颗子弹打中了肺部。凭着往日所学的一点医学知识，我知道梁老先生性命危急，如果不赶紧手术，很快就会死亡。

梁老先生被抬到一个破庙里时，已经奄奄一息。那些前来营救他的人也感到焦急万分。

“你们别这样，我死了，曹司令的病还是有人救治的！”梁老先生说着指了指我。

我吓了一跳，我虽说学过医学，但当时我成天想着谈恋爱，喝烂酒，连皮毛都没学到三成，拿什么去救人？梁老先生抓过我的手，说：“你别担心，我有绝技，我会教你的。”

那些前来营救的人一听，转忧为喜，赶紧在庙门外加强警戒，好让梁老先生将救人绝技传授与我。

梁老先生说，曹司令因为长期在山林里奔波，吃了不干净的食物，喝了有瘴气的泉水，因此热毒攻心，这病并非无药可救，只是药很难求得。

我问：“需要的是什么药？”

梁老先生说：“冷玉。”

我不解地问：“冷玉是什么东西？”

梁老先生说，鬼子千方百计想得到的那对玉观音，其中有一个翠玉观音，就是冷玉所制。这冷玉能除去那攻心热毒……

我赶紧问那翠玉观音现在哪里？

梁老先生将我的手移到他的肚皮上，我摸索到两个疤痕，和疤痕下面的两个硬核。

梁老先生告诉我，鬼子攻城的前夜，他害怕宝物遗失，就在自己的肚皮上割了一道口子，将玉观音塞了进去缝上，这才使得这对玉观音得以保全。

“我把它们种在里面，现在是收获的时候了。”梁老先生微笑着说，“你找一把刀子来，将它们挖出来。”

我找了把刀子过来，却哆嗦着不敢下手。梁老先生叹息一声，挣扎着爬起来，拿起刀子，对准两个伤疤……只见鲜血汩汩而出，两个精巧的玉观音现了身。梁老先生把玉观音塞到我手里，拼着最后一点力气告诉我，师生一场，如今要我帮他完成最后一次出诊，那血玉观音，就留给我做纪念，至于那翠玉观音，就拿去救曹司令……

“怎么救啊？”我拿着两个鲜血淋漓的玉观音问道。

“种玉……种在他的肚皮上……”梁老先生咳嗽着，鲜血直涌，已经说不出话来了，只是紧紧抓着我的手，过了一会儿，他的手慢慢松了，合上了眼睛。

埋葬了梁老先生，突破鬼子的封锁线，一直到半个月后，我才见到曹司令。当时曹司令刚刚打了个胜仗，消灭了一百多号鬼子，但他却皱着眉头，脸上没有一丝笑容。听说梁老先生被鬼子打死了，曹司令悲切地说：“本想救出老先生，请他来救我，这下可好，老先生送了命，我自己也……咳！只是便宜了小鬼子啊！”

那几个前来营救我们的人赶忙告诉他，梁老先生已经将那治病的绝技教授给了我。曹司令听说后，半信半疑地看着我。我点点头，将梁老先生教授给我的那个方儿告诉了他。

曹司令对我说：“别看我这生龙活虎的模样，其实都是硬撑的，我感觉到已经很难再硬撑下去了，希望你能让我再多活几年，让我再多杀些鬼子……”曹司令边说边脱了衣服，我见他的身上果然长满了暗红色疔疮，看起来十分吓人。

我用所学的一点医学知识，给曹司令开了些药，然后按照梁老先生说的法子，将玉种进了他的肚皮。那曹司令果然是英雄，在没有麻药的情况下，刀子割下去，他连眉头都没皱一下。

过了两天，鬼子来扫荡了，曹司令叫人把我送到安全地带，还给了我一口袋大洋算是酬劳。

可是过了不久，我在一张鬼子散发的传单上看见了曹司令战死的消息。传单上印着曹司令被砍下来的人头——曹司令双目微睁，牙关紧闭，

远方一滴相思雨，每天都在想念你，熟悉身影难忘记，几时与你再相聚？我想你，不骗你，就像禾苗等着雨；风在吹，雨在下，别忘给我打电话！ 1378***1074（0937）

在他的头颅旁边，是一个玉观音。鬼子在传单上这样写道：曹匪将一玉石观音缝合肉中，也未能逃脱皇军追杀……

6. 尾声

这时，屋子里一片静寂。老头语气沉痛地继续说道："曹司令本来是可以突围的，但是因为病情加重……咳！我是罪人啊！我当时竟鬼迷心窍，种在曹司令肚皮上的玉观音，并不是梁老先生给我的那个翠玉观音，而是……而是我花几个铜板，从一个摊贩手里买的。"老头老泪纵横，哀叹一声，"一代抗日名将，一位民族英雄，却因为我的无耻和贪婪……"

年轻人听得出了神，他那原本飘忽的眼神现在定定的，似乎还没有从故事里回过神来。

老头和老妇人对视了一眼，又都看着年轻人。

年轻人悠悠地缓过气来，好像经历了一次长途跋涉似的，喘息不止。他看了看面前的茶水，艰难地咽下一口唾沫，嘶哑着嗓子问："你说的，都是……真的？"

老头无声地抹了抹眼角的泪水，一脸哀伤与痛苦。

年轻人飘忽的眼神慢慢地凝结起来，变得和刚进入这屋子时一样冷酷，直勾勾地盯着老头怀里的盒子。

老头见了，叹口气问："听了这么多故事，你还是想要？"

"志在必得！"年轻人说着慢慢站了起来，从箱子里面拿出手枪，指着老头。

"该结尾了。"老头说。

"你说什么？"年轻人问。"我说故事，故事该结尾了。"老头幽幽地说着，轻轻打开盒子，拿出那对玉观音，慢慢举起，突然"啪"地摔向地上。

"天啊，那可是宝贝啊！你疯了吗？"年轻人来不及抢夺，惊得尖叫一声，只见玉观音已成了碎片，"哗啦啦"飞溅得到处都是。

老头悲切地说："所谓宝贝，不过是贪婪与血仇的代名词。"

·中篇故事·

年轻人脸色煞白，浑身颤抖，过了半晌，才慢悠悠缓过气来。

望着年轻人拎着箱子失魂落魄地离开家门后好一会儿，老妇人才回到屋里，只见老头正在收拾地上那些碎片。老头见她进来，叫道："这一次摔得太狠了点，太碎了，不好收拾啊，老太婆，快来帮帮忙。"

"这是因为你讲得太投入了，比以往那十八次讲得还要精彩！"老妇人感叹道，"当时我真担心，担心那对玉观音要真在你手里……唉，还是我保管着稳当，要真给了你啊，说不定你还真摔了呢！"

"是啊。"老头站起来将那些碎片丢进垃圾袋里，然后走到刚才那个年轻人坐的桌子边，看着那杯茶，叹息说，"这些家伙端起杯子来就不敢喝茶，以为我们放了毒药，老太婆啊，今后就别给他们泡茶了，要泡，也别泡这么好的茶，反正没人敢喝。"

老妇人应承着，走到电话边，抓起电话喊道："喂，喂，赵师傅吗？你那里还有玉观音么？不是玉石的，玻璃的那种，对，对，我们再要十八对！"

（题图、插图：杨宏富）

·本刊信息传真·

"优媒杯"《故事会》优秀作品月月评

每期3篇选1　最高奖金800元

为鼓励读者参与，《故事会》决定举办"'优媒杯'《故事会》优秀作品月月评"活动，参加方式如下：1. 每期由初评委推荐3篇故事为候选作品，读者可选择自己最喜欢的一篇，将其月月评短信代码（如AA091，没有短信代码的作品不参加评选）发送到911903（移动用户、联通用户）、02838168（广东移动）。每次限选一篇，可多次投票。2. 凡选对本期"最受欢迎的故事"的读者均有机会获得现金奖。每期设一等奖1名，奖金800元；二等奖10名，各获现金100元；所有参加评选的读者均有机会获得参与奖，每期200人，各获精美礼品一份。3. 本期活动截止期为：5月5日。得奖读者在评选结果揭晓后将得到短信通知。用户每投一票收费1元。

本期候选作品：1.《流泪的路灯》（p24）（短信代码：AA091）；2.《刺激性训练》（p33）（短信代码：AA092）；3.《小丑的秘诀》（p41）（短信代码：AA093）

"优媒杯优秀作品月月评"2006年3月(上)评选揭晓

2006年3月（上）得票前三名的作品分别为：《破碎的留学梦》（813票）、《感动观众》(527票)、《宠物疗法》（208票）。

经抽奖，下列读者获奖：一等奖（奖金800元）：王胜利（138****0422）；二等奖（奖金各100元）：金革（136****8356）、陈启顺（139****5567）、谢亮（135****8175）、吴岳伟（138****3723）、李杨（137****7914）、张成玉（139****3870）、韩立业（139****9770）、周维民（138****9708）、祝丹丹（134****7193）、黄瑾（134****2517）。阅读奖名单略。

愿你酷一点，乐一点，靓一点，富一点，俏一点，美一点，旺一点，活一点,爽一点，灵一点，逗一点，阔一点，甜一点，嘿嘿，正好十三点！江苏 周海忠（0938）

外国悬念故事

该书汇集的是《故事会》“外国文学故事鉴赏”专栏中的35则精品，其中包括美、英、法、意、俄、日等国的当代有影响的作家的作品，尤以美、日居多，按内容分为“机智过人、如此情爱、自食其果、历尽惊险、光怪陆离、荒唐滑稽”等六类。

历险故事

36 则历险故事场面刺激，气氛紧张，情节惊心动魄，人物性格鲜明，叙述过程常常给人以身临其境的感觉。作品通过对主人公聪明才智的展示和坚韧不拔精神的刻划，形象地展现了历险故事特有的魅力。

荒诞故事

50余则故事用啼笑皆非的荒诞手法来鞭挞生活中的假恶丑，用荒诞不经的人物形象来呼唤人世间的真善美，在荒诞的外衣下，包藏着极为深刻的社会内容，长久以来一直活跃在人们中间，口耳相传，历久不衰。

诙谐故事

本书汇集外国诙谐故事精品100则，按内容分为“莫名其妙、洋相百出、针锋相对、随机应变、难言之隐、弄巧成拙、井底之蛙、强词夺理”等八大类，每大类前均有短小幽默引言，从不同角度折射社会面貌。

我的故事

《故事会》自1995年开辟“我的故事”栏目以来，日益受到广大读者的认可和欢迎，如今成为保留栏目。它的特点是“真情流露”，作品多是作者的亲历或见闻，并以第一人称叙述故事。本书汇集了该栏目的41则作品，读来备感自然亲切。

外国幽默故事

此书选取了《故事会》“幽默世界”中的近百则外国幽默故事，并按内容分为“奇闻趣事、巧言妙计、戏谑嘲笑、鞭挞讽刺、荒诞不经、意味深长”等六类。

武侠故事

39则武侠故事，形象地描述了侠义之士扶弱抑强、除暴安良、布善施德、匡扶正义的豪情生活，作品情节设计跌宕起伏，人物形象栩栩如生，每一则故事都是一首武林豪杰的正气歌!

男子汉故事

本书共收10则中篇故事，刻画了一群性格各异的青年男子，作品情节性强，极富文学色彩，不仅显示了男性的健壮刚强美，更突出他们面对权势、金钱、爱情以及生与死所表现出来的气质、智慧和英勇。

喝了一杯茅台酒

□宋利民

阿P平时嗜酒如命，这次坐火车去广州出差当然也不能少了酒，出发前，他专门到小酒厂装了5斤老白干。

上车后，阿P特地找了个脸朝车头的正座，坐正座要比坐倒座舒服多了。阿P坐下后，忙不迭地从包里拿出酒桶和纸杯，倒了一杯，美滋滋地喝了一大口。

这时，过来一个五十出头的高个子男人，那人穿着十分讲究，朝阿P点了点头，坐到了他对面的座位上。

高个子男人瞟了一眼桌上的酒桶，笑道："老哥，爱喝两口？呵呵，你怎么喝当地产的小烧锅酒？"

阿P细品高个子男人的问话，似乎是瞧不起他喝小烧锅酒，于是边往纸杯里加满酒，边吹嘘道："这酒可是厂里特制的，一般人根本买不到！"

高个子男人没说什么，打开提包，拿出一瓶酒，又拿出个和阿P一样的纸杯，也倒了满满一杯酒。

这时，阿P的眼睛直了，原来，高个子手里拿着的是一瓶茅台酒！阿P长这么大，还从来没喝过茅台酒呢，他盯着面前的杯子，口水都快流出来了。他心里在琢磨：今天无论如何也要尝尝茅台……

火车到梅河口车站了，高个子男人对阿P说："老哥，咱们下去活动活动，买点下酒菜。"说着，他站起身来，趁高个子男人一转身的工夫，阿P突然来了灵感，他把自己的杯子和高个子的杯子调了个个儿，然后跟着高个子下了车。

就要喝茅台了，没有好菜怎么行？阿P一咬牙，买了一只烧鸡。高个子男人则买了酱牛肉和五香花生米，然后两人一同上了车。

火车慢慢启动了，阿P酒劲有点上头，他跌跌撞撞地回到座位上，一心想着赶紧把茅台酒喝了，别让高个子发现再换回去。想到这里，阿P端起杯子和高个子碰了一下，嘴里说：“咱哥俩遇上也是缘分，来，我先干为敬！”说完，一仰脖喝干了杯子里的酒。喝完，阿P吧嗒吧嗒嘴，心里琢磨，这茅台怎么和小烧锅的味儿差不多啊！在他愣神的时候，高个子男人也一仰脖喝干了杯中的酒。

阿P正在胡思乱想，突然他发现对方眼睛直愣愣地盯着自己，过了一会儿，高个子的眼睛合上了，然后趴在小桌上睡着了。

阿P这个乐呀，今天算是捡到大便宜了！他“吧唧”一口菜，“滋溜”一口酒，吃了个不亦乐乎。

车到终点站，高个子男人还趴在那里呼呼大睡。阿P扒拉他一下，说道：“哎，兄弟，醒醒，到站了！”没动静，阿P加大了力度，高个子男人还是没动弹。阿P感觉不对劲，连扒拉带喊，也没把他喊起来，倒把乘警喊来了。乘警低头一看，神色立刻严峻起来，说：“这人被麻醉药麻倒了！”说完，把阿P和高个子都带下了车。

在车站派出所，阿P就竹筒倒豆子，把自己如何眼馋茅台酒，如何调换高个子男人的酒杯，全说了出来。

民警听完，乐了，说：“人都说，嘴馋能招来麻烦，今天可是嘴馋救了你的命啊！”

阿P眼睛瞪得溜圆：“怎么，他要毒死我？”

“我们核实了他的身份，这人专门在火车上利用麻醉药作案，把人麻翻后劫走行李钱物。”

“可是，我明明把我俩的酒杯换

薰衣草的花语是等待爱情，玫瑰的花语是一辈子的真爱，百合的花语是纯洁，你知道向日葵的花语吗？是一辈子的友谊，它需要阳光就像我需要你一样。广东 曾鹏（0939）

内应（文：刘 闻；图：包丰一）

1. 某大学校规极为严厉，夜不归宿者将被开除。一男生回来晚了，准备翻墙进来。

2. 他很小心地探头看墙内，见一同学正站在墙内，遂小声问："有学校保安吗？"

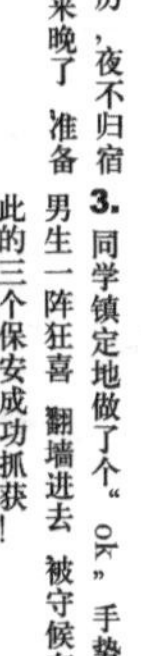

3. 同学镇定地做了个"ok"手势，男生一阵狂喜，翻墙进去，被守候在此的三个保安成功抓获！

4. 被带走前，男生向同学埋怨道："你不是说"ok"吗？"同学苦笑道："我不是告诉你有'三个'吗？"

了个……"

"你难道还没明白？你喝下去的还是你自己带来的小烧锅啊！"

"是啊！我就感觉没有茅台味，可是，买完菜我们是一起回来的，他是怎么又给我换过来的？"

"这趟火车到梅河口后就要改变方向，原来的车头变成了车尾，你原来坐的正座就成了倒座，他就是利用这点，专找不常坐这趟火车的人下手，你不知道车已经改变了方向，还坐到正座上，其实是坐到了他的位置上了！可他万万没想到你把酒调了包，所以，他把自己的药酒喝下去了。"

阿P的脸"腾"地红了，他支吾道："那我就不明白了，他知道茅台酒里下了药，喝的时候会不小心？"

"什么茅台呀！他真用茅台，别人还会喝错？他准备了好几种酒，你喝什么酒他就拿出什么酒。那个茅台酒瓶只是个幌子，如果你不是个酒鬼，而是喜欢喝茶的话，他的杯子里就会是和你颜色一样的茶水啦。"

听警察说完，阿P吓得一激灵，可再一琢磨，他又乐了：我阿P就是比别人聪明，没费吹灰之力就为民除了害，回去后又有的吹了。不过，那个最主要的情节，偷换酒杯，该咋样一笔带过呢？毕竟这不是啥光彩的事啊！

（题图、插图：李 加 史 琦）

掉在地上的冰激凌

一个小男孩高兴地拿着一个大蛋筒冰激凌，一边走一边吃，好不快活。忽然一不小心，整个冰激凌掉在地上，散成一片。

小男孩呆在那里不知所措，懊恼得甚至忘了哭泣，只是睁大眼睛看着一地的冰激凌。

这时有个老太太走过来，对小男孩说：“好吧，既然你碰到这样的坏遭遇，脱下鞋子，我给你看一件有意思的事情。”

老太太说：“用脚踩冰激凌，重重地踩，看冰激凌从你的脚趾缝隙中冒出来。”小男孩照着她的话去做了。

老太太高兴地说：“这里没有一个孩子尝过脚踩冰激凌的滋味。现在跑回家去，把这有趣的经验告诉妈妈和小伙伴们。”

她接着说：“要记住，不管遭遇什么，你总可以在其中找到乐趣。”

（**推荐者**：钱　炜）

丑陋的鸡

有位养鸡场的主人，向来讨厌传教士，他觉得传教士口上讲的是一套，实际做的是另一套。于是养鸡场主人有事没事，专喜欢信口散布传教士的坏话。

一天，有两个传教士上门，说要买只鸡。生意上门，总不好往外推吧，主人忍着不快，让他们自已去挑。这两个传教士在偌大的养鸡场中挑了半天，却拿来一只毛掉得差不多、丑陋之极的跛脚公鸡。

主人很奇怪，问他们为什么挑这只鸡。传教士回答说“我们想把这只鸡买回去养在修道院的院子里，路过的人看见问起的话，我们就说是你养鸡场里养出来的鸡。”

主人一听就急了，连忙摇手：“不行不行！你们看我这里的鸡，哪

星星多的地方黑暗就少，笑声多的地方烦恼就少，有知己的地方寂寞就少，寂寞少的时候心情就好，心情好了一切都好，祝你一切随心愿跑。1319***6624（0940）

一只不漂漂亮亮，肥肥壮壮的，就这一只不知道怎么搞的，一天到晚爱打架，才会弄成这样子，你们拿它当代表，让大家以为我的鸡全这样，对我实在太不公平了。”

另一位传教士笑嘻嘻地说：“对呀，少数几个传教士行为不检点，你却以他们为代表，对我们来说，也同样太不公平了吧。”

我们不希望别人对自己以偏概全，那么就不要对别人以偏概全，看人对物都尽可能全面一些。

（**推荐者**：卜黎飞）

不同的后果

在一次激烈的战斗中，甲方的指挥官被乙方俘虏。

甲方指挥官有些不服：“论兵力，你们只有我们的二分之一；论地形，我方也占有优势，为什么我们会败在你们手上？”

“简单地说只差一个字。”押解他的士兵轻轻地耸了耸肩。

“一个字？”甲方指挥官不解地问。

“是的，一个字。命令中的一个字！”乙方士兵严肃地答道。

“哪个字？”甲方指挥官抬头疑问地看着士兵。

“在战斗中，如果你想要士兵冲锋，会下达什么命令？”

“兄弟们，给我冲啊……”甲方指挥官轻松地答道。

“对，就是这句话中的一个字。”士兵打断甲方指挥官的话，“你对士兵说的是：‘兄弟们，给我冲啊！’而我们的长官下达的命令是：‘兄弟们，跟我冲啊！’。”

生活中也是一样，有时候人们因为一点小事也许会酿成不可想象的后果。

（**推荐者**：王科军）

守财奴的故事

从前，有一个守财奴，为了确保自己的财产不会丢失，把所有的家产变卖，换成了一大块金子，并且把金子藏在山洞里，每天跑去看一次。

他的仆人看到他的行为，觉得很奇怪，就偷偷跟着他，终于发现了那块金子的秘密，并且把它偷走了。

守财奴回到洞里发现空无一物，急得扯着头发哭了起来。

邻居知道了事情的原委后说："别伤心了，拿块石头放在原处，当作你的金子就行了。既然你从不打算用它，那么，石块和金子对你来说不都是一样的吗？"

看来，金钱的价值不在于占有，而在于使用，不是吗？

（推荐者：张　戈）

最动人的忘记

一个年轻的女人有了她生命中的第一个孩子，由于她的丈夫在部队服役，因此孩子生下来后，她就一直住在她父母家里。在父母的精心照顾下，孩子健康地成长着。

一天，年轻女人惊讶地发现，婴儿的头发隐隐呈现红色，而她和丈夫的头发却都是金黄色的。女人将这个发现告诉了她的妈妈。

"这很正常啊，玛丽。"她妈妈微笑着回答道，"你别忘了，你爸爸的头发也是红色的。"

"但是，妈妈，"玛丽疑惑道，"那说明不了什么问题的，因为我是你们收养的啊。"

妈妈脸上布满了慈祥的笑容，说出了玛丽平生以来听到的最让她感动的一句话："瞧我，总是把这件事给忘了。"

（推荐者：陶　林）

新三从四德：女友出门要跟从，女友命令要服从，女友讲错要盲从；女友化妆要等得，女友花钱要舍得，女友打骂要忍得，女友生日要记得。吉林 王晶莹（0941）

谎言与幸福

那年，阿明的父母之间出现了感情危机，阿明的情绪跌落到了低谷。他正在读高二，辍学的念头一直萦绕在他心头。

一天，阿冲对阿明说："天池边有一种六色花，很多年才开一次，谁见到就能终生幸福。"

阿明决定要去看看。经过几天的艰难跋涉，他到了天池边，见到了艳丽夺目的六色花。从天池回来后，阿明再也不消沉了。

许多年后，在一次同学聚会时阿明说及了此事，同学们捧腹大笑："撒谎大王的话你也相信？六色花每年都开的，阿冲也只能骗骗你这样的外地人。"

阿明笑了，他感谢这个美丽的谎言。

（**推荐者**：徐普兵）

福楼拜精心改稿

法国杰出的现实主义作家福楼拜是一位不知疲倦的"文字劳动者"。

一天，短篇小说作家莫泊桑带着一篇新作去请教福楼拜。他看福楼拜桌上放着厚厚一叠文稿，翻开一看，却见每页上都只写了一行，其余九行都是空白。莫泊桑不解地问："先生，您这样写，不是太浪费稿纸了吗？"福楼拜笑了笑，说："亲爱的，我早已养成了这种习惯，一张十行的稿纸上，只写第一行，其他九行是留着修改用的。"

莫泊桑听了，恍然大悟，于是立即告辞，回家修改自己的小说去了。

（**推荐者**：朱添磊）

学写作文，可以从读故事开始

“小”字为上

□余　羊

吴雨婷才三十出头就觉得自己老了，一有时间就照镜子，发现自己多了一根白发、几条鱼尾纹，她都会惊慌得手足无措。

这天，她路过农贸市场，见一个摊上的青菜新鲜极了，正要上前问价钱，就听那个小贩冲她说：“大姐，来买一点吧！”

吴雨婷见那小贩四十多岁了还叫她大姐，像有一记耳光扇在脸上，她用刀子一样的目光剜了对方一眼，咬着牙没有停步就走开了。

吴雨婷在市场里转了一圈，没有一家的菜比刚才那家的好，没办法，她又弯回了那个摊前。她问那小贩：“多少钱一斤？”小贩说：“两块二。”吴雨婷说：“太贵了吧？”那小贩一咧嘴，操着方言说：“好我的老姐姐，你也不看看我这菜……”

还没等他一句话说完，吴雨婷就像被蜂蜇了似的大声喊道：“瞎了你的狗眼！你看清楚了再放屁好不好？”小贩愣住了，吃惊地说：“好我的姑奶奶！您怎么生气了？我有什么不对的地方您好好说嘛！”

吴雨婷一听，一股怒火直往上蹿，拉开嗓子就骂了起来，直把小贩骂了个狗血喷头。

小贩这个气呀，他连自己为什么挨骂还没弄清呢，终于，他乘吴雨婷喘气的空隙，使出吃奶的劲儿反骂了吴雨婷一句，没想到这一句骂出去，吴雨婷反而笑了，猪肝一样的脸色立刻阴转晴。

那小贩到底骂了句什么呢？原来小贩实在忍不住了，咧开大嘴骂道：“你、你、你个不识抬举的小丫头片子！”

心宽自然胖，心静自然凉，心痛自然哭，心喜自然唱，劝你莫言苦，劝你莫感伤，人生即如此，何必费思量。1321***1207（0942）

尴尬拍摄

□邱发平

邹平大学毕业到电视台工作不久，主任对他说："市林业局组织植树活动，你也去吧。记住，要多拍领导的镜头。"

邹平陪着林业局长爬上了一个山头，只见山坡上已挖好了许多坑，树苗摆在坑边，一切准备就绪，就等领导来植树了。邹平记着主任的吩咐，镜头始终对着局长，直到他把一棵树种好。

由于初次摸摄像机，邹平很兴奋，他不停地拍摄着。

正拍到要紧处，局长一脸兴奋地说："记者同志，我刚得到消息，市委梁书记要来视察我们植树，等会儿要多拍梁书记的镜头呀！"说完，他连忙吩咐把已经植好的树拔出几棵，重新挖好坑。

邹平打开摄像机，突然，他发现一个严重的问题：电池用完了。

他的心"突"地一沉，这可怎么办？梁书记就要到了，漏掉重要领导的镜头可是"死罪"呀。但这不能跟局长说，只好硬着头皮"假拍"。

不一会儿，梁书记来了，他在镜头前非常认真地把刚拔出来的树苗又放入坑里。邹平装着专心拍摄的样子，手心额头却已经直冒汗了。

第一次采访就犯下如此严重的错误，回去怎么跟主任交待呀？

邹平心惊胆战地向主任汇报，果然，主任听了大发雷霆，把他骂了个狗血淋头。邹平想，这下可玩完了。

奇怪的是，当晚的新闻播出时，邹平拍摄的新闻不仅是头条，而且还不可思议地多次出现梁书记植树时的光辉形象。明明没拍梁书记的镜头，怎么会这样？邹平奇怪地去问主任。

主任得意地说："我把去年梁书记植树的镜头剪辑下来，稍作处理后编加进去就行了。学着点吧，小子！"

备用短信

□郭　天

吴力当上了领导后，常常是各种应酬不断。每到晚上，只能找各种借口给妻子发短信。

今天是周末，吴力又去了一家酒店，和哥儿们吆五喝六，一喝喝了个昏天黑地。等他想起来要给妻子发个短信打声招呼时，已经是深夜了。

这时，他的手机响了，一看，是妻子冯娟给他发来的短消息。

他打开短信，只见上面写道：

亲爱的娟，今天晚上我有一个重要的会议需要参加，会后可能还有应酬，晚上不必等我了。你自己先睡吧，祝你做一个好梦！

这条信息让吴力看得一头雾水，这和他刚想发给妻子的短信几乎一模一样，怎么会先由妻子发过来了？正在他百思不得其解的时候，信息又过来了，内容和上一个差不多：

亲爱的娟，今晚要见个重要客户，如果不去，会影响工作，对不起了，你自己睡吧，注意别把空调开得太低，小心着凉，吻你！

才把这条读完，第三个信息又发了过来。此后接连不断，一会儿工夫竟然发过来十来条！吴力坐不住了，他借口上洗手间，走到外面给妻子打了个电话，问是怎么回事。

“我是写好让你备用的。”冯娟说道。

“什么？让我备用？”吴力更加不明白了。

“我知道你应酬多，每次不能早点回家时，你都要编理由、找借口，得死多少脑细胞啊！这不，我索性把你常说的理由编成十条短信，这样就不用你费事了。每晚你挑选一个短信发给我就可以了，省得你编得那么累……”

（**本栏题图**：李　加　史　琦　安玉民）

乡间公路上，一人拼命奔跑，三只大狗紧追不舍。司机见状忙说：“快上来！”那人喘着粗气谢道：“您太好了，别人看我带了三只狗，都不让我搭车！”山东 张丹峰（0943）

367 2006 SEMIMONTHLY 下半月刊 5月

故事会

2006年5月

下半月刊·绿版

主 编：何承伟

常务副主编：吴 伦

副主编：姚自豪（上半月·红版）

副主编：夏一鸣（下半月·绿版）

本期责任编辑：夏一鸣

发稿编辑：

姚自豪 吕 佳 周 吟

鲍 放 王雅静 郑继文

美术编辑：李宝强

电脑制作：郭瑾玮

通 联：归依玲

本社办公室电话：021-64375030

上半月刊编辑部电话：021-64332325

下半月刊编辑部电话：021-64336469

（上海市绍兴路74号 邮编：200020）

主管、主办：上海文艺出版总社

制作、发行总监：张 凯

电话：021-64313938

广告总代理：上海文艺广告传播中心

（上海市绍兴路74号 邮编：200020）

广告业务：021-34010383

广告投诉：021-64333738

广告经营许可证

沪工商广字3100320050022号

发行：中国图书进出口上海公司

手机阅读器服务商：北京掌讯远景信息技术有限公司 客服电话：010-51196627

本刊网址：www.storychina.cn

本刊各栏目欢迎来稿。来稿寄上海市绍兴路74号《故事会》杂志社，邮编：200020；请在信封上注明“××栏目”收；本期责任编辑E-mail地址:xiayiming@vip.sohu.net

·笑话·

恋爱的感受

甲乙两个年轻人在咖吧聊天。甲问乙："你谈了这么长时间的恋爱，有何感受？"乙显出痛苦的样子说："当恋人在天边时，心痛；当恋人在身边时，头痛。" （刘志军）

最古老的乐器

音乐课上，老师问小东："请回答，世界上最古老的乐器是什么？"

小东坚定地答道："手风琴。"

老师不解地问："为什么说是手风琴？"

小东说："老师，您没看到手风琴身上全是皱纹吗？"

（王秀荣）

（本栏插图：李 加史 琦）

蜗牛与汽车

蜗牛妈妈背着一只小蜗牛在马路上爬行，最后到达了目的地，而与它们同时启程的小汽车却姗姗来迟，小蜗牛觉得很奇怪，就问："妈妈，怎么汽车没我们快啊？"

蜗牛妈妈答道："孩子，我们不用排队加油。" （罗国强）

旅 游

一天小王对他父亲说："趁你现在还走得动，我带你出去旅游一次。"

父亲说："好呀，你想带我去哪里？"

小王说："咱们就去银川吧，那里的风光很值得一看。"

父亲听后，摇摇头说："不行，银——银川，一听这城市名字就知道花销大，还是找个便宜的地方吧！"

小王问："那你想去哪里？"

父亲笑笑说："我看就去旧金山！" （王恩亮）

把它比作巍峨的山峦并不为过，把它比作浩瀚的海洋并不为过，把它比作天上的皓月并不为过，那就是无私的母爱。祝天下母亲节日快乐，幸福安康！浙江 杨萍（1001）

那地方真冷

有两个爱吹牛的探险家，一个吹嘘道：“我去的那地方真冷，不但蜡烛冻住了，就连火都冻了起来，吹都吹不灭。”“那有什么稀奇，”另一个不甘示弱地说，“我去过一个地方，话一说出来就结成冰，直到融化后才能听出说的是什么。”（刘　军）

暗　示

儿子平时学习不用功，每次考试成绩都不理想。这天他拿回期末考试成绩单，上面居然有好几门功课不及格。

妈妈最后又唠叨道：“我和你爸爸上学时考试总是拿高分，从来没有不及格过，按照遗传的原理，咱们的儿子不该这么笨。”

儿子站在一旁，突然低声问爸爸：“妈妈是不是在暗示我不是你们的亲生儿子啊？”　（杨东杰）

小儿麻痹

小丽最近因跳舞拉伤了右腿肌肉，走路相当困难。这天，她要步行到三楼上课，上楼梯时每走一步，都得把右腿拖一拖。

正走着，只听后面两个女孩低声嘀咕道：“还是这个学校比较正规，要是在我们老家，得了小儿麻痹根本不能上学！”　（李明坤）

换汤不换药

某科研机构想买一台冰箱存放试验品，老所长就给上级打了个报告，结果没有被批准。

老所长把报告拿在手里，愣了好半天，所长助理见状说：“所长，我有个办法，不知行不行？”“什么办法？”“就是把申请物品一栏的‘冰箱’，换成‘人工智能温度调节器’。”

“这能行？”老所长半信半疑，于是就叫助理重新起草一份报告。没过多久，报告就批了下来：“同意”。

（葛国春）

·笑话·

听不进去

病房里，有个妇女说话声音很大，护士提醒她："夫人，请你说话声音轻一点，您先生需要绝对安静。""没关系，多少年了，我的话他一句也听不进去。"

（刘志军）

压力太大

自习课上，突然"喀嚓"一声，一个同学的椅子被压断了腿，同学们都扭头去看，那位同学慢慢地站了起来，叹了一口气说："唉，现在学生的压力真是太大了，这么结实的椅子都承受不住了。"

（葛国春）

妈妈的肚子

临睡前，儿子总爱缠着妈妈，要她讲故事。这天晚上，妈妈准备开讲，他却用小手摸着妈妈的肚皮问："妈，你的肚子为什么这么大？"

妈妈笑着说："以前它只是单人房，窄窄小小的。自从五年前你在里面住了九个多月，它便扩建了。"

儿子连连点头道："啊，那它现在肯定是总统套房了！"

（付秀玲）

驯　狮

马戏团准备招聘一名驯狮员，一个年轻人找到马戏团老板，介绍说自己从小跟父亲学驯狮。老板问："你父亲教过你如何让狮子钻火圈吗？"

年轻人回答："教过。"

老板又问："你父亲教过你如何让六只狮子叠成金字塔吗？"

年轻人回答："也教过。"

老板问："那么，你试过将脑袋放到狮子嘴里吗？"

年轻人回答道："试过，不过只有一次。"

老板问："就一次？"

年轻人回答道："是的，那次我在找父亲……"

（李东辉）

爸爸说："女人家，女人家，没有女人怎叫家？"儿子说："妈妈好，妈妈好，没有妈妈幸福哪里找？"江苏 仲金龙（1002）

三色宝珠

有个外国使臣来到朝廷，手捧宝匣向唐明皇进献宝贝。唐明皇问："贵国所献何物？"使臣答道："此乃我国稀世珍宝'三色宝珠'。"

唐明皇问："何谓三色宝珠？"使臣恭恭敬敬地献上宝物，解释道："此宝珠若用刀切开，外边是褐色，中间呈白色，而里面却是黄红色。绝对是好宝贝啊！"

唐明皇将宝珠拿在手中，端详片刻后哈哈大笑说："在贵国这是'三色宝珠'，在我们这里，老百姓都叫它'咸鸭蛋'。"

（侯国林）

糊涂账

旧时，有个县官大字不识一箩筐，每次买东西，都要在纸上画画记账，如买一匹马便画一匹马，买一只碗便画一只碗。

一次，巡抚下来视察，碰巧县官不在家。巡抚看到桌上有个购物簿，甚觉有趣，就翻了几页，忍不住随手用红笔勾了一笔。

县官回家后，看到有人动了他的账簿，非常生气，就问是谁来了，管家说是巡抚来了，县官余怒未消，说："他算什么东西？为什么他买了根红蜡烛，也记在我的账上？"

（姜文华）

妈妈没钱

某日，小丽带着三岁的女儿逛街，女儿要求吃冰激凌，小丽怕孩子吃了闹肚子，就以"妈妈兜里没钱"为由搪塞过去了。

进了商场，小丽选中了一款时尚的冬装，到试衣间试衣服。女儿见妈妈走开后，拉拉营业员的手，悄声说："阿姨，你不要上当，我妈妈拿衣服只是试试而已，她兜里没钱！"

（杨东杰）

（本栏目欢迎来稿。来稿可从邮局寄发，也可从网上传递。如为电子邮件，请发以下信箱：xiayiming@vip.sohu.net）

·我的故事·

做人的尊严

□唐雪嫣

这天，我穿过熙熙攘攘的人群，来到车站旁边的小卖部，买了瓶矿泉水站在那儿喝。没一会儿，一个中年男人领着一个十来岁的小男孩走进来，说"老板，买包五块钱的烟！"

"好咪！"老板应声扔出了一包烟。可那男人翻遍了口袋也没找到钱，只听他自言自语地说："糟了，我的钱包让人偷了，这该死的小偷！"

老板是个五大三粗的年轻人，见状不屑地把扔到柜台上的烟往回拿。"慢！"男人犹豫了一下，然后解开裤带，原来他的短裤里面有个口袋藏着钱，他拿出一张五十元钞票递给老板，老板背转身，从抽屉里找好零钱，然后用食指和中指掐着几张纸币的中间部分，递给男人。

男人也自然地也用食指和中指接过钱，数了数，是四十五元。就在他要把钱放进口袋的时候，突然他改变了主意，把钱一张一张地摆上柜台，不料，刚刚还是四十五元，现在就成了三十五元。男人疑惑地对老板说："这钱不对啊，少了十块钱。"

老板的脸色变了。其实，这是他惯用的把戏，他把其中一张十元钱对折起来，递钱时暗示对方拿钱的中部，这样对方就很容易把一张十元钱数成两张，他就偷梁换柱"偷"了人家的钱。没想到这个男人居然如此细心，当场发现了他的伎俩。

老板是这儿的地头蛇，骗不成就来硬的，反正到这儿来买东西的大多是外地人。他摆出一副凶神恶煞的样子说："刚才你还正好呢，现在就少了？蒙谁啊？是不是欠揍？你要是知道好歹的话，赶紧滚蛋！"

老板凶相毕露，看样子随时会扑

吹落了思乡的尘，却吹不走额头的纹；走完了天下的路，却忘不了回家的门。妈妈，想您，节日快乐！广东 李金轩（1003）

上来打人。小男孩吓得直哆嗦，拉着男人的衣襟小声说“爸爸，咱们快走吧。”

男人轻轻地推开小男孩的手，对老板说：“把钱还给我，然后道歉，不然，我就报警。”

老板狂笑起来：“还没见过这样不知死活的人呢，让我道歉？疯了吧你？大爷什么时候给人道过歉？”

男人不理他，转过头对我说“兄弟，能不能借手机用一下？我要打电话报警！”我犹豫了一下，说：“不就是十块钱嘛，算了吧，这点小事不值得，赶紧走吧。”

男人摇摇头，这时又有几个人过来要买东西，男人拦住他们说：“别在这儿买东西，这是家黑店，刚刚骗了我十块钱不认账。”

那几个人听了他的话，互相看了看，转身就走。老板见他坏了自己的生意，破口大骂起来，冲出柜台扑向男人，小男孩吓得哭起来。

我有点看不下去了，就掏出十块钱递给男人，悄悄地说：“这钱我给你，你惹不起人家，快走吧。”

男人毫不犹豫地拒绝了。他大声对小男孩说：“儿子，咱不怕坏人，今天他要是不还钱，咱跟他没完。”

“你他妈还真有种啊！”老板刚要发火，一转眼又有几个人走过来，心想纠缠下去会耽误生意的，口气软了下来，塞过来十块钱说：“我服你了，给你钱，快滚吧！”

男人接过十元钱，却不动弹，绷着脸说：“你还没道歉呢！”

老板差点气死，可是瞧这男人的犟劲，自己要是不道歉，他是不会罢休的，事情闹大了对自己也没好处，于是他勉强笑了笑说：“好好好，老哥，我给你道歉，对不起你了——快走吧。”

男人脸上露出胜利的微笑，领着小男孩儿出门去了。我想了想，拔腿追了上去，就问男人：“十块钱又不是什么大数字，你为什么不依不饶，还一定要老板道歉呢？”

男人轻轻说“钱是小事，可如果我让步了，我在儿子心里的地位就垮了。我必须保住爸爸的尊严。”

我看着小男孩儿，他正冲着爸爸竖大拇指哩！男人说得没错，如果他向老板屈服了，他的儿子小小心灵里就会种下失败的种子。

这样的人值得敬佩！我友好地拍拍男人的肩膀跟他告别，同时神不知鬼不觉地将从他那儿偷来的钱包放回到他的口袋里。

说句实话，我就是那个“该死的小偷”，不过，这一瞬间我决定金盆洗手，因为我也有儿子，**在儿子心里，我是天下最棒的爸爸，我不能让儿子把一个贼当成榜样。**

（本篇月月评短信代码：AA101）

（题图：安玉民）

·阿P系列幽默故事·

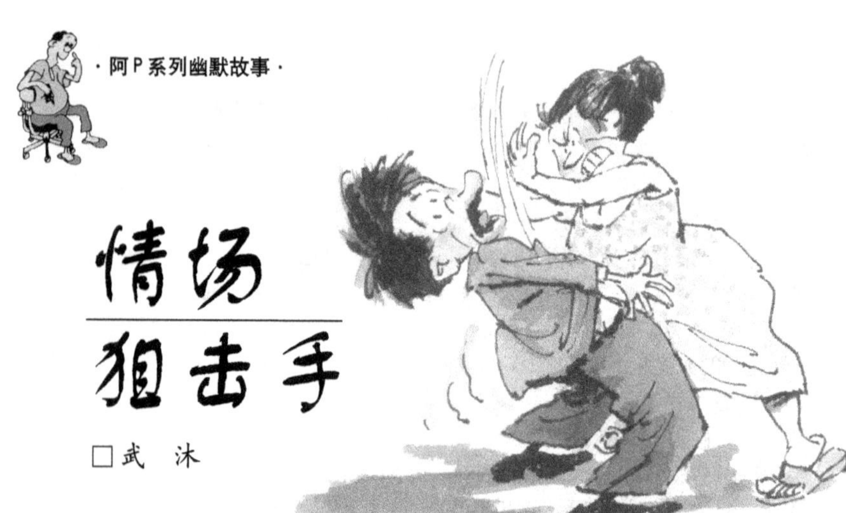

情场狙击手

□武　沐

这天，阿P遇到从前的女同学丁娟，只见她满脸愁容，忙问出什么事了，“唉，别提了……”丁娟话刚开头，就两眼一红抹开了泪儿，“那个没良心的，他这阵跟一个‘野狐狸’混上了，三天两头不回家……”

丁娟的那个“没良心的”叫周成，当初，还是阿P给他俩牵的红线哩，阿P忙笑着开导说：“周成肯定是一时犯糊涂，你要好好劝劝他，让他迷途知返呀。”

丁娟却摇着头：“该说的我都说了，该想的办法我也都想了，可他鬼迷心窍，还找岔儿跟我离婚呢！”说着又抹泪道，“阿P，不瞒你说，周成要是真的跟我离婚，我就不活了……”

阿P一听这话，感到事态严重了，将袖子一捋：“这小子太不像话了，看我不好好‘修理’他去！”可丁娟一把拉住阿P：“你别，这种事儿，闹僵了反而不好。其实我知道，周成没多少花花肠子，全是那‘野狐狸’勾的。”说着，丁娟泪水盈盈地望着他道，“我知道你神通广大，脑子活络，眼下也只有求你帮帮我了……”

这么一说，阿P顿时有了一种天降大任的感觉，粗声粗气地问：“勾引周成的那个‘野狐狸’，她是谁？”丁娟拿出一张照片，指着上面的一个年轻女人说：“她叫彩姣，是个刚离婚的，听说常在白云歌舞厅里鬼混。”

阿P“嘭”的将胸脯一拍：“这事交给我啦，你放心，我保证不出三天，周成就会乖乖地回到你的身边！”原来阿P已想出了一个办法，他要做一回情场上的“狙击手”——将那个叫彩姣的女人，先设法从周成的身边吸

她们或许平凡，或许杰出；或许知识渊博，或许目不识丁；或许白发苍苍，或许初为人母，但一样给了我们无私的母爱。祝天下母亲节日快乐，健康长寿！浙江　杨萍（1004）

引到自己手里，然后再狠狠地甩了她。阿P很自信，觉得凭自己的实力，办这事绝对有把握。

虽然没在情场上摔打过，可那些招术，阿P还是略知一二的。说干就干，阿P立马先去美发厅将自己修剪了一番，接着，他又脱去那身旧工装，换上了一套平时舍不得穿的新行头。对着镜子一照：哇，感觉酷毙了！

阿P这番折腾和变化，自然逃不过妻子小兰的眼睛，她将阿P上上下下打量足有五分钟："我说你这是……烧的哪门子香？"

阿P正要将自己的"特殊使命"告诉小兰，可转念一想，小兰的心眼儿死，这事说出来反而会添麻烦，于是，他将吐到嘴边的话滚了几滚："这几天公司有重要的外事活动，老总交待，要我们每个员工注意言行举止和个人形象呢。还有，最近常会加班加点比较忙，我回家也可能要晚些，你别烦我啦。"说着，跨上摩托车，向小兰抛了个飞吻，"吱"的一声开走了。

按照事先踩好的"点"，他在大街上"不小心"碰了那个彩姣一下，然后说一百个"对不起"，无微不至地送她去医院检查，接着主动地邀她去泡茶吧，看电影，逛商场……别说，这种老掉牙的套路还挺管用，那个彩姣，很快对风度十足的阿P产生了兴趣，并声称与周成断绝了来往。

"野狐狸"果然上钩了！

然而，情场狙击手可不是那么好当的。第三天在大富豪商场，那彩姣就盯着一件新款皮衣，怎么也不肯挪步。阿P一看那皮衣的标价心里不禁哆嗦了一下，可他不笨，心想要是装聋作哑的话，狙击计划可能泡汤……此时此刻，丁娟那求助和信任的目光，仿佛又浮现在阿P眼前……妈妈的，今天豁出去了！

阿P到底是阿P，等彩姣提着皮衣笑眯眯地离开后，想着自己的血汗钱，竟这样白送给了一个"野狐狸"，阿P心痛不已。可转念一想，自己拯救了一个即将破碎的家庭呢，相比起来，这钱算得什么？在回家的路上，

他又情不自禁地哼起了小调。

哪料到，阿P前脚刚刚跨入家门，外面就有一个女人踩着他脚后跟迈了进来，是彩姣！阿P心里一惊，不免有些七上八下："你？你怎么来……"

"野狐狸"先从头到脚地将小兰打量了一番，然后问阿P："这位是你老婆吧？"

小兰不知咋回事，没等阿P开口就主动忙迎上前："是呀，我是他老婆……"

"野狐狸"杏眼圆睁："你这个感情骗子！你不是口口声声告诉我说你没老婆吗？哼！买了这么件破烂，就想让姑奶奶我做你的情妇？做你的大头梦吧！"说罢，将那件新款皮衣狠狠扔还给阿P，然后怪怪地瞟了小兰一眼，扭着屁股扬长而去。

小兰对阿P这些天的反常变化，本就满腹狐疑，现在见"人赃俱获"，差点没气疯了："好哇，你个没良心的东西，怪不得这些天你烧的，果然是背着我搞起了情人！"她拿起手上的勺子，"通"地敲了下来，接着又顺手抄起剪刀，将那件皮衣剪了个稀巴烂。

阿P这时才恍然大悟：好刁钻的"野狐狸"呀，居然识破了自己的情场狙击计划，先是"将计就计、诱敌深入"，然后"反戈一击"！事到如今，阿P赶紧痛哭流涕地将自己的情场狙击计划，原原本本地倒了出来。

小兰本是个软心肠，听阿P把话说完，又好气又好笑地埋怨道："你呀，这事干吗要瞒着我呢？"然后，她用手轻轻揉着阿P额角上鼓起的那两个核桃包："还疼不？"

一场风波已经过去，总算还得到了妻子的理解，阿P心中的窝囊和懊恼，顿时又化为乌有，便随口说："我挨这点疼算得了什么，人家丁娟……"

谁知阿P这话还没说完，小兰却忽然"哎"的一愣："不对，不对……"

"哪儿不对？"

小兰紧紧盯着阿P的两眼，足足有五秒钟才开口道："我问你，为了那个丁娟，你咋这么投入？咋这么卖力？你说，你和丁娟到底是什么关系？"

"我……"阿P顿时张口结舌，妈呀，这可是没法说清楚了！

（**题图、插图**：李　加　史　琦）

阿P是一个深受读者欢迎的喜剧人物。他具有多重性格：正直、朴实，却又染有许多不良习气；自作聪明，却又往往弄巧成拙，事与愿违。面对屡屡受挫的现实，他却能自我解嘲，很有点阿Q的精神姿态。

你身边有这样的人吗？希望你能把他写下来，寄给我们，说不定，阿P这个喜剧人物的"形象长廊"，会留下你特别的印记。

她是泥，我是花；她是种子，我是芽；只有她在才有家。母亲最伟大，恩情遍天下，今天祝福您，爱意满天涯。天津　鲁明希（1005）

·情节聚焦·

点我一次名好吗

有一个镇中学离少管所不远，学校为了开展法制教育，经常分批组织学生到少管所听报告。少管所也愿意和学校开展一些互动活动，说这样有利于犯人改造。

这天，赵老师带了一班学生来到少管所，在门口，他碰到一个少年犯正在用拖把拖地，就亲热地叫了一声："丁丁！"丁丁14岁，本名叫丁小东，由于他个子小，少年犯和管教都喊他丁丁，丁丁在第二中队，做门卫，负责门两边水泥路面的清洁。

丁丁听到有人喊他，抬起头说："到。"这时，路面已拖得很干净了，可丁丁仍没有放下拖把，而是机械而重复地拖着地。赵老师看时间还早，就叫学生们先去会议室，自己跟丁丁说几句。他听说过，这个丁丁很聪明，平时学习最刻苦。

聊着聊着，丁丁的话开始多起来，最后他说："您能满足我的要求吗？就两个！"赵老师望着丁丁说："你说吧！"

"我能叫您一声老师吗？"

"行！"

"老师！"丁丁怯怯地叫着，赵老师爽快地应了一声，心不禁抽搐了一下，他真想抱抱这孩子，多少年了，没有哪一声"老师"能让他这样刻骨铭心。

赵老师接着问："那第二个要求呢？"丁丁说："点我一次名好吗？很

·漫画故事·

美女要来南京 （文：袁风华；图：包丰一）

1\. 公交车上，小王看到有人在看早报，上面有个标题很醒目："美女要来南京"。

2\. 一走进办公室，小王就四下嚷嚷起来："美女要来南京啦！"

3\. 大家都很兴奋："哪个美女？""我不清楚，是早报上说的。"

4\. 说话间，早报来了，大家一起把头伸过去，不禁大笑起来，原来那标题写道："姜文要来南京了！"

久没人叫我的名字了。"

其实，少年犯也点"名"，但那"名"其实就是每个犯人的代号。少年犯都穿统一的衣服，衣服上印有不同的号码。

赵老师答应下来，并征得少管所干部的同意，让丁小东坐到学生当中。

那天他点名特别严肃，也极为认真，点名的过程中不时地抬起头来，他见丁丁聚精会神地听着，两只眼睛还不时地盯着他看，唯恐听不到他的声音似的。"丁小东！"赵老师故意把声音喊得很大。"到！"丁丁一下子笔直地站了起来。赵老师示意坐下，并说点名是不要站起来的。

"丁小东！"

丁丁没有料到赵老师会再点他的名："到！"他又很快地站了起来。

同学们一阵哄笑。

"坐下，不要站起来！"赵老师一脸严肃，仿佛在训斥一个不听话的孩子。突然，他第三次点了丁丁的名字"丁小东！"这一次丁丁喊了声"到"，刚想站起来就坐下了。赵老师望着他也禁不住笑了，同学们也笑了，气氛十分活跃。那一刻，丁丁仿佛忘了自己是个犯人，也笑了。

赵老师觉得，这是他看到的最灿烂的笑容。

（**作者**：陈绍龙；**推荐者**：杨海伟）

（**题图**：安玉民）

妈妈，感谢您让我来到这个世界，感谢您让我成长，感谢您无私的付出……我只希望能用我的青春和上苍交换，以拂平您脸上的皱纹，愿您永远年轻美丽！云南 杨艳（1006）

美德故事

本书汇集的是《故事会》相关故事之精品，所选45则作品分类为“见义勇为、扶危济困、真诚待人、洁身自律、亲情似金、夫妇同心、师生谊重、知过悔改”等八大类，生动形象地讴歌了中华民族传统美德。

生意经故事

故事形象地描述了生意人的思维方式和经商才能。他们或巧做广告而振兴企业，或施展其经营绝招而“妙笔生金”，或审时度势掌握顾客心理而销售产品，或运用《孙子兵法》中的战术而出奇制胜。

16岁故事

在人生漫长的旅途中，16岁是一个最展辉煌、最富朝气、最显青春的花季。本集收入的36则故事，是为16岁少年编织的一支支动人的歌谣，一个个扑朔迷离的美梦，一首首催人泪下的诗篇。

口才故事

口才即说话的才能，当今社会人们演讲、论辩、访谈、讲解、教学以至主持节目、说相声、讲故事等等，都十分讲究口才，口才好与不好，其效果大相径庭。此书收入103则故事，集中表现了千百年来中华民族一些帝王贤臣、文人名士和民间机智人物的智慧、幽默以及其思维的敏捷和即兴论辩的才能。

悲剧故事

本书所收10则故事是从《故事会》刊登的数千同类作品中精选出来的，主人公的遭遇构成了凄怆感人的故事情节，主人公的命运牵动人心，主人公悲惨的结局更令人心颤。

喜剧故事

从《故事会》“幽默世界”栏目中精心挑选成集，按内容分为：谐趣篇、巧计篇、戏谑篇、讽刺篇、荒诞篇、沉思篇。本书的特点是：(1)现代感强。作品均是反映当代生活的各类题材；(2)短小精悍。作品长不过千余字，短只有三四百字，言简意赅，内容丰富。

恩仇故事

构成恩仇的因素是多方面的：由爱变恨，由恨成仇；以怨报德，恩将仇报；忘恩负义，寻仇报复；亲人之间，恩怨仇杀……本书这9则中篇恩仇故事矛盾冲突尖锐复杂，有很强的可读性。

怨女故事

这是一本关于悲怨女人的故事书，54则作品分为“大祸从天降、魂系狼窝口、扭曲的灵魂、水火当有情、红颜怨恨天、情谊伴君行、三女抗争记、情歌绝唱对、亡灵的哭泣、山村血泪情”等10个篇章。

·中国新传说·

见死不救

□何　川

这年初冬，刚下过一场雨。

养路老职工老王扛着铁锹上了山。因为这是一条盘山石子公路，雨后的养护特别重要。他修补了山上险段的水坑，正沿路查看路面时，只听“哧”的一声，一辆从山上下来的大卡车，陷在路边的泥坑里。

老王觉得奇怪，这中间的路面平平整整，司机偏偏往路边开，这不是自找麻烦吗？但不能不管，便走了过去。

司机见老王扛着铁锹过来帮忙，急忙下车迎上去说：“谢谢，谢谢，我算遇上老雷锋了。”

老王忙说：“不谢，出门在外，谁没有个难处？”说着就来填水坑。司机忙上来抢铁锹说：“我来，我来……”

老王回过头来，脸对脸地望了他一阵，二话没说，扛着铁锹就离开了，任司机咋说好话也不回头。

车上还坐着一个领导模样的人，打着饱嗝对司机说：“那老头跟你说啥了？”“他叫我在这呆会，他有事儿，回头帮我们。”

两人一说，都觉得这事挺奇怪，萍水相逢，素不相识，又无冤无仇，这老头咋的了？领导一拍脑门说：“现在这年头哪有白给人家服务不说钱的。”司机一听点头说：“对，对，是这理儿！”

于是赶紧掏出50元，撵上了老王

说："大叔，这点钱您就拿着买瓶小酒喝吧。"老王看看他手里的钱，摇了摇头，只顾快步朝山下走。

见老王那神情，司机嘀咕道："这老头还真倔，嫌少，没法儿，谁叫我倒霉呢？"说着又加了50元朝老王赶去。

正在此时，从路弯处开来一辆轿车，一看前面有辆车挡路便急忙往后倒，不幸后轮一沉，也陷进路边坑里"呜呜"出不来。

老王正好赶到。司机戴着金边眼镜，一身笔挺西服，忙下车求老王帮忙。老王问了问情况，便急忙帮"眼镜"司机掘石垫坑，而且还帮他使劲推车。不多时车就上路了。眼镜忙下车握住老王的手说："大叔，真是谢谢您了，要不是您帮忙，我这到天黑也回不了家呀，几年没回家了……"

赶上来的司机见这一幕，气不打一处来，就红着眼过来对老王说："哎，我说你这老头咋就用一只眼看人，他的车不就是比我高级些？给你多少钱了？他是你啥人？帮他不帮我。知道不，你这叫见死不救！"

老王听了这话也来了气："我没有要他的钱，也不认得他。"一旁的眼镜说："怎么啦？大叔说的没错。"司机抢着说："我的车先……先陷在坑里，求他都不肯帮忙，却来帮你，这不是势利，见死不救吗？"

眼镜听了也觉得奇怪，忙问老王："大叔，他哪得罪您了吗？"老王摇摇头说："我们谁也不认得，也没仇冤，跟你一样。"眼镜笑着问道："那您咋不帮他？这车不开走，等到了夜里还不把他们冻坏呀，大叔还是把铁锹……"

没等眼镜说完，老王把铁锹一扔，说："我不能帮他们，这不是见死不救，是为了保住他俩的小命。他们酒后驾车，说话时酒气冲天，这山路险处多，酒后驾车的后果是车毁人亡，我帮了，这不是帮他俩去送死吗？你说是不是这理儿？"

眼镜听了这番话，点了点头，再也没话说，愣了。司机听了，不由得脸更红了。老王对眼镜说："你开走吧，别堵路。"眼镜不好意思地问道："但不能叫他们在这过夜……"老王一边拾起铁锹，一边说："叫他们先在这醒醒酒，我还得去修路，我从山下会回过头来查路，等他酒醒了，再帮也不迟。"说罢朝山下走去。

（题图：魏忠善）

·公益广告·

弘扬先进文化，繁荣故事创作

妈妈妈妈我爱你，好像老鼠爱大米，天天心里想着你，时时刻刻惦记你，现在实在等不及，发条短信祝福你。北京 王燕山（1007）

围栏上的那道缝

□魏柏林

洗还是不洗

这年开春，陈铁山利用村东头一块闲置荒地，办起了养鸡场。铁山是当然的老板，媳妇杏子负责洗衣做饭干后勤，老陈头便成了养鸡场的打工爹。

眨眼间夏天来了，天气越来越热，每次干完活，只有冲冲凉洗洗澡才舒服。好在鸡场附近有口水井，那水冬暖夏凉。用小桶将水打上来，一桶一桶往身上浇，感觉特别爽快。每天傍晚，老陈头让儿子冲完澡，自己也到井边去冲一冲。眼瞅着父子俩那舒坦劲儿，可把杏子羡慕死了。她每回都是闷在屋里洗澡，完后，总是一身透汗，像没洗一样。

“你也去井边冲冲凉吧！”铁山看出杏子的心思，便有心关照她，“这儿地偏，又在夜里，没人看得见。”

“别吓我，赤身裸体在外洗澡，我可不敢。”话是这么说，可她心里还是有些跃跃欲试，“要不，你在旁边帮我守着？”铁山知她胆子小，只好答应她。

守了几个晚上，铁山觉得麻烦，要杏子回屋里洗。杏子尝到了在外冲凉的快乐，说啥也不愿再回屋里受那份罪。铁山一想，也好，干脆找来几米旧棚布，在井边扎了个简易围栏，

安上门，还拉上了电线，在围栏里装了个绿莹莹的小灯泡，看上去还真像个小浴室，这样，杏子才敢放心在围栏里冲凉了。

说还是不说

这天傍晚，杏子忙完了家务，拎着换洗衣物又到围栏里冲凉，洗了头发，接着打水冲洗身子，突然想起忘了带沐浴露，她懒得回屋去取，于是隔着围栏直喊铁山，要他送过来。喊了两声没人应，这才想起来，铁山可能到别人家打牌去了。还好，公公老陈头在家，不如请他帮忙拿一拿，转念一想，又觉得不妥，算了，还是自己回屋去拿。杏子只好把脱下的衣服又草草穿上，一把推开围栏一侧的小门，突然，一道黑影在眼前一晃，紧接着，便听见“扑通”一声闷响，那黑影竟摔倒在地。杏子吓了一跳，惊叫起来：“谁？”愣了半晌，黑影才哼哼叽叽地说“杏子，别、别怕，是我。”

杏子一听，原来是自己的公公老陈头，便问：“您来这里干啥？摔着没有？”老陈头爬起身，揉了一下腿说：“也没啥，刚才我好像看见有黄鼠狼在鸡舍附近转悠，怕它偷鸡，忙着去赶，一赶，便赶到这儿来了，没注意，绊上一块土疙瘩……唉，这人老了真没用！”杏子虽然不太相信这话，可一时也懒得去细想，就取了沐浴露，回到井台边，掩上围栏的小门，下意识地沿着围栏外试着往里瞅，这一瞅还真让她吃了一惊，她发现围栏侧面的棚布有道裂缝，差不多有小拇指宽，而且正好齐眉眼处高。借着围栏里的灯光，贴着缝隙，啥都能看清楚！杏子心里不由嘀咕起来：这老爷子，赶啥黄鼠狼，莫非……她回想起刚才公公慌里慌张的样子，十有八九心里有鬼。她恨不得立马转回去，狠狠臭骂老爷子一顿，最好是抽他两耳光！可她不是那种泼辣女人，想做也做不出来。

不过，这事儿得告诉铁山，看他怎样来治治老爷子！

想到这里，杏子澡也不洗了，收拾收拾回到屋里，将门一关，躺在凉席上，眼里盯着电视，心里盼望铁山快些回来。可等了半夜，铁山还不回来，她只好自己先睡了……

一觉醒来，天已大亮，杏子这才发现，铁山鼾是鼾，屁是屁，像头猪似的睡在身边。也罢，等他睡醒了再说不迟。可是，等来等去，杏子却改变了主意。

由于杏子起来晚了，老陈头已经喂了鸡，扫了圈，还帮杏子把全家的早餐也给做了。虽然老陈头像一个做错了事的孩子，没敢正眼瞧杏子，可杏子心里有数，公公并非有意讨好她，因为在这以前，每回她睡过了头，公公从不叫醒她，忙完了份内的活，总是默默去帮她做这做那。在娘家的

妈妈是天空，我就是飘在空中的云；妈妈是山，我就是山中的树；妈妈是大海，我就是一艘小船，妈妈无私的爱一直包容着我，愿妈妈母亲节快乐！上海 鲍金坤（1008）

时候，亲生父母也不过如此啊！想到这些，她就没了在铁山面前告老爷子刁状的勇气。另外，她还有一层担心，万一让铁山知道了，冲他那牛脾气，指不定把家里闹成啥样儿呢！

只是她有些奇怪，大热天的，老爷子干活从来都是短衣短裤，咋今天穿起了长裤？并且，他在极力掩饰自己走路的样子，看起来，腿脚有些不得劲。杏子忽然想起昨晚老爷子摔过跤，怕是摔得不轻！嘿，活该，谁叫他为老不尊，干那丢人的事儿！

挨到傍晚，老爷子洗澡后才换下那条长裤。杏子在清理家里待洗的衣物时，无意间撩起那条长裤，只见膝盖处残留着一块铜钱大的血印子，显然是贴近伤口留下的，她忽然感觉那血印子就像火红的炭球，将她的手烙了一下。

这天晚上，铁山没去打牌，杏子也没提昨晚的事。只是，她一直犹豫围栏棚布上那道缝隙补不补呢？其实补起来很简单，用块深色封口胶一贴，啥事没有了。如果那样做，等于警告老爷子：你别偷看了，这可是摆明了怀疑他老人家干了缺德事！想来想去，杏子还是下不了手……

该还是不该

过了几天，铁山买了副新麻将，又有些手痒痒了，要出去试试手气，杏子留他不住，只好叮嘱他早些回来。这回他还真听话，没去多久就返回了，为啥？别人怀疑他那副新麻将有问题，因为他一上桌便和个不停，人家将牌一推，不玩了。

铁山是赢家，正求之不得，掖着那盒新麻将，兴冲冲打道回府。老远看见井台围栏处透着淡淡的绿光，知道杏子在洗澡，他不由心血来潮，想去逗逗杏子，于是便蹑手蹑脚来到井台子跟前。突然，他发现有个人影在

围栏外晃动，他一看那身影，立即知道是谁，也明白他在干什么，刹那间，铁山心里就像油锅溅进了火星子，腾的燃烧起来，举起那盒新麻将，“砰”的砸了过去……

杏子听见响声，吓得尖叫起来，连忙穿上衣服走出围栏。只见老爷子一声不吭地坐在井台边，脑袋被砸破了皮，鲜血顺着伤口流得满脸都是。铁山却犟着头，气呼呼地站在一旁。杏子看了看父子俩，又下意识地瞟了一眼围栏上的那道缝，低声埋怨铁山说：“你好狠心啊！”说着，便要去搀扶老爷子。

铁山还没解气，一把拦住杏子：“别管他，让他就死在这里！”

杏子说：“老爷子干啥了？”

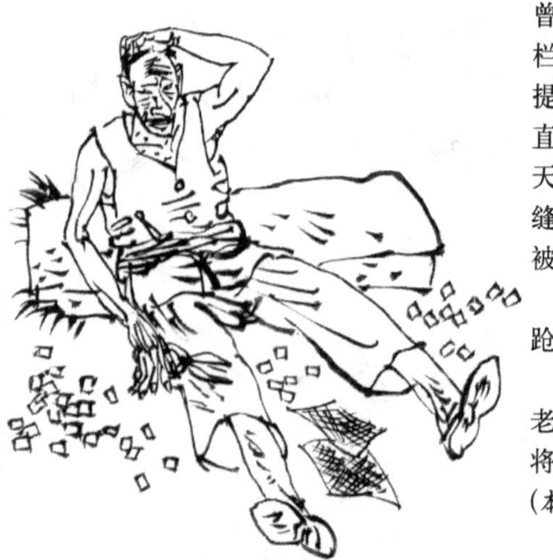

“干啥？你在里边洗澡，他、他在外边偷看……”

“别胡说八道，老爷子不是那种人！今天，是我要老爷子来的……”

“什么？你要老爷子来的？”铁山一听，眼睛瞪得直泛绿光。

“以前我没大在意，今晚洗澡的时候，突然发现围栏上有道缝儿，我怕别人来偷看啥的，就喊老爷子帮忙把缝粘上，”杏子说着指了指围栏，“这不，缝隙不是粘得好好的吗？”

铁山顺着杏子所指的地方看过去，果然有块新贴上去的胶布，回头再看坐在井台上的老爷子。可不，他手里还拿着剩余的胶布和剪刀呢。

老爷子心里清楚，杏子这样说，显然是在给他打掩护，好让铁山消消气，还真难为她了。可是，他俩又何曾知道，每逢铁山去打牌，杏子在围栏里洗澡时，他这个做公公的，总是提心吊胆，害怕别人对杏子使坏，一直都在暗中为她望风站哨！只是，今天晚上，他无意间看见围栏上那道缝，便找来胶布，正在粘贴时，碰巧被莽撞的儿子遇上……

老陈头最终还是一声不吭，踉踉跄跄离开了井台子。

陈铁山愣在那里，不知是去搀扶老爷子，还是去收拾那洒落一地的麻将……

（本篇月月评短信代码：AA102）

（题图、插图：魏忠善）

玫瑰是红色的，紫罗兰是蓝色的，这条短信是特别发给您的。妈妈，我们也许不像花儿般美丽，但我们都像天使一样乖巧，感谢您一直以来的谆谆教诲。山东 李光磊（1009）

当回快乐的黄牛

□詹有星

王力是个打工仔，这天上午，拿着三张车票从拥挤的人群中出来，几乎要瘫倒在地。

为了这三张车票，早上三点钟他就赶到火车站的售票厅排队。站在黑压压的人群里，心烦意乱不说，单是站在那儿五六个小时，比他在高楼的脚手架站上一天还累，可是为了能赶回贵州老家过年，他只好咬牙忍了。

从售票厅出来，王力看看依然拥挤不堪的大厅，又看看手上的车票，长长地舒了一口气，就在这时，自己的手机响了。王力拿起一看，是老乡打来的，老乡告诉他快去把车票退掉，不回去了。一听这话，王力几乎要跳起来，冲电话大吼道："为什么，我排队五六个小时才买到的票，你说退就退啦？"

那位老乡说："我知道你买票不容易，可是现在情况有变。老板说，有人准备春节后在我们盖的那幢大楼里搞个展销会，因为大楼还差一些收尾工作，急需加班。老板说，他准备为加班的人发双份工资，并在春节后给十天假，你看——"

听说有这样的好事，王力立刻转怒为喜，说："原来是这样啊，那就留下吧，我这就去把票退了。"说罢关了手机，返身回到售票大厅。

此时，售票厅内更是人山人海。王力想挤进去退票，可是一看里面的人挤得密不透风，不由倒抽了一口冷

气。正当他为退票这事发愁时，一个家乡口音从不远处传来。

“嘿，真是打瞌睡碰到枕头了，我何不把车票退给他？”王力一拍脑袋，眼睛随之四处搜寻。很快，他就找到刚才说话的那人，挤过去问道：“是去贵州的吧？我这有票。”没等对方搭腔，忽听身边有人说：“现在到处都在打击黄牛，还有人敢出来冒险，也忒大胆了！”那人一听，刚伸过来的手又缩了回去。王力立刻明白了怎么回事，说：“我不是黄牛，这是我刚买的车票，现在临时有事走不了。要不要？我不多收你一分钱。”

被王力这么一说，那人又动心了。恰在这时，他身后一位干部模样的人冷笑道：“不多收一分钱，世上哪有这样的好事？老兄，千万别听他的，小心上当！”

只一句，就把这事搅了。王力心说，按原价给你不要，我还不卖呢！花了五六个小时才买到的票，我容易吗？这么一想，脑子突然有了主意：不是说我是黄牛吗？今天我就当回黄牛……王力边想边往外挪，走到售票厅门口时，又见几个贵州口音的人往大厅里走。看那一脸的焦虑，王力想一定是来买票的，于是叫住他们：“有到贵阳的票，要吗？”

几个人停下脚步，走在前面的大个子问：“加多少？”“一张加20，一共三张，要不要？”几个人相互看了一眼，大个子微微一笑：“才加20？呵呵，不会是假的吧！据我所知，现在外头一张到贵阳的票，至少加200。”

“就是。”同行中的另一个人说，“走，少跟他废话，哪有这么便宜的事！”说着，带头往售票厅里走去。

他们的话让王力哭笑不得，心想这些人到底怎么啦，是不是非得把人逼得变黑变狠了才好？行，下次再问就往高处说，这可是你们给逼的……可是，一想到

母亲的心是浩瀚的海，母亲的肩是巍峨的山，母亲的叮咛像春风拂过，母亲的目光如煦日包围。亲爱的妈妈，母亲节快乐！福建 徐菊兰（1010）

要把每张车票调高200，王力自己都吓了一跳，不过为了尽快把票卖掉，黑就黑它一回吧。

为保险起见，他决定离开人多眼杂的售票厅，到厅外的广场看看。

此时的广场上也聚集了不少人，王力知道他们都是急着要车票的，可是却不知道他们要去的方向。他望着那些人，忽然心生一计，跑到附近一家店铺向老板讨来一张旧报纸，用毛笔写上几个字，然后拿着报纸往不远处几个坐着闲聊的人走去。

走到他们面前，王力把报纸翻过来，那些人一看报纸上写着“有到贵阳的票”，摇头说不到贵阳。王力笑笑，又换了个地方，可人家还说不到贵阳。连续这么几次，当他第五次亮开那张报纸时，一个年轻人问：“你有到贵阳的票？”

王力一看机会来了，把报纸收起来，说：“我只有三张，要不要？”

“三张正好，一张加多少？”

王力犹豫了片刻，试探道：“如果你真想要，我可以少加点，一张加200，你看——”

“200太高了，”年轻人抱怨起来，“一张加150，行就拿来。”

王力往四周看了看，见没有人注意他，迅速从口袋里掏出车票。年轻人接过票去，仔细地看了一眼，望着他问：“老兄行啊！现在打击黄牛抓得这么紧，你还敢到这里来，是不是上头有人罩着？”

王力一惊，以为撞见便衣了，神情一下紧张起来。

“不要紧张，我不是警察。”年轻人说，“随便问问而已，不想说就别说。”说着拿出钱夹子付了钱，然后招来一辆“摩的”，头也不回地走了。望着年轻人远去的背影，王力一阵狂喜：哈哈，三张车票一倒手就赚450，可以抵上我半个月的工资了……就在这时，两个戴红袖标的人突然出现在他面前，说：“小伙子，我们已经注意你很久了，跟我们走一趟！”

王力暗自叫苦，心想自己那么小心，怎么会被人盯上呢？可是转念一想，现在身上已经没有车票，买票人也走了，他们查无实证，心里才踏实一些。两人看王力无动于衷，其中一个抢过他手上的报纸，见上面写着**“有到贵阳的票吗”**，顿时傻了：“买票到售票厅去，在这里瞎转什么，钱太多了不是？”

原来，王力在写“有到贵阳的票”时，为防万一，特地在后面加了个“吗”字，但在出示给人看的时候，用拿报纸的手把后面的一个字遮去，这一招现在果真派上了用场。

两位“红袖标”气哼哼地走了，边走边朝王力张望，王力窃笑：“看我干什么？你以为我爱这么干呀，仅此一回，下不为例！”

（**题图、插图**：谢　颖）

·中国新传说·

爸爸的惩罚

□胡秀欣

见见未来的爸爸

大学毕业后，相楠和同在一个班的郑长宇确定了恋爱关系。相楠是家里的独生女，家住北京，父母都是高干。而郑长宇则来自大西北一个偏僻的小山村。对于他们的婚恋，很多人不理解，好在相楠的父母比较通情达理，见女儿对郑长宇一片痴情，也就默许了。

眼瞅就到年底了，相楠提出要跟郑长宇回乡下过年，见见未来的爸爸。她知道，郑长宇母亲死得早，是他的父亲将他和妹妹拉扯大的。

郑长宇一听，先是惊喜万分，可随即眼神就暗淡下来，头摇得像拨浪鼓一样。他推说家里穷，吃住都不方便，怕委屈了相楠。

相楠见郑长宇紧张的样子，不由得笑了，把头紧贴在他怀里柔柔地说“你放心，我会像你一样爱你的家人……”郑长宇见此很受感动，便答应了相楠。

经过几天的旅途奔波，相楠随郑长宇来到一个只有三十多户人家的小山村。郑长宇的家，是一间低矮破旧的土坯房，紧靠村南，他们推开破旧的院门，一个老人正弯着腰劈柴禾。郑长宇紧走两步，高声叫道:“爹，你瞧谁来了？”郑老汉一看儿子回来了，而且还带回个漂亮姑娘，慌得一下子扔掉斧头站了起来。相楠忙走上前，甜甜地叫了一声:“大伯！”老人

母亲节，女儿报，女儿是母亲的小棉袄；母亲亲，儿子孝，常往家里报个到。母亲就像避风港，喜怒哀乐通通要，无论咱们有多忙，常问母亲是否好。河南 康海娜（1011）

一见相楠叫他，手都不知往哪儿放了，只是“嗯嗯”地答应着，扭头冲着屋里高声喊道：“长慧，快点，你哥回来了……”话音未落，打屋里就跑出一个人，是郑长宇的妹妹长慧，郑长宇忙把相楠介绍给她，长慧乐坏了，一进屋就拽了床被子铺在床上，让相楠坐了下来。

相楠尽管有十二分的准备，也没想到郑长宇家竟穷到如此地步。为了不使郑长宇和家人难堪，她竭力让自己随和一点，直乐得郑长宇一家人嘴都合不拢了。

哪受过这种委屈

第二天是年三十，吃过早饭，郑长宇给母亲上坟去了。相楠发现他们日子虽然过得穷，但忙起年来却挺乐呵的，特别是郑老汉，因为相楠的到来，乐得都不知道做点什么好了。后来，他从一个木箱子里拎出半桶油，让长慧弄了一点萝卜丝子剁吧剁吧，和上一些白面，在院子里支起一口小黑锅炸起丸子来。

一家人什么活儿也不让相楠干，可相楠看他们忙里忙外的，自己闲着很不自在，就围前围后给他们打下手，这时长慧拿出一件衣服，关心地说：“嫂子，别把你的衣服炝上油味儿，换上我这件吧。”

听长慧称她嫂子，相楠不好意思地笑了笑，换上了长慧递过来的衣服。

相楠很快就学会了炸丸子，而且她独揽了这项活儿。虽然手忙脚乱的，但心里却挺高兴。炸完丸子，相楠先浇灭了火，又把院里的东西收拾到屋里，最后端起锅把炸剩下的废油往墙角的脏水沟里泼去。可她刚泼完，还没来得及直起腰，臀部就被人重重地踹了一脚，相楠站立不稳，向前抢了两步，一下子扑倒在脏水沟里。

相楠惊恐地回过头，郑老汉正横眉立目地站在她身后，大声骂：“败家子！有你这么过日子的吗……”见相楠眼里含怒，郑老汉直愣愣地盯着她，立时停止了叫骂，涨红着脸，大张着嘴巴，“啊”了好半天，却再也没说啥，只是站在那儿直抖双手。

相楠长这么大哪受过这种委屈！她气坏了，哭着从地上爬起来，已是满身泥水，她也顾不得了，胡乱地划拉了些自己的东西，流着泪气呼呼就往外走……

郑老汉急得直跺脚，语无伦次地说：“这、这、闺女，你别走，听、听我说……”说了些什么，相楠一句也没听清。在自己家里，相楠虽然很少干家务活，可她见过保姆炸东西。炸剩下的油向来都是倒掉的。她恨自己到底是吃错药还是打错针了，竟来到这么个小气人家。此时，她恨不得马上离开这个鬼地方……

长慧不知发生了什么事，跟着追了出来，拽着相楠不让她走。就在此时，郑长宇也回来了，忙问出什么事了，相楠只是哭着要走，什么话也不听，什么话也不说。郑长宇只好追着相楠出了村，陪着她坐上了返程的火车。

爸爸的一块心病

回到北京，相楠对郑长宇说要重新考虑他们之间的关系。郑长宇落泪了，他说，他们村的人家，穷得根本买不起油，都是吃攒油。

相楠好奇地问："什么是攒油？"

郑长宇说，他们村的人家每天都勒着腰带省粮食，省出点粮食或者小鸡下个蛋什么的，都拿到集上换点豆油，然后把油攒起来，家境好一点的人家一年能攒个十斤八斤的，留着过年炸点丸子啥的。他们村有个风俗，过年供奉祖宗必须有油炸物。炸剩下的油就留起来做来年一年的吃菜油，家家都是这样的。

听了郑长宇的话，相楠心里有些酸楚，没想到，自己倒掉的是人家一年的吃菜油。又一想，就是这样郑老汉也不该踹她呀，自己毕竟是未过门的儿媳妇，无论如何也不应这样对待她。相楠爱郑长宇，但一想到郑老汉踹她那一脚，心里就特别不痛快……

这天郑长宇来找她，一进门，他就给相楠跪了下来，哭着说他的父亲病得很重，妹妹来信说他特别想见见相楠，要不死不瞑目！

相楠暗暗吃惊，郑老汉那么硬实的身子，才一年的时间，怎么就快要死了！说心里话，她实在不想再见到那个野蛮的老汉，但在郑长宇的苦苦哀求下，她心软了，答应了再跟他回一次乡下。

郑老汉躺在破床上，已是瘦得皮包骨头，一脸的菜青色。他一见相楠来了，顿时流露出惊喜的神情，喘息着说道："闺女，那天，你穿了长慧的衣裳，我看错了眼，以为是长慧那丫头糟蹋油，才踹了那一脚。我要知道是你，打死我也不会那么做啊，你

如果你饿了，有人捧出甘甜的乳汁；如果你累了，有人铺开温暖的睡床；如果你彷徨，有人在前面指引方向；如果你想家，有人拄杖在村头张望——那人就是亲娘！山东 朱庆坤（1012）

来了好，我向你赔罪!”郑老汉说着，眼里滚着泪水，挣扎着就要从床上爬起来。

原来如此! 相楠忙上前按住郑老汉不让他起来，紧紧攥住他枯瘦粗糙的手，哽咽着说道:“老伯，是我不好，赔罪的应该是我……你得的什么病，赶紧治，缺钱有我呐! ”

相楠话音刚落，站在一旁的长慧“哇”的一声哭了起来，说:“爸爸的病，都是他自己弄的，他有一年没吃油了……”

相楠和郑长宇不由得大吃一惊，急忙追问是怎么回事。长慧说，自从去年相楠哭着走后，爸爸就特别内疚，总是在责备自己，他时不时地敲着脑门骂自己混蛋。一开始，家里没有油，炒菜根本不放油，不久哥哥寄钱买了油，爸爸也坚决不吃，他就是用这种办法来惩罚自己，向相楠表达忏悔之情……

相楠的眼泪再也止不住了，她哭着说道:“爸爸，你快快好起来，咱们还炸丸子吃，我给你炸，我再不会把油泼了……”

(题图、插图: 谢　颖)

·本刊信息传真·

“优媒杯”《故事会》优秀作品月月评

每期3篇选1　最高奖金800元

“‘优媒杯’《故事会》优秀作品月月评”活动，参加方式如下: 1. 每期由初评委推荐3篇故事为候选作品，读者可选择自己最喜欢的一篇，将其月月评短信代码(如AA101，没有短信代码的作品不参加评选)发送到911903(移动用户、联通用户)、02838168(广东移动)。每次限选一篇，可多次投票。2. 凡选对本期“最受欢迎的故事”的读者均有机会获得现金奖。每期设一等奖1名，奖金800元; 二等奖10名，各获现金100元; 所有参加评选的读者均有机会获得参与奖，每期200人，各获精美礼品一份。3. 本期活动截止期为: 5月20日。得奖读者在评选结果揭晓后将得到短信通知。用户每投一票收费1元。

本期候选作品: 1.《做人的尊严》(p8)(短信代码: AA101); 2.《围栏上的那道缝》(p19)(短信代码: AA102); 3.《爱的良药》(p36)(短信代码: AA103)

“优媒杯优秀作品月月评”2006年3月(下)评选揭晓

2006年3月(下)得票前三名的作品分别为:《你有一百万吗》(1006票)、《上钩的鱼儿》(367票)、《冤家对头》(280票)。

经抽奖，下列读者获奖: 一等奖(奖金800元): 杨东(138****8384); 二等奖(奖金各100元): 郑斓(136****5560)、韩秀英(136****9208)、戈新(139****4189)、岳帮淑(139****4611)、韦金海(135****5138)、宋民生(136****6006)、韦金海(135****5138)、吴欣(130****7501)、金灵灵(136****9507)、顾诗慧(139****0397)。阅读奖名单略。

·中国新传说·

这酒真难

□袁菽涛

有什么事瞒着他

有个叫良子的青年人，出狱后连家还没回，就被他的几个哥们拦住，在饭店里摆了一桌酒为他接风洗尘，说是要为他去去晦气。

良子很高兴，难得哥们这么仗义，但令他感到意外的是，这次聚会"大虾"居然没有来，要知道他和大虾关系是最铁的，便问"光头"是怎么回事。光头顾左右而言他，最后吞吞吐吐地说："大虾可能是有什么事吧？"

良子感觉得出，光头他们一定是有什么事瞒着他。

饭后，光头他们几个兄弟请良子一起去洗桑拿，良子一点兴趣也没有，他一把拉过光头问："你给我老实说，大虾是不是背着我干什么坏事了？不然他是不会不来喝这顿酒的。"

光头为难地说："大哥，这事……唉！其实我也只是听说，可能根本没有那回事。"良子有些不耐烦了："有屁快放！"光头憋得一脸通红："你不在的这几年里，他、他跟、跟春秀嫂子……嘿！这事我也说不清！""什么？"良子心中的火苗子一下子蹿到了头顶，"这小子竟然敢这样？"

回到家后，良子一脸乌青，他使劲地想压住自己心中的火，但这火能压得住吗？他越想压那火就越往上冒。他忍无可忍地一掌拍在茶几上：

您用慈祥呵护我，您用无私养育我，您用细心关爱我，而我要用什么回报您呢？在这属于您的日子里，我要真心地说声："妈妈，您辛苦了！我永远爱您！"福建 康文娜（1013）

“孟春秀，你跟大虾究竟是怎么回事？”

春秀一听这话就明白是怎么回事了，出乎良子意料的是，她除了脸红外，好像并不慌张，冷冷地说：“你都知道了？我也不瞒你，有这回事。事到如今，要杀要剐随你的便！”

原来，良子入狱后，家里的重担全都压到春秀肩上。她一人既要照管儿子贝贝，又要打理小五金店，成天忙得昏天黑地。大虾知道后经常过来帮忙。一回贝贝生病了，发高烧，大虾陪春秀上医院给贝贝检查、化验，忙了大半天，然后替她交了钱办了入院手续，又让她回店里做生意，自己留在医院陪贝贝。事后，为了感谢大虾，春秀请他到家里吃了一顿饭，喝了些酒的大虾，一时犯了冲动就做出了傻事。春秀因为感激他，所以也没有反抗……这事慢慢地让良子的几个哥们知道了。

春秀知道这事良子早晚会知道。她对良子说：“你不在的这几年，我一个女人家实在是扛不起家里这么多事。你看着办吧，你想离婚也行，你就是杀了我，我也没有意见！”

良子什么也没有说，已经喝得半醉的他，又拿出家里还有的半瓶酒“咕咚咕咚”灌了下去，然后倒床便睡。

良子越是这样春秀越是害怕，她知道良子的眼睛里向来揉不得沙子，这一夜她没有睡……

这火能压得住吗

第二天早上，良子异常冷静地对春秀说：“男子汉大丈夫，可杀不可辱！这事得有个了断。今天晚上我打算请大虾喝酒谈谈这事！你去买几个菜，再买两瓶酒！”春秀自然知道他说的“谈谈”是什么意思，吓得心中“怦怦”直跳，可是她必须得做，她知道良子的脾气。

傍晚时分，春秀已经做好了饭菜，心中像十五吊桶打水，七上八下的。她说：“我去幼儿园接贝贝去！”良子拦住她：“不用了，我已经叫他姑姑去了，今晚让贝贝就住他姑姑家吧。”春秀一听更害怕了，她知道良子已经下定了决心。今晚这酒可真不好喝。

良子抓起电话给大虾打了过去：“兄弟，昨天几个哥们为我接风就你没来，你也太不仗义了吧？我俩是什么关系？这样吧，今晚上我家来，我们俩得好好喝两盅！”电话里大虾结结巴巴地说：“大、大哥，这？我、我看还是过两天我请你吧？是这样的，我今晚有点别的事——”“不行！”良子凶狠地打断了大虾的话，“我们是什么关系？你有什么比大哥还重要的事？今晚你来也得来，不来也得来！我们不是有几年没有见面了吗？大哥

我想你啊，不用我去找你吧？”大虾知道躲不过去了，他想了想无可奈何地同意了。良子的每一句话都让春秀听得心惊肉跳，看来今晚凶多吉少了。

放下电话后，良子就去厨房找刀，可是刀已经被春秀藏起来了。他冷笑着说：“看来大虾在你心中比我重要啊！”她惊恐地看着他，求饶道：“良子，你要做什么冲我来，我知道我做得不对。你不要对大虾胡来，他没什么对不起我的。再说，我决不能让你刚出来又进去，我不想贝贝从小就没有爸爸。这几年贝贝也老是问起你，你刚回来，如果再出点什么差错，贝贝咋见人？”良子冷笑一声：“我知道你会来这套的，不过我早有准备。”说完他从沙发下面拿出了一把牛耳尖刀，又从怀里掏出一小包药粉，把药粉倒进了一个酒盅，然后掺上酒。春秀惊恐万状地问：“那、那是啥？”良子轻描淡写地说：“毒鼠强，又叫‘三步倒’，只有这玩意儿来得快！”春秀吓得“扑通”跪到了地上：“良子，你可千万别做傻事。我求你了，这个家不能没有你，贝贝不能没有爸爸，你离婚也行，你打我一顿消消气吧。”良子一把把她拎起来：“我知道该怎么做，我怎么会打你呢？”

就在这时，“砰砰”有人敲门了。良子冷冷地走过去拉开门，果然是大虾来了。良子一把拉过大虾：“兄弟，几年没见了。”大虾一看春秀脸上的泪痕，明白事情已经露馅了，他讪讪地对良子说：“是、是的，大、大哥，我也想你啊。”春秀躲进了厨房。

今晚好好醉一场

“坐下喝酒吧，”良子招呼大虾坐下，“咱哥俩今天好好喝两盅，来个一醉方休。”大虾摸不清良子葫芦里卖的什么药，只得提心吊胆地坐下了。良子端起一个酒杯，让大虾端那个放了毒鼠强的杯子：“来，兄弟，我们先干三杯再说！”大虾不知道里面放了

年少时母爱是饭菜和衣服，有时是种负担；出行千里母爱是思念，梦中相见，心里牵挂；有儿子时才知道母爱大如天，对母亲最大回报——快点长大。河南 董发强（1014）

毒药，端起来准备喝，躲在厨房门边偷偷观察的春秀吓得大叫了一声："别喝！"她几步走过来对大虾说，"感谢你这几年对我们家的照顾，我们也做出了对不起良子的事，这杯酒还是我替你喝吧。"说完她端起酒来一饮而尽，然后她流着泪对良子说："良子，对不起，我用自己这条命来了断这事总行了吧？就算我自杀好了。你要照顾好贝贝！"

大虾惊恐地问："这酒？"

春秀悲壮地说："这是毒酒，大虾，你要保证你不跟良子寻仇。"

大虾"扑通"一声跪到了地上："大哥，我对不起你，你杀了我吧！"

良子掏出怀里的刀，一刀插在桌子上："朋友妻不可欺，你狗日的连你嫂子的便宜也敢占？你给老子保证今后不再犯，不然，老子现在就剁了你！"

大虾吓得磕头如捣蒜："我保证，我保证……"他又想起了什么似的，"大哥，快把嫂子弄到医院抢救吧？晚了可就来不及了！"

春秀静静地坐在椅子上，她在等待最后时刻的到来，她感到奇怪的是竟然一点反应也没有，难道良子买到假药了？这时，良子一拳擂在大虾胸膛上："你他妈的以为我真会干傻事啊？我这是警告你们！"说完他又倒了一杯酒端起来一饮而尽，长叹一声，"今后我们就好好过日子吧。我犯了罪，政府都宽容了我，我还有什么不能宽容的呢？春秀，倒酒吧，今晚我们都好好醉一场，明天从头来！"

春秀一听又惊又喜，她揩了一把眼泪，哽咽着答应："哎！"

（题图、插图：魏忠善）

·本刊信息传真·

精彩短信收发自如　3000元奖金等你来赢

2006年《故事会》"短信王中王"有奖大征集

应征方式：将短信内容（原创、推荐均可，本期特别征集：七夕——中国人的情人节）发送到9119004（移动、联通），02838666（广东移动），并按提示完成相应步骤，即可参赛。每条参赛短信收费0.50元。

下载和评奖：您可以随时下载本刊迄今刊登的所有短信，再转发给你的亲友！只需发送 XF+4位短信编号（如XF0908）到91191（移动、联通），广东移动用户发送GU+4位短信编号到02838666000，即可获得该条短信。每月下载数前10名的短信成为"本月短信王"，作者奖金100元；每月下载数最高的1条短信荣获"短信王中王"称号，作者奖金3000元！所有入选短信作者（或推荐者）获得短信公司赠送价值10元的彩铃服务。下载资费：0.50元/3条（广东移动：1元/5条）。客服电话：020-22816956。

·中国新传说·

是对儿子的爱治愈了她的“恐高症”，也因为爱，她要让儿子做他喜欢做的事情……

爱的良药

□叶　梓

朱莉是一个攀岩爱好者，四年前，丈夫在一次攀岩活动中坠入悬崖，她的精神受到了严重刺激，患上了可怕的“恐高症”，从此，再不敢登上超过两米的地方。

丈夫遇难后，朱莉带着儿子承承离开熟悉的城市，搬到了一个小镇上，在一所小学当老师。一晃，四年过去了，承承也已经五岁。渐渐地，朱莉在承承身上看到了丈夫的影子，他喜欢爬树，喜欢爬山，无论哪儿竖着梯子他都要爬上去。而且，一进公园，看到攀岩表演，儿子就再也挪不动步，蹲在最前面，托着小脸，一看就是半天。朱莉为此十分头疼。

这天，承承回到家中，追问关于父亲的事情。因为有个小朋友对他说，他父亲是攀岩时摔死的。承承问：“爸爸为什么会死？登到高处就会死吗？”望着儿子执拗的大眼睛，朱莉似乎又看到了丈夫坠入悬崖的那一幕。她突然转过身，背对着承承，凶巴巴地说：“拜托你以后不要再问这样的问题。”说着，朱莉低下头，眼睛已经噙满了泪水。

为了转移儿子过剩的精力，朱莉让他学画画，学弹琴，想把他的时间填得满满的。但儿子还是常偷偷溜出她的视线。一次，承承居然跟着小伙伴沿着烟囱里的扶梯坐到烟囱口上，那一刻，她觉得承承就要掉下来，吓得她掩面而哭。看到妈妈那么伤心，

浓茶，苦而后甘，令人回味；陈酒，香且清醇，让人沉醉；鲜花，淡而不艳，发人思念；母爱，朴而深厚，叫人难忘；祝福，真且衷心，愿所有的母亲都收到！广东 梁战勇（1015）

承承十分内疚，用小手替妈妈擦眼泪，说："我爬得再高也不会死。妈妈，我不会死的。"朱莉紧紧搂着承承，喃喃地说："妈妈太害怕了，以后不要爬到那么高的地方。"

承承嘴上答应了妈妈，暗地里却还是爬树登高。晚上，朱莉要批改作业，承承便和小伙伴出去玩。怕承承再爬烟囱，朱莉买了一顶能在黑暗中闪出绿色荧光的帽子。她告诉承承，他很乖，这是一顶奖励给乖孩子的帽子。承承见帽子闪闪发光，觉得无比神奇，戴到头上就不肯摘下来……

时间过得很快，一晃就到了夏天。朱莉上完课，看到外面雷雨大作，隐隐感到不安，她提前推了自行车去接承承。天渐渐黑下来，乌云越来越密，大雨渐渐变成暴雨，街道上的水已没过膝盖。朱莉无法骑车，只好一步步地趟着水走。被刮折的树挡住了路，电线被刮断了，而不远处破旧低矮的房屋在暴风雨中突然坍塌。朱莉的心一阵恐慌：这罕见的暴风雨，会不会冲垮幼儿园？她拿出手机拨通幼儿园的电话，铃声响了半天才有人接听，朱莉听到一阵焦急的"喂喂喂"声，她在风里大声喊着问："幼儿园没事吧？你们那儿没事吧？"电话突然断了，朱莉再拨，却怎么都拨不通。

朱莉在雨中呆了片刻，突然扔掉自行车，急急地趟着水走。在暴风雨中跋涉了半个多小时，她终于看到了幼儿园的大门。可就在这刹那间，朱莉几乎惊呆了，幼儿园仅有的一间教室被冲塌了一半，四处都是哭喊的人群。人们高举着手电筒，有消防员，有警察，有找不到孩子的父母，有老人在抱着孩子小小的尸体号啕痛哭。

朱莉几乎透不过气来。她不敢朝躺在地上的孩子看，可身边的孩子，几乎都已被父母认领。朱莉的目光撒网般撒向四周，心像被一只巨手揪着，几乎要窒息。她移动着像灌了铅的腿，绝望地仰起头。突然，幼儿园高高的烟囱顶上，朱莉看到有荧光在闪。她的心几乎停止了跳动，那荧光一动不动，就在十几米高的烟囱顶上：**是承承，是承承！**

四周一片混乱，朱莉不顾一切地朝烟囱跑去。她先跑进锅炉房，顺着烟囱通道往上爬。扶梯是笔直的，落满了烟灰，被雨水冲刷着，又滑又腻。可朱莉爬得很快，她的手牢牢攥紧了扶梯，她得把承承救下来，她一定得把承承救下来。

汗水雨水让朱莉浑身湿透了，手和脚都打着滑。她蹭了一身的烟灰，脸上也全是。因为有过攀岩的经验，她顺利地登到了烟囱顶。黑暗中，那顶闪着荧光的帽子让朱莉欣喜若狂。朱莉稳稳握着扶梯，手伸向了孩子。孩子满脸乌黑，浑身发抖。朱莉一把抱住他，紧紧把他抱在胸前，一只手

顺着扶梯走下去。她的喉咙哽咽着，一句话也说不出来。黑暗的烟囱里，她听着他小小的心跳，忍不住流下眼泪。她太幸福了，她的孩子没事，她是个幸运的母亲。终于，朱莉抱着孩子稳稳地落到地上。借着手电筒的光，朱莉掏出手帕抹了一把孩子的脸。那一瞬间，她惊呆了：不是承承，竟然不是承承。

承承在哪儿？承承呢？

朱莉放下孩子，疯了一般大声喊。她在人群中横冲直撞，几次倒在积水中又爬起来，她一次次地冲向正在倒塌的半边教室，她不能把承承丢在那里。几个消防员拼命地拉住她，死死地将她按倒在担架上……

在医院里，朱莉看到了戴着一顶红帽子的承承。他的胳膊擦破了一块皮，额头有轻微的伤，正瞪大眼睛看着来来往往的人。医生说承承是第一批被送来的孩子，那时天还没有黑，因为戴着一顶醒目的红帽子，他很快就被人从水中救了上来。朱莉冲过去，一把搂住了承承。她觉得自己在做梦，又哭又笑，傻掉了一般。半晌，她擦掉眼泪，问承承："你为什么戴了一顶红帽子？"承承咬着嘴唇，凑到她耳边说："妈妈，告诉你一个秘密。小朋友们说小勇不乖，不和他玩，他就坐在地上哭了。你对我说过，我的帽子是奖励给乖孩子的，所以我就把帽子给了他，说他是乖孩子，他就不哭了。我戴的，是他的帽子。"

"你，你真是个傻孩子！"朱莉看着承承，用力拧了一下他的胳膊，承承痛得叫起来，喊着："我才不是傻孩子！"朱莉轻轻揉搓一下他的头发，咧嘴笑了……

暴雨过后，朱莉把承承领回家。她买了一套适合儿童的工具，开始教他攀岩。在那次登到烟囱顶之后，朱莉的恐高症竟奇迹般好了。

不过，她有一桩秘密还藏在心里，那就是丈夫是为救自己才坠下悬崖的。等儿子长大，她要告诉他，他的爸爸，是为妈妈而死的，他是这个世界上最勇敢的男人。

（本篇月月评短信代码：AA103）

（题图、插图：谭海彦）

牵我手，牵您手，母亲的爱最永久；喂着我，护着我，母亲的饭最可口；您爱我，您疼我，母亲的爱守护我。伟大的母亲，我爱您。四川 郑勇（1016）

坏了规矩的人

□吴宏庆

不期而遇

这天，卡车司机许大康接到公司的调度，运一批手机到邻省去。

经过一天一夜的行车，终于到达了目的地。这是个繁华的城市，许大康人生地不熟，怕走岔了道，就把车停在一个停车场里，给对方打了个电话，请对方来领路。对方说他们马上派人和车来就地卸货。

十几分钟后，对方来人了。许大康一看那人，乐了，这不是张小民吗！张小民也看到了他，愣了愣，露出惊喜的表情来。

要说他和张小民的关系那可不一般。两年前的一个晚上，许大康走在回家的路上，发现有几个黑影正在对一个人拳打脚踢的，他一看就知道是本地的小混混在抢劫，于是虚张声势，大喊一声："警察来了！"那几个小混混闻风而逃。被打的人就是张小民。

当时张小民正发着高烧，现在身上又添了不少新伤，许大康就把他送到医院，精心照料了他几天。

张小民出院后，感激地说："许哥，你的大恩大德我永远也不会忘记的，我一定会报答你的。"许大康笑了笑，他这人天生的路见不平，拔刀相助，并不是为了图报答才帮人一把的……

张小民本是个过路人，这一走就是两年多没有消息，眼下突然在这样的场合见面，两人都显得又是意外又是欢喜。张小民紧紧地握着许大康的手说："许哥，我一直想着你，可因为太忙了，总是不能亲自去见你。今天你来了，走，我请你去吃大餐！"

许大康担心货物的安全，就说："吃饭不急，你先把货验收了，我们再去一醉方休！"

张小民嗔怪地说："看你说的，我还会不信任你？先吃了再验货！"说着留下两个人看守，拉着许大康就进了大酒店。他点了满满一桌子菜，还开了几瓶好酒，说要一醉方休。许大康见货物安全送到了，也就开怀畅饮起来。

等到大家酒足饭饱，张小民这才拉着许大康的手走出酒店。许大康只想他快点收货，自己好去旅馆美美地睡上一觉。可到货车那里一看，只见两个看守倒在地上，而车上的几箱手机却空空如也。许大康吓得魂飞魄散，酒顿时就醒了，忙把那两人摇醒，一问，都说刚才不知道怎么回事，突然就昏了过去。

许大康傻了眼，一屁股坐在地上：这么多手机丢了，就是把自己卖了也赔不起啊！看着站在那里一脸木然的张小民，他心里突然冒出了一个念头：这事会不会是他做的？

警察接到报案，第一反应也是怀疑张小民。他们对两个看守做了检查，发现他们血液里的确有迷魂药的成分。当然，这也可能是他们的苦肉计。但由于找不到证据，警察只好让许大康先找个地方住下来再说。

许大康住进旅馆，心里气鼓鼓的，想去询问张小民，却发现他不知什么时候消失了，打他电话，也总是关机。许大康本来只是怀疑他，这下却确信无疑了。

却说公司那边听说了这事，显得很愤怒，许大康明白，如果要不回这批手机，他就别想回家了……

神通乞丐

这一等又是很多天过去了，许大康口袋里的钱越来越少，不得已，他搬到了最便宜的旅馆，每天只吃两顿馒头。这天他数了数身上的钱，发现只剩下五十多块了，很悲哀，心想与其这样天天拖着活受罪，不如痛痛快快把钱花了再想办法。想到此，他就出门了。

许大康裹紧大衣，走进旅馆附近的一家小饭店里，要了一瓶酒和两盆炒菜，慢慢地喝了起来。

几杯酒下肚，心里暖和了一点，压抑在心里的悲愤也冒了上来，借着酒劲，他便一口一声地骂起张小民来。不知过了多久，身边多了个长着一脸麻子的老乞丐，他可能是被酒香

山高高，路长长，心中最念的是俺娘；儿在外，心想家，回家最先叫声妈；不戴金，不携银，带上一束康乃馨，道不尽的深情谢母亲！北京 杨帅（1017）

吸引进来的，眼睛直直地看着酒瓶。许大康一乐，也好，多个酒伴了，就又叫了一瓶酒请老乞丐吃。

老乞丐咧开一嘴黄牙，拱了拱手说："多谢了。"就把酒瓶打开，直接往嘴里灌去。"咕咚咕咚"，一口就是一小半下去了，这才长吁了一口气，说："刚才我在你身边都听说了，你被那个张小民骗了吧？"

许大康叹了一口气说："人啊，犯什么错都可以，但朋友不能交错。"

老乞丐飞快地吃着酒菜，没过多久，酒菜都空了，这才摸了摸肚子，说："你去跟张小民说，叫他把货还给你。记住，就说是麻哥说的。"

许大康一口酒差点喷了出来，这老乞丐是不是喝糊涂了？他故作小心地说："可是我不知道张小民他在哪啊！"

老乞丐丢给他一个纸条，说："你打这个电话就行。"说着打了个饱嗝，一摇一晃地走了。

许大康看着他的背景愣了很久，突然回过神来，打开纸条，上面是一个手机号码。他从口袋拿出手机打了过去。电话通了，果然，那里面是张小民的声音："喂，谁啊？"

许大康气得说不出话来，半天才吼道："是我，许大康，你还记不记得我？"

张小民好像很吃惊，愣了半天才说："原来是你，你怎么得到这个电话的？"

"你管我是怎么得到的？告诉你，快把货还给我！记住，是麻哥说的！"

"麻哥？哪个麻哥啊？"说完这句话后，张小民突然倒吸了一口冷气，试探着问道："你说的是麻哥？"

许大康加重了语气，不容置疑地说："对，是麻哥！"

那边张小民立即像换了一个人似的，热情地说："许哥，你现在人在哪，

我立即过去！”

许大康见他态度转变得这么快，知道是那个麻哥发挥了作用，就把自己的位置告诉了他。

谁是麻哥

没多久，就见张小民坐着出租车来了。张小民大老远就伸出手来，赔着笑脸说“实在抱歉，我这些天太忙了。你最近怎么样？”许大康冷笑着说：“托你的福，还没死。老天见我可怜，让我认识了麻哥！”张小民尴尬地搓了搓手，说：“我不知道你还是麻哥的朋友，这样好吗？我把货全都还你，但你也要立即离开这地方。”

“这么说你承认是你拿走了那批手机！想当初救你并没有要你回报我，可是我万万想不到，你竟然会害我。我劝你改名算了，不叫小民，叫小人！”

张小民无所谓地耸了耸肩说：“这是游戏规矩，人在江湖，身不由己。怎么样，你答应不答应？”

许大康笑了起来，从身上拿出手机，得意地说“放过你的话还不知道有多少人会再上你的当。我已经用手机录音功能把你的话录下来了，这就去交给警察，让他们来跟你说话。”

张小民一愣，说“这是我跟麻哥达成的协议，”顿了顿又加重了语气，“是麻哥说的。”

许大康一想到麻哥，心里就有一阵温暖，虽然他到现在也不知道麻哥的真实身份，可是仅凭他能让张小民把货吐出来的本事上看，他一定不是个普通人，也许真的是个黑社会大哥，他既然跟张小民达成了这个协议，说明他也不愿把这事闹大。许大康看多了警匪片，知道黑道也有黑道的规矩。也罢，就算报答这个好心

十月怀胎费艰难，母亲养我不容易；儿时哺育洗尿衣，学时盼儿能成器；六十抱孙子，两眼眯眯笑；未提儿女把恩报，为儿须自知，为儿当尽孝。云南 杨从升（1018）

的麻哥吧。

他咬了咬牙，把刚才录的音当着张小民的面洗掉了，恨恨地说："今天我放过你，但只要你还是继续这样做下去，一定会有收拾你的人！"

张小民笑了笑，什么也没说。

很快，许大康就拿回了全部的货，去派出所销了案。

许大康把货运回了家，虽然受到领导的严厉批评，但"饭碗"总算保住了。从这以后，许大康就吸取了教训，发誓不再喝酒。

三个月后，许大康再次运了一批货去那个城市，顺利地交接货后，在旅馆里开了个房间休息。想到几个月前自己在这城市里的遭遇，许大康怎么也睡不着，于是打开电视。

当地电视台正在播放一个新闻，说是一个以骗送货司机为生的黑帮内部发生械斗，死了一个人。

采访的时候，凶手说他们内部分成两派，一派以张小民为主，一派以他为首。三个月前，张小民骗来了一批手机，他听说后，为了争功，第一时间抢先把手机弄到了手。本来按照他们的规矩，在货未到手前谁都可以抢，但一旦到手后就像盖了印一样，别人不能再动了。可是张小民却成心想坏规矩，硬是想尽了各种办法，把手机又抢了过去，还给了那司机。他怀恨在心，于是就杀了张小民。

许大康目瞪口呆，哆嗦着关了电视，走出门外去透气。没料到，一眼就看到了麻哥，他正在垃圾堆里找食物，忙上前去打招呼。麻哥也还记得他，眼光直往旁边的饭店瞄去。许大康带他去了，要了一瓶酒给麻哥，趁着他喝得痛快的时候，问起了张小民的事。麻哥闭上浑浊的眼睛想了半天才说："我记起来了，当时我正在乞讨，你说的那个人走过来，给了我一百块钱，要我对你说那些话的……"

许大康突然之间什么都明白了。麻哥不是眼前的老乞丐，张小民才是！

张小民很可能没想到来送货的是自己，也许在见面的那一刻，他就已经决定放弃这笔"生意"了，但是他没料到同伙会突然冒出来劫走手机，这让他心里很是内疚，于是不顾一切把手机抢了回来。又怕自己知道真相后会有麻烦，这才编出了"麻哥"的故事。

张小民不是个好人，但对自己的救命之恩却是牢记在心的，为此，他横遭杀身之祸。

许大康心里万般滋味无法言喻，他流着眼泪叫道："老板，再加一个酒杯。"

（**题图、插图**：刘斌昆）

（本栏目欢迎来稿。来稿可从邮局寄发，也可从网上传递。如为电子邮件，请发以下信箱：xiayiming@vip.sohu.net）

·外国文学故事鉴赏·

本故事根据欧·亨利的同名小说改编

经纪人的浪漫史

□赵之谦　改编

哈雷先生是一家证券公司的经纪人，每天都忙得像台机器。

这天上午九点钟，他准时来到办公室，与机要秘书皮特打了个招呼，然后一头扎进一大堆等着他处理的信件和电报之中。

过了一会，速记员丽娜也进来了。她今天的举止有点不对劲，进办公室后没有坐下来，而是像拿不定主意似的，这里走走，那里看看，最后，她竟慢慢蹭到哈雷先生桌边。哈雷先生抬起头吃惊地问道：“丽娜，你有什么事吗？”

“没什么！”丽娜朝他笑了笑，然后走开了，来到皮特办公桌前，问：“皮特先生，哈雷先生昨天有没有提过另外雇一名速记员的事？”

皮特想了想就点点头说：“提过，昨天下午我已通知人事部，让他们送几个来面试。咦，都快十点了，怎么连一个人也没来？”

丽娜笑道：“那我还是照常工作好啦，等有人替补再说。”说完，她这才走到自己的办公桌边，把自己的帽子摘下来，挂在老地方……

今天是哈雷先生的大忙天。打字机不停地吐着白纸，电话“嘟嘟”响个不停，送信的拿着信件和电报跑进跑出，办公室的职员们脚步匆匆……而哈雷先生更是忙得焦头烂额，就在这时，皮特过来对他说：“哈雷先生！”哈雷先生问：“什么事？”

岁月无情，皱纹爬上脸，白发两鬓生；日夜操劳，磨破了手脚累弯了腰。妈妈，您的健康就是我们的快乐，您的快乐就是我们的笑脸。妈妈，祝您节日快乐！安徽 郝强（1019）

“这位小姐是来应聘的。”说着，皮特指了指身边的一位小姐。

哈雷侧过身子，手上捏了一把文件和证券行情走势图，他皱起眉头问：“应聘什么？”

“速记员，”皮特说，“昨天你不是叫我打电话，让人事部今天上午介绍一个人过来？”

哈雷先生听后显得很生气，对皮特说：“你搞糊涂了吧？我干吗给你下这个命令？丽娜工作得十分出色，只要她愿意，这份工作就永远是她的。”接着他转过身对小姐说，“对不起，这里不需要人，你走吧！”最后又对皮特说，“通知人事部，叫他们别再送人过来。”

“是的，先生！”皮特答应了一声，把那位小姐送走后，觉得自己一肚子委屈，等走到丽娜那里，带着报复情绪说：“你记一下，咱们这个‘老太爷’一天比一天心不在焉，有健忘症！”

“是呀，贵人多忘事啊！”丽娜也笑了。

此时，一些不好的消息陆续传来，由哈雷作顾问投资的六七种股票正在暴跌，哈雷像快要决堤的河坝……终于，午餐时间到了，证券公司慢慢出现短暂的宁静。

哈雷站在办公桌边，右耳上夹了支钢笔，手上捏满了电报和备忘录，几撮头发凌乱地披在脑门上。

他打开窗户，立即呼吸到一丝悠悠的香气，这是紫丁香幽微、甜美的芳菲。刹那间，经纪人怔住了。因为这香气属于丽娜小姐，是她独有的气息。

芳香在他心中唤出她的容貌，栩栩如生，而她就在隔壁房间，仅数步之遥。他喃喃自语道：“天哪，我现在就得去，我现在就去跟她说，怎么我没早点儿想起？”想到此，他一个箭步冲到丽娜办公桌旁。

丽娜抬起头，笑吟吟地看着他，脸上泛出淡淡红晕，眼睛里闪动着温柔和坦率。哈雷一只胳膊撑在桌上，

· 编读往来 ·

读者安力：我们全家都是《故事会》的忠实读者，12年来每期必看。我们总是赶在天津面市的第一时间购买《故事会》，为此还数度出现夫妻重复买刊的现象。不知别人是怎么看的，我觉得今年《故事会》的作品好看多了，让人找回了“过一把瘾”的感觉，感谢编辑部的辛勤劳动！

绿版编辑部：也非常感谢大家对我们工作的肯定。但就如电影是一门遗憾的艺术一样，《故事会》也有需要改进的地方，希望继续得到广大读者的谅解与支持。

读者王国赋：请问《故事会》杂志是每月几号出版的？

绿版编辑部：《故事会》现为半月刊，分红、绿两种版本。上半月为红版，在上月22日出版；下半月为绿版，在当月8日出版。以3月号《故事会》为例，上半月红版，读者可在2月22日买到；下半月绿版，读者在3月8日就能买到。

读者南辉岐：《故事会》今年2下所登出的作品《长大后干什么》和《做人要有分寸》，曾以十分相似的面目出现在《新故事》2005年第7期上，名字分别为《长大后，你就成了他》和《我为什么这么“黑”》。请查实！

绿版编辑部：经查，《长大后干什么》和《做人要有分寸》确为抄袭之作，而且，两稿均出自同一抄袭者“程力”之手。编辑部在发稿前曾与此人有过多种方式的联系、核实，但没想到这个“国家一级作家，吉林省作家协会会员，吉林省文学院签约作家”，是个手段高明的十足的“文抄公”。当然，这事编辑部也有失察的责任。今后，我们将加强管理，并考虑设立“曝光台”一栏，对那些抄袭者进行不遗余力的曝光与揭露。

手上依然握满了文件，耳朵上还夹着那支钢笔。

“丽娜小姐，”他有点口吃起来，“我只能呆一小会儿，趁这个时候给你说件事。你愿意做我的妻子吗？我没时间向你求爱，但我确确实实爱你，请尽快回答我。那些人又在抢购太平洋联合公司的股票啦！”

“喔，你在说什么呀？”丽娜听了，惊诧不已。她站起身，直愣愣地看着他，眼睛瞪得圆圆的。

哈雷倔头倔脑地说：“难道你听不懂？我要你嫁给我。我爱你，丽娜小姐。我早就想告诉你。你瞧，又有人在打电话找我。皮特，叫他们等一下。答应我吗，丽娜小姐？”

丽娜显出复杂的神情，泪水涌出她迷惘的眼睛，然后，又发出欢笑的光芒，最后，她又柔情地搂住经纪人的脖子。

“现在我懂了，”她亲切地说，“是这生意让你忘记了一切。刚才我还吓了一大跳呢！哈雷，不记得了吗？昨天晚上八点，我们已经在街上拐角处的小教堂结过婚了。”

（**题图、插图：**佐　夫）

我生气时，您沉默着；我失意时，您劝慰着；我幸福了，您快乐了，这就是母亲！您的儿子祝您：“节日快乐，健康平安！”河北 李小彬（1020）

爸爸给我扎小辫

□丘不让

元旦前夕，红苹果幼儿园学前班在小礼堂举办联谊会，小朋友们的爸爸妈妈都来了。看着小宝宝的精彩表演，家长们个个高兴得合不拢嘴!

表演快要结束时，主持人李老师微笑着说:“各位家长，下面是一个互动娱乐节目，节目的名字叫——爸爸给我扎小辫! 请女同学的爸爸做好准备……”

李老师的话引起台下一片哗然……再看那十几位女孩的爸爸，表情各异，但大多数是满脸的不自在，有的干脆低下头，悄悄请教身旁的“高手”去了。

“请爸爸们不要紧张!”李老师仍带着微笑，“我们的规则是:看谁能在五分钟之内把宝宝的小辫子拆开，然后原样扎起来。哪一位爸爸扎得最快最好，将会获得我们特制的《爱心爸爸证书》。”接着，李老师转过身对孩子们说:“小朋友们! 我们一起为爸爸加油，好吗?”

“好!”孩子们高兴地回答，用稚嫩的声音齐声高喊，“爸爸加油! 爸爸加油!”尤其是那些小女孩儿，更是兴奋得又蹦又跳。她们排起队，等待自己的爸爸上台。

第一个女孩扎着两个羊角辫，她爸爸似乎很在行。只见他让女儿坐在板凳上，然后有板有眼地半蹲着，三下五除二去掉皮筋，不一会儿就把辫子解开了。看来这位临阵抱佛脚，临时请教了妻子两招。不过，紧接着可就露马脚了! 嘿嘿，解开容易编起来难哟! 等好不容易批出一条歪歪扭扭的缝儿，下一步却无从下手了。只见他左也不对，右也不对，窘得满头是汗。时间到了，本来乖巧的羊角辫让他弄得乱糟糟! 小女孩撅着嘴，气鼓鼓地说了声:“笨爸爸!”不理他了!

第二位爸爸更离谱，拆开辫子后连皮筋都扎不上，还一不小心揪了头发，女孩当场就哭起了鼻子。第三位、第四位……等爸爸们挨个上了台，再回头看看这些可爱的小女孩:个个头发一团糟，小嘴儿撅得都能挂上酒瓶喽! 真把宝宝们折腾得够呛呀! 现在还有最后一个女孩的爸爸还没上场，也只有她的头发还算规整，但保不准一会儿也就“披头散发”了!

“刘婷婷!”

“到!”女孩欢快地跑了上来。

李老师知道，整个学前班就数刘

婷婷的头发最难梳，不仅又长又软，而且还是天生的自来鬈儿。别说她爸爸了，就连李老师自己都扎不好。所以，等婷婷的爸爸上了台，李老师委婉地劝他“弃权”。可是婷婷的爸爸笑了笑，没有作答，而是轻轻地拉着女儿坐下。“婷婷，爸爸今天不讲故事，只梳头，好吗？”婷婷听话地点了点头。

接下来的情景让所有人都瞪大了眼睛！只见婷婷的爸爸娴熟地解皮筋、松辫子、梳理头发，然后一丝不苟地扎起了辫子！粗糙的双手显得是那么的灵巧，真不可思议！细心的李老师还发现，爸爸给婷婷扎的还是四股辫呢！一会儿工夫，辫子扎好了，比原来的还要漂亮！随着李老师一声“时间到”，台下不知谁带头鼓起了掌，顿时，掌声响遍了整个礼堂。

李老师走上前，递过一本证书，说：“婷婷爸爸，给你，这个《爱心爸爸证书》您当之无愧！”婷婷的爸爸接过，正准备下去，却被李老师叫住了：“请等一下！”李老师调皮地眨了眨眼睛，“我有一个问题想问您，从小到大，婷婷的辫子都是您扎的吗？您怎么能剥夺爱人的‘权利’呢？”一句话，引来一片笑声，大家疑惑地盯着坐在后排的婷婷妈妈。“不不不——我爱人——我——”一着急，婷婷的爸爸连话都说不利索了。

“老师，老师！平时都是我妈妈给我扎，我爸爸只是在冬天给我扎辫子！”婷婷拉着老师的衣角，瞪着大眼睛说。

“噢？是吗？为什么呀？”李老师蹲下来问。

“因为——因为我奶奶的脚有病，一到冬天就不能走路啦！爸爸白天很忙，很晚才能回家，所以妈妈每天晚上熬中药给奶奶洗脚，药水很热，经常把妈妈的手烫出大口子，给婷婷扎辫子会很疼呀！于是，爸爸就在早上给婷婷扎辫子！”

片刻的宁静之后，掌声再次响起，经久不息……

（**插图**：刘斌昆）

我要您健康，妈妈，希望您永葆生命的活力；我要您快乐，妈妈，希望您眼角常挂着喜悦；我要您幸福，妈妈，您的儿女都诚祝您母亲节快乐！云南 杨明菊（1021）

上学只要半小时

有个研究生来到秦岭的一所希望小学支教。

第一次上课，研究生为了活跃一下气氛，问道："同学们，告诉老师，你们到学校要花多长时间？"孩子们争先恐后地报出了自己上学所需的时间，最远的说要一小时，最短的也有半小时。

下课时，研究生想起一件事，就问："刚才谁说自己上学只需要半个小时呢？"

一个小女孩站了起来，答道："老师，是我！"

研究生笑着对她说："今天放学后你先别走，老师送你回家，顺便去你家家访。"

放学后，研究生与小女孩结伴而行。在路上，小女孩显得很兴奋，她告诉研究生，说她回家后会看书、洗衣服、拔草、喂猪、照顾弟弟。研究生听了，心里酸酸的，才12岁的小姑娘，却承载了这么多家庭负担。

走着，走着，天色开始暗下来，研究生抬手看了看表，不禁吃惊起来：从出发到现在，已经超过一小时了。她问小女孩："你不是说上学只要半小时吗？现在我们已经走了一个多小时还没到，你怎么能对老师说谎呢？"

小女孩抬起头，泪水在眼眶里打转，很小声地回答："我每天都是跑着来学校的！"

（**作者**：秦　明；**推荐者**：邓伟明）

最可珍惜的感情

一位母亲的儿子在战场上死了，消息传到母亲那里，她哀痛非常，祈祷主说："要是我能再见到他，即使只见五分钟，我也心满意足。"

这时天使出现了，对她说："你可以见他五分钟。"母亲欢喜得泪流满面，说："快点，快点让我见他。"

天使又说："你的孩子是个大人，他已经20岁，你要看他20年中的哪五分钟呢？"母亲听了，一时也说不

出来。

天使提示道：“你是愿意见到他英勇殉国的情景呢，还是他离开你参加军队的那一刻？是愿意见到他走上讲台接受校长奖品，还是他只有五六月大小依偎在你的怀中？”

母亲的眼神开始闪亮，她一字一句地告诉天使：“这些我都不要。我要的是那一天，他从院子里跑过来，要我饶恕他的顽皮。他年纪那么小，却那么不开心，满脸污泥，眼泪直淌，他扑向我的怀里，几乎把我撞倒。”

母亲最愿意见到的，是孩子需要她的时刻。

（**作者**：卢卡斯；**推荐者**：邓伟明）

三束谷穗

有一位师傅收了三个徒弟。他给每人发一束谷穗，说：“明天告诉我，有多少谷粒。”

第二天，徒弟们来报告。大徒弟说：“一共1270粒。”

师傅问：“你是怎么数的？”大徒弟答道：“我先揉碎了，放在一张纸上，然后一粒一粒去数。”

二徒弟说：“我那束谷穗有1430颗谷粒，我是揉碎了撒地上，抱一只大公鸡来啄，鸡啄一次，我记一个数。”

三徒弟说：“我有1350粒。”

师傅问：“你怎么知道的？”

三徒弟：“我是问了两位师兄，然后取中间数。”

师傅笑了笑，说：“好，你们都出师了，明天下山吧。”

三个徒弟面露疑惑：“您还没教我们什么本领呢？”

师傅把大徒弟叫过来，说：“你办事耐得住寂寞，是好事，以后要开阔心胸。数谷粒的时候，你是不是常常眼花，是不是做梦都梦见谷粒？耐烦之人还要学习放松心情，免得以后烦躁不安。”

接着对二徒弟说：“你比师兄机巧，会用工具。以后要学习明辨真伪。公鸡啄谷低头，啄沙也低头，你怎么

五月的康乃馨，没有雍容华贵的姿态，没有浓香的味道，只是清清淡淡，就像日夜操劳，毫无怨言的母亲。妈，祝您母亲节快乐！安徽 李德标（1022）

知道吃到肚里的都是谷粒呢？”

最后，他告诉三徒弟：“你最聪明，因为你知道用人。人间的事都是用人，甲利用乙吃粮，乙利用丙穿衣，丙利用丁盖房。你用的是他们的心念，这比实物更有用。我忠告你勿轻信。因为人会利你，也会误你。”

（**作者**：佚　名；**推荐者**：张成龙）

人生之墙

在孩子将要大学毕业的前一天，父亲把孩子带到一堵墙前，对孩子说：“给你10米的助跑，你敢不敢跳过去？”孩子用眼睛瞟了瞟那堵墙，回答说：“没问题。”接着，孩子开始助跑、起跳，可他没有想到，墙那边有一条很深的沟，他掉了下去，重重地摔在沟里，过了很久才慢慢地爬了起来。孩子愤愤地说：“爸爸，你为什么骗我？”

父亲轻轻地说道：“孩子，我并没有骗你，我只是想告诉你，在步入社会后，往往年轻气盛，会把很多事情想得过于简单，我劝你应该多听多看多想，不应莽撞。看问题不能只看一面，只有事事想得周全，才能少摔跟头。”孩子点头称是。

父亲又带着孩子顺着墙往前走了一段，停住对孩子说：“孩子，给你10米的助跑，你还敢不敢跳过去？”孩子说：“不行啊，我已经受伤了，脚还在疼呢，再摔一次我哪受得了？”

父亲笑笑说：“上一次你缺少的是慎重，这一次，你缺少勇气。人生难免摔跟头，摔一次跟头就畏首畏尾，是很难成功的。其实，人生在世不可能事事都在掌握之中，当你不再把失败当作意外时，成功才会变得平常。”

（**作者**：赵晓超；**推荐者**：李佑伦）

（**本栏插图**：安玉民）

·传闻逸事·

扬州在清朝素有“布都”之称，据说，天下十件衣服就有九件出自扬州。这里有一段不为人知的故事……

针线格格

□汤　娜

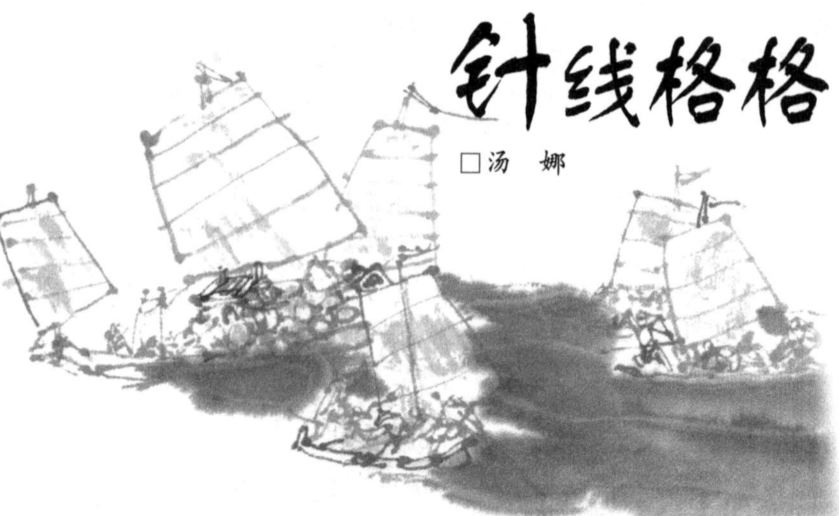

有一年，雍正令六王爷为督法御史，巡视扬州。六王爷见了圣旨，不敢有半点耽搁，马上收拾行装，带着家眷，坐船直下扬州。

这天，官船浩浩荡荡来到江苏境内，刚要继续前行，不知从哪杀出了一只船，拦住了去路。六王爷的管家厉声喝道：“来者是谁？为何挡住我们的去路？”

船上立着一个人，嘿嘿一笑：“大爷我行不改名，坐不改姓，水上蛇何良是也！”

管家一听，不禁倒吸了一口凉气：原来他们碰到了京杭大运河上最有名的水贼“漕帮”，水上蛇正是他们的头目。他向水上蛇拱了拱手，说：“侠士，且慢动手，容我去禀报老爷。”说罢，转身即找六王爷商量去了。

六王爷这几天偶感风寒，不能出来应敌，不得已，就让针线格格女扮男装出来应敌。这针线格格，是六王爷的独生女儿，本名叫淑玉格格，因针线活儿鬼斧神工，技艺超群，就连皇太后有时都要请她到后宫指点宫妃的针线，久而久之，人们就不叫她本名了，而称她为“针线格格”。在京城，针线格格比她爸爸名气还响。

却说针线格格上了船头，迎风而立，刚要开口说话，那水上蛇却抢先说道：“官爷来到我的地盘，小的看见

鲜花比不过您的美丽，琴声也不及您唠叨几句，再动听的话也表达不了我对您的深深爱意！妈妈，您的前半生我无法参与，您的后半生我陪伴到底！河北 付秀伟（1023）

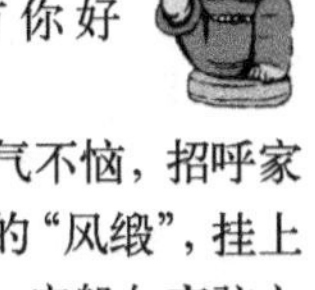

官爷的船吃水颇深，在下能否替你分担一些物品？”

所谓“吃水深”，是指船里有很多值钱的东西，而“分担”其实就是打劫。

针线格格道：“我家老爷两袖清风，带的只是一些家常用品，所以船才吃水深，还望侠士高抬贵手！”

这水上蛇哪里肯听，冷笑一声：“既然阁下敬酒不吃吃罚酒，那也休怪我水上蛇不客气了，得罪了！”当下即做了个手势，开始“凿船”。

水上蛇的手下早沉不住气，一个浪里白条跃入水中，潜到官船的船底，挥动利器，乒乒乓乓开始凿了起来。

针线格格听到船底下有动静，吓了一跳，知道水上蛇要把官船凿沉，她忙命令家丁如此这般，开始行动起来……

水上蛇坐在自己的船上喝酒听曲，单等着看好戏了。可等了半天，六王爷的船还是稳稳前行，他忙派人下水一看，才发现所凿的洞都被“密缎”给钉住了。

原来，针线格格在船底铺上了五寸长、四寸宽的密缎。这种密缎，底三层、面三层，横竖经纬再三层，针脚密线头细，前后花了使女们半个月的时间才绣成功！

水上蛇哪受过这样的气，他站立船头，朝官船大声喊道：“前方船只，莫逃！待我追上有你好看！”

针线格格倒也不气不恼，招呼家丁给官船换上她带来的“风缎”，挂上桅杆，顿时风力大增，官船如离弦之箭迅速前行。

针线格格早就听说江南的绣工甲天下，带这些绸缎是为了求师访友的，不料今天却派上了大用场。这不，水上蛇一看那鼓足了气的风缎，眼睛都瞪圆了。

这水上蛇本也是江南的“三针”世家。在江南一带，何家的针织功夫如雷贯耳，祖传有“一针绣人，二针画形，三针描神”的“三针”秘诀，只是因为清朝入关家道中落，这才落草为寇。

此时，水上蛇心里也有了见识一下针线格格的念头。他传令手下放下白帆，然后从船舱里拿出了几匹缎子。这些都是何家的传家之宝“三针织锦”织出来的绸缎，一成丝线，一成粗布，八成是中空的大麻，丝线与粗布遇风长劲，而中空更是借风无穷。

挂上了“三针织锦”，水上蛇的船顿时劈浪前行，没用半盏茶的工夫，他就追上了针线格格的官船。等到他把船靠近官船，却是吓了一跳，只见官船的甲板上赫然站着好几十个威武的官兵，手持弓箭，英气逼人，水上蛇的手下绝对不是这些官兵的对手。

水上蛇心下一凉，暗叫一声:“不好，今天碰上硬家伙了。”水上蛇命令自己的船赶快下帆减速，只求能避开官船，那些官兵倒也没有追上来射箭。

等把船停下来了，水上蛇细细琢磨，觉得不对劲，那些官兵站在甲板上为什么衣角都不随风飘动？难道……水上蛇叹道:“上当了，那些官兵竟是绣在绸缎上的图案，佩服，佩服……”水上蛇当即命令手下挂上帆继续追赶，大运河上两只船你追我赶。

很快，水上蛇的船就追上了官船，这次他终于看清楚了，那些弯弓射箭的官兵果然是绣在一张巨大的绸缎上，但出乎意料的是，现在他们的衣角却随风飘动，手中的弓箭也在缓缓拉开……众喽罗吓得躲进了船舱，可水上蛇却纵身一跃，跳上了官船……

忽然，官船上传来一声娇喝:“下帆！”

随后，针线格格从绸缎中缓缓走了出来，她恢复了女装，扶着一个年迈的老人来到了甲板上。水上蛇仰天长叹:“姑娘，绸缎上的图案是你绣的吗？”

针线格格扶着老人在太师椅上坐定，然后笑道:“何织造，此幅绸缎正是小女所绣，在您面前献丑了！”

水上蛇心下更是惊讶无比，这女子居然知道自己在前朝所任的官职，那时水上蛇担任的正是“织造”一职。

水上蛇抱拳施礼道:“在下正是前朝织造，敢问姑娘是何方人士？”

这时，针线格格笑了起来，她也不回答，而是回头对老人道:“父王，现在该您向何织造交代了！”水上蛇看见了老人身上的官服，上面有紫色的王字，不禁失声道:“难道您就是当朝的六王爷？在下多有得罪，还望王爷原谅！”

六王爷捋着胡须笑了起来，道:“小女班门弄斧，让您见笑了，何织造不必客气！”

上帝不能无处不在，所以创造了母亲。母亲的用心就像贝壳一样，为了造就珍珠而承受一世的痛苦；母亲的呵护就像影子一样，为了保护孩子永远不离不弃。河北 罗文丽（1024）

水上蛇指着那些呼之欲出的官兵，对针线格格道："敢问姑娘，这些都出自姑娘之手？望能指教一二……"这么一说，针线格格倒不好意思了，道："这是我独创的双面绣织法，待风吹拂时，外层可迎风而舞，里层却能保持不动！"水上蛇这才恍然大悟。

六王爷笑道："其实，老夫此行早就吩咐在船中带上几块大石头，以造成假象，让何织造盯上我们的官船……""为什么？"水上蛇听了此言似有不解。

六王爷吩咐管家拿来火折子，把双面绣的绸缎"腾"的点着了，水上蛇见了大惊，六王爷正色道"小女的双面绣固然精巧，可真正称得上国宝的，是何家的'三针织锦'啊！想当年扬州如何的繁华，可眼下民不聊生，老百姓所缺的，是抵御风寒的衣服，而不是那华而不实的双面绣！老朽望请何织造看在扬州百姓的份上，与老朽一起重振扬州织业！"

水上蛇一听，"扑通"一声跪在甲板上，含泪道："小民愿听王爷教诲，献一技之长，为民造福。"

水上蛇当下便宣布解散"漕帮"，跟随六王爷下了江南……

（题图、插图：黄全昌）

·本刊信息传真·

2006年《中国最有影响力的故事》征文启事

五大奖励措施　稿酬外追加千字千元奖金

为鼓励多出优秀作品，《故事会》杂志社决定继续举办2006年《中国最有影响力的故事》征文大赛，并对优秀作品实行5大奖励措施：

1. 入选作品除在杂志上发表外，还将收入《〈故事会〉中国最有影响力的典藏故事》（2006年版）一书。2. 入选作品可得两笔稿酬：在《故事会》杂志发表的作品，首发稿酬每千字400元，选入书后再追加每千字1000元。3. 入选作品均颁发奖励证书。4. 本刊将委托有关专家对入选作品进行精彩点评。5. 本刊将邀请有关作者参加10月在外地风景区举办的优秀作品改稿会以及年底的颁奖大会，所有费用均由我社承担。

征稿范围：具有现实感、新鲜感且可读性强的中短篇原创作品。超短篇（如幽默故事）的字数一般在1500字以内，短篇（如中国新传说）的字数一般在5000字以内，中篇故事的字数一般在15000字以内。

来稿方法：1. 从邮局寄发，请在信封上注明"征文大赛"字样，本刊地址：上海市绍兴路74号《故事会》杂志社，邮编：200020。2. 从网上传递，可发以下信箱：wulun@vip.sohu.net，请在主题上注明"征文大赛"字样。来稿也可直接发至各责任编辑的电子信箱，本期责任编辑的信箱是：xiayiming@vip.sohu.net。

·情感故事·

□周华诚

胎记

李芬今年二十七岁，在一家外资企业工作。去年春天，她和一个小伙子结了婚。在她心里，一直有个秘密解不开，那就是长这么大了，还不知道自己的亲生父母在哪里。

李芬的养父告诉过她，自己是从浙江抱养来的，抱来的时候，李芬才三个月大，连名字都没起。她想，自己也要做妈妈了，这个秘密无论如何要在孩子出世前解开来！

就这样，李芬坐火车千里迢迢从山东赶到浙江。可是人海茫茫，到哪里去找自己的父母呢？最后，李芬找到当地的一家报纸，在上面登了一则启事，说明自己的出生年月及千里寻亲的情况，还公布了自己的手机号码。李芬自己就在一家旅馆里住下了。

不久，启事登出来了，李芬的手机一直响个不停。一次，有一个女人打来电话，一接通就哭了，说她有个女儿，算起来也是二十七岁了，出生不久就因为家里穷，养不起，被孩子爹狠心丢到了火车站候车室……

李芬也忍不住哭了，问那个女人："你女儿身上有什么明显的特征吗？"

那个女人说："有的，有的，她有一大块胎记。"

李芬一下子呆住了，心怦怦跳起来，赶紧问道："胎记在哪里？"

"在她的背上！我记得很清楚，右背靠近头颈的地方！"

李芬听了，热情一下子又跌到低谷。

胎记，现在是李芬能证明自己是哪个人女儿的唯一"证据"：在李芬的右脚掌心，有一块鹅蛋大的胎记。这"证据"她对谁都没提起，包括对记者

用一把忘忧草扎一把小扫帚，送给我最爱的妈妈，让她扫去所有烦恼；再用开心果做原料，酿一杯幸福酒，献给我慈祥的母亲，愿她永远开心快乐！祝妈妈永远幸福！吉林　王志彬（1025）

也没说。

一直到第三天早上，李芬接到的几十个电话里，都没有能对上号的。

中午，李芬一点也没有心思吃饭，忽然手机又响起了，是个男人的声音。他说，自己有个女儿，生于某年某月，也是被一个山东人领养的，情况跟报纸上差不多。他说李芬有兴趣的话，到离城不远的陈家村去认一认。

李芬说，“这边人生地不熟，不认识陈家村怎么走，要不你来旅馆见一面？”

男人说：“可以打的呀！直接到陈家村口，那幢五层小洋房就是。”

搁了电话，李芬想：这人也太牛了。真想不去，可又担心自己要找的就是这家。想来想去，最后还是决定去一趟。

李芬上街拦了一辆出租车，让司机往陈家村开去。到了村口，果然看到一幢别墅，在一片砖瓦房的村子里，看起来鹤立鸡群。

李芬上前按了几下门铃，人没出来，先蹿出来两条狼狗，把李芬吓了一大跳。接着出来一个六十来岁的男人喝住了狗，给李芬开了门。在一楼客厅，李芬坐下来，男人便说：“电话是我打的，从前家里穷，连生了两个女儿，死活想再生个儿子，结果第三胎还是个女儿，最后把女儿送给了一个亲戚介绍来的山东人。”

男人又问了很多李芬的情况和养父母的情况。李芬叹口气道：养母一直卧病在床，需要她拿钱赡养。听到这里，男人脸上露出一丝犹豫。

男人说：前几年，他开了一个矿，生活条件才越来越好。正聊着，楼上下来了三个青年男女，是男人的女儿和儿子。他们对李芬都不冷不热，用怀疑的眼光看她。

李芬心想：别以为你们有点钱，我又不是来分财产的！正想着，一个手里抱娃娃的女人用鼻孔“哼”了一声，说：“我们家都姓陈，你是姓李，怎么会是我爸的女儿呢？”

李芬说“这名字是后来起的，养父姓李，所以我就姓李了。”听了这话，那个大女儿马上把脸拉长了，“噔噔噔”上楼去了。

李芬觉得再呆下去，也没有多大意思，就起身告辞。临走时，那男人好像想起什么似的说：“**我记得小孩当时脚掌上有一块胎记**……”

犹如一个惊天响雷，把李芬炸得头都晕了。千里寻亲，没想到会是这样一个结果：分财产、家庭不和……这样的家庭，还有相认的必要吗？李芬不敢再想下去。她抬起头来，看了男人一眼，然后冷冷地说：“哦，你说的胎记我脚掌上没有，打扰了。”

在返回的出租车上，李芬泪如雨下。

这次寻亲之旅，让李芬心灰意冷，她决定下午就离开此地。她从旅馆拿了行李，来到火车站，就在这时，手机又响了。

这一次，是个苍老的声音。打电话的老太太哽咽着，结结巴巴地说：自己这一辈子最感到良心不安的，就是年轻时犯了个大错误，把女儿送给人家了。也许是老天惩罚他们，让他们老来丧子，去年儿子在一场事故中去世了。现在，就是两个老人孤单地生活在一起……老人说，她从报纸上看到这个消息，虽然自己女儿出生的年月跟李芬对不上，但还是忍不住打了这个电话……

李芬退了票，来到了老太太居住的地方。听到声音，老人从昏暗的屋里走出来，把李芬端详了一遍又一遍，然后抱住李芬痛哭起来。

李芬也被感动得哭了。

当天晚上，李芬就在老太太家住下了。老太太和老爷子说起很多二十多年前的事，说每当看到小姑娘蹦跳着走过，就会想，自己的女儿该有这么这么高了吧。看到人家的女儿结婚，就想，自己的女儿如今也该结婚了吧。

三个人一直聊到天色发白。当李芬和老太太在一张床上睡下时，她已经在心里把老人当作了自己亲生的爹和娘。

第二年春天，李芬带来了在外企当总经理的丈夫和刚满周岁的儿子，与老人家团聚。他们给两位老人买了一套新房，让他们搬进去住，还为他们请了保姆。老人喜极而泣，知道的人也无不称赞，都说，失散二十七年的女儿还能回来，真是奇迹；女儿还有这份孝心，天下难得！

李芬脚掌心那块胎记的秘密，再没向人说起。

（题图：谭海彦）

有一棵大树，春天倚着她幻想，夏天倚着她繁茂，秋天倚着她成熟，冬天倚着她沉思，这棵大树就是妈妈。母亲节快乐，一生平安！天津 曹蕾（1026）

给狗当保姆

□吴吉烛

有个叫傻姑的姑娘来城里找工作，有人介绍她给狗当“保姆”，说通俗点就是照顾狗，傻姑起初说什么也不干，后来听说这活儿轻松，而且工资还比普通保姆高出许多，傻姑搔搔头也就答应了。

傻姑来的这户人家是个白领，主人叫米贝贝，照顾的小狗名叫“加利”，非常名贵，傻姑天天就像奴才伺候主子一样，喂加利吃饭，给它洗澡，带着它逛公园，晚上哄着它睡觉，从不偷懒，事情做得有条有理，加利让她哄得服服帖帖，米贝贝见了心花怒放。

不过，傻姑毕竟是傻姑，总有犯傻的时候。

这天傍晚，傻姑抱着加利来到“海星公园”。经过一路口时，看见一位老太太拄着拐杖颤巍巍地过马路，就在这时，一辆大货车像脱了缰的野马直冲过来，眼看就要撞上了，傻姑大叫一声，扔掉小狗，冲上去一把将老太太拉开，只听货车“嘎”的一声在前头刹了下来，周围人一片惊呼！

老太太没事了，傻姑赶紧回头找狗，可哪里有加利的影子，傻姑急得脸上冷汗直冒，嘴里一个劲地叫着“加利，加利……”满大街使劲地找。可是任傻姑再怎么叫，怎么找，加利就像从地球上蒸发了似的。渐渐地天黑了，她又累又饿，索性坐下来哭，哭着哭着，不知不觉就睡着了……

也不知过了多久，傻姑突然觉得有人在推她，她迷迷糊糊睁开眼一看，吓了一跳：是三个穿制服的，傻姑一下子想到，肯定是她把人家名贵的狗给丢了，他们是来抓她了。有个穿制服的问她："你是不是傻姑啊？"傻姑垂着脑袋点了点头。那人高兴地说："总算找到了。"随后，便把傻姑带回到米贝贝家。

一进门，傻姑惊喜地发现小狗加利已经回来了，此时正躺在主人的怀里，瞪着一对黑眼珠看她呢。原来，小狗加利被傻姑扔到地上后，见傻姑跑去救人，它自个去遛达了。小狗很聪明，遛了一圈，看看天色暗了，它也就自己跑回家了。米贝贝见傻姑天黑了还没回来，就打了110求助。

不等傻姑说话，米贝贝就骂开了："你死到哪里去了？把加利扔了，万一被人抱了去，你赔得起吗？"傻姑觉得委屈，就把下午的事对米贝贝说了，谁知，米贝贝听了冷笑一声说"那个死老婆子能跟我加利比吗？你想学雷锋是不是，好，你去学好了，现在就给我收拾东西，走人！"傻姑好委屈啊，眼泪直往下掉……

这时，进来一个十分帅气的小伙子，那小伙子挨到米贝贝身边温言细语地问："米米，什么事让你大发脾气，经常发脾气容易老的哦。"说着顺手绕上了米贝贝的腰。小伙子听了事情的经过，对米贝贝说："以后叫她注意点就是，用不着赶她走，一时半会你也找不到照顾加利的人，嗯？"说着搂着米贝贝就要往楼上走，米贝贝叫过傻姑，把加利往她怀里一放，教训傻姑道："以后给我用心点，别死心眼，天大的事也没有我的加利重要，连毛都不能给我掉了，明白了吗？"说完往小伙子怀里一靠，亲亲昵昵地上楼去了。傻姑在后面感激地看了一眼小伙子，眼里含着泪花使劲地点头。

打那以后，傻姑真的把加利视作了宝贝，看得比自己的命还重要，生怕它出一点点的意外。没事就抱在怀里，晚上睡觉都

有一种爱不求回报，有一种爱奉献到老，有一种爱博大无私，有一种爱无怨无悔，这就是伟大的母爱。母亲节到了，祝天下所有的母亲幸福，健康，快乐！湖南 唐新（1027）

要起来看好几次。米贝贝看了，觉得傻姑变聪明了。

这天，将近午时，米贝贝下班回来了，不知道今天有什么事让米贝贝特别高兴，她一路哼着歌，见了傻姑随口问了一句“加利有没有吃过”就上楼去了，傻姑赶紧搭话:“吃过了吃过了，它今天吃得特别好呢……”

话音未落，突然，只听“咚咚咚”一连声响，傻姑吓了一跳，抬眼看时，不知怎么的，主人米贝贝从楼梯上直滚下来，“砰”的一声掉在地上不动了，额头上都流出了血。傻姑慌忙站起身来，可是当她看看怀里的加利又犹豫了，加利好像一离开怀抱就要趴下，傻姑记起主人说过，不管什么事都没有加利重要。她看看加利又看看主人，急得两头不是，一急她这傻劲就出来了。

过了一会，米贝贝醒了过来，她动了几动，见傻姑只瞪着眼看她，张开嘴就想骂了，可是张了几下嘴巴却没有声音，便伸出一只手向傻姑抓了抓，意思是扶她起来，可傻姑摇摇头，把加利抱得更紧了。米贝贝又无力地挥了挥，傻姑还是摇了摇头，又扭了几下身子，她的意思是:加利在这里，我该怎么办?米贝贝渐渐感觉没力气了，努力地用手指指，意思是让傻姑赶紧去打个电话，可是傻姑见主人指着自己怀里，以为在问她:“加利怎么啦?”就惊慌地说，“没事没事，加利好好的，好好的。”说着索性转过身去，一个劲地哄着加利。

米贝贝精疲力竭，头一歪晕过去了。就在这时，米贝贝身上的手机响了……

当米贝贝从病床上醒过来时，已经半身瘫痪了。还好，失语只是暂时的，米贝贝花了一笔不小的医药费，可再也养不起名贵的狗了。这样，傻姑也就失业了。不过米贝贝的朋友见一时请不到人服侍米贝贝，而傻姑做事还是挺认真的，就提议让她先做一阵子米贝贝的保姆，当然工资也要比给狗当保姆的要少。

可傻姑干了一天就不干了，气呼呼地说:“这人比狗还难伺候，工资又低，还不如回家干农活自在呢。”

哲学先生评曰:关于人人生而平等的命题，相信一般人是有所了解的，近来人们还逐渐意识到，平等概念还包括人格意义，即人或有贵贱之分、高下之别，但在人格面前却是一律平等的。然而，不幸的是，在现实生活中我们却经常看到弱者的人格得不到应有的尊重，比如，雇主与雇员，富人与穷人等，甚至人们的相貌、衣饰等有时竟也成为一种潜在的标准。就此意义来说，这个故事可让我们对“平等”有一个重新的认识：平等也是一种对等，正如俗语所说，种瓜者得瓜，种豆者得豆。

（题图、插图：谢　颖）

生与死，爱与恨，荒诞的波浪下，有真实的暗流涌动……

生死冤家

□陈卫平

小姐失踪

柴桑城内有一郎中，姓华名柳，据说祖辈曾是神医华佗的药童，拿药看病，有一定的手段。然而，华柳年过三十，却没有女子肯嫁给他。原来，这华柳名字起得好听，人却长得极难看。

这天傍晚，华柳正在医堂坐诊，忽然"通通通"从外跑进一个人，自称是牯牛岭骆员外的管家，说主人下午突患急症，请了几位郎中看过，病情未见任何起色，反而更加严重，特请华郎中出诊。

华柳听了，心中一喜：这个骆员外不但家产万贯，而且膝下有个女儿，名叫玉珠，年方十八，是远近闻名的大美人，当下便随管家赶赴牯牛岭。

柴桑到牯牛岭有十几里山路，赶到骆员外家时，已是夜半，华柳给骆员外望、闻、问、切一番，开出了药方。这时，骆家小姐也是放心不下，前来探视。华柳偷眼一见，顿时身子都酥了半截，那玉珠长得果然貌如天仙，名不虚传!

此时已是凌晨，大夫人叫管家领着华柳到后院住下，华柳看到窗下有一只半人高的青花瓷瓶，围着它转了一圈，对管家说："我很喜欢这个花瓶，能不能送给我？"管家说"可以。只要您能医好我家员外的病，我愿替您多美言几句。"

第二天，骆员外果然气色好了许

摘几片云朵，剪几缕霞光，用想念做针，用思恋做线，织一套霓裳，打扮美丽如斯的您，我心中最美丽的妈妈，祝您节日快乐！广东 李金轩（1028）

多，大夫人拿出十两银子作为酬谢，华柳连连推辞说："银子我就不要了，我只要……"话还没说完，那边丫环惊慌失措地跑来，连呼："不好了，不好了，小姐不见了！"

大夫人一听，脸都吓白了，惊叫道："小姐一定是被阿三劫去了！"

怀疑阿三

说起这阿三，本是骆家的一个远房穷亲戚，小时候因寄养在骆府，和玉珠耳鬓厮磨，产生了感情。一次，两人在一块卿卿我我，被骆员外偶然撞见，一怒之下，将阿三逐出了骆府。这阿三还是不甘心，他知道要想得到玉珠，自己毕竟势单力薄，于是就投奔了牯牛岭的一伙强盗。由于他聪明伶俐，敢当敢为，没多久便坐上了山寨的头把交椅。此后，他故意四处放话：即使今生打入十八层地狱，他也要把玉珠弄到手！骆员外听到后惶恐不安，特请来十几个武林高手，替自己看家护院。这阿三果然胆大包天，强抢了几次，每次都是无功而返……

大夫人不禁哭起来："没想到，阿三明的不行，竟来暗的，把小姐给掳走了。那帮武林高手，一个个都是废物，小姐在他们眼皮底下失踪了，他们竟然也没发现。"骆员外大病初愈，听到小姐失踪的消息，又晕了过去。大夫人一见，"哇啦"一声哭得更响了。华柳连忙给骆员外诊治，劝慰道："没事，只不过急火攻心，一会儿就好了。"

说完，华柳即起身告辞，大夫人千恩万谢："华郎中，听管家说，你银子也不要，是看上了我家的一只花瓶？"华柳说："正是，不知夫人能否惠赐？"大夫人点头答应："不就是一只花瓶吗？送给神医便是了。"说罢命令两个家丁，用绳索系好花瓶，送至华柳家中。

骆家小姐失踪一事，很快就传开了……

这天深夜，骆员外思前想后，决定给阿三修书一封，阿三说如能弃暗投明，他将既往不咎……正写着呢，忽觉得眼前站着一个人，抬头一看不禁吓出了一身冷汗，原来那人正是阿三！只见阿三手里拿着一把大刀，说："我来问你，是不是你们怕我来抢小姐，才编那么个故事来糊弄我？"

骆员外一听，呆了："这么说，小姐不是你劫去的？"

阿三说："我倒是想劫，但没有成功，不是被你们打跑了好几回吗？"

骆员外想想也是，既然阿三不相信自己，就拿出桌上的那封书信："我多说无益，你自己看看吧。"阿三看了骆员外的书信，终于相信了，问起那天发生的事情。骆员外请来大夫人，大夫人如实相告，说那天除了华柳来给员外看病，再无他人进过骆府。阿三说："我觉得华柳可疑。"大夫人说：

"不会是他，小姐一个大活人，怎么可能从眼皮底下被他带走呢，不过……"阿三说："不过什么？"大夫人说："那天他看上了我家的一只青花瓷瓶，当时我也有些奇怪，那只不过一只普通的花瓶，不知他要它何用？"阿三说："小姐会不会是被藏在花瓶里带走的？"大夫人说："绝不可能，那只青瓷花瓶才这么高，这么大，别说是人，就是一只狗也放不下呀！"

阿三想来想去，还是觉得华柳有些可疑，于是他辞别骆府，潜入了华家。

原形毕露

却说华柳每天不是出诊，就是在医堂接待病人，一如平常。阿三有点焦躁不安起来。这天深夜，忽听华柳房中传来女子的哭声，阿三心中一惊，抬手敲门，那哭声戛然而止，他等得不耐烦了，便一脚把踹开房门，冲了进去，正与华柳撞了个满怀。

华柳厉声问道："你是谁？为何深更半夜私闯民宅？"阿三一伸手把华柳推开，前前后后找了个遍，但什么也没发现。

阿三心想：难道是自己听错了？就在这时，他看到窗前的那个青瓷花瓶，刚想过去揭开盖子，却被华柳一把挡住："这有什么好看的？里面不过是我腌制的腊肉。"阿三哪里肯听他的，又是一拨，将华柳拨开，伸长脖子朝里一看，果如华柳所说，似是一瓶子腊肉。阿三瞧不出个所以然来，转身欲走，忽地停住脚步，再次走到瓶前，拿下盖子，用鼻子一嗅，忽然脸色铁青："好你个华柳，这里面哪是什么腊肉，分明是你将小姐杀害，盛在这只瓶内！"华柳脸色大变："你胡说……"阿三一把揪住华柳："你还想抵赖，走，见官去！"

第二天天刚亮，县衙门外鼓声大作。阿三一手搡着华柳，一手抱着那只青瓷花瓶，进了衙门。县令喝问阿三："你说，这只花瓶内装的是骆家小姐，你有何证据？"阿三说："不瞒大

昨天的昨天的昨天通通过去，明天的明天的明天仍将持续，对您的爱决不淡去，愿生我的您永远美丽，健康和我的祝福伴着您永不离去，母亲节快乐！湖北 骆琼（1029）

人，我和骆家小姐从小一起长大，她身上有一股幽兰之香，我一闻就能辨出来。”县令说：“既然如此，那就从花瓶里掏了肉块，看看便知。”华柳连连说：“不可，不可。”县令说：“怎么，难不成是你杀了骆玉珠，将她藏在里面？”华柳见事已败露，忙说：“里面是骆家小姐不假，但我没有杀她。”

这下众人大惑不解，目光齐刷刷盯住华柳，以为他在说什么胡话。华柳说：“不信，我可以让玉珠恢复原形。”县令屏退左右，传骆员外夫妇到场。只见华柳三下两下，把一摊子骨肉，拼成一个活生生的女子，那女子不是别人，正是玉珠，只见她长出了一口气，一下子扑到大夫人的怀里：“娘啊，这些日子可憋死我了！”

华柳老老实实地交待起来：原来那日替骆员外诊治，他一眼就看上了玉珠，想想自己还没有婚娶，如果能得到这样绝色的老婆，一辈子也算是没白活了。于是他就动了邪念，用祖传绝活“拆骨法”，连夜将玉珠肉身拆散，盛在那口青花瓷瓶之内。回来以后，每到夜深人静，他便将玉珠还原，逼她就范。无奈玉珠心中只有阿三，誓死不从。

县令一声怒喝：“好你个华柳，虽为一代神医，但用奇术不为治病救人，反而作奸犯科，罪加一等。”当下将华柳押入死牢，上报朝廷。阿三因救人有功，功过相抵，上山做强盗的事也就不追究了。

骆员外从县衙门回来，对阿三甚是感激，说：“你救了我女儿一命，也算是有恩之人，我也将小姐许配给你。不过，小女已被那华柳看破了身子，不知三郎是否嫌弃？”

阿三喜出望外，连忙跪倒在地，说“不嫌弃，不嫌弃，小姐宁死不屈，冰清玉洁，要说嫌弃，我还当过强盗头子呢！”说完，众人大笑起来。

（**题图**、**插图**：蔡解强）

·本刊信息传真·

《故事会》网站正式开通

《故事会》主办的故事中国网站（www.storychina.cn）已经正式上线开通，从此，你有了属于自己的网上故事家园！

在故事中国网，你可以看故事、写故事、评故事，能与《故事会》的编辑、作者在线交流，了解《故事会》每一期的幕后故事，同时我们还为新会员提供了一个月的有奖注册活动。每天抽奖，幸运者将会得到一份意义非凡的礼物！

故事中国的社区还有一个独一无二、特别好玩的论坛功能——曹操、孙悟空、郭靖、小龙女，你想不想化身为这些文学作品中的历史人物或虚构角色，自己来编织一段故事情节，体验他们的七情六欲，和作品中的其他人物谈天说地、大话古今呢？那就来故事中国社区独辟的“角色模拟”板块，注册为你心仪的人物，玩转你自己的江湖！

·中篇故事·

为了孩子，他铤而走险……
踏在生与死的边缘，面临善与恶的选择，他何去何从？
危急关头，她出现了……

家有贤妻

□黄 胜

1．山根盗子

有一对小夫妻，女的叫范春梅，男的叫罗山根。两年前，他们告别二老，离开家乡，千里迢迢来到南方的一个大城市谋生。春梅在一户人家当保姆，山根则到一家装潢公司打工。

这天半夜，春梅突然接到山根电话。山根的声音有些发抖，显得紧张又兴奋地说："那件事已经办好了，你把钱都带上，快出来，我在路边的电话亭等着你。"

春梅不敢怠慢，悄悄出门，一路小跑赶到那个电话亭，只见山根怀里抱着一个包裹。春梅一见那包裹的形状，心就怦怦狂跳起来，她一把抓住山根的胳膊："你……你真的弄到了？"山根一脸紧张地看看左右无人，才小心地打开包裹，顿时，一张婴儿的小脸露了出来。春梅见孩子两个月大小，胖嘟嘟的，见了她，竟小嘴一咧笑了。喜得春梅小心翼翼地抱过孩子，然后伸出右手往小孩胯下一摸，顿时眼都笑细了，情不自禁地在小孩的脸上亲了一亲，泪水随之就流出来了："是个男孩，山根，这孩子真的是我们的了吗？"

山根说："当然了，以后他就是咱儿子了。"说着，他从兜里掏出一张火车票，塞到春梅手里，说："车票我已经买好了，还有半个小时就发车了，你今晚就坐车赶回老家去。"

十月怀胎苦未尽，一声啼哭难日来，日日夜夜受操劳，只愿儿女一生好，费心劳神大半生，愿您从此可安神。祝母亲节快乐！湖南 甘忠辉（1030）

春梅一怔，狐疑地看着丈夫，问："这么急？山根，这孩子不会是你偷来的吧？"

山根说："当然不是了，孩子是人家送的，为了谢她，我把一年的工钱都给了她呢。"

春梅问："那你咋急着让我连夜走？"

山根解释说："是这样，虽说孩子已经归咱，可我是怕孩子的妈妈反悔，追来把孩子要回去。你不知道，刚才她把孩子递给我时，哭得泪人似的，不到万不得已，谁舍得把亲骨肉送人呀？"

春梅一听，觉得有道理，她低头看看怀里孩子可爱的笑脸，立刻同意马上回家。她见只有一张票，忙问："你不跟我一块回去？"山根说："你先回去，我过几天再回去，有个工程还没完工。"说完，拉着春梅急匆匆就往火车站赶。一路之上，他反复交待春梅：孩子的生日是六月初二，生下来是八斤二两……

到了车站，山根神情紧张，左顾右盼，直到春梅抱着孩子上了车，火车开走后，他才长长地吐了一口气，接着就急忙往回赶。当他刚走出候车室大门，就见一辆轿车"嘎"的在停车场停下，车上匆匆下来两个人，一个是他的老板刘富贵，另一个是老板的夫人徐丽丽。

罗山根一见这两人，顿时吓得脸色发白，暗叫一声：不好，他们找来了，随即他"噌"一下，闪身躲到了一根柱子后面。

那个孩子，正是刘老板刚出生不久的儿子宝儿。一个小时前，山根趁夜深人静，潜入玫瑰花园徐丽丽的住所，神不觉鬼不知地将独自睡在婴儿房中的宝儿给偷了出来。

一个月前的一天，山根和几个工友，为了讨要拖欠近一年的工资，在老板办公室里软磨硬泡。刘老板是个黑心老板，拖欠工人工资可是他发家致富的绝招之一。工人要钱，他都推说没钱，软硬不吃，并且还摆出一副死猪不怕开水烫的无赖相："一分钱少不了你们的，等资金周转开了就发钱。现在要钱没有，你们赶快回去干活，谁不愿干，马上滚蛋，一分钱工资都别想得到！"

山根他们正气得不知如何是好时，一个年轻漂亮的少妇抱着一个婴儿走进来，见了刘老板，就嗲声嗲气地说："老公，你儿子想你了，我带他来看看你。"这女人正是徐丽丽。

旁边的罗山根闻听心中忽然一动，一个念头冒了出来：你欠我的工钱，哼，我要你的儿子抵债，让他做我的儿子！

这个念头一经萌生，山根兴奋得几乎要蹦起来。原来，山根和春梅结婚五年，春梅的肚子却依然一马平川。他们偷偷到城里医院做了检查，医生说毛病出在春梅身上，她是先天性生不出孩子，小两口都傻了眼。春梅绝望地偷偷大哭了一场。不过，妻子不育，山根并未在意，他爱妻子，爱妻子善良，贤惠，明理。后来，山根想了个主意：小两口先到外地去，想办法收养个孩子，回来后就说是他们自己生的。所以，这次两口子背井离乡，来到了南方，主要目的是带个孩子回去。

现在，见到刘老板的儿子，罗山根心想："既然你不仁，就别怪我不义了。"山根动了邪念，接下来便开始行动，他偷偷跟踪了徐丽丽几次，摸清了她家的位置，想好了行动方案。在等待机会的同时，他也提前在春梅的耳边吹风，骗她说，有个未婚妈妈，想把刚生下的孩子送人。

听到这个消息，春梅激动地哭了，这几年，她想孩子都快想疯了。现在听到有机会弄到孩子，她比山根还要着急，天天催他："你快去跟人家联系，花多少钱都行，千万别让别人把孩子抢去了。"

经过了近一个月的酝酿、准备，今天，山根终于等到了机会，顺利地把孩子偷了出来。

2. 失言招祸

罗山根不和妻子一起回老家，是他事先盘算好的。他觉得为了摆脱嫌疑，绝不能在老板的儿子丢了之后，自己马上回去。

他提心吊胆地过了几天，本以为刘老板一定会去报案，大张旗鼓地寻找儿子，也许会闹个天翻地覆满城风雨，不料，几天下来，却风平浪静。刘老板每天照常上班下班，情绪平静，倒是徐丽丽哭哭啼啼地来闹过几次，催刘老板赶快想法找儿子。每次，刘老板都不急不躁，像打发来要钱的民工似的，对徐丽丽说：你别着急，正找着呢，中国这么大，你以为找个人容易吗？这话，连山根都听出来纯粹是在应付徐丽丽。

我是从故乡屋檐下飞出的一只小鸟，每一根羽毛成长都凝结着您的深情抚爱和谆谆教导。愿妈妈永远快乐！北京 杨文露（1031）

有一次，徐丽丽当着大家的面跟刘老板大吵起来。山根留心细听，只听徐丽丽说："姓刘的，你玩的花招别以为我不知道，一定是你把我儿子偷走了，你到底把他弄到哪里去了？"刘老板说："你少冤枉我，你没把我的儿子看好，我还没找你算账呢。"徐丽丽"哼"一声："姓刘的，别以为儿子没了你就能把我甩了，告诉你，没门！"

原来徐丽丽并不是老板的正牌夫人，而是他的"二奶"。她是瞒着刘老板，偷偷怀上了他的孩子，生下来后，就不甘心再当"二奶"，大肆向他逼婚，要求扶正。刘老板被她搞烦了，要不是碍于孩子，早就一脚把她给蹬了。现在儿子丢了，徐丽丽借以要挟的武器没了，这正合了刘老板的心意，他哪会用心去找？而且家中老婆已经给他生了儿子，这孩子可有可无，丢了就丢了吧。

山根明白原由之后，暗暗好笑，没想到自己偷了老板的儿子，倒替他解了围。

十多天后，山根见平安无事，就推说家中有事，辞了工，兴高采烈地踏上归程。

他一进家门，就见家里正在热热闹闹地摆宴请客。原来，山根的爹娘见媳妇抱回了大胖孙子，开心得合不拢嘴。他们决定等山根回家，好好庆贺一番，等了十多天，见儿子还不回来，实在是等不及了，就欢欢喜喜先庆贺起来。当山根回家时，已经热闹了三天了。

亲友们见了山根，就围上来向他道贺，七嘴八舌地夸奖他为罗家增光。见这情形，他知道事情没有露馅。他应付了几句，说去看儿子，抽身钻进了里屋。

他见春梅坐在炕上，正满脸慈爱地举着奶瓶给孩子喂奶。两人对视一眼，立刻从对方眼神里明白：平安无事。山根凑上去，摸摸小家伙的脸，喜滋滋地道："别说，小家伙还真有点像你呢。"春梅摇晃着孩子，道："宝儿，我的儿子，你爸爸回来了，快叫爸爸呀。"

那孩子蹬着小腿，嘴里咿咿呀呀地叫着，乐得山根差点趴下，心头说不出有多欢乐、幸福！儿子，这是我的儿子，将来要叫我爸爸的！

这时候，山根娘端了一碗猪蹄汤走进来。山根得意地问："娘，你对你孙子还满意吧？"

娘笑得合不拢嘴，"满意、满意。"说着，她瞄了一眼媳妇的胸脯，说："就是春梅没有奶水，让俺大孙子受委屈了。也怪了，这些天，天天熬猪蹄汤给她喝，可就是催不下奶。"

山根心说能催下奶才怪呢，嘴里却说："娘，现在人家城里的小孩子都是喝牛奶，不吃母乳的。"

接下来的日子，不用说，这一家

人脸上都挂着舒心的笑，家里充满了欢声笑语。只有山根，在幸福之余，心里不免有些忐忑不安，他想打电话给那边的工友，探探刘老板他们现在的动静，可又怕弄巧成拙，引起对方怀疑，惹火烧身。

随着风平浪静的日子一天一天过去，就在山根那颗紧张的心渐渐松弛下来的当口，一个绰号“阿色”的工友打来了电话。

阿色是南方人，为人精明刁钻，而且特别好色，手头有俩钱就憋不住往发廊里钻，就为这，三十出头，还是光棍一条。他这次给山根打电话，也是被逼无奈：这小子去找小姐，被警察抓了个现行，关进了派出所，不交够罚款就不放他出来。阿色父母双亡，没有亲人，他就病急乱投医，掏出身上的电话本，挨个求救。他先打给刘老板，不但没弄到一个子儿，还被骂了个狗血喷头。打其他工友，也跟他一样都是穷光蛋，工资都在老板那里压着，谁也帮不了他。山根虽然回老家了，可名字还在电话本上，阿色不管三七二十一，就把电话打过来求救。

接电话的是山根娘，听说是找儿子的，老人家刚有了孙子，忍不住要向人炫耀一番：“你别着急呀，我去喊他，他在给儿子洗尿布呢。”

阿色乍一听，心里头像被针扎似的疼了一下，心里叹道：唉，自己跟山根是同龄人，人家都有孩子了，自己却连个老婆都没有，只能到发廊里寻快活，落到现在这个下场，人家在幸福地洗尿布，自己却在凄凉地蹲大狱。一阵感叹之后，他脑子突然灵光一闪：不对呀，不久前我见过他老婆，没看出怀孕呀，这小子刚回去半个多月，咋就把孩子养出来了？

他正在疑惑，听到电话那头“噔噔噔”传来一阵脚步响，山根抓起电

天，没有母亲的爱广阔；地，没有母亲的爱包容；太阳，没有母亲的爱温暖；云朵，没有母亲的爱洁白；花朵，没有母亲的爱灿烂。节日快乐！山西 赵敏（1032）

话，问："谁呀？"

阿色耍了个心眼，先不说自己是谁，粗着嗓门，变腔变调问道："山根，听说你小子当爸爸了，恭喜呀，孩子几个月了？"

山根以为是本地的哪个朋友来向自己道贺，随口答道："快两个月了，是我们在南方生的。你是哪位呀？"

阿色立即变回声音，问："怪了，南方？这事我怎么不知道？"

山根听着这声音挺熟悉，心里咯噔一下子，暗叫不好："你到底是谁？"

"是我，阿色。"

山根顿时呆了，心里懊悔不迭，恨不得抽自己几个大嘴巴，愣了片刻，才问："是阿色老哥呀，你找我有事吗？"

"有、有、有。"阿色一时顾不得去想山根怎么突然就有了孩子，求救道，"山根兄弟，我现在被关在派出所里，你能不能弄两个钱把我赎出去？"他三言两语把自己的事情讲了一遍，完了说，"山根，求你了，帮帮我吧。"

山根心说，别说我没钱，就是有钱也不会拿出来去打水漂呀，立刻道："阿色，不是我不帮你，我也没钱。你还是找找别人吧。"

其实，两人远隔千里，阿色本就没抱多大希望，他只是想应付一下旁边那个不断催他交钱的警察，听山根这么说，就大声说："那就算了，山根，我恭喜你有了儿子。"

山根听了这话，却惊得打了个哆嗦，后背冒出了冷汗，心中寻思：阿色这么说，会不会是知道了一些什么？他不会是在威胁我吧？想到这里，慌忙道："阿色老哥，你等等……这样吧，你别着急，我尽量想办法给你凑点钱。"

阿色喜出望外，眼珠一转，立刻有了主意，手捂话筒压低声说道："山根，你真够意思，哥们忘不了你。"接着又大声说，"没钱就算了，我只好在里面多待些日子了。"他后面这句话，是说给身边那个警察听的，他才不想交罚款呢，在派出所里有吃有住，多住些日子也无妨。

过了几天，警察们见阿色实在交不起罚款，就狠狠教育了他一顿，放了。

阿色回到公司后，果然发现一张汇款单躺在那里等着他，整整两千元，汇款人没留地址。工友们羡慕得要命："阿色，你小子交了啥好运了？是哪个款爷大把大把地寄钞票给你呀？""你小子是不是勾搭上个富婆啥的啦？"

阿色翻来覆去地看着这张汇款单，兴奋得小眼睛里闪闪发光：哈哈，说得不错，看来，这次我阿色是要交好运了。

其实，自从与山根通了电话后，阿色在派出所里，就仔细研究山根的事情了。他从山根突然辞职，突然有了儿子，联想到刘老板儿子的失踪。而这两件事一经联系在一起，结论不言而喻。而且，阿色还隐约记起来，在老板儿子失踪的那天夜里，山根好像离开过宿舍。好家伙，这小子一定是偷孩子去了！

在猜测到是山根干的这件事后，阿色首先想到的，就是去找徐丽丽领赏。原来，儿子失踪后，徐丽丽失去了借以要挟刘老板的资本，很快就被玩腻了的刘老板打入冷宫，不久后，又被一脚踹了。这样一来，徐丽丽图谋已久的富贵荣华霎时成了镜中月、水中花，她不甘心落得如此下场，决心找回孩子跟刘老板算账，怎么也得让他给自己母子俩掏点抚养费、精神损失费啥的。搞好了，分他一半家产也不是不可能。于是，徐丽丽便到处散发儿子的照片，并悬赏两万块钱寻找儿子。

不过，阿色在见到了这张汇款单后，就转了念头，不急于打徐丽丽那两万块赏金的主意了，因为他推断出，山根之所以这么痛快地掏钱，一定是竭力想封自己的口。他想，从罗山根这里，说不定能得到更多的好处。

于是，阿色把两千块钱提出来后，先出去好好享受了一番，然后，买了一张火车票，踏上了自己的发财之路。

3. 阿色敲诈

山根把钱给阿色寄出去以后，便陷入了深深的恐惧之中。但他仍存幻想：一方面，他抱着侥幸心理，盼望阿色不会起疑心；另一方面，他希望阿色即使知道了真相，也会讲义气，或者看在这两千块钱的份上，能够守口如瓶。

他整天提心吊胆，坐卧不安。因为怕儿子得而复失。这天晚上，两口子在逗弄儿子玩时，他抱着儿子，定定地望着孩子那讨人喜欢的小脸，眼神露出难分难舍的凄凉。

春梅见他唉声叹气，问道："儿子都有了，你还叹什么气？"

山根哪里敢说出实话，只得支吾道："……终究不是咱们亲生的，春梅，你说，孩子的亲娘要是后悔了，会不会跑来跟咱们把孩子要去？"

春梅一听，脸色大变，像是孩子的亲娘已经来到了面前。她一把把孩子紧紧搂在怀里，坚决地说："她后悔也没用！我跟你说，山根，现在谁也甭想要走我的儿子，除非我死了！"说着她两道目光定格在孩子的小脸上，握着孩子的手，嘴里喃喃说道，"儿子，你快说，说你永远不会离开妈

妈妈，我想对您说，话到嘴边又咽了；妈妈，我想对您笑，眼里却点点泪花；妈妈，相信我，女儿自有女儿的报答。辽宁 许珏（1033）

妈呀！”

山根看着爱子情深的妻子，心如刀绞。他肠子都要悔青了：你小子真是笨呀，接电话时咋那么不小心呢？

几天后，当罗山根正处在恐惧懊丧，不知如何是好时，阿色这个不速之客，大摇大摆地登门拜访来了。

当山根听到敲门声，打开门，看到是阿色时，心立刻就往下一沉。他本能地想关上门，好让春梅抱着孩子先去避一避，可是，阿色比他更快，已经一步跨进院子里。

山根只得佯装惊喜，亲热地拉住他的手：“阿色老哥，大老远的，你怎么会来呀？”

阿色嘻嘻一笑说：“怎么？不欢迎吗？我是来还你钱的，还有，顺便来恭贺你喜得贵子呀。”

春梅以前见过阿色一两次，这时，听他话说得很动听，就喜滋滋地抱着孩子走过来，让他细看。

徐丽丽发的寻人广告上有孩子的相片，阿色已看过多遍，孩子的模样已深深印在他的脑子里，此时他只看了孩子一眼，心里就有数了。当即乜斜着眼，夸道：“山根兄弟，你好福气呀，不光儿子长得白白胖胖，媳妇也这么漂亮，都生孩子了，还跟大姑娘一样水灵。”他色迷迷地咽了口唾沫，“瞧这腰，这腿，谁能看出来生过孩子呀？”

春梅见他说话轻浮，顿时脸色一变，就要发作。山根见状，赶紧把她推进里屋。进屋后，春梅生气地说：“这人来干什么？再胡说八道我就把他撵出去。”

山根压低声音：“我也不知道，不过，为了孩子，咱们先别得罪他。”

春梅白了他一眼说：“你怕什么？儿子又不是咱偷的抢的，是咱收养的。”

“是、是，”山根自然不敢承认孩子是自己偷来的，也是急中生智，他说，“可咱儿子就是这个人给咱们联系的，说不定，这次就是孩子的亲妈让他来找咱的，可不敢得罪呀。”

春梅一听，吓得眼泪都出来了。她抱紧儿子，哆哆嗦嗦地问：“他、他、他，他不会是要把孩子要回去吧？山根，你千万别答应他，无论如何，也不能答应呀。”

山根说：“你放心好了，谁也甭想把咱们儿子带走。”

他安抚好妻子，重新走出来，赔着笑脸为阿色递烟倒水。阿色咂巴着一张雷公嘴，道：“山根兄弟，你艳福不浅呀。可惜你老哥我到现在还是光棍一条，你不能饱汉不知饿汉饥，可要帮老哥一把呀。”

山根见他阴阳怪气，话里有话，知道来者不善，就单刀直入说：“阿色，你想说什么你就直说吧，别绕弯子。”

阿色一竖大拇指：“好，痛快！那

我也打开天窗说亮话吧。我看你这么幸福，老婆孩子都有了，我也动了心，我的意思是想让你赞助几个钱，让我回去也成个家，生儿育女。”

山根明白了，他是想要钱，就问：“多少？”

阿色竖起巴掌，叉开五指晃了晃。

“五千？”山根想了想，便试探着说，“阿色老哥，我确实应该帮你，可我也没有什么钱，前几天寄给你的那两千块还是借的呢。这样吧，刘老板那儿还压了我万把块钱的工资，如果你能要出来，就都归你了，也不用你还。”

阿色哈哈一声怪笑，说：“山根，你打发叫花子呀？我告诉你，我要五万块！”

山根心里叫苦不迭，道：“阿色老哥，别跟我开玩笑，你看我连老婆孩子一块加上，能值五万块吗？”

阿色突然收起笑容，道：“值，太值了！”他手指往里屋一指，问，“你知道徐丽丽为找儿子，悬赏多少钱吗？”

山根一听，脑子轰的一声，像被铁锤狠狠敲了一下，立刻软下来，求道：“阿色老哥，求求你，你小点声，春梅还不知道孩子是我偷来的呢。”

阿色恍然大悟：“怪不得你老婆敢不理我，原来她不知道呀。我还以为你们是夫妻大盗呢。山根，你说这事咋办吧？”

事到如今，山根没有别的办法，他进去跟春梅打了一声招呼后，领着阿色来到村头的一家小饭店，要了酒菜，边吃边说。他把自己偷孩子的原因和经过从头至尾简单说了一遍，为了博取阿色的同情，他连春梅不能生育的事也说了。说到伤心处，他抹抹眼泪，唏嘘道：“……阿色老哥，你说说，咱们卖死卖活给刘老板干，他却总是找理由拖着不给工钱，你说，这口气咱们能白白咽下吗……阿色老哥，姓刘的太可恨了，那么大岁数，还包

妈妈，您的爱，就像块糖，包在唠叨里，藏在责骂里，让我东找西找，直到我懂事，才找到。江苏 金若鸣（1034）

‘二奶’，你年纪轻轻却连个对象都没有；他已经有儿子了，还让小老婆再生一个，我却一个没有，你说，这公平吗？应不应该偷他一个……”

阿色边听边不断点头，道：“对，不能轻饶了那杂种，换了是我，也会这么干的。”

山根一听，心中暗喜，忙给阿色满上酒：“老哥哥，既然这样，你帮兄弟个忙，把这事捂严实，我这辈子忘不了你的大恩大德。”

阿色一拍大腿，说“我就是想帮你，才来找你，换了别人，我早去领赏金了。山根兄弟，你总不能让我白跑一趟吧？”

山根说：“可我确实拿不出五万块钱，你落落价。”

阿色摇头道：“这个价格很公道，我算个账你听听。”他拨拉着手指头说，“徐丽丽悬赏两万，警察那边肯定也有奖金，加起来怎么也有三万吧？”

山根连忙说：“那就三万，行不行？”

“除了这三万，还有两万呢。山根，你想没想过，偷人家孩子，可是大罪呀，我要是去告发你，最起码要判你七年八载的。我现在只要你出两万块钱，就买你七八年的自由，够便宜吧？”

山根不由悚然心惊，之前他只想到阿色的到来可能使自己失去儿子，没想到这事还能让自己失去自由。问题严重了。他愣了半天，问：“那我现在把孩子给他们送回去行不行？”

“笑话，罪已经犯了，覆水难收，现在送回去早晚了。”阿色说，“账我还没替你算完呢，要是你去坐牢，不光孩子没了，老婆只怕也要卷着铺盖走了，这么个如花似玉的老婆，此后也不知要便宜哪个王八蛋了，想起来，唉……”他往嘴里扔了一颗花生米，装腔作势摇着头，连连叹息，“买这么一个老婆，怎么也得上万元吧？这又是一万。我只要你五万，不多吧？”

仗着酒劲，他看了看山根，突然笑道：“山根，打个商量，如果你能让春梅陪我几晚，我就再便宜一万，你看怎么样？”

一听此话，山根不由怒从心头起，恶向胆边生，他的拳头已经紧紧攥起，真想跳起来，挥拳砸他个脑袋开花。但他竭力按捺住怒火，眼中凶光一闪说：“阿色老哥，你还真能开玩笑！好，五万就五万，我答应你。”

阿色大喜：“好，痛快！我拿到钱，就马上走人。从此往后，你们一家三口安安稳稳过幸福日子吧。老婆孩子热炕头，多令人羡慕呀！”

山根拿过酒瓶，给阿色添满酒：“你羡慕啥？钱到手后，你回去也娶一个就是了嘛。来，干了这杯，祝你找个称心如意的媳妇。”

阿色已有七分醉意，他可是做梦都想娶媳妇，闻听此言，乐不可支，举起杯来，一饮而尽。

山根殷勤地为他又满上酒，问：“阿色老哥，还有没有别人知道这事？”

阿色说“你放心吧，我一个人都没告诉，连我到你这里来，也没有一个人知道。”

山根听了这话，眼中又一次闪过令人恐惧的凶光，他举起了酒杯“别人真的不知道？那太好了，我谢谢你为我保守秘密。来，再干一杯。”

此时，桌子上已躺了两个空酒瓶。两人一个是得意忘形，一个是暗藏杀机。接下来，你来我往的，一直喝到了半夜，直到两人都趴到了桌子上。

不过，两人一个是真醉，一个却是假装的。

4. 杀人灭祸

山根见阿色已经醉得不省人事，便扶起他，连拖带抱，摇摇晃晃地出了小饭店。

此时已近深夜，天空灰蒙蒙的，路上黑黢黢的。山根站在村头，朝前后左右看了看，空无一人，但他没向自己家的方向走，而是掉转身，架着阿色出了村，走进了村西的树林里。

被逼入绝境的罗山根，决意要杀人灭口。

刚才，他答应了阿色的条件，那只是说说而已。他心里清楚：自己家里别说五万元，就是想凑个一两万也难于上青天。何况，以他对阿色的了解，这次他抓住了自己的把柄，决不会就此罢休，等这五万元花完，一准他还会找上门来敲诈，恐怕自己这辈子也甭想摆脱他的掌握。要想彻底摆脱阿色的纠缠，只有让他彻底消失！

俗话说，酒能壮胆。凭山根的为人，如果没喝酒，借他几个胆，断也不敢有杀人的念头，但此时，在走投无路之下，经酒精一催，便顿起杀心。当他听阿色说没有别人知道他的行踪时，山根的杀心就下定了。

山根拖着阿色来到树林深处，已累得气喘吁吁，他手一松，阿色像一摊烂泥滑到地上，山根连累带紧张，已是一身虚汗，冷风一吹，不由打了个冷战。他没急于动手，而是坐在一个树墩上，从兜里摸出一支烟点上，边抽边把行动过程、细节再仔细核计了一遍。他知道，杀人这事可跟上次偷孩子不一样，稍有疏忽，只怕自己脖子上的这颗脑袋就保不住了。

山根坐了一会，想来想去，觉得除了灭口，别无选择。于是他下了决心，扔掉烟蒂，站起身来，冲地上的阿色说：“对不起了，阿色，你要怪就只能怪你自己，你心太黑了！不过，你放心，每年清明，我都会给你烧纸

从没有为您写过什么，也没有给您说过什么感谢的话，但您对我的关心和爱意，点点滴滴都在心头。贵州 钱欣（1035）

的。”

他将阿色拖到一棵树下，试了试他的鼻息，看样子一时半会不会醒来。他决定先回家拿把铁锨，再回到这儿挖个坑，将他埋掉。

山根抄小路悄悄返回到村里，他怕惊动春梅，到家后也不敢开门，翻墙进入院子里。他见屋里还亮着灯，就蹑手蹑脚走到窗下听了听，没声音，春梅大概已经睡了。他赶紧摸了把铁锨，又翻墙而出。

他从原路返回树林，选了一块隐蔽的地方，脱下外衣，奋力挖了起来。大约一个小时后，终于挖了一个足有两米多深的坑。他擦擦汗，跳出坑来，来到附近的大树下，想把阿色拖过去活埋掉。不料，他低头一看，树下空无一人——阿色竟然不见了！

山根大吃一惊，以为自己记错了地方，忙到周围的几棵树下去找，也没有。山根身上急出了冷汗，他扩大范围在附近仔仔细细找了一遍，还是不见阿色的踪影。

“难道阿色酒醒后自己跑了？或者，是被什么野兽拖走了？”山根傻了，只好匆匆把挖好的深坑重新填上，返回家中。

山根进屋，见春梅还没有睡觉，呆呆地坐在炕沿上，两眼红肿，好像刚刚哭过。她见山根进来，便问：“怎么才回来？那个人呢？”

山根支支吾吾地道：“我也不知道，喝完酒我们就分手了，大概是回去了吧。”

春梅双眼怔怔地看了他半晌，突然问道：“山根，你告诉我，这孩子真的是他妈妈自愿送给你的吗？”

山根避开妻子的目光，强笑道：“当然，我骗你干吗？”

泪水从春梅眼里涌出来，“啪嗒、啪嗒”一颗颗落下。她抽泣着说：“山根，到现在了你还不跟我说实话？那人是来要孩子的是不是？这个孩子我不要了，你去还给他吧。”

山根吃了一惊，说：“我们好不容易才有了儿子，你不是说宁死也不愿

意跟儿子分开吗？”

“现在我改变主意了。”春梅一字一顿地说，“我不愿意看到你为了一个孩子丧尽天良，变得毫无人性。”

山根忙说：“你胡说些什么？我怎么丧尽天良、怎么毫无人性了？”

春梅说：“山根，你自己做的事情你自己知道。我知道你也舍不得孩子，可是该是我们的就是我们的，不是我们的也不能强求，你自以为做得天衣无缝，可人在做天在看呀。”

山根装糊涂说：“你，你吃错药了吧？胡说八道个啥呀？”“世上没有不透风的墙，即使侥幸现在没有人知道，可是以后我们会心安吗？难道一辈子我们要在担惊受怕中度过吗？”

山根强作镇静，笑道：“你到底是什么意思呀？”

春梅见他执迷不悟，黯然地说：“你自己到西厢房看看吧。”

山根赶紧来到厢房，刚推开门，一股酒气扑鼻而来，他开灯一看，不由呆了：床上躺着一个人，不是别人，正是阿色。

他忙问春梅：“他怎么会在这里？是你把他弄回来的？”

“你不是要杀他吗？”春梅看着山根，冷冷地说，“如果你不想要咱们这个家，你就动手吧，我绝不拦你。”

“我……”

阿色正是被春梅救回来的。

前半夜，春梅见山根迟迟未归，等儿子睡下后，就起身到小饭店去找。没等她走到饭店门口，正好看见山根扶着阿色从里面出来，不过，他们没有回家，却背道而驰，向村外走去。春梅心中奇怪：这么晚了，山根要带着人家往哪里去？于是，她便偷偷跟在后面，一直跟到了树林中。在林中，春梅偷听了山根对阿色说的那番话，这才知道，山根竟然起了杀心。她隐约猜测到：这人一定是来要孩子的，山根不想把孩子还给人家，就想杀掉这人。当时，春梅手脚都吓麻了，她实在不敢相信，为了孩子，山根竟敢杀人！后来，趁山根回村拿铁锹，她便背上阿色，从大路返回了家。

见事已败露，山根“扑通”跪下，道：“春梅，我都是为了咱这个家。我不想杀他，可是现在不杀不行呀。”接下来，他就原原本本，将自己如何偷孩子、阿色又如何敲诈自己的事说了。说完，他痛哭流涕地道，“现在我也后悔了，可是，如果不杀他灭口，不但我们的儿子要失去，我也要去蹲监狱呀！”

春梅听完，感到心惊肉跳。她原以为山根只是不想把儿子还给人家，没想到里面这么严重复杂。她怔了半晌，恨铁不成钢地埋怨道：“山根，你这是在一错再错呀。这么大的事，你咋不和我商量呢？刚才要不是我跟着你，只怕现在你已成了杀人犯，后悔

思念的路，漫漫无边；雨后的虹，美丽瞬间；空中的云，随风飘散；心中的舟，以爱为帆；无星的夜，有灯为伴；没见到你，只有思念。四川 刘斌（1036）

也晚了！”

山根痛苦地抱住脑袋：“我不跟你商量，是不想连累你，出了事我好一人担着。春梅，你说现在怎么办呢？”

春梅一时也没了主意，不过，她知道，现在万万不能一错再错了，否则，真的就到了万劫不复的地步了。

春梅爱怜地看着熟睡中的孩子那甜美的小脸，目光久久不舍得移开。半晌后，她叹口气，对山根说：“你快去把爹妈叫过来，事到如今，咱也不能再瞒着他们了。”

这个晚上，他们家的灯彻夜未熄，一家人围在一起，商量了一夜。第二天一早，天刚蒙蒙亮，春梅便抱着孩子，跟山根一起，登上了进城的第一趟班车。

山根的爹娘一直将他们送到村口，看着远去的汽车，老泪纵横。特别是山根娘，更感到揪心扒骨般的疼，她不住地问老伴：“他爹，咱真的非得把孩子送回去吗？”

山根爹长叹一声说：“你是想要儿子还是想要孙子？想要孙子的话，只怕咱们的儿子就没了！”

5. 还子得子

徐丽丽暂时仍住在玫瑰花园的那栋别墅里。

被刘富贵无情地抛弃后，徐丽丽一直暗自庆幸：幸亏当初趁热乎时逼他为自己买了这所别墅，到如今才不至于一无所获。

然而，前几天，一个自称是此房房主的人来通知她交房租，徐丽丽这才知道，锁在抽屉里面的那张房主栏里写着徐丽丽的房产证，竟然是一张废纸，这所别墅根本不是刘富贵为她买的。

房主走后，徐丽丽扑到床上绝望地大哭一场。她恨刘富贵，把他的祖宗十八代都骂了个遍，她咬牙发誓：“姓刘的，姑奶奶不会这么放过你的。”

可是，自己一个弱女子，对方有钱有势，凭什么跟他斗呀？现在，她只能把希望寄托在自己失踪的儿子身上，只要儿子能找回来，她就能以此说明两人之间有事实婚姻的依据，即使不能让他身败名裂，也可以通过法院向他索取赔偿。

可是，儿子失踪都快一个月了，依然杳无音讯。

这天晚上，徐丽丽孤零零地躺在床上，想到自己的悲惨遭遇，不由自怨自艾，以泪洗面，久久难以入眠。

凌晨时分，她正处于迷迷糊糊状态时，突然，隔壁房间传来“砰”的一声响。徐丽丽被惊醒了，她侧耳细听，似乎听到有人在轻轻走动。有贼！徐丽丽顿时吓得缩在被窝里，不敢出声。

十几分钟过去了，贼似乎仍呆在

隔壁房间，徐丽丽想，隔壁是婴儿房，没什么好偷的呀。更奇怪的是，过了一会儿，隐隐传来女人的抽泣声。徐丽丽想，难道不是贼？这么一想，她壮起胆子，悄悄下床，摸到门边，轻轻打开了门。然后，一步跨过去，猛地撞开隔壁房门，伸手打开了灯。

只见一男一女两张惊恐万分的脸暴露在灯光下。那女的脸上，满是泪水。在他们身前的婴儿床上，一个胖胖的婴儿正在香甜地睡着。

徐丽丽心中狂喜，她顾不得别的，扑到婴儿床前，仔细一看，一点不错，正是她失踪的儿子宝儿。

她抬头看看这两个吓得面色煞白的贼，问道："是你们把孩子送回来的？"两人无声地点点头。

这两人，正是山根和春梅。那天晚上，一家人商量到天快亮时，才拿定主意：赶在阿色之前，把孩子原封不动地悄悄送回去，以求得孩子父母的谅解，甚至不予追究。两人让爹娘想法稳住阿色，他们抱着孩子火速去南方。等他们赶到别墅附近，已经是第二天半夜了。两人等到屋里的灯熄后，山根便熟门熟路地抱着孩子从窗户爬了进去。春梅一时对孩子情感难舍，也跟着爬了进来。就在两人围着孩子看了又看，抱了又抱，舍不得离开时，却被徐丽丽撞了个正着。

春梅见无法脱身，赶紧一拉山根，扑通跪下，泪汪汪地说："大姐，我们错了，不该一时糊涂偷你的孩子……不过，您的孩子连根头发丝都没少，我们一点没亏待他，你看他长得多胖、多可爱呀。"

徐丽丽这才明白：原来是这两人把儿子偷走的。但她感到奇怪的是，他们偷了又为什么要送回来？不过，她见儿子毫发无损地回来，已是喜出望外，又见两人可怜巴巴，看上去也不像是恶人，就道："那你们

睡意朦朦，心意浓浓，好梦绵绵，心情好好，笑容连连，生病免免，美丽存存，天天美好，日日如此，漫漫长夜，心情暖暖，此此情意，长长久久。1387***6274（1037）

必须跟我说清楚，为什么要偷我的孩子，又为什么要送回来？”

事到如今，山根和春梅哪里还敢隐瞒？于是流着泪，从春梅不育被迫离开家乡开始，到刘老板不给工钱、山根起了邪念，直到阿色上门敲诈，一五一十地和盘托出。

徐丽丽听完，心中百感交集。俗话说，可恨之人必有可怜之处，自己可怜，这一对夫妻比自己更可怜呀。她心里便有几分原谅了他们。当她听到此事与刘富贵有关时，气愤道：“原来姓刘的是罪魁祸首，他要是不扣你们的工资，这事也不会发生。”

山根赶紧说：“是呀，是呀，若不是因为咽不下这口气，就是给我两个胆子我也不敢偷您的孩子呀。”

徐丽丽想了一下，说：“想让我不再追究你们，你们得答应我一个条件。”

两人对看一眼，异口同声地说：“什么条件？只要我们能做到，一定答应你。”

徐丽丽说：“其实我也是为你们好。只要你去联合你们的工友，去告那姓刘的，要回你们该得的工资，让他名声扫地，这事我就不再追究，而且我立即去公安局撤案。”

山根跟春梅岂有不答应之理。山根的一颗心终于彻底放下了，想想自己所作所为，若不是春梅，自己此时只怕已铸成大错，后悔也来不及了。

此时，山根真正体会到俗话说得好：家有贤妻，不遭横事。

再说阿色，酒醒后又被山根爹娘好酒好菜招待了两天，他见山根两口子出门借钱还没回来，这才如梦初醒。等他心急火燎地赶了回来，却为时已晚，当他找到徐丽丽时，孩子已经在人家的怀里抱着呢。阿色气急败坏，叫嚣着要去公安局告发山根。徐丽丽警告他：“我已经撤了案，你去告发的话，小心山根他们反告你敲诈勒索，到时候你也得蹲大牢。”

阿色懊悔不迭，只得打落牙齿和血咽，眼睁睁看着这个发财的机会，跟自己擦肩而过……

没有了孩子，山根和春梅也不想回老家了。他们打电话跟爹娘报了平安后，留在了南方，夫妻双双在一家工厂里打工。对于这对苦难夫妻来说，他们的梦想，依旧想拥有一个孩子。

他们也一直关注着徐丽丽向刘老板讨要抚养费一案的情况。几个月来，此案在城里搞得沸沸扬扬，起初，刘富贵拒不承认孩子是他的私生子，还唾沫四溅地说：“一个妓女，抱着孩子找到你的门上，你认吗？”但是，随后法院经鉴定，判定刘富贵是孩子的生身之父，刘富贵这才不得不承认了。后来，法院判令刘富贵必须承担孩子的抚养费等相关费用，而对徐丽丽的其他赔偿要求未予支持。

这场官司历时半年之久，弄得徐丽丽身心俱疲，特别是心灵，受到的创伤更是难以弥补。刘富贵损失的只是一点钱，而她丢掉的，是一个女人的名声、尊严，甚至还有未来。这些日子里，她成了城里的名人，走到哪里，都有人在背后指指点点，说三道四。

时间过得很快，春梅和山根留在南方，转眼又快半年了。

这天傍晚，他们下班后，一前一后回到住处。山根刚走到门口，突然听到先进屋的春梅发出一声惊叫："山根——"

山根大惊，慌忙一头冲进屋里，只见春梅木雕泥塑般立在那儿，两眼目不转睛地盯着床头。山根顺着她的目光看去，心头陡然一震：孩子！那里躺着一个可爱的孩子！

春梅转过头来，泪水夺眶而出，喜极而泣地说："山根、山根，我不是在做梦吧？我们的宝儿……又回来了！"

他们发现桌上，放着一张纸条，拿起一看，只见上面写着："……我马上就要离开这里，离开这个让我伤心的地方了，到一个没人认识我的地方，忘记这里的一切，开始全新的生活。我知道你们是好人，孩子就托付给你们了，你们就把他当成自己亲生的孩子吧，刘富贵给的抚养费我会按月寄给你们的。我对不起孩子，麻烦你们永远不要告诉他我的事情，那会成为他的耻辱，拜托了……"

春梅喜泪纵横，她颤抖着双手，轻轻抱起儿子，而后，将脸紧紧地贴在孩子的小脸上，深情地呼唤着："宝儿，宝儿，我的宝儿！"

窗外，一个面容憔悴的女人听着从里面传出的呼唤声，两行泪水顺着脸颊滚滚落下。而后，她背起了简单的行囊，一步一回头地慢慢地走开了。

（题图、插图：杨宏富）

送你九颗心：失恋要死心，吵架别用心，约会要耐心，谈情要真心，拒绝要狠心，表达要诚心，相处要细心，失败别灰心，接吻别分心。广东 张晓宇（1038）

阿P故事

阿P是一个社会群体的缩影，他独特的对事对人的处理方式，使这些故事充满了情趣。不过洋相百出的阿P，他的内心世界又是复杂的，他的所作所为留给读者的思索是多层次多元化的。阿P故事不仅仅是消遣作品，还有着揭示社会矛盾、启迪人生和思考未来的认识和教育作用。

滑稽故事

滑稽是一门引人发笑的艺术，被称之为生活和艺术中一种特殊的“调味品”。本书所选故事均取材于社会生活，作者想象力丰富，倾向性鲜明，作品内容极具口传性，诙谐色彩浓郁，是人们茶余饭后上佳的精神伴侣。

芝麻官故事

芝麻官故事旨在全方位地展示这一特定社会角色的思想境界和人格境界。他们或两袖清风，为民请命；或贪赃枉法，假公济私；或昏庸糊涂，装腔作势；或廉洁奉公，兢兢业业。由于他们同老百姓的距离最为接近，因此他们的故事就更具现实意义。

打赌故事

古今中外73则打赌吹牛故事，按内容分为“逗趣、斗智、惹祸、戏丑”等四大类，多为表现人们的诙谐与机智，有的立意鲜明，寓有讽刺味，而较多的则是娱乐与逗笑。

□邢静泽

真是急死人

周末这天，小钱到本市最大的商场去转悠。

商场里人山人海，好不热闹。就在他兴味盎然之时，忽然，肚子一阵搅动，不好，他来不及细想，就直奔二楼厕所。可刚爬上二楼，小钱就给吓住了：我的妈呀！厕所前队伍排了一长溜，还拐了个弯，轮到自己，人不憋出毛病才怪呢！

他脑子一转，想到文化馆就在附近，那里肯定人少，于是赶紧跑出商场奔向文化馆。

赶到文化馆，他发现厕所外竟然也有不少人排队，看样子有十几米长。他心里骂道：真倒霉，不过，他想应该很快的，等就等吧，不能再换地方了。

小钱前面的人群慢慢变少了，可是后面还跟着许多人……五分钟过去了，小钱前面也就剩下五个人了。

终于轮到小钱了，小钱刚想进去，发现还有个文质彬彬的先生给开门，一边开一边说：“20元，谢谢。”

小钱以为自己的耳朵听错了，又问了一遍。不错，是20元。小钱很纳闷，涨价也不是这个涨法呀，20元，难道是黄金马桶？但是小钱已等了那么长时间，实在憋不住了，于是咬咬牙，甩出20元就冲了进去。

到了里面，小钱愣住了，怎么里面有男有女？小钱退到门口一看，对啊，是男厕所啊，没有什么问题啊，但是里面怎么会有女的，难道现在上厕所也流行男女搭配？

正在这个时候，小钱发现墙上有东西，是个宣传海报，仔细一看，上面写道：“第一届厕所文化艺术节，世界的、中国的、古代的、现代的，你在里面都可以看到。”

下面还有一行小字：

“禁止使用！”

是真金，永远不怕熊熊的火焰；是青松，永远不怕漫漫的严寒；是海燕，永远不怕划破天空的闪电；是笨蛋，依然盯着短信傻傻地看。山东 施作利（1039）

亲密接触

□王泊村

小松的女朋友叫小林，人长得很漂亮，小松心里很满意，然而性格内向的他，三个多月过去了，却连小林的手都没拉过，看到人家如胶似漆的亲热劲，小松暗自着急。

这天，他听说有对年轻人看电影时，影片放到一个惊险镜头，女友惊叫一声一头扎到他怀里，男的趁机紧紧抱住女友，从此两人的关系进入了一个新的层次。说者无意，听者有心，小松看到一家影院正在上映一部恐怖片，于是心里一动，赶紧买了个“情侣座”，约小林一起去看。

这片子果然恐怖，随着扣人心弦的画面和音乐，小松的心也提起来，但旁边的小林好像并没太害怕，小松偷眼一看，她一直瞪着大眼睛盯着屏幕，好像没有扑过来的迹象。

电影进入高潮，那位男主角眼前不停地出现怪异场面，观众不时发出惊叫声，小松也被紧张的场景吸引住了，突然，银幕上男主角用手推了一下女人，那女人的头晃了一下竟然齐刷刷地从脖子上掉了下来——观众惊呼起来，小松的头发根根竖立，下意识地转头望了望身边的小林，这一望不要紧，只见人端坐在那里，可衣领上空空如也，小林的头不见了！

啊！小松魂飞魄散，惊叫一声昏倒了，也不知道过了多长时间，随着“小松你醒醒”的叫声，他慢慢睁开眼睛，发现自己正躺在小林怀里，围了一群人都在看着他，小林正焦急地拍打他。

小松第一句话就问：“小林，你没事吗？”小林答道：“我没事呀！”“可刚才你的头……”小林算是听明白了，告诉小松，刚才电影太吓人了，她就竖起衣领把头扎下去不敢看了。

原来虚惊一场，本想借看恐怖电

影的机会与小林亲密，却没料到小林没扑到他怀中，自己倒先“英勇就义”了。

小林惊魂未定地说：“你吓得可真不轻，要不是做人工呼吸还醒不过来呢！”小松听罢，心跳加速：小林为他做了人工呼吸，这不比拥抱更亲密吗？因祸得福呀！想到此，他甜蜜蜜地说：“谢谢你小林！”

“别谢我，要谢就谢这位大哥，是他给你做的人工呼吸。”小林一指身旁一位又黑又壮满脸络腮胡子的男子。“不用谢，不用谢！”络腮胡子一张口，满嘴的大黄牙，一股刺鼻的烟味喷了过来。

“我的妈呀！”小松像泄了气的皮球一样瘫了下来，闭上了眼睛。络腮胡子见状赶紧说：“他又昏了，我再给他做人工呼吸！”

“不要啦！”小松忽地跳了起来。

老外眼中的《西游记》

有个外国老师，这天在学校里给学生讲授《西游记》：

《西游记》是讲一个中国和尚去西方旅游的经历。这种旅游，实质上是一种探险。他骑着一匹白色的马，带着一位名叫沙僧的仆人。为了打发旅途的寂寞，他还带了一只宠物猴子和一只宠物猪上了路。

一路上，这个和尚翻山越岭，渡过一些大河大川，受到许多惊吓，当然也有不少值得回忆的艳遇，有个国家美女如云，而且都很年轻。据说他带的猴子本领很大，一路上替他扫除许多障碍，如一只蝎子，两只蜈蚣，五只黄鼠狼，七只蜘蛛等等。大的动物有一头牛，两只狮子和三匹狼。猴子还有一些让人不解的行为，拿着根文明棍三番两次地打骷髅……

和尚带的宠物猪，看起来没有起什么作用，只是充当旅途的解闷工具罢了。这个宠物猪很能吃，一口气吃了四只西瓜，把和尚、仆人、猴子的一份都吃了，这个宠物猪还是个性情之“猪”，不过在调戏七只蜘蛛时，被蜘蛛们狠咬了一口。那个仆人也是什么用都没有，整天担着一副破行李，听任和尚的摆布。

和尚花了十三年才到了印度，取了一些印度的佛经，像得了宝贝一样回国了……

学生们这堂课听得是有滋有味，在讨论会上他们还议论道：没想到中国人这么热衷于冒险；而且，更想不到的是一千年前中国人就喜欢宠物猪了！

（任春红　供稿）

是路就不会总是平坦，是海就不会总是宁静，是天空就会有阴雨雷电，人生，总会有欢乐和失意，愿你拥有更多的幸运、幸福、快乐和开心。湖南 欧胜明（1040）

精彩打斗片

□ 刘六良

皮特是好莱坞的一个知名导演，最近他要导演一部打斗片，专程来中国选景。

这天晚上，他住进宾馆，打开电视，很快就被电视中播出的片子吸引住了，他赶紧把它给录了下来。

这是一个中国打斗片，播的是一番激烈的打斗场景。几个横眉立目的人正大打出手，在拥挤的街道上如入无人之境，桌子、椅子都被他们麻利地掀翻，盘子、碗、杯子从他们手中飞出去，好多人被击中，脸上、身上血流不止，痛苦哀号……

皮特虽然听不懂片中的话，但他禁不住赞叹这片子的打斗场景简直太精彩了，片中道具的运用、演员的表演，甚至连群众演员的表演都无懈可击，简直达到了乱真的地步。

看来还是中国功夫厉害呀！

电视上播出的片子很短，听其中所配的“解说词”，应该是一个新片介绍。皮特赶紧打电话叫来翻译，让他把自己录下来的这个片段翻译一下，看能不能找出这片子的导演是谁，他要联系此人，当面请教。

翻译是个才去美国定居不久的美籍华人，他见皮特这样激动，赶紧睁大眼睛盯住屏幕，那激烈的打斗场景又一次出现了，但他看着看着，眼睛不禁闭了起来……一旁的皮特连夸精彩，让翻译赶紧告诉他随着画面播放的解说词到底是什么意思。

“这个，这个——”翻译感到十分为难，因为刚才放的根本不是打斗片，而是一个电视新闻，内容是：本市城管人员清除市区违规摆摊设点三十余处，收缴没收了大量非法摊点的经营器具……

但一些过激的执法行为，受到群众的批评！

失声的喇叭

□汤 森

某市从三月一日起实行一项新措施：禁鸣喇叭，违者罚款!

开出租车的小王对这个新措施相当反感。因为他开车时习惯按喇叭，果然一天没到，小王就被交警罚了400元!

这样下去，他这出租车还开不开？想了一晚，他终于想出了一个主意：把喇叭拆了!

第二天一大早，小王把车开到维修点，叫维修工把喇叭线给拆下来，然后轻松上路。

果然，一个月过去了，相安无事，小王暗自庆幸。

这一天，小王正在车流滚滚的大街上悠悠行驶，忽然，前面传来一阵喇叭声，在安静的车流中显得特别刺耳。小王心想，那家伙闯祸了！果然，马上就走来一个交警，就在小王有些幸灾乐祸之时，交警竟然示意小王靠边停车。

小王这下搞不懂了，他下了车，问交警有何事，交警甩过来一张罚单，冷冰冰地说“你在禁止鸣喇叭的区域按喇叭，罚款200元。”

小王忙申辩地说“同志，不是我按的。”

交警说“我听到了，是你车里发出来的！”

“肯定是你听错了！”

“不会错的，请交罚款吧！”

小王急了，说：“绝对不是我按的，告诉你，我车上的喇叭坏了，根本不可能按响！”看交警迷惑不解的样子，他又补充说，“不信你去试试。如果能按响，我交双倍罚款给你！”

交警愣了愣，低下头刷刷写下几个字，撕下来甩给小王。

小王一看，上边写着：“喇叭损坏，无法保证行车安全，罚款400元。”

世间的许多事情都如此，刻意追逐时，它会像蝴蝶一样振翅飞远；当你拂去凡尘杂念，专心致力于一件事情，那意外的收获已悄悄问候你。四川 邓林（1041）

一日游

□吴　港

黑牛、麦芽小两口住在葫芦山下，秋忙过后，麦芽对黑牛说：“咱明儿去省城旅游开开眼。”

黑牛说：“你找个蚂蚁窝看看算了。省城人山人海，和蚂蚁窝没两样。”麦芽说：“别废话！你去不去？”

“不去。”

麦芽把小腰一掐“那好，明天我一个人去！”

黑牛想了想，改口说：“去，去，去！”

第二天早上，黑牛扛了半口袋花生、栗子，带上麦芽上了汽车。黑牛说：“咱在表哥家呆两天行不？”“行，行，”麦芽满脸幸福地说，“一天逛商场，一天逛公园儿。”

可一到地方却傻了眼！两年前，黑牛来参加表哥婚礼时，这里只有三幢楼，如今已盖起一大片，而且全都一模一样让人难以分辨。黑牛记得表哥家住六楼，两人只好一幢挨一幢爬上去问。

可爬了一下午的楼梯，也没找到表哥家，只剩下最后一幢楼了，黑牛累得两腿抽筋，他放下口袋呼呼喘气。这时有个满身酒气的中年人摇晃过来，黑牛一把拽住他说：“嘿，我认识你，前年我表哥结婚时，数你最能喝。”中年人说：“这一带谁家办喜事儿也少不了我，不知你表哥是谁？”“姓方，细高个儿，在小学教画画……”“别提男的，我记不清，说女的。”黑牛说：“我表嫂脸特白净，唇上还有颗美人痣……”“认识认识，”中年人指着旁边一个门洞说：“就住这楼里。”说罢，便用色迷迷的

眼神往麦芽身上盯，盯得麦芽浑身上下不自在。黑牛瞪了他一眼，赶紧拉着媳妇进了楼道。

爬上六楼，“咚咚”敲了好一阵，也没人回应，对面倒是开了门。两颗戴着眼镜的人头从门缝里斜探出来说：“我们孩子正做功课，轻点儿好吗？”黑牛忙问：“这家是不是姓方？”两颗头摇着说：“不知道。”第三颗戴眼镜的小脑袋在底下探出来说：“那家住着我的好朋友方圆儿。”

黑牛想起来，表嫂养的小狗就叫“方圆儿”。他又问：“知道他们去哪，啥时回来吗？”三颗头一齐摇晃出三个字：“不知道。”然后缩回屋里。

黑牛和麦芽等到天黑也没人回来，他俩只好到附近找旅店，可来时却忘了带身份证。胖墩墩的女店主压低嗓子说：“这几天公安局查得紧，实在不敢留你们。听说没有？连出了三起命案，啧啧……”黑牛听得后脊梁直冒冷风，赶紧拉着麦芽回到了表哥那里。

楼道里一片漆黑。蚊子们开始对来客发起攻击。轰走一拨儿又来一拨儿，全都是敢死队。黑牛此时又累又乏，外加蚊子咬，不由心中冒出火来，于是劈头盖脸责骂起麦芽：“都怪你，非要旅游哇、旅游哇，这不活受罪吗？”

麦芽属于“炕头儿王”，在家里还能拿捏拿捏黑牛，可一出门就没了魂儿，因而任凭黑牛怎样骂她，也不敢还一句嘴。骂了一阵，黑牛听见麦芽鼻子一抽一抽哭起来，马上心就软了，他脱下褂子，背心蒙在麦芽身上脸上让她抵挡蚊虫，两人就这么熬了一宿。天亮时麦芽叫起来：“我的妈呀，你身上咬得像癞哈蟆！”她心疼自己男人，便说“黑牛，咱不旅游了，回家吧。”两人便搭上清早头一班车，离开了省城。

几小时后，黑牛和麦芽回到葫芦山下家门口，正要开门，忽听旁边草垛沙沙作响。“谁？”黑牛问，却见表哥顶着一头草末扬起脸，黑牛忙问是咋回事。表哥说：“别提了，你表嫂非要我带她来这儿旅游爬葫芦山。可昨天左等右等也等不着你。阿——嚏！没想到山里夜晚如此寒冷，这一宿，把我和你嫂子都冻病了——快送我们去医院。”

您手中有没有得意之作？本刊辟有20多个原创性栏目，如中国新传说、悬念故事、我的故事、情感故事、幽默世界、16岁故事、海外故事和中篇故事等，总有一款适合您；读到或听到什么有趣事可以和大家一起分享吗？3分钟典藏故事、情节聚焦、外国文学故事鉴赏和快乐辞典等都是本刊推荐性栏目，欢迎您拿出不平凡的真知灼见来。来稿可从邮局寄发，也可从网上传递。邮寄地址：上海绍兴路74号《故事会》杂志社，邮编：200020；如为电子邮件，请发以下信箱：xiayiming@vip.sohu.net。

世界很大，眼里都是你；世界很小，眼里只有你；世界很妙，让我认识你；世界很糟，不能拥抱你；世界很精彩，天天看到你；世界很无奈，日日苦念你。湖北 曹智超（1042）

半夜惊叫

□ 刘六良

柴虎是一位打工仔，住在一个简陋的出租屋。这天夜里，他已经睡得很熟了，却猛地被“啊”的一声惊醒，他坐起来警觉地竖起耳朵，但四周一片寂静。他怀疑自己是在做梦，就又躺了下来。

然而，就在他头刚挨着枕头，又是一声刺耳的“啊”声传来，柴虎“腾”的又坐了起来。

柴虎心脏不好，又有神经衰弱的毛病，睡觉时被吵醒就再难入睡了。看看表这时才两点多，他胡思乱想躺了好几个小时也没睡着。

由于没休息好，第二天干活的时候，他总想打盹，所以，天一黑他就早早睡下了，不料昨夜的事又重演了一遍，柴虎睡不着了，瞪着眼睛直到天亮。

就这样，一连持续许多天，柴虎眼圈都黑了。

柴虎听得出来，那叫声是从他东边相邻的屋子里传来的，而且，经过观察，他发现那屋住的是一对年轻夫妇，还有一个出生不久的孩子。柴虎实在憋不住了，这天一大早，柴虎就来到东屋。正好两口子都在家，柴虎拐弯抹角说起夜里发生的事。

那抱孩子的女人听了，解释道：她和丈夫都是来这里打工的，孩子才几个月大，由于放灯的地方，离床有点距离，为了夜里冲奶方便，丈夫大孙就买了一个台灯，是声控的，售货员示范时一拍巴掌就亮，再拍巴掌灯就灭了。

没想到，买回家后拍巴掌那台灯却“无动于衷”，只有加大声音力度才

能见效，所以每天夜里喂奶时才“啊”的大叫一声打开灯，喂完奶再叫一声“啊”关灯。

原来是这么回事!

柴虎脑筋急转弯，一个想法冒了出来。他说自己以前在灯具厂工作过，可以帮忙修理台灯。

大孙一听可高兴了，马上找来螺丝刀等工具。柴虎装模作样鼓捣了一会儿，最后两手一摊，遗憾地说：零件坏了需要更换，只有找商店联系厂家去修理了。末了，他还说这种声控的灯不耐用，最好换成其他类型的。

大孙有些失望，只好把台灯收了起来。

柴虎回到屋里一个劲偷着乐，满认为这下夜里可以睡个安稳觉了，不料半夜里他又被叫声惊醒了，还是东屋传来的。而且，这次不是只叫一声就完了，而是一直不停地叫，一直叫了十几分钟才停下来。每叫一声，柴虎的心就加剧跳动一下，他甚至感觉到自己的心都快要跳到嗓子外了。直闹了十多分钟那屋才静下来。不用说，柴虎又是在瞪大眼睛抚着胸口中盼到了天亮。

柴虎起床后就去东屋问个究竟。大孙告诉他，这灯买的是处理品不能更换。经柴虎一修理，这灯毛病更大了，有声音时它才亮，声音一停它就罢工，所以，要不停地出声才能让它不灭。大孙媳妇说：“就凑合用吧，在被窝里叫几声，总比下床去开灯、关灯省事呀。”

这真是聪明反被聪明误呀，而且，他现在还不好再跟大孙说实情，要不然，大孙不要自己赔灯才怪呢!看来只有哑巴吃黄连了。

大孙抱歉地说：“我不能陪你聊了。夜里叫了那么多声，嗓子有点哑了，我去药店买盒清嗓子的药，半夜还得叫。”说着要走。

“慢，你等等，”柴虎拦住大孙，他苦着个脸，憋了大半天才对大孙说，“你去药店顺便给我捎点安眠药来吧！”

（**本栏题图**：李　加　史　琦）

世界因有玫瑰，才有了美丽的爱情；因有蔚蓝的天空，才有了人类的飞天梦想；因有我，才有了你挂念的心；因有你，才让我浪费了信息费，还我！山东 喻兴国（1043）

《话说中国》作为国礼赠送美国耶鲁大学
时八年，全力打造历史文化读物精品，已成家庭收藏、馈赠亲友、学生阅读首选大作

· 快乐辞典 ·

如此回答

在饭馆里，有个顾客突然指着碗里的汤大声喊“啊！汤里有一只苍蝇！”服务员有以下10种强词夺理式回答：

◆ “嘘！小声点，让别人听到会说我们服务不公的，我们不能在每碗汤里都加进一只。”
◆ “得了吧，在两块钱一碗的汤里你还想看到什么？一头牛？”
◆ “不可能。我记得我已经把汤里所有的苍蝇都挑出来啦！”
◆ “看清楚了吗？应该是一只蟑螂才对啊！”
◆ “你放心，那个我们不会另外收费的。”
◆ “行了吧，那么小气干吗？一只苍蝇能喝你多少汤？”
◆ “别管它！烫死它活该。”
◆ “你这也有吗？”
◆ “这般大惊小怪干吗？你是第一次看到苍蝇吗？”
◆ “谢天谢地！这次不是死老鼠。” （推荐者：钟如喜）

最具人气短信推荐 5月(下)关键词：母亲节

● 爱是一束光芒，指引我前行；爱是一缕阳光，温暖我心灵；爱是一种温馨记忆，记忆的两头是牵挂，一头是我，另一头是您——亲爱的妈妈。祝您节日快乐！ 重庆 曹辉富（1045）

● 出世时母爱是祈祷，长大时母爱是操劳，犯错时母爱是唠叨，失败时母爱是忠告，饿了母爱是灶，病了母爱是药，冷了母爱是袄，倦了母爱是巢，祝母亲节日快乐，天天快乐！ 广东 庄伟斌（1046）

● 母亲是太阳，我在你温暖的怀抱里；母亲是豆荚，我是豆荚里的一粒豆；母亲是土壤，我是里面的一颗种子；母亲就像一把伞呵护着我成长。母亲，节日快乐！ 浙江 徐玉兰（1047）

● 五月的节日，没有芬芳的玫瑰，没有绚丽的烟花，只是清清淡淡的样子，就像日夜操劳，毫无怨言的母亲。妈妈，祝您母亲节快乐，青春永驻！ 广西 卢鹏飞（1048）

● 十月怀胎，您辛辛苦苦；一声啼哭，您欢欢喜喜；五年六载，您勤勤恳恳；半百春秋，您忙忙碌碌；万语千言，化作一句："妈妈，我真的爱你！"湖北 严瑜（1049）

● 太阳对大地的爱是温暖的，风雨对植物的爱是呵护的，蜡烛对烛火的爱是无私的，您对我的爱是她们的总和。谢谢您，妈妈，节日快乐，儿女们永远爱您。湖南 水浩淼（1050）

本期特别征集

七夕——中国人的情人节。今年很特别，因为闰月的关系，所以农历中有两个七月。七月七，是牛郎织女鹊桥相会的日子，也被称为中国人的情人节。那么，在今年的两个七夕，你想对心爱的人分别说些什么呢？把你的情话用短信发给我们，将有机会赢取3000元大奖哦！（详情见P33）

3月份短信王揭晓！

3月份短信王揭晓！经过读者下载投票，3月份位列前10名的短信编号分别为：0506、0505、0509、0535、0531、0643、0647、0628、0648、0612，它们的作者（推荐者）各获奖金100元，3月份的短信王中王将从以上10条短信中产生，奖金3000元。谜底下期公布！

生活偶尔有烦恼，自己心情最重要；天天快乐当然好，也要风雨调味道；春风得意春虽好，毕竟四季轮流到；如果烦恼不见少，不如暂时全忘了。四川 张路平（1044）

368
2006
SEMIMONTHLY
上半月刊
6月
STORIES

故事会
2006 年 6 月
上半月 · 红版

主 编：何承伟
常务副主编：吴 伦
副主编：姚自豪（上半月 · 红版）
副主编：夏一鸣（下半月 · 绿版）
本期责任编辑：周 吟
发稿编辑：
姚自豪 吕 佳 郑继文
夏一鸣 鲍 放 王雅静
美术编辑：李宝强
电脑制作：郭瑾玮
通 联：归依玲
本社办公室电话：021-64375030
上半月刊编辑部电话：021-64332325
下半月刊编辑部电话：021-64336469
（上海市绍兴路 74 号 邮编：200020）
主管、主办：上海文艺出版总社

制作、发行总监：张 凯
电话：021-64313938
广告总代理：上海文艺广告传播中心
（上海市绍兴路 74 号 邮编：200020）
广告业务：021-34010383
广告投诉：021-64333738
广告经营许可证
沪工商广字 3100320050022 号
发行：中国图书进出口上海公司

本刊网址：www.storychina.cn
封面插图：谢友苏

本刊各栏目欢迎来稿。来稿寄上海市绍兴路 74 号《故事会》杂志社，邮编：200020；本期责任编辑 E-mail 地址:keyin118@163.com

·笑话·

通电的好处

电力公司在一个交通不便的乡村供电之后，派了一位调查员去访问该地居民，询问供电以后他们是否比较方便。

一位老太太说："我非常感激你们，以后我找火柴点油灯，再也不必摸黑了。" （蒋宁贤）

快　跑

黄先生特别喜爱当兵的，他特意给儿子取名叫"黄军"。一天他送儿子去上学，见公交8路车进站了，儿子还在旁边玩耍，于是赶紧冲儿子大声喊道："黄（皇）军快跑，8（八）路来了！" （宫　昊）

（本栏插图：李　加　史　琦）

不愿脱衣服

小学二年级（1）班准备开个班会，老师叫来班长，吩咐道"为了让班会显得庄重，你要认真检查，穿背心和短裤的同学不得入内。"班会前，老师问："我叫你办的事办好了吗？"班长一脸愁容、皱着眉头说："老师，这事没法办啊！无论是男同学还是女同学都不愿意把衣服脱了让我看。" （武俊浩）

愿　望

一对热恋中的男女在公园的长椅上说着悄悄话，男的问："亲爱的，你最大的愿望是什么？"

女的嗲声道："我最大的愿望是你能在三个地方吻我。"

"嗨！小事一桩！哪三个地方？"

"法国巴黎、美国纽约、英国伦敦！"

（黄金玲）

祝愿今生的你是幸福的，因为你的降临，这一天成了一个美丽的日子，从此世界便多了一抹诱人的色彩。今天我献上一束玫瑰花，祝你生日快乐，芳草永绿！四川 刘忠明（1101）

再来一次

父子两人在海滩玩了一天。儿子觉得父亲很了不起，父亲洋洋自得。

这时刚好要日落了，父亲神气地指着天边的太阳说：“下去，下去，下去！”

太阳果然下去了，孩子看呆了，一面鼓掌，一面说：“爸爸，请你再来一次好吗？”

（卜黎飞）

漫游费

在杂货店，一位顾客对收银员抱怨说：“真不明白，为什么放养鸡的蛋比圈养鸡的蛋贵？”

收银员解释道：“这个嘛，放养鸡就像移动电话，要收‘漫游费’嘛！”

（王　佑）

老师的水平

女儿读初二，她地理成绩一直很差，母亲不解地问：“你们班地理老师水平高吗？”

女儿回答道：“不咋样！我问她从巴基斯坦到爱因斯坦有多远，她都答不上来。”

（蒋宁贤）

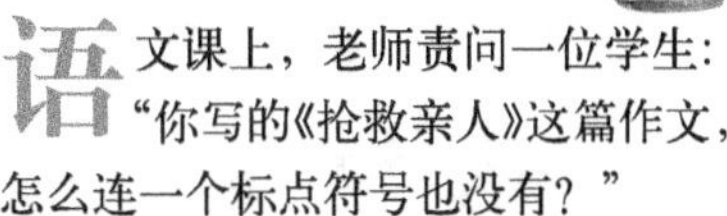

事出有因

语文课上，老师责问一位学生：“你写的《抢救亲人》这篇作文，怎么连一个标点符号也没有？”

学生答道：“那么急的事怎么能停顿呢？”

（秦　英）

儿子的抗议

小达踢足球的时候又把窗玻璃打破了，爸爸气得不知怎样惩罚他才好。

最后，爸爸突然决定：“我把你关到鸡棚去！”小达抗议道：“不行，我不会下蛋！”

（江　志）

跪地板

儿子和爸爸正在看电视，忽然男主角跪下向女主角求婚。

儿子很好奇地问爸爸："爸爸，你向妈妈求婚的时候有没有跪下？"

爸爸："没有。"

儿子："为什么？"

爸爸："你妈说以后跪的机会多着呢，这次就免了。"

（孔丽娟）

真聪明

爷爷从老年大学下课回到家，孙子"噌"地一下搂住爷爷的脖子嚷道："爷爷你真聪明，到退休了才上老年大学。"

爷爷疑惑地问："为啥聪明？"

孙子嘻嘻笑道："你这把年纪才上学，在学校调皮捣蛋没老师敢批评你；考试不及格也没父母打你；而且学校开家长会也没有谁去听老师数落你。"

（白淑贤）

无法敲门

新坦克兵向班长报告一件紧急的事。

班长："你赶快去向连长报告。"

新兵："去过了，可我不知道用什么办法敲门哪？"

班长："真是笨蛋！当然是用手敲门。"

新兵："用手敲门？连长怎么能听得见！"

班长："你真是笨到家了！用点力敲，怎么会听不见呢？"

新兵："再用力敲，也是听不见的，连长他正坐在坦克里。"

（高　超）

春雨悠悠，心意浓浓，款款问候，绵绵祝愿。不变的友谊，不褪色的真诚，在你生日即将来临的日子，用短信祝福你——愿忙碌的你幸福、快乐、安康！云南 曹庭平（1102）

是真事

主任把一份材料递给局长看，局长问："这内容是真的吗？"

主任拍着胸膛大声说："肯定是真的！"

"你怎么知道？"

主任斩钉截铁地说："因为是传真机传过来的呗！"

（展 楚）

心惊肉跳

阿强的邻居是个弹棉花的，几年了，阿强已经习惯了弹棉花的声音，可是这天，阿强却忍无可忍，叫邻居别再弹棉花，改行做别的生意，邻居大惑不解，问阿强为什么要他改行。

阿强说："我开了一家店，一听见你弹棉花的声音就心惊肉跳。"

"怎么回事？"

"你弹棉花的声音太不吉利了，你听，折本折本，惨惨；折本折本，惨惨。"

（张金初）

（本栏目欢迎来稿，作者可将有新鲜感的、有精彩细节的笑话佳作投寄给我们。来稿稿费为一则100元。来稿可从邮局寄发，也可从网上传递。如为电子邮件，请发以下信箱：keyin118@163.com）

抗旱的方法

农夫甲的儿子："去年大旱，我爸爸吃足了苦头，今年他想了个办法，保证不怕旱。"

农夫乙的儿子："太了不起了！能告诉我是什么办法吗？"

农夫甲的儿子："他在每一行麦子旁边，都种一行洋葱。洋葱一长出来，麦子就会呛得整天流泪，这样他不仅不怕闹旱灾，可能还要经常排水了呢！"

（杨 聪）

·我的故事·

若非我遇见了，我难相信有这样的一面之交；若非我相信了，我难理解有这样的赤诚之人。一枚金灿灿的纪念章、一个破碎的笔筒，静静地告诉了我：他是一个可爱的人……

难忘一面之交

□闫金城

他救过局长

同事老宋请我吃饭，席间一位弥勒佛似的老头问我在哪儿工作，我告诉他：“以前在乡下学校，最近调到县教育局了。”老头立即兴奋地说道：“教育局我有个熟人！还是多年的好朋友呢，叫李立，小李子，就是你们的李局长。”

“别听他的！”东道主老宋拍拍我的肩膀，带着几分醉意说，“他呀，谁都认识，就是不认识自己！来，喝酒，喝酒。”

“哎，小宋，你可别这么说！”他涨红着脸争辩道，“小李子和我称得上是患难之交，十年前，他出了车祸，是我及时把他背到医院的。那时我把小李子送到急救室，一直照顾到他苏醒过来，我偷偷给小李子输过300毫升血，还把家里下蛋的老母鸡宰了给他补身体……后来小李子到教育局上班……”

这与我在机关里听到有关李局长与群众水乳交融的传闻十分吻合，我完全相信了他所说的一切，忙举杯问道：“咱别喝糊涂酒，请问您老贵姓？”

没有甜美的蛋糕，没有香醇的美酒，没有丰厚的礼物，没有悠扬的生日歌，但不要遗憾，你拥有世界上最真心的祝福，最诚挚的问候，祝你生日快乐！广东 宋建义（1103）

"哈哈……叫我老陈头吧，小伙子，我们有缘啊！"他大笑后，小声对我说道，"以前我也在教育局工作，刚才你说你老婆想要吃高粱米干饭、喝玉米楂儿粥，这事包在我身上，明天我正好要去农村看孙子，在儿子家顺便给你弄几斤，再让老宋给你捎去！"

谁动了我的自行车

散席时，我发现那辆放在楼下的自行车气门芯被人拔掉了！为了不给大家添麻烦，我没声张，自己悄悄推上车子走了出来，刚拐出胡同口，老陈头骑车摇摇晃晃地从后面撵上来了。

"小闫，骑上走呵！"

"您先走吧，我车的气门芯叫人给拔了。"

"啊？谁这么缺德？"他的车子围着我转了一圈，"我给你回去找找。"

我急忙拦住他，说"准是淘气小子干的，没法找啦！"

"那……"他下了车，醉眼蒙眬地瞧了瞧我，忽然拍了一下车座，"有了！把我的拔去，我家不远！"

不等我阻止，"嗤儿"他已经给自己的车放了气，拧下气门芯就往我的车上安。我哭笑不得地说："嗨！你拧下来也没用，黑灯瞎火的，我到哪儿去打气？"

老陈头一听，也傻眼了。这下可好，两辆自行车都推着走吧！就这样，他到了我家门口，我确实过意不去，请他进屋坐坐，喝杯茶再走。

妻子还没睡，见我领回来个客人，便忙着点烟、沏茶。

老陈头看见我桌头摆着许多稿件，他笑眯眯地问："作家？"

妻子在一旁插嘴道："可不坐家咋的，就知道在家坐着，外面事一点也不行。这不，到局里工作快半年了，人事关系还搁在学校里，也不知找领导催催！"

糟糕！她把我最不愿为人所知的一桩事情给抖出来了，我到教育局工作，当初谈的是先借后调，可是，试用将近半年了，仍不见有调的动静。

老陈头正色问道：“怎么，你的关系还没转到局里？”

“还没……不过，快了，快了。”

老陈头拍着大腿说：“嗨，你咋不早说呢？这事儿你找我嘛！”

妻子的眼睛顿时一亮“大叔，你能给说上话？”

“太能了！我和他们的局长很熟哩！”大概怕我妻子不相信，老陈头又郑重地向我们夫妻叙述了一遍他与李局长结识的过程。

“哎哟，大叔，以前就少了你这么个接洽人哪！”妻子喜出望外，还把家里唯一的5000元存折交给了老陈头。

“还用这个？这事交给我就行了。”老陈头连连摆手，满口应承道，“别说咱爷俩儿还有一面之交，即使素不相识，这个忙也应该帮！我明天就去找小李子，争取早点把关系转过来。”

拿走玉瓷笔筒

妻子死活要让老陈头把存折带上，在他们相互拉扯中碰倒了桌上的笔筒，老陈头扶起笔筒惊奇地问：“你从哪弄来的？”

这个玉瓷笔筒并不值钱，我见老陈头如此喜欢，便笑着说：“如果你喜欢就拿去吧！”

老陈头喃喃地说：“你不懂，这是文物，我在小李子家看到一个……可小李子说它原先是一对，好像叫什么‘鸳鸯’来着……这回，你的事情就不用愁了！”说着他小心地把它揣在怀里。

第二天下班刚进家，看见妻子高兴的样子，我以为是工作调转的事有了着落，忙问：“是不是老陈头把事办成了？”妻子却责怪我说：“你也太心急了，昨天答应你的今天就给办成？

云卷云舒，花开花落，岁月的琴弦又响起最悠扬的歌声；人聚人散，隔山隔水，短信的铃声再发出最诚挚的祝福：生日快乐，见不到你的日子依然想念你。湖南 张杨（1104）

是老陈头给咱送来10斤高粱米和10斤玉米楂儿，说他今天到乡下看孙子捎来的，我给他钱说什么也不要，说自家种的不要什么钱！”

我一听，嘿！这老陈头还真能办事，看来，我调转的事老陈头准能办成。等办成后，我一定要登门好好感谢他。

一个多月后，教育局以“不适宜在教育局工作”为由，通知我“即日交待工作，返回原学校报到！”李局长找我谈话，说：“小闫同志，当初我们考虑调你，主要是想加强基教处调研的力量。当然喽，这都怪我们事先没细致地了解情况，最近才听说你搞文学创作，发表不少作品，这……固然很好……可这是教育局而不是文化局啊！”

我这才意识到，老陈头呵老陈头，你是怎么替我吹的哟！懊恼之下，我去找老宋，老宋听后摇摇头，说：“老陈头，他哪儿是办事的人哟！这个人是什么人都认识，可又什么事也办不成。”

“那，他是干什么的？”

“原来是教育局烧锅炉的临时工，后来人老了自己就不干了，他成天蹬三轮给人家拉货……那次我搬家，他前后忙了半个月，我给他300元钱表示谢意，可他说什么也不要，上次请客就把他捎上了。人是好人，就是有点破车好揽载……”

我说：“老陈头办事还行，上次喝酒时我随便说一句我家那位想吃高粱米干饭、喝玉米楂儿粥，没想到第二天他就从农村儿子家给我送去了！”

“行啥呀！”老宋苦着脸一笑，摇着头说，“他就一个儿子在县酒厂上班，农村哪还有儿子！他让老伴也给我送了，无意中他老伴说漏了嘴——原来那是老陈头到农村花高价买的。”

打开这个手帕包

我离开教育局回到了乡下学校，一天，老宋带着一个年轻人来到我

家，说："这位是老陈头的儿子，来找你的。"

我看着那个左胳臂上套着黑纱的年轻人，好奇地问道："你找我有事？"

那个年轻人悲伤地说："我爸昨天归天了，他临走前让我把这个交给你！"说着将一个手帕包递给我，我接过来左一层右一层地打开，眼睛顿时直了：里面是一枚金光闪闪的抗美援朝纪念章，下面是一个破碎的笔筒。

我不解地问："这……这……为什么送给我？"

那个年轻人说道："那天你家大嫂非让我爸拿钱去办事，爸以为这是信不过他呀，当看到桌上的笔筒就随口编出那些话，他是想事成之后再把笔筒还给你，哪承想事情让他给办砸了，爸几次想把笔筒给你送去，可一走到你家楼下，就觉得没脸进去，最后那次鼓起勇气敲开你家门后，却听说你搬到乡下去了，爸一阵内疚，笔筒掉在地上碎了。"

我摆摆手，告诉年轻人，那个笔筒并不值钱。

年轻人抽泣着说："我爸并不知道那东西值多少钱，他四处求人买也没买到。家里为了给爸看病已经倾家荡产了，最值钱的就算这个纪念章，他让我把这个和笔筒一起带来……我爸临终前对我说，他一辈子最对不起的人就是你了。"

老宋压低声音对我说："在老陈头病重时，我去看了几次。每次老陈头都拽着我的手一个劲地自责道：'小闫的事……我给办砸了……对不住他啊！'"

望着手里这枚金灿灿的纪念章和那一堆破碎的笔筒，我突然理解了老陈头所做的一切……

（题图、插图：安玉民）

（本栏目欢迎来稿。来稿可从邮局寄发，也可从网上传递。如为电子邮件，请发以下信箱：keyin118@163.com）

因为有你，初春的阳光格外明亮；因为有你，世界多了片海洋；因为有你，地球自转有了方向；还是因为有你，我才能在今日对一个人说一声："生日快乐！"辽宁 于佳（1105）

·快乐辞典·

动物如果中了大奖

◆ **鲸鱼：** 如果我中了大奖，就赶紧用最先进的技术减肥，争取减出标准的三围来！

◆ **熊：** 如果我中了大奖，就去大饭店点一盘“红烧人掌”吃！

◆ **老鼠：** 如果我中了大奖，就买辆轿车，潇潇洒洒地兜马路，再也不怕我一过街人人喊打！

◆ **狮子：** 如果我中了大奖，就去开演唱会出专辑，早就有人说我长得像摇滚歌手！

◆ **乌龟：** 如果我中了大奖，就去买份养老保险，从60岁开始领养老金咱还可以领几千年，太合算了！

◆ **骆驼：** 如果我中了大奖，就先把驼背治好，再在沙漠里安几个水龙头！

◆ **熊猫：** 如果我中了大奖，就去医院整容，先治好我的黑眼圈，然后去照张彩色照片！

◆ **蜜蜂：** 如果我中了大奖，就去买套别墅自己住，搬出现在的集体宿舍！

◆ **斑马：** 如果我中了大奖，就马上弄掉身上的文身，省得别人再说我是不良少年！

（推荐者：马文捷）

最具人气短信推荐6月(上) 关键词：生日

● 天是冷的，心是暖的，对你的祝福是永远的；人是远的，心是近的，对你的心意是不变的；笑是甜的，泪是苦的，有你这朋友是幸福的。祝你生日愉快！广东 梁锦钊（1144）

● 我把心意折成美丽的蝴蝶，今夜就停落在你的枕边，当明天黎明你醒来的那一瞬间，它将平安、快乐和幸福全都留在你今后的每一天。祝你生日快乐！1363***4355（1145）

● 落叶知秋情谊似酒，风渐冷时情暖人肠。走过的风雨，有过的悲喜，在这一声问候中醇甜如蜜。在这特别的时候，我的祝福请含笑接过。生日快乐，成长快乐！广东 阳阳（1146）

● 请用一秒钟忘记烦恼，用一分钟想想快乐，用一小时与喜欢的人度过，用一辈子关怀最爱的人，然后用一个微笑接收我给你真挚的祝福：祝你生日快乐！浙江 王祥（1147）

特别征集

短信里面看世象。看一个时期流行的短信，就能了解那个时期人们在关注什么，思考什么。请把你看到的，或者自己创作的反映社会现象的短信发给我们，就将有机会赢取3000元奖金！（详情见P42）

● 小小的贝壳里有大海的记忆，玲珑的珊瑚里有岩石的深情，美丽的蓓蕾里有岁月的气息，而我的心里有永不消逝的你，这就是友情，祝你生日快乐！浙江 鲍姝（1148）

● 从来就希望你从星期一到星期天都快乐，从春天、夏天、秋天到冬天都幸福，昨天和明天也开心，除了今天。因为今天你要最快乐，最幸福，最开心。生日快乐！上海 杨金环（1149）

3月份短信王中王最终优胜者揭晓

编号为0643的短信下载数最高，成为3月份的“短信王中王”，推荐者胡振江（山东）获得奖金3000元！（您可以下载此条短信，详情见P42）本刊下一期将公布4月份下载数前10名的“本月短信王”，敬请关注。

献上一支玫瑰花，祝你生日快乐，芳草永绿！

看短信，猜字谜！下面这条短信，每句打一字，连起来是一句话。你能猜出这句是什么话吗？请把你的答案发给我们，将有机会获得一份礼物哦！（发送方式同推荐短信）

天鹅仙鸟失踪迹，苦苦直寻八千里，白日毒辣把勺摘，舀瓢甘泉儿女共，相对心诚传喜讯，人与尔等齐欢欣。每句猜一字。(1385***9168)（1150）

我的祝愿从骨髓出发，沿迷走神经穿颈静脉孔出颅，绕左锁骨下动脉，越主动脉，经左肺根，达第六胸椎左前方那个叫心脏的角落汹涌而出：祝你生日快乐！福建 王兴帮（1106）

哲理故事

生活中处处有哲学，57则作品无不通过曲折生动的故事情节与矛盾冲突，揭示丰富和深刻的哲理内涵，让你从中看到智慧的闪光与思想的火花，并由感情的激荡而升华为哲理的思索，从中悟出事物深层的蕴含与人生命运的真谛。

打官司故事

“打官司”这个词具有强烈的民间语言色彩，官司一打起来，各种矛盾冲突就无可回避，无法隐藏。本书共收集涉及法制的故事30则，分6大类，它们是：精彩个案，愚昧法官，弄权枉法，道德法庭，回头是岸，法永道恒。

校园故事

一生最好是少年，一年最好是青春。

这是一本充满活力的书，学生的时代，校园的生活，如花盛开般奔放，如火焰般热烈，全书34则故事，也许能唤起您少年时代最美好的回忆。

愿这本书能成为学生和老师的朋友！

打工故事

随着改革的不断深化，打工的观念将会成为社会普遍认同的一个观念。本书收编的24则故事，就是生活中打工仔、打工妹们打工生活的真实写照与缩影，它们是同类故事中的精品，相信能引起您的阅读兴趣。我们祝愿打工者们：明天会更好！

警匪故事

本书汇集五则中篇故事精品，描写公安人员深入虎穴，与潜伏的敌特土匪斗志斗勇，最后使之落入天罗地网。故事情节曲折复杂，悬念性特别强，敌我之间关系扑朔迷离，错综复杂，人物命运特别牵动人心。

红色间谍故事

7则中篇故事，描写一群置生死于度外，出生入死在敌巢魔窟中，机智勇敢地与敌特匪首周旋，进行地下斗争的革命者。故事情节曲折，人物形象鲜明，具有震撼人心的艺术魅力。

捣蛋鬼故事

本书收入的“捣蛋鬼”，是一批头上长角的油子、懦夫、贪者、莽夫、偷儿、怪徒，他们大多性格怪异，但在激变的环境中却展现出了人们意想不到的美丽人生。书中也描写了另一类罪错者，故事往往以轻喜剧的风格来处理人物之间的矛盾冲突，让你饱览社会生活的丰富多采。

怕老婆故事

怕老婆现象古今中外均不同程度存在，汇集出书这是第一本。作者均取材于实际生活，有古代代表性作品，更多的是描写当代人的这类夫妻关系。他们怕老婆的行为，离奇古怪；怕老婆的动机，五花八门。

说大事、小事，普通人的身边事
讲闲话、实话，老百姓的心里话

私房钱的故事

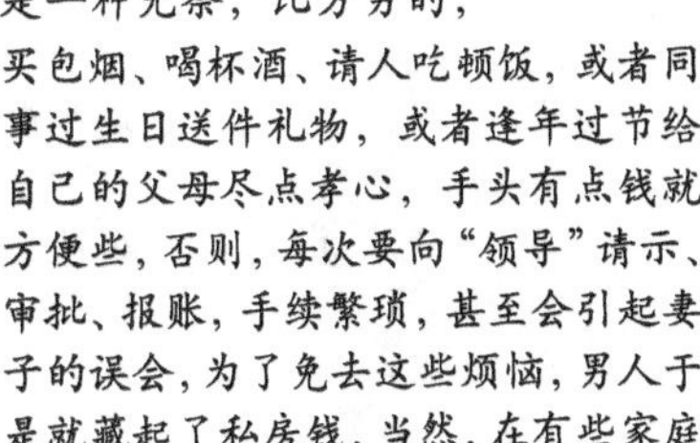

藏点私房钱，其实也是一种无奈，比方男的，买包烟、喝杯酒、请人吃顿饭，或者同事过生日送件礼物，或者逢年过节给自己的父母尽点孝心，手头有点钱就方便些，否则，每次要向“领导”请示、审批、报账，手续繁琐，甚至会引起妻子的误会，为了免去这些烦恼，男人于是就藏起了私房钱，当然，在有些家庭里，妻子也藏私房钱。

但是，在严密的“监管”下，私房钱也不是容易藏的呀，有这么一个笑话，说的是一个男人向朋友请教，问私房钱该藏在哪里才不会被妻子发现，那朋友笑着说出了一个绝妙的藏钱地方：“放在要补的袜子的另一只里。”

藏私房钱的地方还有很多，有人戏言——

1. 办公室抽屉：男人在这里藏钱最方便、安全，因为老婆一般是不会公然到办公室撬抽屉的；

2. 专业书内，特别是像英汉辞典、自考类书籍，以及十分偏僻冷门的专业工具书内；

3. 一口气开100张银行卡，把私房钱存于其中一张，要是老婆想查的话，就让她大海捞针去吧；

4. 大胆地用自己的名字开户去存私房钱，如被老婆发现，那就悄悄告诉她：“这是我们主任的私房钱，因为信得过我，才让我代为保管，千万别透露啊，否则你老公就别想升迁了！”

5. 内裤口袋里，因为再勤快的老婆，对丈夫内裤的关心毕竟不会太多，但缺点是取钱步骤比较繁琐，即使买包香烟，也得先寻洗手间“方便”一

回……

话又要说回来，最好还是别藏私房钱，夫妻之间应该坦诚相见，经济公开，合理使用，民主管理，即使真的要“藏”，也只能小打小闹，千万别玩真格的，当然，最关键的还是夫妻之间的“感情”，感情好，“藏”了又怎么样？感情不好，不“藏”又怎么样？

下面，我就来说几个“私房钱”的故事：

•第一个故事•

前妻的最后通牒

林子强和张玉美组建起来的新家庭有些特别：再婚之前，林子强的妻子嫌老公做小本生意挣不了大钱，吵吵闹闹了几年，便离了婚；张玉美的老公有几个臭钱，可他嫌弃老婆脸黄腰粗，下得厨房进不了厅堂，吵吵闹闹了几年，也离了，就这样，被抛弃的这一男一女就组成了一个新家。结婚后，两人心往一处想，劲往一处使，生意越做越顺，日子越过越美。

小城不大，两对旧人也总会碰面，这不，这天晚上，林子强在停车场上遇见了蓬头垢面的前妻于丽丽。

看见于丽丽落魄的样子，林子强对她的怨恨就淡了许多，于是就邀请她到旁边的酒楼里吃了顿大餐。于丽丽三杯红酒、两块鱼片下肚后，言来话去，说起了想和林子强破镜重圆的话头，林子强拒绝了，他说他很爱玉美，于丽丽有些无趣，便止住了这话头。两人分手时，于丽丽趁着酒意，拽住林子强的手不放，撒娇道：“老公，你就忍心看着你曾经的老婆忍饥挨饿吗？”林子强有些尴尬，挣脱不了，心头一软，想起自己还有一张准备淘汰的银行卡，卡里只有两千多块钱，为了避免事态发展，便把卡给了于丽丽，又说了密码。

这事过后，林子强早已忘了，谁知于丽丽却粘上了，时不时地向林子强开口要钱，林子强本来态度很坚决，不给，没想到于丽丽竟撒起泼来，说是要上他家去，要把那张银行卡给张玉美看，还要说林子强一直背着张玉美给她钱，和她幽会，和她上床。林子强一听这话着了慌，他怕张玉美猜疑，就息事宁人，花钱消灾，一次次地把自己的私房钱给了于丽丽，最多一次给了八千元。

这一天，于丽丽挎着一个小皮包，又一次走进了林子强的办公室，一进来就开门见山地说：“林子强，我现在急需三万块钱，我保证，这绝对是最后一次，以后再缠你，你可以杀了我。”林子强火了，一拍桌子，嚷道：“滚！立刻从我眼前滚出去，不然我就报警！”说着，他就把于丽丽朝门外推去，于丽丽一边退一边说：“林子

化我的祝福为白云片片，飘过平原飘过高山，飘到你的窗前，默默地投给你，祝你如意有加，生日快乐！贵州 许秀兰（1107）

强，我给你下个最后通牒，今天不把三万块钱打到姑奶奶的账上，姑奶奶今天晚上就闹到你家里，有你好看的！”说完，她夺门而去……

林子强在下班回家的路上，一边开车，一边想着心事：给吧，三万块钱不是小数目；不给吧，于丽丽已经下了最后通牒，谁知道她撕破脸皮后会干出什么更龌龊的事来！唉，现在只能乞求老天保佑了，希望于丽丽良心发现，她的“最后通牒”只是嘴上说说而已，但愿今天这个夜晚是平静的！

林子强到了家里，张玉美正在客厅里坐着，显得心神不定，林子强心里一惊：该不是于丽丽打电话到家里来了？于是，他试探地问道：“玉美，家里发生什么事了吗？我怎么感觉你情绪有些不对头啊！”张玉美说没事，但林子强看得出妻子一直心事重重的。两人心不在焉地吃过晚饭，默默地坐在客厅里，林子强在心里祈祷着：“老天啊，玉美好像发现了蛛丝马迹，你发发慈悲，千万别让于丽丽到家里来闹了！”

十点钟的时候，突然响起了打雷般的敲门声，林子强打了一个哆嗦，风雨满楼，大厦将倾，这该怎么办啊？

林子强下意识地从沙发上跳起来，没想到张玉美比他跳得更快，两人同时跑到门前，刚把门拉开一条缝，立刻就挤进一个人来，不过，奇怪了，不是于丽丽，居然是个男的！那男人进来后，虎视眈眈地看着张玉美，恶狠狠地说：“张玉美，你想好了没有，答应不答应我的要求？我这可是最后通牒！”

林子强稳下神来，一看，嗨，来者竟然是张玉美的前夫周九洲！这时，张玉美突然像疯了一样，扑上去扯住周九洲：“你这个白眼狼，告诉你，不管你怎么诬陷我、作践我，这次我是一分钱都不给你了！”周九洲挣脱了张玉美的撕扯，冷笑着说：“好啊，你不答应是吧？那我就把我们之间的丑事告诉你现在的男人！”

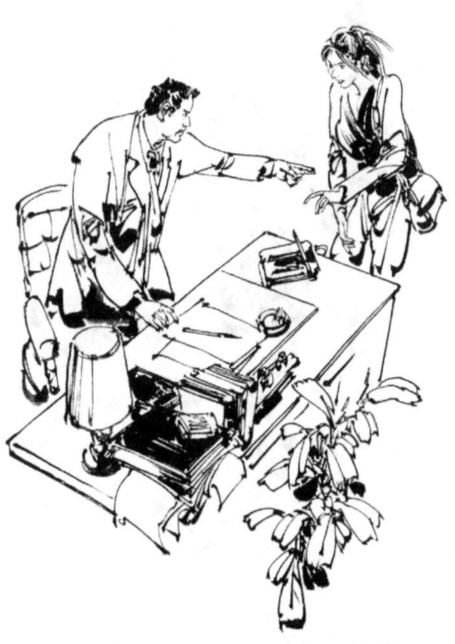

说到这里，周九洲转过头来对林子强说："你老婆和你结婚后，一直把私房钱给我，养着我，还跟我上床！你不信，我手里还有她给的信用卡呢！"张玉美连声喊着："老公，千万别信他胡扯，我是有一次遇见他，看着他可怜，给了他一千块钱，谁知这狗男人以此为把柄，得寸进尺，三番五次地讹诈我，这次竟要我五万！"

周九洲意味深长地望着林子强，说："林子强，前妻偷偷地给前夫钱，却不和他旧情重温，你相信吗？"

林子强笑嘻嘻地望着周九洲，突然冲上前去，两手死死地抓住了周九洲的胸口，一字一句地说："我——相——信！"

这个时候，又响起了敲门声，张玉美和周九洲都愣在那里，只有林子强胸有成竹地开门迎客，来的是谁，那就不需要啰唆了……

•第二个故事•

谁动了我的私房钱

这人哪，要隐藏点秘密可真难，尤其是在夫妻之间，这不，最近阿庞为了存点私房钱，那可是费尽了心思。

既然是私房钱，那就得藏在老婆不容易发现的地方，经过仔细分析和反复研究，阿庞决定把钱藏在书架上的一个陶瓷熊猫里，不是有人说过"灯下黑"吗？眼皮底下的东西是最容易被人忽略的，这个陶瓷熊猫以前是儿子的玩具，儿子读书以后就放在书柜上做了一个装饰品，现在儿子早就不玩它了，老婆更是连瞧都懒得瞧它一眼；更妙的是，它上面有一个小口，正好可以放钱进去，而要取出来，则必须用钳子将下面的螺栓拧开，在家里，这活只有阿庞能办了。

阿庞爱舞文弄墨，平时有点稿费进账，于是他的一部分稿费就变成了私房钱，偷偷转移到了陶瓷熊猫的肚子里，过了半年，阿庞已经往里面存

小酒儿一喝，废话就多；烟卷儿一抽，心事就揪；麻将一打，资金要卡；生日一回，快乐伴随。祝你生日快乐！河北 马亚俊（1108）

了两千多块钱了，而他的老婆好像一点也没有发现这个秘密，阿庞禁不住暗自得意。

可是没隔多久，竟出现了一个奇怪的现象：阿庞每次打开陶瓷熊猫的肚子，里面钱的总数总会多了一些，他很奇怪：这又不是神话传说中的聚宝盆，怎么会多呢？会不会是老婆已经发现了这个秘密，在用这种方法暗示自己坦白从宽呢？

阿庞决定赶紧停止他的计划，马上把钱交公！于是他立即将钱从陶瓷熊猫里取了出来，这天晚上，老婆一回家，阿庞就赶紧把钱拿了出来，说是稿费，老婆一听，从旁边的桌子上拿过一本杂志，说："你那篇《怎样藏私房钱》只有两千字，怎么有那么高的稿费呢？"

阿庞一听，那个悔呀，原来老婆并不知道他在存私房钱呀，自己何必"自首"呢？再一想，又觉得奇怪：那陶瓷熊猫里多出来的钱又是谁放进去的呢？

就在阿庞目瞪口呆的时候，书房里"砰"地响了一声，随即响起了儿子的哭声，阿庞和妻子赶紧跑过去，一看，陶瓷熊猫被摔成了碎片，儿子一边哭，一边埋怨道："爸爸，我按照你文章里说的，将私房钱藏在别人不易发觉的地方，为什么它们还是丢了啊？"

阿庞真恨不得给自己两耳光：我干吗要将自己藏私房钱的经验写成文章呢！

•第三个故事•

侦查丈夫的秘密

林月月是个纺织工人，去年工厂转制了，她每月只能领到两百元的生活费；丈夫阿亮的单位是个清水衙门，工资也很低，家里负担重，不得不每一分钱都掰着花。阿亮见别人家的女人穿金戴银，而自己的老婆却从头顶寒酸到脚跟，心里不是滋味。因为愧疚，结婚以来，阿亮每个月都把工资一分不少地全额交给妻子，从不留私房钱，在这一点上，林月月很满足，她觉得自己的老公是最本分、最靠得住的好男人。

但是，有一天，林月月在打扫卫生时，却在柜子角落里一本厚厚的《高等数学》中发现了一叠钱，都是一百元的票子，一共竟有六张！当时，林月月的脑袋"嗡"地响了一下，心里想道：真是画虎画皮难画骨、知人知面不知心啊，阿亮竟背着自己在藏私房钱呀！林月月是个很有心计的女人，她把书和钱原封不动地又放在那里，不露声色地观察着事态的变化，而事情的发展让她不寒而栗：老公的私房钱在以每月一百元的数额不断地递增！等到票子变成十张的时候，林月月便决定采取行动了，她把藏钱的

书换了个地方，又把柜子清理了一遍，她不想用打打闹闹的方法解决这个问题，她要给自己的男人一个“重新做人”的机会。

这天，阿亮下班一跨进家门就闻到了一股扑鼻的炖鸡的香味，他兴奋地嚷道：“老婆，一不过年二不过节的，今天怎么想起改善伙食来了？是不是碰到了什么喜事？”

林月月笑眯眯地从厨房里走了出来，说：“我能碰到什么喜事？只是我把柜子里的废书、破纸全都卖给了收破烂的，卖的钱正好买了一只鸡。”

听到这话，阿亮手里的拎包“啪”的一声就掉在了地上，他惊慌地问：“什么？你把柜子里的书都卖了？”

林月月盯着他的脸说：“是啊，有什么问题吗？”

阿亮马上掩饰住自己的惊慌，说：“没、没什么，卖就卖了吧。”林月月本以为阿亮会主动坦白交代，没想到他竟假装糊涂，执迷不悟，她非常生气，心里说，你就装吧，我看你能装到什么时候！

林月月转移了那笔钱后一直分文未动，她不想把事情挑明，因为那样会让男人很没面子，如果丈夫能如实交代“罪行”，她会将钱如数还他，她耐心地等待着，可她想错了，阿亮没有“迷途知返”，他在错误的路上越走越远：有一天，林月月又在一本《汉语大辞典》里发现了五张一百元的票子！林月月伤心地哭了，她想，这钱不敢放在明处，就一定有不可告人的目的，你阿亮到底要干什么？难道要找情人养二奶不成？林月月越想越伤心，越想越生气，她决定今天就和阿亮摊牌！

这天，乌云满天，狂风大作，霹雳阵阵，大雨如注，林月月在家等阿亮回来，可是一直等到很晚很晚，他始终没有回来，也就在这时，电话响了，林月月拿起话筒，刚要发火，一

用地平线织一件毛衣送给你，不管你在哪里，都走不出我的视线；用我的视线织一件毛衣送给你，不管你在哪里，我都能把你看见。宝贝，生日快乐！江苏 缪亚红（1109）

听，打电话来的是阿亮的同事，他告诉林月月，白洋江决堤了，阿亮被紧急抽调奔赴灾区抗洪抢险去了，林月月一下子呆住了：白洋江是条大江，十五年前曾决堤过一次，洪水泛滥，死人无数，这次决堤……她不敢往下想了……

接下来的日子，林月月茶饭不思，坐立不安，因为阿亮是在抗洪抢险第一线，无法联系，她只能从广播和电视里得到一些灾区的信息，但听到的都是一些不好的消息，她如坐针毡，度日如年。

半个月后，阿亮平安归来，林月月得到这个消息后心花怒放，她发疯一般地奔到了阿亮的单位，可他没在办公室，有人告诉她，阿亮正在开一个简短的总结会，马上就会过来，于是，林月月就坐在丈夫的办公桌前等。就在等的时候，林月月看到一个抽屉没有锁，随手拉开，见里面有一个信封，信封上潦草地写着“请转交林月月”，她感到很奇怪，正好信封没有封死，她就把里面的信掏了出来，一看，信是写给她的，字迹很潦草，信上说，他马上要去洪水灾区，什么事都可能发生，如果他没有回来，要她别过于悲伤，领着孩子好好过日子；信上还说，他在《汉语大辞典》的第32页夹着500元钱，那是单位每个月增发的100元的午餐补助费，本来打算把它积攒起来，在林月月过生日的时候为她买一条金项链……

天哪，这竟是阿亮在赴抗洪第一线之前急急忙忙写下的一份遗书！林月月颤抖着手把信放好，起身就往家里跑，到了家后，她拿出了原先转移的那本《高等数学》，一看，钱同样也是夹在32页，林月月禁不住泪流满面：3月2日这天正是林月月的生日……

“前妻的最后通牒”作者：杨　格；“谁动了我的私房钱”作者：冯　舒；“侦查丈夫的秘密”作者：张国心。

下期话题：村里有个姑娘叫小芳　　　　（**题图、插图**：刘斌昆）

征稿

《百姓话题》是我刊精心打造的一个经典栏目，我们热忱欢迎广大作者来稿。该栏目题材不限：社会热点，人间冷暖，街谈巷议，家事国事，古今中外，天南地北，尤其欢迎富有时代新鲜感、为老百姓所喜闻乐见的题材内容。

来稿要求短小精悍，一般在2千字以内；每篇都需要有一个新鲜、奇巧的核心情节。

本栏目优稿优酬。来稿可从邮局寄发，也可发电子邮件（E-mail地址：yaotongzhi@vip.sohu.net），请在信封或电子邮件的主题栏内注明“百姓话题”字样。

·中国新传说·

她不能吃月饼，却乐呵呵地吃了；她本无需道歉，却沉重地道歉了，这究竟是为什么？在这一波三折的故事里，你会寻到一个答案、一份感动……

都是为了她

□洪　翎

一个特别的中午

赵老师是星光学校初三（1）班的班主任，由于身体不好，她只能提前退休，这是她带的最后一个班。

这天是中秋节，学校食堂除了菜肴比平时丰盛外，还特意准备了一些面点和月饼。中午下课后，学生们蜂拥而入，初三（1）班的英语课代表舒玲和几个同学也走了进来，看到橱窗里有月饼，舒玲便掏钱买了一个，咬了一口，不禁咧嘴叫了起来：“哎呀！真难吃，怎么这么腻啊？”舒玲厌恶地将剩下的月饼用袋子一裹，顺手扔在旁边的垃圾桶里，谁都没料到，这一切，恰恰被路过的赵老师看得清清楚楚。

赵老师快步走了过来，扫了同学们一眼后，弯腰从垃圾桶里拾起那个袋子，打开，把月饼拿了出来。舒玲和同学们看着赵老师，不知道自己的班主任要干什么。

“谁扔的月饼，把它拿回去！”赵老师严厉地说。

没有人回应，几个女孩子挤在一起，低头看着脚尖谁也没说话。

“我再说一遍，谁扔的月饼谁把它拿回去！”赵老师又一字一句地重复。

这时，四周围上来很多人，大家似乎都猜到了是谁扔的，因为这几个女孩子中，只有舒玲的脸涨得最红，

寒风吹起，细雨迷离，风雨揭开我的记忆，我像小船，寻找港湾，不能把你忘记。我的朋友，今天是你的生日，祝远方的你，生日快乐，心想事成！重庆 李茂（1110）

眼泪也在眼眶里不停打转。

见还是没人应话，赵老师的眉头微微一皱，说“那好，既然没人承认，那这块月饼我吃了！”说完，拿起月饼就往口里送。

“赵老师！”舒玲大声叫着，上前一把拽住赵老师的手，哭着说：“是我，是我扔的！赵老师，我错了！”

赵老师点点头，她了解舒玲，舒玲是个很不错的小姑娘，聪明好强，成绩优秀，但是通过观察，她也不止一次地发现，舒玲有个不好的习惯，那就是出手阔绰花钱如水，没有丝毫节俭的观念。赵老师掏出手帕，替舒玲擦了擦眼泪，说：“知道错了就好，错了，就要有勇气去改正。你看，这块月饼并没有弄脏，我们一人一半，吃了它好不好？”

舒玲惊讶地看着老师，犹豫了好一阵才点点头。赵老师把月饼一分两半，将其中的一块递给舒玲，舒玲说“赵老师，我来吃大的这块吧！”

赵老师摇摇头，打趣地说“这月饼很腻人的，女孩子吃多了会长胖哦！”同学们轰地一声笑了起来，笑声中，赵老师就着水，大口大口地吞着月饼，看来月饼真的很腻人，虽然不断地喝水，赵老师还是皱起了眉头。

吃完后，赵老师看到舒玲一副难以下咽的样子，便又从她手中分出一半，乐呵呵地就着水，三口两口地咽了下去。

·大千世界 众生百相·

来者不善

第二天是星期天，学生回家休息。星期一早晨，赵老师来到班里，学生们正在早自习，赵老师一眼望过去，发现舒玲的座位空着，她把舒玲的几个好朋友叫出来问，结果谁也不知道是怎么回事。赵老师心里“咯噔”一下，正在担心时，有人来通知说校长有事请她过去一下。

赵老师来到校长室，发现屋里除了校长，还坐着一个四十出头的中年男子，中年男子脸色阴沉，像是刚跟谁吵过架一样。校长给双方做了介绍，原来，这就是舒玲的父亲，赵老师曾经听舒玲说过，她爸爸常年在南方做生意，一年只回家几次。

“你就是赵老师？”舒玲的父亲怒气冲冲地说，“让我们玲玲吃垃圾桶里的东西，你这个老师是怎么当的，嗯？”

赵老师愣了一下，她做了几十年的老师，这样不客气的家长还是头一回碰到，是不是舒玲回家说了什么不中听的话？不对呀，那天舒玲的认错态度很诚恳呀，对了，这里面可能有什么误会。想到这里，她连忙解释道“舒玲的爸爸，你是说那天吃月饼的事情吧，当时的情况你可能不太了解，那块月饼是用袋子包着的，并没有沾到什么脏东西，这一点我可以保证！”

“你能保证？真是笑话！从垃圾

桶里出来的东西还能干净？你把我们玲玲当什么了，当捡垃圾的乞丐了？”

听了这话，赵老师心里一阵难过，她不否认，自己最近对学生是有些严厉，可是谁能体会这份苦心呢？如果还有时间，她可以慢慢地教育开导，可是自己明年就退休了，她只想带好这最后的一个班呀！她脸上挂着苦笑说：“舒玲的爸爸，你别这么说，那块月饼真的没弄脏，我自己当时也吃了。”

舒玲的父亲冷笑一声说：“我们玲玲才十五岁，能跟大人比吗？我告诉你们，她现在正躺在医院里！”

赵老师大吃一惊，没等她反应过来，舒玲的父亲又从口袋里掏出几张单子拍到桌子上，毫不客气地对校长说：“看看，这是舒玲的化验单，她现在上吐下泻病得很严重，如果她出了什么问题，你们要负全部责任！”

赵老师拿过单子一看，果然上面赫然写着“急性肠炎”。校长也仔仔细细地看了几遍化验单，他说：“这件事我们学校有责任，这样好不好，舒玲同学的医药费由我们学校出，别的事以后再说，当务之急是先把病治好。”

舒玲父亲怒气未消，接口道：“钱算什么！这几个钱值得我跑一趟吗？我就是咽不下这口气，我就这一个宝贝女儿，可你们、你们竟然让她吃垃圾桶里的东西，你是校长，你说，这是教育吗？有这样的教育方式吗？”

校长很为难，沉吟了片刻，毅然回过头说：“赵老师，在这件事情上，你的良苦用心我能理解，但是从卫生的角度上看，你这种方法的确不太妥当，这样吧，你先向孩子的家长道个歉。”

赵老师惊讶地看着校长，校长低下头，神情黯淡。赵老师的嘴角抖了一下，缓缓地点点头，看着舒玲的父亲说：“好的，我尊重校长的意见，在这件事情上我有不对的地方，我向你道歉；但是，我的出发点是好的，我只是想让孩子们懂得节约，懂得珍惜

生日的祝福，代表你在人生的道路上迈进一步，将你提到一个新的高度。蛋糕与你度过甜蜜的每一天，蜡烛为你照亮前进的道路，我为你的生日而永远祝福。贵州 陈远慧（1111）

食物，至于那块月饼，我自己的确吃了大半个，这点同学们可以作证。”

赵老师说完，向舒玲的父亲鞠了个躬，然后转过身，默默地走出了校长室。

不是月饼惹的祸

赵老师走后不到两分钟，一个老太太就急匆匆地闯了进来，舒玲的父亲一见，触电般地跳了起来：“妈，您怎么来了？”

老太太一眼看到桌上放着孙女的化验单，气哼哼地对着儿子骂道：“你这个不知好歹的东西，叫你别来你偏来，你跟校长都说什么了？快给人家道歉，快点！”

校长连忙扶住老人，一旁，舒玲的父亲不服气地嘟囔：“我有什么错，玲玲现在还在医院里呢，道歉的应该是他们。”

老太太指着儿子，气得浑身发抖，喘息了好一阵才恨恨地说：“我跟你讲不清楚，快，你给你媳妇打个电话，快打呀！”

舒玲的父亲莫名其妙，他掏出手机，拨通了老婆的电话：“喂，什么？你也病了！什么病？跟玲玲一样上吐下泻，医生怎么说？啊，是我带回来的水果？”

原来，舒玲的父亲昨天刚从南方回来，带回一些本地出产的水果，舒玲和妈妈久住北方，哪里知道其中一种酸果对肠胃刺激很大，昨晚舒玲吃得多，今天一早腹内绞痛，家里人追问她吃了什么不干净的东西，舒玲一急，自然就想到了那块垃圾桶里的月饼。

事情终于弄清楚了，校长松了口气，正在劝慰老太太时，一个学生飞快地跑了进来，气喘吁吁地说：“校长，赵老师让你回家取药，她在医务室，快点！”

“什么什么？赵老师病了？”舒玲的父亲急得一跺脚，扯住校长说，“赵老师一定是被我气病的，你快带我去，我对不住她呀！”

校长苦笑了一声说：“没有没有，她这是老毛病了。你们还不知道吧，赵老师是我老伴，她有严重的糖尿病，一直靠注射胰岛素稳定病情。”

“糖尿病！”舒玲的父亲惊叫一声，“那块月饼，唉呀，糖尿病人不能吃糖呀！”

校长叹了口气说“是啊，她是个老病号了，当然知道这样做的严重后果。那天吃了月饼后，她紧跟着就去了医院，整整打了一天一晚的针，才把血糖给降了下来。唉，我问她为什么要这样做，她说，她了解舒玲，舒玲是个倔犟的孩子，只有用这种方法，才能够触动她，才能让她改掉浪费的坏毛病啊！”

（本篇月月评短信代码：AA111）

（题图、插图：黄全昌）

·中国新传说·

从无到有的一座桥，意趣无穷。修桥守桥的有心人、有怨有喜的过桥人……你也不妨来品品这个故事，走走这座桥。

不寻常的桥

□黄守东

村前有条野马河，河不大，可每年一到雨季，便会发洪水。每次发山洪总是会把新修的土桥冲得无影无踪。村里有人提出集资修座水泥桥，可是没人愿意摊那一大笔钱，杨老汉决定自家出钱修座吊桥，他把自己存折上的一万块钱全支了出来，老伴劝他说：“你呀，别费心思了，这桥是修不好的，修好也是被大水冲掉，白白浪费钱！”

可杨老汉是九头牛也难拉回的犟脾气，说修桥就真修了起来。

终于，一座吊桥修好了！这一天听说桥能过人了，大伙都要来走走试试，村长带着一伙人也前来祝贺，杨老汉双手一摆，拦住村长和众人，一板一眼地说：“过这桥是要收钱的！除了七十岁以上老人、七岁以下孩子外，其他人不分男女老少每次过桥一律一元，我把告示贴在了两头桥墩上。”村长脸拉长了，他语重心长地说：“老杨啊！你修桥是好心，大伙都很感谢你，可我们乡里乡亲住着，咋能收这个钱呢？你要收钱还不如不修这个桥，你赚乡亲们的钱，这多没脸啊！”杨老汉在桥头一夫当关，决不准众人免费过桥，他嚷道：“当初说集资修桥，你们都不愿意摊钱，宁愿让大家冒险趟水过河，我和儿子那天上镇上买药材，差点就被两三米高的浪头冲走。现在我自家出钱修好了桥，你们什么都没做，凭什么要给你们白

一份执着，两颗真心，拌三分牵挂，四分想念，加五两关怀，六斤大顺，配七杯浪漫，八千里路，九经考验，熬成十全十美的祝福送给你，祝你生日快乐！山东 张欣（1112）

过桥！”

村长拿杨老汉没辙，甩头而去。大伙都说不走杨老汉的桥，让他一分钱也收不到。话虽这么说，可走桥毕竟方便多了，特别是年轻人，也不在乎一两块钱，当天就给杨老汉开了张。过了一阵之后，大家都习惯了从桥上过往，很少有人再冒险去趟水过河了，而且大家也习惯了过桥掏钱，很不习惯的是村干部，他们过河也不免费，这叫他们觉得很没面子，就把这事又告到了村长那里，村长这回“软里带硬”、“硬里带软”地和杨老汉商量了半天，杨老汉还是开头那句话：“桥是我自家投资建起来的，凭什么不能收费？国家修路不是还设收费站吗？”到最后村长气急败坏地摆摆手说：“这事我不管了！”

转眼一年过去，算算过桥费挣了也该有两万了，杨老汉儿子打算买台农用车，老爷子守桥儿子搞小运输，一条龙创业。儿子买车杨老汉支持，但叫儿子自己弄钱去，他收的过桥费谁也别想抠出一分。儿子有了怨气，娘背后开导儿子说：“别跟你爹顶牛，他的脾气你不是不知道！再说，他挣的钱还不都是给你攒着！”儿子想想也是，就自己张罗钱去了。

转眼又是几年过去，有一天村里传出一条消息，说杨老汉又要修桥了，消息没传几天，杨家从水利部门请来的修桥队就已进了村。大家都叹服，说杨老汉真有经济头脑，这水泥桥一修上，过一辆车少说要收个五块六块，那这桥就成了老杨家的小银行了，大伙都后悔自家怎么就没有这个头脑。有人却牢骚满腹，担心这回过桥费又要上涨了，于是一状告到了乡里。

桥修好了，大伙又去看热闹，一阵鞭炮响过，乡长带着工商局等相关部门的一队人马过来了。乡长对杨老汉说：“老杨同志，你修桥为大家谋取了方便，值得肯定，但是你私自设摊收费，是违法行为……”

杨老汉看着乡长他们，哈哈一笑说：“乡长，各位乡亲父老，我杨老汉是个遵纪守法的人，这些年来所收的过桥费是为了修这座水泥桥，修桥后的余额差八百不到一万，这桥算是大家凑钱修起来的，现在我要还给大家，但我的一万块钱投资还是要一分不少地收回，所以还要再收够八百块钱。”

那一刻大家很感动也很惭愧，其实要是大伙齐心协力肯出点钱，这座桥早就修起来了，哪还用杨老汉自己受着委屈守了好几年的吊桥呢？那一天大伙没事就到桥上走，有人来来回回走了十几趟，所以杨老汉的投资还没到太阳落山就都收齐了。

从那天开始，村里人有了一座属于大家的桥。

（题图：魏忠善）

· 中国新传说 ·

一句“我愿意”能让多少日子重新来过？因过错而错过的岁月，他又该如何弥补？

有多少日子可以重来

□李如有

硬币叮当响

黄土三赌博赌得倾家荡产，媳妇也跟他离了婚，他在村子里是混不下去了，只好拉着五岁的儿子小铁柱到城里去讨饭。

白天，小铁柱站在闹市中心不停地向路人乞讨，晚上，黄土三将他带到附近一个桥洞内铺上草席睡觉，第二天，黄土三将头一天讨来的钱全部搜走后，又将小铁柱带到一个新地方继续乞讨，他自己却拿着小铁柱讨来的钱钻进城区那些小茶馆中再去赌博翻本，等输光了钱，他便又回来找小铁柱要……

小铁柱站在大街上，他眼巴巴地望着那些跟自己一样大小的小伙伴们都背着书包去上学了，他也想上学呀！可每次跟自己爸爸说起想上学的念头时，黄土三就说：“你好好讨钱吧，等你要够了学费，爸爸就送你上学去！”天真的小铁柱每天都将讨来的钱一分不剩地全部交给爸爸，并期待着自己有一天也会跟其他的小朋友一样，背着书包上学堂。

冬去春来又一年，转眼间，小铁柱六岁了。这一天，小铁柱站在一家超市大门口，他手中端着一个小碗，不停地向来往购物的人们讨钱，不一会儿，手中的小碗里装满了花花绿绿

温柔的心送给关心的人，浪漫的心送给有情的人，永恒的心送给守候的人，愉快的心送给寂寞的人，我把祝福的心送给正在看信息的你，祝你生日快乐，事事顺心。江西 袁安（1113）

的零钞与硬币。这时候，又有一男一女拎着两大包东西走了出来，小铁柱连忙端着碗走过去说道：“叔叔阿姨行行好，给我一点钱，给我一点学费吧！”

那女的看了小铁柱一眼，随手向小碗中丢下一枚硬币，边走边说道：“这谁家的小孩？没钱上学，真可怜呀！”

那男的说：“是啊，比咱们贝贝还可怜哪！”

那女的又说：“我们今天到学校看贝贝去，学校里的生活差，贝贝肯定又瘦了。”

小铁柱听了这对话，禁不住眼泪扑簌簌直往下流，自己天天想着要去上学，可根本不知道学校在哪里，甚至连学校是个什么样儿也没有见过，他听说他俩要到学校去，便不由自主地跟着他俩往前走。

小铁柱远远地跟在这两人后面，走过了繁华大街，又拐了几个弯，最后，他见他俩在一幢漂亮的大楼面前停了下来，大楼下面有一个大铁门，这两人上前敲了敲门，那高大的铁门打开了，他俩走进了院子。

敲开铁门

等小铁柱走到大铁门跟前时，院子的大门已经关闭，小铁柱知道这里面就是学校了。他用小手不停地拍打着紧闭的大门，高声呼喊道：“老师，开门，快开门！让我进去，我也要上学，我有钱呀！”

大铁门打开了，小铁柱怯怯地对开门的人说道：“老师，我要上学，我给你钱，让我也进去上学吧！”说着，他将手中那装钱的小碗高高地举了起来。开门的人先是目瞪口呆地打量着小铁柱，最后，将小铁柱领进了学校的院子。

此后，繁华的大街上再也看不到那个端着小碗向行人讨钱的小乞丐了，小铁柱失踪了！

也就在这天，黄土三破天荒地赢了一回钱，但等他兴高采烈地走到超市门前时，却怎么也找不到自己的儿子，四下打听了好几天，仍然没有铁柱的下落，黄土三心中好不焦急。

儿子不见了，赢到手的钱也花完了，以后，不但没有人再为他乞讨赌资，而且连自己肚子都填不饱了。

饥饿难耐的黄土三，只好用一顶旧草帽掩面遮羞，沿着小吃街去讨饭吃。开饭店的人，一看像他这等壮汉子来讨饭吃，不但不给他吃的，还纷纷戳着他的脊梁骨责骂、羞辱。

黄土三过了几个月猪狗不如的乞讨生活，他开始慢慢反省，他想自食其力找份工作，不再赌博，不再乞讨，可没人愿意雇用他，他很懊悔：赌博让他变成了一个废人。

这天，他得了重感冒，躲在桥洞里，昏睡中，突然听见一个熟悉的声

音在喊他："爸爸，爸爸!"

黄土三一激灵，猛地睁开眼睛，发现儿子小铁柱竟站在自己面前。

原来是宠物学校

黄土三悲喜交加，一把将儿子揽在怀里，看了又看，亲了又亲，喃喃道："柱子，柱子，你去了哪儿啊？"

小铁柱偏着头说道："我找到学校了，我在学校里上学呀!"

黄土三不信，说："孩子，爸爸对不起你，爸爸把你讨来的钱都输光了，咱没钱咋上学呀？"

小铁柱说道："老师没问我讨钱，她们管吃管住，给我买了新衣服，还教我学了好多东西，是老师让我来找你的。"

铁柱见爸爸还是不信，便拉着他的手，让他跟自己一起去看看就知道了。

黄土三懵头懵脑地跟着小铁柱走了半天，来到了那幢漂亮的大楼前。一进铁门，黄土三就听见里面吠声阵阵，"起立"、"握手"、"趴下"的命令声不断，黄土三抬头细看，见前面悬挂着一个大牌匾，上面写的竟是一所宠物学校的名字。

黄土三又气又恼道："儿子，这里是狗学校，不是人学校，你快跟我一起回去吧!"

话音刚落，猛听见有人说道："这是狗学校，不过狗通人性，尚可以教化，只怕有的人连猪狗都不如呢!"

黄土三抬头一看，愣了，说话的人竟是自己的前妻，两年不见，不知她啥时候来到了城里，还成了这宠物学校的驯狗师了。

黄土三一见自己的前妻，他羞愧得恨不能找个地缝钻进去。良久，他才嗫嚅了一句："你打我骂我都可以，但你不能毁了孩子，让孩子跟狗一起上学呀!"

前妻狠狠瞪了他一眼，说道："谁说让柱子跟狗一起上学了，当初，柱子求学心切，举着讨来的钱，哭着喊着要在这里上学，收留他之后，我便四处张罗着为他联系学校，明天就可以送他到实验小学的学前班去了!"

这时，宠物学校的校长也走过来说道："我让孩子去找你过来，一是想让你放心，二是想在这里给你安排个驯犬工作，不知你是否愿意做呢？"

黄土三抹了抹脸，感激涕零地说："我愿意，我愿意……"

（题图、插图：魏忠善）

感谢爸爸妈妈，感谢中国移动电信公司，感谢一直以来支持我的朋友们！没有他们，我今天就不能站在这里对你说："生日快乐！"重庆 余永新（1114）

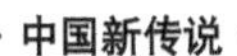

隔墙有

□童存云

相亲后的热恋

任海今年都三十好几了，相亲了无数次，最后却没有一次成功，因为女方都被任海瘫痪在床的老母亲给吓跑了。

热心人又帮任海介绍了一位姑娘名叫李丽，初次见面时，李丽便被任海不俗的外貌和极具磁性的嗓音给吸引了，而任海呢，哪里还敢挑人家？当下一见钟情。

任海这次学乖了，不敢和李丽提起家中瘫痪的老母亲，更不敢带她回家。

为了方便谈情说爱，他特地从积蓄中拿出钱买了两部手机，一人一部用来联络感情。接过手机的时候，李丽高兴得在他的脸上狠狠地亲了一口。

当下两人约定，除了休息日见面外，每天发三个以上的短信，另外，任海还得每天给李丽一通手机语音留言，李丽说这叫浪漫，别有情调!

这发短信倒好办，随时随地都行，可语音留言就不好办了，在单位留吧，人多声杂，说情话肯定不行了；在家里留吧，老母亲虽瘫痪在床，可听觉十分好，再说万一谈不成，还怕她会跟着难过。

任海忽然想起一个地方，那是他每天上下班为抄近路所走的一条小巷。那条小巷地处偏僻，行人极少，而

且两面都是两米多高的围墙，应该是说情话的最佳地方了。

于是，任海每个工作日下班后便躲在小巷的拐角处给李丽打手机留言。

偶遇白衣美女

这天，任海又来到老地方准备语音留言，刚把自行车骑进拐角处，猛然发现前面站着一个人，他吃了一惊，连忙捏住车刹，可是已经迟了，自行车前轮还是在人家身上擦了一下。

“对不起，对不起。”任海连忙向人家道歉，也难怪，这么久了，他还是第一次在这里碰到行人。

他发现对方是个很漂亮的女人，自己的车轮刚好在人家的白裙子上留下了一道泥印。

女人见任海老是盯着她看，没来由地就红了脸，只见她一溜烟跑出了巷子，临行时还含情脉脉地看了他一眼。

任海看着女人漂亮的背影，一时呆住了。

他记起了《西厢记》中张生唱的那一句“她临行秋波那一转”，难道她喜欢我？

但任海很快又自嘲地摇了摇头，她那么美，怎么可能看上我？还是乖乖地给李丽语音留言吧。

有爱的日子过得真快，转眼几个月过去了，他们的恋爱也持续升温。亲朋好友都替任海高兴，看来这次谈婚论嫁是不成问题了。任海也觉得有希望，不过，他想来想去，觉得还是该告诉李丽实情，到时候是分是合，就随她决定吧。

刚好下一个礼拜天就是中秋节，她说要上门拜访，也可能是要探探虚实。任海想，与其等到中秋节，还不如提前告诉她，省得到时候摔门而去，伤了母亲的心。

这一次，任海又来到小巷拐角处，手机拿在手里，仿佛有千斤重，拨号的手竟然有些抖，他不知道等待他的是什么结局，自己会再次失恋吗？还是会有幸得到一个善良的妻子？ 他决定不再语音留言，直接和李丽通话。

“喂？”李丽那柔美的声音传进他的耳膜。

“丽……我有话要对你说，你不要说话，只听我说！”任海觉得自己的声音特别干涩，“我老实告诉你吧！我家里有个瘫痪的老妈妈，如果你愿意接受她，我们就结婚，中秋那天你到我家来玩吧；如果你嫌弃她，那我们就只有分手，从此各走各路。”任海把家里地址告诉李丽后就挂断了手机。

两天后便是中秋节。任海有预感，李丽一定不会嫌弃他妈妈，中秋节这天一定会来的。这不，一大早，任

祝你生日快乐，送你一条大河；祝你生日快乐，送你一只仙鹤；祝你生日快乐，送你一列火车。愿君：福如大河入东海，寿比仙鹤栖南山，禄似火车载珍珠！安徽 陆秀红（1115）

海就开始在家里忙碌起来，他先是打扫卫生，接着去买菜，他还给妈妈换了一身新衣服，妈妈似乎觉察了什么，心情也不错。

不是试探

中午到了，任海刚把最后一道菜做好，就听到有人敲门，他连忙去开门，只见李丽笑吟吟地站在门口，手里提着一盒脑白金，任海笑着责怪她“来就来呗，还带什么东西？”“孝敬伯母的，伯母人呢？”一进门就问老人，还真是个好姑娘。

“我妈在这个房间。”任海领着李丽进了任大妈的房间，一开房门，李丽的鼻子皱了皱，大概是闻不惯病人的气味。当看见任大妈僵直的身体，她的脸色变了：“怎么？你说的是真的！不是试探我？”任海听了这话，脊背上好像被浇了一盆冷水，一直凉到脚后跟：“你什么意思？”

李丽一顿足，恼怒地喊道：“神经病！难道要我一进门就伺候一个活死人！”说完便摔门而去。

原来李丽还以为任海故意试探她，结果发现竟然是真的，不由得恼羞成怒。不过，她很快又折回来了，拎走了放在茶几上的那盒脑白金。

听着她高跟鞋踩在水泥地上的脚步声逐渐远去，任海颓然地把自己扔进沙发。他已记不清这是第几次这样失望了，他知道母亲肯定又在流泪。推开母亲的房门，他看到母亲眼里的绝望，深深的绝望。

正在母子俩黯然神伤的时候，忽然又有人敲门，任海十分疑惑，会是谁呢？难道是李丽回心转意了？

开门后，任海愣住了。只见门外站着一位身穿粉色套裙的美丽女人，她手里也提着一盒脑白金。

好像在哪里见过她？对了！是那次在小巷里遇到过的，她来干什么？

那一瞬间，任海竟有些莫名的心慌。

·中国新传说·

看到任海直愣愣的眼神，她显得有些手足无措，俏脸上很快飞起两朵红云。

“怎么，不请我进来吗？”她柔声问。

任海不由自主地往后站了站，说：“请问你是……”

她跟着走了进来：“你是任海吧，我就是黎莉，精神康复医院的护士。你不是每天都隔着围墙跟我说话吗？你磁性的嗓音和深情的话语早就打动了我。我们不是在巷子里见过面吗？那并不是偶遇，而是我有意在等你……前几天，你还问我嫌不嫌弃你妈妈，若是不嫌弃，就到你家来……”

任海猛然想起，自己每天给李丽语音留言讲情话时，一旁那堵围墙的另一面是精神康复医院。

手机留言，隔墙有耳

黎莉把手中的脑白金放在桌上，当看到躺在病床上的任大妈时，便径直走了过去，轻轻地帮老人掖了掖被子。接着她又握住老人的手轻轻按摩着，还跟任大妈说起话来：“大妈，我是黎莉，任海他可真有意思，喜欢人家又不敢当面说，每天隔着围墙说‘莉，我爱你’、‘莉，我想你……’要不是我每天都要去围墙那儿倒垃圾，凑巧听到他叫我的名字，说着情话，我还不知道他喜欢我呢！我性格比较内向，又比较害羞，所以一直不敢跟他说话，只是一直默默地听着。那天，他告诉我您家的地址，所以我今天就来看您了。”

听了这番话，任海好像有些明白过来了：敢情自己每天在围墙外对李丽所说的情话同时也被围墙内的黎莉听去，并误会是说给她听的，因为“丽”和“莉”同音，这可真是“隔墙有耳”啊！

这时，黎莉娴熟地替老人按摩着，一边对任海说道：“你应该经常给大妈按按，这样有助于血液循环，说不定还能恢复知觉呢！”说着说着，她的神情黯淡下来，“你们大概还不知道吧……我是离过婚的……要是你们不嫌弃我……我倒是愿意伺候大妈一辈子……”

这是真的吗？任海使劲掐了掐自己的大腿，好痛啊！不是在做梦吧？他看了看母亲，在母亲的脸上，他看到了满意和赞许的神色。

再看看黎莉，她似乎在等他的答案，看着她低着头黯然的样子，他的心忽然间抽动了一下，好疼。他走近黎莉，握住了她的手，放在胸前，他要让她感觉自己的心跳。他知道，这一次，自己终于实实在在地握住了幸福……

（题图、插图：魏忠善）

（本栏目欢迎来稿。来稿可从邮局寄发，也可从网上传递。如为电子邮件，请发以下信箱：keyin118@163.com）

小雨纷纷如油，春风阵阵吹柳；人间真情最久，愿你我时时拥有；把快乐献给朋友，祝你生日快乐到永久。浙江 李红（1116）

用心良苦

□杜国江

面授机宜

张老板在建筑行业摸爬滚打多年，他所承揽的工程总能大赚一笔。

最近本市要建一个大广场，改善居民生活环境,这可是个肥差，主管这次招商投标工作的是王副市长，副市长亲自抓，可见对这项工程的重视程度，不用问，肯定是重点工程。可王副市长是新调来的，为人谨慎、脾气不好，对送礼的人是深恶痛绝，不给一点儿面子，甚至还要骂出来。这下，可难坏了想承揽工程的建筑商们。

各位建筑商绞尽脑汁、摩拳擦掌之际，张老板也在不动声色地筹划着这件事情。

张老板在自己的办公室里来回踱着步，他决定先收集这位主管王副市长的第一手资料，于是他叫来自己的得力部下孙助理，对小孙面授机宜……

小孙连连点头，急匆匆去办。

第二天，在王副市长的办公室里，张老板和王副市长两人见面了，彼此寒暄了几句后，张老板开始小心地询问工程的事情。

王副市长说："我们政府会公平地对待每一位投标者，我们会本着对全市人民负责的态度，对工程质量高标准、严要求。如果你是为了工程而来，请按照程序办理，争取为本市城

建做贡献嘛！但——”说着，他笑笑，“至于中标嘛，那要看资质和实力的。张总，你在本市的名气很大，相信你有这种资质和实力，我还有个会，恕不奉陪了。”张老板只好告辞。

碰了个不软不硬的钉子，张老板笑了笑、又摇了摇头钻进自己的小车里。

回到公司，助理小孙早已等候多时了，看到张老板进来，赶紧详细汇报工作完成的情况，张老板听后会心地笑了。

桌子底下的玄机

次日上午，张老板在小孙的指引下，驱车来到一处居民楼停下。

小孙敲开了一单元二楼的门，里面隔着铁栅门有个女人问道：“你们找谁啊？”

小孙忙说：“是王市长家吗？我们张总今天特意登门拜访。”说着，双手递上名片。

女人看了看，对里屋喊道：“老王，有人找。”

王副市长从里面出来，惊讶地问道：“是你？”

张老板笑道：“不欢迎吗？”王副市长叫爱人开门把张老板让进屋里。

在客厅坐下，张老板注意到在桌子下面有一个黑皮箱，心中有了盘算，简单拉了拉家常，就起身告辞。

回来路上小孙不解地问：“张总，我们好像没有什么收获呀，听说，已经有好几个给这位王副市长送礼的了，人家连要都没要，还把装着钱的大信封给扔出来了。”

张老板笑了笑，转身对小孙说：“回去马上取五十万元现金，装在一个黑皮箱里，千万记住，皮箱要……这个款式的。”

小孙纳闷，张老板笑笑说：“慢慢你会明白的。”

离揭标的日子越来越近了，忽然有一天，张老板对小孙说：“今晚你别走了，随我去王副市长家，带上那五十万。”

夜幕降临的时候，张老板带着小孙驱车赶到王副市长家。

在敲门之前，张老板亲自接过了皮箱，小孙敲开了门。

张老板进去坐在了上次的地方，把手中的皮箱放在桌子下面，王副市长表情严肃，张老板和他有一句没一句地闲聊着。

忽然，王副市长话锋一转，说：“张老板，深夜到访，肯定是为了工程的事，请不要白费力气了，有时间回去在工程质量上下工夫吧！”

气氛顿时紧张，接着不等张老板说什么，王副市长又再次表明了立场。

张老板起身要走，王副市长大声说：“张总，你落下了你的东西，把你

今天是你的生日，我送你三块巧克力——第一块德芙，愿你得到天下最大的幸福；第二块金帝，愿你过上金碧辉煌的帝王生活；第三块吉百利，愿你永远吉祥，百事顺利！云南 宋仙云（1117）

的皮箱拿走。"王副市长说着便从桌子底下拉出皮箱，递给张老板的助理小孙，并厉声说道"张老板，请自重，你这是在行贿，我正式告诉你，请你出去！"

张老板和小孙走出王副市长家门，上了车，张老板拿过小孙手中的皮箱，打开，张老板会心地笑了……

黑皮箱里有"机关"

几天后，在招标会上，张老板一举中标，如愿以偿。

原来，张老板那晚提去的一款黑皮箱和王副市长家桌子下的那个黑皮箱一模一样，张老板拎回来的黑皮箱其实不是自己的那个；自己那个黑皮箱连同五十万元稳稳当当地留在王副市长家的桌子下面了。

中标后，张老板很是得意，当天晚上，他又来到王副市长家打算表示再次感谢。

王副市长见到张老板，微微一笑说："你来得正好！祝贺你成功中标啊！你在建筑行业的实力首屈一指，希望你明白，因为你的资质和实力才得以中标，今后你要更加用心做好每项工程。"王副市长顿了顿，又意味深长地接着说，"我家这个黑皮箱跟随我多年，就把它当作小贺礼送给你吧！"

张老板接过王副市长手中的黑皮箱，羞愧地离去。

到家后张老板打开黑皮箱一看，是自己送给王副市长的五十万元。

张老板似乎明白了王副市长的良苦用心：王副市长当初收下了被暗暗调换的黑皮箱，是怕张老板一直会再想方设法、不达目的不罢手地送钱啊！

（题图：谭海彦）

·本刊信息传真·

故事中国——中国人的故事网

由《故事会》主办的故事中国网（www.storychina.cn）已经正式上线开通。一直致力于弘扬健康有益大众文化的《故事会》，正式吹响了进军网络的号角。

故事中国将打造一个属于中国人的故事网，在这里，每个人不仅是读者，还可以是作者、评论者和推荐者，可以把自己生活中的故事拿出来和千万网民分享。故事中国还将利用网络的技术优势，逐步开辟"听故事"、"看故事"和"说故事"、"拍故事"的功能，让故事的形式更加丰富多彩。

网站开通首月，为读者特别提供有奖注册活动。每天新注册的会员将有机会得到一份《故事会》送出的礼物。

故事中国的社区还有功能独特的"角色模拟"版块，在这里，你可以模拟文学故事中的人物畅所欲言，尽情释放心中的故事情结！

·点击网络故事·

网络的世界很精彩也很无奈，在畅游自由的网络、享受便捷的服务时，似乎总有“一个人”在静静监视，暗暗逼近……

无奈的姻缘

□朱玉强

一波三折建“家园”

老王是个写手，除了偶尔写点小文章挣点稿费外，主要给人代写论文、报告和年度总结，几年下来攒了不少钱。以前靠手写，今年老王也时髦了一把，把电脑和宽带请进家，还在“琉琉球”网站建立了网上个人工作室。一建这工作室，老王真是眼界大开。

以前写好文章愁着没人买，现在可好，铆足劲儿写还供应不上网上的买家，这可把老王乐坏了。

不过，好景不长。没多久，“琉琉球”网给老王发了封非常客气的邮件，言称工作室已试用两个月，如继续使用，需交纳500元人民币。这下可把老王给气坏了，开通的时候可没说以后要收钱啊！这钱当然不能交，搬“家”！老王赶紧把所有文章下载到本地硬盘，在“方棱棱”网又重建了新家园，事后又把以往合作过的媒体和客户通知个遍，差点没把他累死。忙活完正想喘口气呢，又收到了“方棱棱”网的邮件，跟“琉琉球”网的那封如出一辙，老王气坏了，再也不想整什么狗屁工作室了。

工作室一撤，供媒体和客户选择的渠道断了，稿件出现积压，更要命的是，好多客户开始怀疑老王的诚信。没办法，老王不得不再一次考虑

以感谢为圆心，以真诚为半径，送你一个圆圆的祝福。付出总能得到回报，真心总能得到抚慰，愿爱你的人更爱你，你爱的人更懂你，朋友，生日快乐！江西 陈炫（1118）

个人工作室的问题。与前两次不同，老王这次先发邮件跟站长联系，你还别说，还真有一个叫“三角棱”的网站承诺永不收费。这下老王放心了，轻车熟路，又把网上工作室张罗起来。

网络玫瑰引发的姻缘

“三角棱”网时不时地推荐社区服务给老王，比如网络速配之类的，老王从来不理，写稿挣钱要紧啊！这天老王一登陆工作室，大红玫瑰铺满了整个屏幕。站长告知：因老王文笔出色，已赢得女网友“粘乎你”的芳心，并送了999朵玫瑰。999朵玫瑰代表的是求婚，请考虑答复为盼。老王心想，这不扯淡吗？整得跟真的似的，就没去搭理。

一个月后，版主又来贺函：您于月内未对求婚一事明确作答，本社区姑且以您默许待之。既已同意，请于3月3日至本社区参加集体婚礼为盼，切切！老王想这是哪门子事啊，自己都是3岁小孩她爹了，结婚？那不得犯重婚罪啊！不管，写稿挣钱才是正经。

没过三天，新娘“粘乎你”找上门来了。在社区里，“粘乎你”给老王发了无数的帖子，指责结婚当日就老王这个新郎没去，搞得她抬不起头来。她已经把这事捅到了社区管理处，要求惩罚老王。果不其然，没多会儿，社区版主通知老王，扣除其社区币，也就是网络社区里使用的虚拟钱币500大洋，把老王心痛得不行，这才意识到事态的严重性。

怎么办？离开这个狗屁社区当然是上上之选，可网上工作室怎么办？眼瞅着越来越红火的生意，不忍放手啊！再说，别的网站基本都收费了，重找一家也不易啊！老王实在不想再折腾了，就给版主回了封邮件，言辞非常客气，声称自己已有妻室，不可再婚，并承认网婚一事皆因自己未能及时答复而起。版主很强硬，称新婚一个月内不予办理离婚，如一再坚持，扣社区币若干。老王怕了，再扣社区币，自己就没发帖的权限了，工作室就得关门大吉，老王只好作罢，再等一个月吧。

月内，“粘乎你”一直发帖追问老王何以不与其同床温存，还说别人都有小孩了。老王真是哭笑不得，可也不敢一笑置之，怕她再捅给版主，于是哄她说自己那方面不行，实在对不起她。

好不容易熬到月末，老王赶紧给版主打报告申请与“粘乎你”女士解除婚姻关系，版主却说女方怀孕期间不予办理离婚手续。天啊！老王快崩溃了，“粘乎你”啥时候又怀孕了？自己没干龌龊事啊！发信一问，才知道“粘乎你”充分体谅老王的难处，为不伤老王作为男人的自尊，自作主张做

了人工授精，说要给老王一个惊喜。老王想这哪是惊喜，简直就是惊吓！

无奈的结局

有什么办法呢？为了网上工作室正常开张，也为了多赚点钱养活老婆孩子，只能听社区版主的建议抽空多陪陪这位“粘乎你”了。拿人手短，谁让咱用了人家的网上工作室了呢，不陪行吗？不陪就得扣社区币，就等于扣他老王的人民币啊！

老王觉得自己真可怜，白天拼命写字卖稿挣钱，晚上还得抽时间陪这个“粘乎你”网聊，说什么建立父子感情，每到半夜，老王不得不以电脑辐射伤胎儿为由打发“粘乎你”下线，要不她就聊起来没完，精神着呢！

又过了一个月，“粘乎你”说她生了，是个白胖小子，要老王给起个名。老王心想你生得倒快，含糊着说就叫“王更粘”吧！“粘乎你”很高兴，说：“不管怎么说，咱的孩子跟了你姓，送些社区币做抚养费吧！”老王很恼火，转账了600社区币后，又向社区版主提出了离婚申请。版主说下一代尚未成年，恕不办理离婚手续，可把老王气坏了。成年？那得多少年啊！更可气的是，“粘乎你”一开始问老王要社区币，后来干脆甩给老王一个银行账号要起人民币来了！老王实在是忍无可忍，又给社区版主起草了一封措词强硬的邮件，非离婚不可，结果版主还真雷厉风行：鉴于当事人在女方哺乳期表现恶劣，现将其收监5年，立即执行。收监期间ID暂封，网上工作室等相关服务暂停，文章拒绝浏览、上传及下载！

（本篇月月评短信代码：AA112）

（题图：谢　颖）

·本刊信息传真·

精彩短信收发自如　3000元奖金等你来赢

2006年《故事会》“短信王中王”有奖大征集

应征方式：将短信内容（原创、推荐均可，本期特别征集：短信里面看世象）发送到9119004（移动、联通），02838666（广东移动），并按提示完成相应步骤，即可参赛。每条参赛短信收费0.50元。

下载和评奖：您可以随时下载本刊迄今刊登的所有短信，再转发给你的亲友！只需发送 XF+4位短信编号（如XF0908）到91191（移动、联通），广东移动用户发送GU+4位短信编号到02838666000，即可获得该条短信。每月下载数前10名的短信成为“本月短信王”，作者奖金100元；每月下载数最高的1条短信荣获“短信王中王”称号，作者奖金3000元！所有入选短信作者（或推荐者）获得短信公司赠送价值10元的彩铃服务。下载资费：0.50元/3条（广东移动：1元/5条）。客服电话：020-22816956。

总有起风的清晨，总有暖暖的午后，总有绚烂的黄昏，总有流星的夜晚，总有一个人，祈祷世间所有美好全部属于你，那就是我。祝你生日快乐！辽宁 于佳（1119）

秘密存折

□刘洪林

小司机大能耐

自打毕业后，阿P已经好久没跟老同学联系了，这天，大伙约好了要去酒店搞一次同学聚会。

晚上八点，阿P兴冲冲地来到酒店，同学还真不少，大伙喝得酒酣耳热之际，只听阿P吐着酒气说："告诉你们，我阿P虽然只是个小司机，可实际上混得不比谁差，给领导开车好处大着呢，领导有什么我阿P就有什么！"

大伙听着全笑了，有人故意逗他："阿P呀，你说领导有什么你就有什么，那我问你，领导有包二奶的，你有吗？"听了这话，阿P一拍胸脯，说"谁说我没有！龙泉山庄你们都知道吧，告诉你们，龙泉山庄七号楼，我阿P的二奶就在那里。"大伙一听更乐了，龙泉山庄谁不知道呀，这可是郊外的一个别墅区，开玩笑！他阿P一个小小的司机，能在那地方包二奶？有个同学故意掏出手机，挤眉弄眼地说："阿P，不是我们小瞧你，你今天要是能说出这七号楼的电话，我们就信。"阿P听了想都没想，张口就说出一个号码来，这位同学也不含糊，二话没说就拨了出去，只听得响了几声后，电话居然通了。大伙安静下来，这位同学咳嗽了两声，故意拿腔拿调地说："喂，我是电业局，我通知你一下，明天线路抢修，你们这条线要停电两个小时。对了，你是龙泉山庄四号楼吧，不对？那你是？哦，你是七号楼……"挂断电话后，大伙全都傻了眼，谁都没料到，一个小车司机竟然有这种能耐。

第二天酒醒之后，阿P一口灌下半缸凉水，冷水一激，猛然想起酒席上的事情，顿时惊出一身冷汗来。不

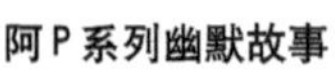

错，他是知道龙泉山庄七号楼的电话，而这七号楼里也确实包着个二奶，可是，这二奶不是他的，而是银行杨副行长的。杨行长是分管信贷的副行长，阿P给他开车已经三年了，行长不拿他当外人，包二奶的事情一开始就没有瞒他，这下可好，昨晚酒后失言，不会惹出什么麻烦来吧？

喜从天降

阿P提心吊胆地等到第三天，麻烦终于来了。这天快下班时，杨副行长把他叫到办公室，关好门，似笑非笑地问："阿P啊，你怎么把龙泉山庄的事情给说出去了？"阿P红着脸，尴尬地说："那天同学聚会，大家都喝多了，所以……唉，都怪我这张臭嘴！行长，我真的不是故意的。"不料，杨副行长听了不仅不生气，反而打着哈哈走过来，拍了拍阿P的肩膀说："阿P你还不知道吧，刚才你老婆来单位了，在领导那里闹了好一阵，说你在龙泉山庄包了个二奶，现在呀，恐怕咱们全行的人都知道这件事情了。"啊！原来是这么回事。

杨副行长大度地摆摆手，说"也没什么大不了的，男人嘛总有喝多的时候，我看呀，这件事情既然大家都知道了，那就干脆将错就错。阿P啊，你跟着我也有三四年了吧，说句实话，我可一直没拿你当外人，这样吧，龙泉山庄的这套房子你先拿着，等上个一年半载，等这档事情过去以后，我就把过户手续给你办了。"

天哪！真是因祸得福啊！当杨副行长将七号楼的钥匙放到阿P手里时，阿P激动得浑身发抖，要知道，这栋房子价值好几十万呢！离开时，杨副行长还特意嘱咐阿P，如果单位同事问起房子的事情来，一口咬定，就说自己去年买彩票中了大奖，瞒着老婆买的。阿P把胸脯拍得咚咚响，让杨副行长放一万个心！

出门以后，杨副行长的心是踏实了，可阿P的心却悬了起来，为啥？老婆这一关过不去呀。果然一回到家，小兰就使出看家本领，跟阿P玩起了一哭二闹三上吊，阿P抵挡了一阵子，后来实在招架不住，只得把整件事情彻底坦白了，小兰听完后，得知阿P白白地得了一套房子时，高兴得跳起来。第二天，小兰跟着阿P来到龙泉山庄七号楼，杨副行长的二奶已经搬走。从这以后，两口子就把这里当成了度假胜地，隔三差五总要到这里来享受一两天。

美滋滋的日子过了有两三个月，这天，有人突然通知阿P去行长办公室，进门一看，行长和书记都在等他，原来是杨副行长出大事了！书记温和地说："阿P啊，你不要有什么顾虑，现在有关部门正在调查杨副行长的经济问题，你虽然给他开了几年车，但

饭可以偶尔几顿不吃，觉也能有几夜不眠，工作也许要等等才有起色，真爱最是好事多磨，但是有件事却是迫在眉睫，有句话要一吐为快："祝你生日快乐！"上海 杨金环（1120）

我们相信你仍然是个好同志，今天把你叫来谈心，本身就说明组织上对你还是信任的嘛。”阿P松了口气，赶紧表态说自己一定全力配合。

啊，五百万存折

回到家，阿P心想这到手的房子说没就没了，不如再最后去一次，看看还能不能找出点值钱的东西补偿一下。于是，阿P带着小兰马上就赶到了龙泉山庄七号楼，夫妻俩打开所有的灯，里里外外查找后，一无所获。阿P有些泄气，忽然听到卧室里传来小兰一声惊叫，跑过去一看，只见小兰手里拿着几张存折，兴奋得满脸通红。原来，卧室的壁柜里有个夹层，虽然很隐秘，却还是被小兰找到了。

存折一共五张，加在一起正好是五百万，五百万哪！阿P和小兰瞪着眼睛直咽口水。夫妻俩经过一个晚上的商量，第二天，在行长办公室里，阿P当着领导的面，把五张存折一字排开，又将事情的前因后果全说了出来。书记听完后，激动地握住阿P的手说：“我代表组织上谢谢你了！阿P啊，你这回可是立了大功了，有了这个突破口，案子就明朗多了。”

其实早在几个月前，杨副行长就感觉到了风头不对，正好那天阿P的老婆来单位闹，说阿P在龙泉山庄包了二奶，老奸巨猾的杨副行长顿时心生一计，他先把存折藏在房里，再暗地里将房子送给阿P，原想着阿P两口子为了这套房子，肯定会想方设法瞒住这件事情，这样，就算自己日后东窗事发，有关部门找不到证据，也对他无可奈何，至于这笔钱嘛，日后再想办法取出来便是。

案子破了，阿P立了大功，被评为反腐英雄。这天，开完表彰大会后，阿P喜气洋洋地回到家里，不料，小兰脸上却没有一点高兴的样子，反而发愁地说：“你想过没有，你把领导的坏事全抖了出来，这一次你是立了功，可今后怎么办，今后哪个领导还要你开车？你们单位的司机本来就多，我看，你以后就等着下岗吧！”一席话，说得阿P心里凉了半截。

第二天，阿P心事重重地来到单位，果然不出所料，人事主任一见他，就为难地说：“阿P啊，你现在的工作真是太难安排了，哎呀，我都快为难死了！”阿P一听这话，顿时耷拉着脑袋，一副愁眉苦脸的样子。主任见阿P这样，连忙补充道：“阿P你别误会，你现在可是反腐战线的英雄人物了，咱们银行的领导个个都跟我打招呼，都抢着要你来当司机，以证明心底无私呀！我现在都不知道怎么安排了。”

阿P惊讶得“啊”了一声，旋即便乐开了花。

（题图：李 加 史 琦）

此人炖出此菜，绝佳！此菜叫做此名，绝配！此名打动此人，绝妙！此人演绎此事，绝伦！

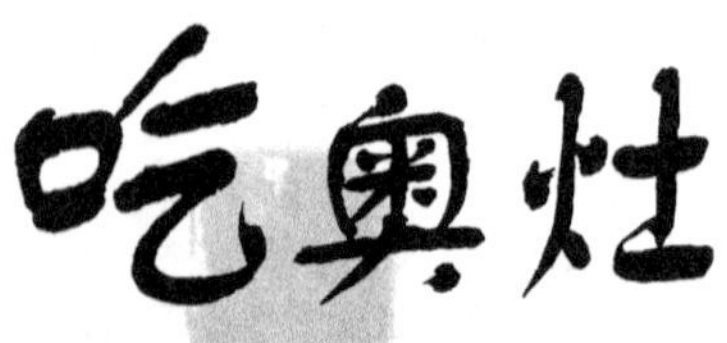

吃奥灶

□贺玉明

民国初年，一个村庄里住着一位蒋七爷，他年过半百，仍是光棍一条。只要一有空蒋七爷就会去喝壶香茶听段评书，多增加一些自己的神侃素材，以便闲时与邻舍众人说，看着众人听得痴醉的模样，蒋七爷自己也陶醉于其中了。

蒋七爷记得一段书中说到：曾有一个落难逃亡的皇帝，由于饥饿劳累昏倒在一户人家门口，主人正在办"满月酒"，他连忙吩咐厨房准备饭菜给落难皇帝吃，怎奈厨房里菜肴已尽，厨子便把各种剩菜倒在一起炖了一锅。当时的皇帝劳累交加，又渴又饿，一连吃了三大碗，越吃越香，回味无穷，忙问"菜名"，厨子想如实相告又担心辜负了东家的好意，由于都是剩菜，于是便灵机一动顺口说："此菜叫'腌臜'。"意思是"龌龊"、"不干净"，皇帝却听成了"奥灶"。后来皇帝登上宝座，时间一长，山珍海味吃腻了，便想起了当年吃过的"奥灶"，还特地差人查寻当年的厨子。

这虽然是个故事，但蒋七爷却很认真，认定这道菜味道一定是不同凡响的，于是蒋七爷每逢进饭馆便细心查访这道"名菜"。

工夫不负有心人！一天中午，蒋七爷信步来到村外一家饭馆。

刚走到门口就看见从饭馆里走出一位老者，左手拄着拐杖，右手拿着手帕，一边走一边擦嘴，轻轻嘟哝着：

在属于你的特别日子里，送你一份生日蛋糕。含量：100％关心；成份：甜蜜＋快乐＋开心＋梦想＋拼博＝幸福；保质期：一辈子；保存方法：珍惜。广东 陈龙泉（1121）

“这顿饭吃得真腌臢。”蒋七爷听罢大喜，心中暗想：“这回我终于可以尝尝那‘真奥灶’的味道了！”

蒋七爷走进饭馆找了一个显眼的位子坐定，将肩上的褡裢重重地掷在桌上，跑堂的慌忙跑了过来，很客气地轻声问：“先生您想用点什么？”

“给我来碗‘奥灶’！”蒋七爷掏出旱烟袋装上烟，边点烟边吩咐着。跑堂的听罢心中一惊，暗想：“没听说过这道菜呀！是我道行浅？不对呀！我也干了两三年了，我不会不知道呀！”跑堂的心中纳闷也不敢发问，随口应承着：“您稍等！”便慌忙找到了堂头，怎料堂头也不知晓，退掉生意又怕坏了招牌，无奈二人径直来到厨房请教厨头，厨头眯着眼沉思片刻问道：“这位啥模样？”

“黑色带大襟的棉袄、免裆棉裤、大毛窝、破毡帽，还提拿着一个褡裢！”跑堂的仔细描述完来者的形象，厨头突然睁开眯着的眼睛笑着说：“这就对了，找一个大碗，最好是那种大号的！到那个泔水桶前，撇开沫沫、找那糨的捞一碗给他！”堂头呆呆地问：“那行吗？”

“没问题！一切有我！”厨头自信地摇着头哼着小曲忙去了。

跑堂的很快找了一个大碗往泔水桶里捞了尖尖一碗，还别说，桶里的油水还挺足，大肥肉片子、牛肉块、海带条、豆腐……只是由于放的时间长了些，多了少许酸味。

“您的菜来了！”跑堂的一边吆喝着一边把那大碗稳稳地放在了蒋七爷的面前，“您慢用！”跑堂的说完便赶紧躲开了。

蒋七爷端过碗来尝了一口，情不自禁地赞叹道：“哎！真不错！油糊糊的、大肉片子，解馋！”跑堂的躲在门后偷偷看着：蒋七爷摘掉毡帽、把烟袋别到腰后、蹲到板凳上端起碗……蒋七爷麻利地吃完那大碗“奥灶”后高声叫着：“真好吃！再来一碗！”跑堂的又为蒋七爷端来一碗，众人看着蒋七爷的吃相都惊呆了，只见他吃得满嘴流油、大汗淋漓。

吃完后蒋七爷坐在板凳上，用破毡帽擦着嘴巴的油，边擦边念叨着：“真奥灶、真奥灶……这奥灶还真实惠，两碗才收一毛钱！”交了钱，蒋七爷把褡裢搭在肩上往门口走去，边走边琢磨，越想越得意：“真便宜、真实惠、真好吃、真……只是有点酸。”

跑堂的说声“您慢走”便举步送蒋七爷到门口，只见蒋七爷突然转回身来，跑堂的着实又是一惊！见蒋七爷在向自己轻轻招手，跑堂的只得壮起胆子走到蒋七爷面前，蒋七爷附在跑堂的耳边，非常小心地望望四周，见确实无人注意才小声叮嘱说：“你们那‘奥灶’可赶紧卖，要不然就馊了！”

（题图：黄全昌）

树上的那只鸟

一天，一位父亲和他的儿子在院子里散步。儿子已大学毕业，在外地工作，好不容易回一趟家。父子俩坐在一棵大树下，父亲指着树枝上一只鸟问：“儿子，那是什么？”儿子答道：“一只乌鸦。”可父亲继续又重复问了3次，儿子变得很不耐烦地说：“爸爸，那是只乌鸦，听到没有，是只乌——鸦！”父亲听到儿子的回答后，没有说一句话，他慢慢走进屋里。几分钟后，父亲又回到儿子身边，手里多了一个发黄的笔记本。那是父亲的日记本，上面记载着父亲日常生活的点点滴滴。父亲翻到25年前的一页，然后开始读出声来：“今天，我带着乖儿子到院子里走了走。我俩坐下后，儿子看见树枝上停着一只鸟，问我那是什么。我告诉他，那是只乌鸦。过了一会儿，儿子又问我那只鸟是什么，我说那是只乌鸦。儿子反复地问那只鸟的名字，一共问了25次，每次我都耐心地重复一遍。很高兴能有这样的机会，我知道儿子很好奇，希望他能记住那只鸟的名字。”

当父亲读完这页日记后，儿子已经泪流满面，他请求父亲原谅。父亲伸手紧紧抱住儿子，布满皱纹的脸上有了一丝笑容。

（**推荐者**：白淑贤）

心灵碰撞有回声

一次，母亲去买碗，她顺手拿起一只碗去轻击另一只碗，碗与碗相碰时立即发出沉闷的声响，她失望地摇摇头，然后去试另一只碗……她几乎挑遍了店里的所有碗，竟然没有一只满意的。老板很是纳闷，母亲告诉老板，一位长者曾告诉她挑碗的诀窍，就是当一只碗与另一只碗轻轻碰撞时，发出清脆、悦耳的声响，才

电话打不通，立刻往家冲，谁知天不公，硬是被雪封，恨没雪铁龙，不能把礼送，老婆请宽容，好想回家去，陪你过生日，重做小情侣，公园再相聚。广西 戴南君（1122）

是一只好碗。

老板立刻拿起另一只碗递给她，奇怪，换了这碗后，她手里拿着的每一只碗都在轻轻地碰撞下发出清越、悠长的声响。老板笑着说："你刚才拿来试碗的那只碗本身就是次品，你用它试出的每只碗当然就是次品，你想得到一只好碗，你首先要保证自己拿的那一只是好碗才行。"

每一种心灵碰撞都会有回声，就像一只碗与另一只碗的碰撞一样，一颗心与另一颗心的碰撞需要付出真诚才能发出清新、悦耳的回响。

（**推荐者**：武俊浩）

快找到了鸭子的主人，表明想买下那只鸭子。

主人去逮鸭子时，年轻人不解地问："嗬，这么多鸭子，都是一样的呀，你能知道是哪只吗？"

"哈哈！"主人爽朗地笑起来，"那是最好认的一只鸭子了，它没有腿。"

原来，这只鸭子在很小的时候，就被老鼠咬掉了双脚，主人以为它必死无疑，也没去理会。谁知，它不但没有死，还慢慢长大了，而且学会了飞行！

（**作者**：陈明聪；**推荐者**：聂　勇）

鸭子会飞的启示

清晨，一个年轻人正沿着池塘边散步，惊起一群鸭子。突然之间，年轻人看到了一只飞行的鸭子！它正迎面向年轻人飞过来，飞行姿态并不敏捷，双翅的每一次扑动都显得那么笨拙，简直像是在空中爬行，但是它却一直在飞着，越过年轻人的头顶，一直飞到池塘的上空，双翅一敛，落了下去。

年轻人感到莫名地兴奋：这绝不会是一只普通的家鸭，家鸭不可能会飞，更不可能连续飞行近两百米！年轻人很

最严厉的惩罚

克利夫的两个孩子还很小，做了错事，克利夫会警告说，如果下次再犯，就要处罚他们。

第二天下班，克利夫发现两个孩子故伎重演，根本没把自己的话当回事，克利夫很恼火，但看着孩子们可怜的样子又心软了，他不忍心处罚他们。

克利夫把两个孩子叫进房间，然后他解下自己的皮带，脱下衬衫，光着背脊跪在床前，让两个孩子每人用皮带抽他十下。

两个孩子不想抽打自己的父亲，但父亲有言在先，犯了错就要受惩罚。克利夫告诉孩子，处罚是不可避免的，但作为父亲克利夫决定替他们承受。克利夫坚持要孩子们用力打满二十下，两个孩子边打父亲，边痛哭，比受到最严厉的惩罚时还难过。

从那以后，克利夫甚至再没打过两个孩子，因为孩子们知道父亲爱他们，但不会因此而忽视他们的错误，所以孩子们总是非常听话，不是怕被罚，而是出于对父亲的尊重和爱。

（**推荐者**：李小明）

你也可以做上帝

暴风雨之夜，在某个偏僻的山村里，有位女士即将临盆，可她的丈夫在监狱里，身边只有一个五岁的小男孩。

情急之下，这位女士报了警。但是由于暴雨已经造成洪灾、泥石流，救护车和救灾人员已经全部出动了，留守的警员只好打电话到地方服务社团团长家里，请求协助。

那位团长马上答应，并且自己驾车到那女士家把她送到医院，顺利生产，母子

愿做一片树叶，用祝福把树枝挂满，在晨风中舒展我纯洁的碧绿，在夕阳里燃烧我热烈的殷红，把你的生日装点得绚丽斑斓，繁花似锦，快乐无限！江苏 李雪娟（1123）

平安。

这时，团长才想起孕妇家里还有一个儿子，必须立即去把他接走，便给社团的一位最不热心但也是最后一个还没有出动的团员打了电话，希望他能去救助那位受困的小男孩。

那位“落后分子”很不情愿地从被窝里钻出来，懒洋洋地驾车到了小男孩的家。

小男孩被抱上车后，就一直盯着“落后分子”看。

突然小男孩开口问这位“落后分子”：“先生，你是不是上帝？”

这位老兄被突如其来的问话给“镇”住了，他惊奇地问：“小弟弟，为什么说我是上帝？”

小男孩说：“我妈妈出门时，告诉我要勇敢地呆在家里。她说，这个时候只有上帝能救我们。”

这位先生听了这话，脸一下子红了。

他很惭愧，腾出一只手摸了摸孩子的头，慈爱地说：“我不是上帝，我是你的朋友！”

他万万没有想到有一天自己也可以成为别人眼里的“上帝”，他突然觉得是那孩子天真的眼神点燃了自己内心的那盏灯，向善的灯。

小小的善举，可以给他人带去温暖、感动，更会给自己带来快乐。

（**作者**：罗　西；**推荐者**：张志国）

要自由的鹌鹑

有一群鹌鹑在草地上觅食，猎人过来了，他很麻利地用网捕获了鹌鹑，把鹌鹑装入笼中。

猎人往笼里伸出手臂，摸了摸鹌鹑，皱起眉头，说道：“太瘦了！”于是他就给鹌鹑撒了些谷物，这些鹌鹑见状，立刻围上去，不顾一切地啄食，只有一只站在角落里的鹌鹑不为所动。

猎人每天要巡视一遍，他依然要摸一摸鹌鹑，并且撒一些谷物。一天，他说：“可以出售了。”他找出了那只站在角落里的鹌鹑，“瘦得只剩下骨头了！”猎人边说边把它提出来，不经意间，这只鹌鹑轻轻地飞到人所够不着的树枝上。另一只仍在鸟笼里的鹌鹑见此情形，咕咕地叫道：“为什么你能飞出笼子？”

飞出去的鹌鹑有气无力地回答道：“你吃了猎人的食物，你将为此付出代价；而我因为拒绝食用，所以我重新有了自由。”说完它就飞走了。

（**推荐者**：蒋宁贤）

蓓蕾绽放

□黄廷洪

雨夜拜访老中医

初三学生胡佳有一副金嗓子，省电视台的青年歌手大奖赛正在招募选手，胡佳便瞒着父母偷偷报了名，利用课余时间积极筹备两个月后的比赛，这消息很快被父母知道了。胡佳的父母胡雨亭夫妇都是高级知识分子，夫妻俩都希望女儿能刻苦用功，以后能考上一所名牌大学，然后读研究生，踏踏实实做学问，可女儿不理会父母的劝阻，依旧我行我素。

一个细雨霏霏的夜晚，胡雨亭带着妻子来到父亲生前的挚友古静之家里，决定向这位老中医求助。省城里流传着许多关于古家中医的传说，有一个是这么说的：当年有个局长得了一种怪毛病，晚上一觉睡醒之后，突然发现自己眼睛斜了，鼻子也歪了，眉毛也掉光了，第二天一大早就用被单裹着脑袋来到古静之的中医诊所。古静之一看就知道这位局长得的是什么毛病，这种毛病只有他们古家特制的“古氏虎骨膏”方能治愈，可是因为国家早已禁止猎杀老虎，“古氏虎骨膏”也就没有条件制作了。看着局长那痛苦万分的样子，古静之看见墙上有一幅胡雨亭父亲早年赠送的《虎啸图》，就“撕”下老虎的一条腿，开了几味药，嘱咐那位局长将那只“虎腿”和中药一起煎熬服用，局长虽然半信半疑，为了治病，还是照着做了，

今天生日人真多，亲朋好友好几桌，人人都把祝福说，吉祥话儿有一车，我也送你几句嗑，愿你生日特快乐，生活过得乐呵呵！吉林 刘军（1124）

没想到三天之后怪病痊愈。这个传说在省城几乎家喻户晓。

古静之亲自为胡雨亭夫妇泡一壶黄山毛峰，笑着问：“雨亭啊，你们夫妻二人雨夜前来，如果我没有猜错的话，肯定是有什么事情吧？”

胡雨亭忧心忡忡地将女儿胡佳的事说了一遍，古静之说：“你们来找我，想让我做点什么呢？”

胡雨亭说出了夫妻俩雨夜登门的目的：“听说您有一门中医秘技：针灸探穴，扎了某个穴位就能让人突然失去发声功能；过一段时间重新扎针，又能让人恢复说话功能。”

古静之瞪大了眼睛：“你是说让我给胡佳扎一针，让她变成不会说话的哑巴？”

“三个月以后中考结束，那该死的歌手大奖赛偏偏在中考之前，你说这不是害人吗？我想让她死了唱歌这条心，一心一意准备中考；中考之后再请你把她说话的功能扎回来。”妻子补充说。

古静之不停地摆着手：“你们做父母的怎么会想到这么个主意？”

胡雨亭说“古伯伯，我们实在没有别的办法啊！求您了！”

“唉！”古静之叹息一声说，“你们别听人瞎说，我会针灸这不假，可也不是像金庸小说里写的那么神奇，这一针扎下去变成哑巴可以，再要是想恢复说话功能，可就不那么简单了。”

古静之越是说不行，胡雨亭夫妇越是认为老中医是出于好心，两人恳求了半天，也没有能说服古静之。妻子流着眼泪说：“古伯伯，您老人家和我们父亲是深交，您就帮我们一回吧，我们会永远感激您！孩子现在还小，懵懵懂懂的，我们做父母的不能犯糊涂啊！此时不掌稳舵，将来孩子走了弯路想回头也迟了。”

“唉，可怜天下父母心！好，我答应你们。”有了古静之这句话，胡雨亭夫妇俩脸上一下子松弛开来，三个人当即商量了一些具体的细节，直到十点多钟，夫妻俩才离开古静之的中医诊所。

一夜之间变成哑巴

几天以后，胡佳患了感冒，胡雨亭打电话把古静之请到了家里。听说古爷爷是专门来给自己看病的，胡佳埋怨爸爸不该麻烦老人家，吃点感冒药不就好了吗？古静之疼爱地拍着胡佳的脑袋，告诉她说，西药有副作用，他来给她扎两针，晚上睡一觉感冒就好了。胡佳也很听话，躺在床上让古静之给扎针。古静之在胡佳的耳朵边上扎了两根小银针，胡佳开始还有说有笑，后来就渐渐睡着了，古静之轻轻关上房门，和胡雨亭夫妇走到客厅。

“古伯伯，不会有什么问题吧？”

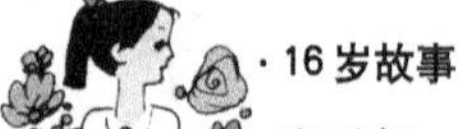

妻子问，她的声音在颤抖，汗水将内衣全浸透了，“两个月后，那个该死的歌手大奖赛一结束，您可一定要让孩子重新说话啊！”妻子又说。

“你们放心吧，我既然答应了的事情，就一定能办到；如果你们不放心，现在还来得及，我这就去给胡佳把银针拔下来。”

胡雨亭赶紧赔不是。两个钟头过去了，古静之走进胡佳的房间，拔下她耳朵边上的银针，拿出一包配好的草药，嘱咐胡雨亭妻子熬给胡佳喝。那天晚上，夫妻俩一夜没有合眼，看着熟睡的女儿，他们的心里五味杂陈。

第二天早晨，妻子把胡佳从床上叫起来，胡佳突然发现自己一夜之间变成了哑巴。“妈妈，我怎么了？我的嗓子怎么了？”胡佳朝母亲喊着，却发不出声音，她喊着、叫着，用手揪着自己的头发。

妻子心如刀绞，抱着胡佳哭了起来，按照事先的约定，胡雨亭拨通了古静之的电话。半个小时以后，古静之来到了胡家，察看了胡佳的喉咙，对她说“孩子，你这是发育期间的突然失声，不要害怕，过一段时间就会好的。”

胡佳流着眼泪在一张纸条上面写道：“古爷爷，我想唱歌，正在准备青年歌手大奖赛，现在成了哑巴了，我可怎么办啊？”古静之告诉她：“大奖赛肯定参加不成了，你就安心准备中考吧！”父母也接过话题劝慰胡佳。

蓓蕾绽放

自此以后，胡佳全身心地投入到学习中，她的成绩由全班的第十八名上升到了前三名。胡雨亭夫妇喜笑颜开，可就在这时发生了一件意想不到的事情：老中医古静之上街出了车祸，在医院里没有抢救过来。胡雨亭夫妇的吃惊程度可想而知。没有了古医生，女儿胡佳如何能恢复说话？他们走访了许多医院，医生们听了，都摇头，表示无能为力，许多人还

生日在今日，祝福尾随至，烦恼都溜走，快乐伴左右，生活无限好，自由乐逍遥，美丽常相伴，苗条永不胖。祝你生日快乐！浙江 池达（1125）

谴责他们的做法。原来只是想阻止胡佳参加歌手大奖赛，没有想到如今弄得女儿一辈子将成为哑巴，夫妻俩越想越难过，越想越觉得对不起胡佳，偏偏这时候胡佳又突然离家出走了。

胡雨亭夫妇十分后悔当初那个荒唐的想法，可是已经晚了。他们到电视台刊登了一则寻找女儿胡佳的启事，白天四处寻找，晚上呆呆地看着电视台的广告，希望能接到好心人打来的电话。那天晚上，妻子突然看到女儿胡佳出现在电视上，赶紧叫来胡雨亭，那是省青年歌手大奖赛的比赛现场，五彩的灯光下，胡佳亮开嗓子唱了一首《青藏高原》，现场掌声雷动，她获得了大奖赛的金奖。

“原来她偷偷跑去参加比赛去了。”胡雨亭心里的石头落地了。

“哎，她的嗓子……不是被……”妻子疑惑地望着丈夫。

午夜十二点，电话响了，是胡佳打来的。“妈……”听到胡佳在电话喊了一声“妈”，妻子泪如雨下，好像多少年没有听过这亲切的称呼了。胡佳在电话里告诉父母：其实当初古爷爷并没有用银针扎哑她的嗓子，只是要胡佳装装哑巴，古爷爷还根据中医的原理，对胡佳嗓子的发音进行过指导呢。

“原来我们两人一直蒙在鼓里啊！我看这个小丫头，不仅能唱歌，还会演戏！”夫妻俩这下都明白了。

那年中考，胡佳考得相当不错。三年后的高考，她同时收到北京大学和北方一所音乐学院两份录取通知，胡佳经过再三考虑，还是选择了北京大学，她说，其实唱歌只是她的爱好。

上大学的前夕，胡佳再次来到古静之的墓前，将手中的鲜花献上。老人的话又一次在她的耳边响起：“孩子，你就像一朵蓓蕾，等待绽放！”

（**题图、插图**：谭海彦）

·本刊信息传真·

郑重声明

为严肃出版纪律，编辑部再次郑重声明：1.本刊拒绝重发稿、抄袭稿。一经发现，编辑部将视情节轻重，对其作出相应的处理，如通报有关部门、在刊物上公开曝光等，并保留向司法部门起诉、追究法律责任的权利。2.所有来稿务请注明：原创、翻译、改编、推荐、搜集整理以及需要说明的事项（包括该作品是否已投寄其他刊物）。3.来稿三个月内未接到任何通知，作者可另投他处，编辑部不再退稿。

根据欧·亨利《带家具出租的房间》改编

三楼后间

□吴存君 改编

一天傍晚，有个年轻男子挨门挨户按铃。

在第十二家门前，铃声响过，女房东珀迪夫人应声出来开门，年轻人问她有没有房间出租，珀迪夫人说三楼还有个后间，年轻人便跟珀迪夫人上了楼。

“就是这间，”房东珀迪夫人说，“房间很不错，住过一些特别讲究的人——他们从不找麻烦，按时付房租。露丝小姐住了三个月，她演过轻松喜剧，我的房客中有很多人在演艺界干事。”

年轻人租下房间，预付了一个星期的租金。

房东珀迪夫人正准备离去，年轻人问道：“你记得房客中有过一个叫凯莉的姑娘吗？她多半是在台上唱歌的。她皮肤白嫩，个子中等，身材苗条，金红色头发，左眼眉毛边长了颗很吸引人、很漂亮的黑痣。”

“不，我记不得这个名字。那些搞演出的，换名字跟换房间一样快，来来去去，谁也说不准。不，我想不起这个名字。”房东珀迪夫人似乎想尽快结束这场问话。

年轻人五个月不间断地打听询问，得到的却是千篇一律的否定回

知心朋友心连心，离山离水不离心，真正友谊靠真心，友谊一世不悔心，朋友生日好欢心，未能到场生歉心，短信传送祝福心，愿君生日多开心。河北 李彦峰（1126）

答。

他已经花了好多时间，白天去找剧院经理、代理人、合唱团打听；晚上则夹在观众之中去寻找，名角儿汇演的剧院也找过，下流污秽的音乐厅也去找过，尽管年轻人担心真的在那类地方找到凯莉小姐，但他仍不愿错过任何可能找到凯莉小姐的场所。

年轻人对凯莉小姐情有独钟，一心要找到她。他确信，她从家里失踪后，一定藏在这个城市的某个角落。

一天午后，年轻人躺在床上，他忽然一跃而起，四下张望，好像有人在喊他似的，因为他突然闻到房间里充满木犀花浓烈的芬芳，这木犀花浓烈的香气乘风而至，鲜明无误。他伸出手臂拥抱香气，刹那间，他的全部感觉都给搅混在一起，年轻人忍不住大声叫道："凯莉小姐在这个房间住过！"

年轻人扭身寻找起来，这沁人肺腑的木犀花香，她所喜爱、唯她独有的芬芳，究竟是从哪儿来的？

年轻人把梳妆台抽屉搜了个底朝天，最后又把墙缝和墙角掏了一遍，却没发现凯莉小姐可能曾住过这儿的丝毫痕迹。

就在年轻人快要绝望的时候，他猛然想起了女房东珀迪夫人，于是便从幽灵萦绕的房间跑下楼，来到透出一缝光线的门前。

女房东珀迪夫人应声出来开门。

年轻人竭尽全力，克制住激动之情，说道："请告诉我，夫人，我来之前，谁住过那个房间？"

"好的，先生，我可以再说一遍。以前住的是露丝和穆尼夫妇，我已说过，露丝小姐，演戏的，后来成了穆尼夫人。我的房子从来声誉就好，他们的结婚证都是挂起的，还镶了框，挂在钉子上……"

年轻人迫切地追问道："露丝小姐是哪种女人——我是说，她长相如何，左眼眉毛边是不是有颗迷人的黑痣？"

"露丝小姐嘛，她是黑头发，矮小、肥胖，脸蛋儿总笑嘻嘻的，没有黑痣。她一个星期前搬走了，上星期二。"

这样看来，露丝小姐不可能和凯莉小姐会是同一个人。

沉默了一会儿，年轻人又开口问道："那么，在露丝小姐以前还有谁住过这里呢？"

"嗨，有个单身男人，搞运输的，他还欠我一个星期的房租没付就走了；再以前是多伊尔老先生……再往以前我就记不得了。"

年轻人谢了女房东珀迪夫人，然后他慢腾腾地走回房间。

房间死气沉沉，木犀花香已经消失，代之而来的是家具老朽发霉、陈腐、凝滞的臭气。

年轻人觉得自己再也找不到他的所爱凯莉小姐了，他坐在那儿，呆呆地看着嗞嗞作响的煤气灯的黄光，少顷，他走到床边，把床单撕成长条，然后用刀刃把布条塞进门窗周围的每一条缝隙。

一切收拾得严实妥当以后，年轻人关掉煤气灯，却又把煤气开足，最后非常绝望而疲惫地躺在床上，他用煤气自杀了。

就在年轻人绝望地躺在床上的时候，珀迪夫人已到邻居家玩去了。

珀迪夫人告诉邻居太太："我已经把三楼后间租了出去，房客是个年轻人。"

"嗬，真有你的，"邻居太太说，"那种房子你都租得出去，可真是奇迹。那你给他说那件事没有？"她说这话时悄声细语，神秘兮兮的。

珀迪夫人用她那令人讨厌的粗嗓音说："就是为了租出去，我没给他说那事。如果知道这个房间里有人自杀，死在了床上，谁还租这个房间？"

"对，这话不假，一个星期前你才把三楼后间收拾干净，那姑娘就用煤气把自己给弄死了——都说她长得俏，"邻居太太既表示同意又显得很挑剔地说，"只是她左眼眉毛边的黑痣长得不好看。"

（题图：佐　夫）

·本刊信息传真·

2006年《中国最有影响力的故事》征文启事

五大奖励措施　稿酬外追加千字千元奖金

为鼓励多出优秀作品，《故事会》杂志社决定继续举办2006年《中国最有影响力的故事》征文大赛，并对优秀作品实行5大奖励措施：

1. 入选作品除在杂志上发表外，还将收入《〈故事会〉中国最有影响力的典藏故事》（2006年版）一书。2. 入选作品可得两笔稿酬：在《故事会》杂志发表的作品，首发稿酬每千字400元，选入书后再追加每千字1000元。3. 入选作品均颁发奖励证书。4. 本刊将委托有关专家对入选作品进行精彩点评。5. 本刊将邀请有关作者参加10月在外地风景区举办的优秀作品改稿会以及年底的颁奖大会，所有费用均由我社承担。

征稿范围：具有现实感、新鲜感且可读性强的中短篇原创作品。超短篇（如幽默故事）的字数一般在1500字以内，短篇（如中国新传说）的字数一般在5000字以内，中篇故事的字数一般在15000字以内。

来稿方法：1. 从邮局寄发，请在信封上注明"征文大赛"字样，本刊地址：上海市绍兴路74号《故事会》杂志社，邮编：200020。2. 从网上传递，可发以下信箱：wulun@vip.sohu.net，请在主题上注明"征文大赛"字样。来稿也可直接发至各责任编辑的电子信箱，本期责任编辑的信箱是：keyin118@163.com

装一袋澳洲的阳光，抓一把马尔代夫的海风，灌一瓶法国的浪漫，集一段美国的幽默，录一碟维也纳的音乐，作为生日礼物送给你，愿你开心快乐每一天。山西 杨宇（1127）

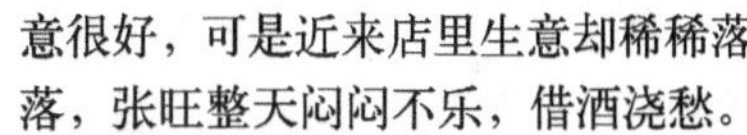

生意兴隆的老乡饼

□汤　敏

张旺的老乡饼，馅好、新鲜，以前店里生意很好，可是近来店里生意却稀稀落落，张旺整天闷闷不乐，借酒浇愁。

张旺媳妇微微一笑，对张旺说："老公别愁，赶明儿我去店里呆几天，你先歇着，看我怎么把店救活喽！"张旺不信，以为媳妇吹牛，没想到媳妇第二天一大早给他熬完米粥，烙了两张饼，自个儿真去店里干活了。

第一天收工，张旺媳妇回家二话没说，吃完饭倒头就睡，张旺知道生意没起色，也不再问。

第二天回来，张旺媳妇临睡前说："今儿个卖出两百个。"张旺不服地说："那算啥，我最多一天卖出八百多个。"

第三天，张旺媳妇没回家吃饭，晚上很晚才回来，说："今天订了一千五百多个，到现在，工人们还没下班呢。"张旺一听死活不信。

第四天一大早，张旺再也忍不住好奇心，非要到店里面看个究竟。这一看，把张旺看得目瞪口呆：只见店里又新添了两名新伙计，脱、烘、烤，忙个不停；订老乡饼、提老乡饼的人一个个兴冲冲地进了张旺媳妇的办公间，又一个个兴冲冲地出来，比起以前来，生意更红火了。张旺瞅个空钻到媳妇办公间，问："你行啊，到底怎么搞的？竟然这样红火。"张旺媳妇笑笑，戳着张旺的脑门儿说："你呀，

死脑筋！你就在这坐着，一会儿就明白了。"

话刚说完，一个小伙子风风火火地闯了进来问："大姐，我那两盒老乡饼准备好了吗？"张旺媳妇从身旁提出两盒包装精美的老乡饼，问："东西带来了吗？""带来了带来了。"小伙子忙不迭地掏出一枚白金钻戒，张旺媳妇让小伙子自己放到老乡饼里，用老乡饼模子一扣，天衣无缝！小伙子付了钱，兴冲冲地走了。"看见了吗？现在谈恋爱讲创意，女朋友吃老乡饼吃出个钻戒来，这么着求婚够新鲜吧？"张旺嘴上没说，心里却想："这算什么创意，不就是卖出两盒？"

正想着，门开了，一位中年干部走进来问："老板娘，我们老干部局的老乡饼做好了吗？""好了好了，小林子，快把两百个无糖老乡饼交给领导！"等人走了，张旺媳妇扭头对张旺说："上年纪的老人不能吃太甜太腻的，改成无糖老乡饼保准对老干部们的胃口！"张旺被说得无言以对。

接着，一位幼儿园女老师走了进来，张旺媳妇笑脸相迎："徐老师呀，您要的儿童老乡饼我们昨天连夜赶出来了，您看看模样还喜欢吗？"张旺跟过去一看，只见这批五百个老乡饼比平常的老乡饼小了一半，店里老李师傅赶制了十二生肖模子，制成的十二生肖老乡饼栩栩如生！张旺媳妇这回啥也没说，张旺心里却不由得暗暗佩服，自己咋就想不到呢？

一上午订老乡饼、提老乡饼的人络绎不绝，有人还拿着宣传广告慕名前来，张旺这才知道，前两天媳妇已经把广告做得家喻户晓了。

中午十二点，有位干部模样的人悄悄进了店，张旺媳妇赶忙让进了办公间，张旺见他们神神秘秘的样子，不免心中生疑，悄悄凑到窗外偷看：只见张旺媳妇端出五盒老乡饼，一共二十五个，每个老乡饼里放了一个金元宝，这金元宝张旺见过，个头不大，金店里有卖，每个一千多块钱呢。张旺媳妇把老乡饼用模子扣好交给来人，来人付了钱，将这五盒老乡饼和其他五百盒老乡饼用车运走了。张旺把媳妇堵在屋里问："这是咋回事儿？"张旺媳妇吓了一跳，缓过神来说："这叫有奖老乡饼，那位干部为员工们争得很大的利益，员工们心存感激纷纷送礼，那位干部盛情难却只好收下，可他又想不出好办法把礼还给员工们，我受求婚老乡饼的启发，就想出这么个主意来。发奖品时，每人可以得到藏有金元宝的老乡饼，再附带送十个没奖老乡饼，这让员工们收得心安理得，是不是？你看他订做了二十五个有奖老乡饼，捎带买了五百个没奖老乡饼哩！"

张旺听后，佩服得五体投地，美美地亲了老婆一口。

（题图：魏忠善）

就知道你今天会被铺天盖地的短信包围，我一早就让祝福跨过高山大海，越过高楼大厦，穿过大街小巷，闪过卖茶叶蛋的老太太，钻进你的耳朵："生日快乐。"河南 苟继成（1128）

摔碎的心

永远好不了的“感冒”

灾难，在晓敏未出生的时候就已经开始了，到她五岁时，深藏在晓敏身体内的病魔终于狰狞地扑向她，扑向她的父母，晓敏被确诊患有一种医学上称之为“法乐氏四联症”的先天性心脏病，这是目前世界上病情最复杂、危险程度最高、心脏随时都可能停止跳动的顽症。

晓敏在父母的带领下开始去国内各大医院求医问诊，开始了整日鼻孔插导管的生活。晓敏问母亲，为什么她的鼻子里总要插着管子，母亲告诉她，因为她得了很怪的感冒，很快就会好的，然而，晓敏的“感冒”一直没有好。

十六岁那年，晓敏终于从病历卡上清楚地知道了自己患的是一种几近绝症的病。

那天晚上，父亲依然像以往一样，将晓敏喜欢的饭菜摆放在她床头的柜子上，将筷子递给她说：“快吃吧，都是你喜欢吃的。”晓敏克制着自己，平静、平静！可绝望还是疯狂地撕扯着她，她放声哭了起来。哭声中晓敏哽咽着问父亲：“你们为什么一直在骗我？为什么……”

父亲在晓敏的哭问声中愣怔着，突然背转过身，肩膀不停地抖动着。

接下来的整整三个夜晚，晓敏都是在失眠中度过的。

第四天清早，晓敏悄悄溜出了家，她知道，离家不远处有一家农药店，晓敏要去那里买能够了结自己生

命的药物。晓敏可以承受病魔的蹂躏，却无法忍受父母被灾难折磨，而晓敏认为她唯一能够帮助父母的，似乎只有杀掉病魔，而她能够杀掉病魔的唯一方法就是结束自己的生命。

就在晓敏和店老板讨价还价的时候，父亲从门外奔了进来，一把抱住晓敏，她感觉到父亲浑身都在颤抖，晓敏知道，父亲一定是在哭泣……

那一晚，家里一片呜咽，而父亲却没有再掉泪，他告诉晓敏："孩子，我们可以忍受再大的灾难，却无法忍受失去你的痛苦啊！"

因为爱父母，晓敏想选择死亡；而父母却告诉晓敏，爱他们就应该把生命坚持下来。

乞讨生命

三天后，在市区那条繁华的街道旁，父亲衣服褴褛地跪在那里，脖子上挂着一块牌子，上面写着："……我的女儿得了绝症，她的心脏随时都可能停止跳动，善良的人们，希望你们能施舍一点爱，帮助我的女儿避免不幸，毕竟她还只有十六岁啊！"

晓敏是听到邻居说父亲去跪乞后找过去的。当时，父亲的身边围着一圈的人，人们看着那牌子，窃窃议论着，有人说是骗子在骗钱，有人就吐痰到父亲身上……父亲一直垂着头，一声不吭。晓敏分开人群，扑到父亲身上，抱住父亲，泪水又一次掉了下来……

父亲在晓敏的哀求下不再去跪乞，他开始拼命地去做一些危险性比较高的工作，他说，那些工作的薪水高，他要积攒给晓敏做心脏移植的手术费用。心脏移植，这似乎是延续晓敏生命的唯一办法，但移植心脏就意味着在挽救一个人生命的同时，结束另一个人的生命啊！

直到有一天，晓敏在整理房间时，从父亲的衣兜里发现了一份人身意外伤亡保险单和他写的一封信。那是一份给有关公证部门的信件，大意

一生中总有一些朋友难忘记，一生中总有一些日子最珍惜。从春到冬，由陌生转为熟悉，虽不能时时问候，却会在特别的日子里，轻轻地说一声："生日快乐。"浙江 金益（1129）

是说，他自愿将心脏移植给晓敏！一切法律上的问题都和其他人无关。

原来，父亲是在有意接触高危工作，他是在策划着用自己的死亡换晓敏的生存啊！

晓敏一个字都说不出来，眼泪滂沱而落。那天晚上，晓敏和父亲聊天到很晚，晓敏告诉父亲："生命不在长短，要看质量，我得到太多太多来自您和妈妈的爱了，就是现在离开这个世界，我也会很幸福地离开……"

一天，晓敏从学校回来，不见父亲，母亲告诉晓敏："你爸爸到公证处去公证了，想要把他的心脏移植给你，表示他是自愿的，和任何人都没有关系，可这是要死人的事情，公证处的工作人员没有受理，他又去医院问医生去了……"

母亲说着，掉着泪，晓敏的心就像被揪扯着一样的疼，晓敏知道，那是因为父亲太重的爱挤压的疼痛，而晓敏能做的，却只能是听任父亲。

那天晚上，父亲神色黯然地回来了，晓敏看得出，一定是医生也不同意他的想法。

父亲不再去咨询什么移植的事情，开始埋头工作了，只是，依然是那些危险性很高的工作。

七个月后的一天，父亲在一处建筑工地抬玉石板时，和他的一个工友双双从五楼坠下，晓敏赶到医院时，父亲已停止呼吸。听送父亲到医院的一些工友讲，父亲坠下后，双手是捂在胸口前的……晓敏知道，父亲在灾难和死亡突至的刹那，还记挂着女儿，还在保护着他的心脏，因为，那是一颗他渴望移植给女儿的心脏！

父亲的心脏最终未能移植给晓敏，因为那颗心在坠楼后被摔碎了。

（**推荐者**：柯　晶）

（**题图、插图**：安玉民）

新年特赦令

□肖艳

今晚报警器不响

四年前，约翰和吉姆因为抢劫银行而被捕入狱，判了八年徒刑。一转眼，一半时间就要过去了。他们觉得，如果在监狱里再呆上四年，实在是太漫长了，于是，两个人合计着怎么越狱。终于，他们商量出了一个办法。

约翰和吉姆想法进了清洁队，然后贿赂了清洁队的队长，得到了打扫监狱长办公室的活。

监狱长是个足球迷，吉姆也是个足球迷，他边打扫边和监狱长侃足球，同时他的眼睛四处搜索着。终于，他看到了自己的目标，就在第三个橱柜里挂着主楼的备用钥匙。吉姆不动声色地用抹布将他需要的东西卷了进去，然后抓起扫帚。

很快，吉姆和约翰在大院的楼道上碰头了。吉姆说："我拿到了我的宝贝，你呢？"

约翰笑道："我也搞定了！今天夜里，报警器不会响了，这里的报警设备比银行的差远了！"

晚上八点钟，吉姆和约翰坐在他们的牢房里，听着楼道里一位看守的脚步声远去了，就悄悄打开锁，溜了出去，随手锁上了门。

两个人一路上避过几个看守，来到了地下室，那里有许多堆得高高的箱子，正好为他们提供了掩护。不久，

从这一天起，世界上就多了一个生命，地球上就多了一个人类，我们就多了一份牵挂，大家就多了一份快乐。你的到来是上帝对人间的赐福，祝你生日快乐！重庆 甘宇航（1130）

一辆货车开了进来，那是给监狱送食物的车，狱警们从车上卸下供应给厨房的鲜肉、水果和蔬菜。

关键时刻到了，卸完货以后，货车朝着箱子倒开过来，当它倒得很近时，吉姆和约翰从他们的藏身处钻了出来，飞快地爬到货仓上，藏到最里面的角落里。没有人发现他们，一位警官锁上了后盖，车子开动了。

就这样，约翰和吉姆顺利地逃了出来，他们在一个空仓库里呆了一夜，想等天亮以后，搭别的货车继续逃走。

柳暗花明

黎明终于到了，车还没有来。约翰从地上抓起一份报纸，借着透进来的光线看着。忽然，他坐了起来，嚷嚷道："嗨，州长计划在新年来一次特赦。"

吉姆笑着说："那又怎样？我们反正已提前特赦了。"

约翰瞪圆了眼睛看着他的同伴："你听我说，特赦令适合那些刑期在十年以下的囚犯，如果到12月31日，他们至少坐完了一半时间的牢，就可以获得特赦。"

吉姆的脸色也变了："我们是在四年前的最后一天抢的银行，元旦前一天我们被抓进了牢里，我们的一半刑期正好在12月31日这一天结束。"

"妈的！"约翰气得跺脚道，"我们很快就正式自由了，为什么还要逃出来呢？他们会追我们追到死！要是被逮住了，我们就得额外再多坐几年牢！"

吉姆沉默不语。约翰又冲着他叫道："都是你出的主意！这下好了，你想不出什么好主意了吧？"

吉姆突然抬起头来说"约翰，我有一个办法，我们去找一家报社，就说我们根本不想逃跑，只是开个玩笑，让人们注意到监狱里的安全措施有多糟糕，引起他们的警惕。那样一来，我们就是英雄了，会得到舆论的保护，还可以出名呢！"

约翰也兴奋了起来，他怎么就没有想到呢？大门口那儿不就有一部电话吗？老天爷真是关照他们啊！

不到一个小时，两人就在报社大楼里受到了主编的亲自接待。对方准备了冷餐会，甚至还准备了香槟酒，记者们提了无数的问题，镁光灯在他们面前闪个不停，把他们的眼睛都给闪花了。

吉姆和约翰又吃又喝，快乐地过了一天。到了晚上，他们被一大群新闻记者们簇拥着，回到监狱门前。镁光灯再一次闪个不停，他们像英雄一样走向警卫。

第二天上午，他们被带进了监狱长的办公室。桌上有一张晨报特刊，上面登有他们的巨幅照片。

监狱长冷冷地说："先生们，请

坐，你们可以引以为荣了，州长已经因为我的失职，解除了我的职务。”

吉姆和约翰互相看了一眼，想说点什么，可是监狱长做了个手势阻止了他们。

“同时检察院也认为，你们是最清白无辜的羔羊，因此，越狱不会给你们带来新的惩罚。”

吉姆故作惊讶地说：“我们只是为了提醒监狱，要加强安全措施……”他说着，脸上却抑制不住笑意。

约翰也在一边附和道：“对对对，我们是为了防止其他犯人越狱，我们本来就可以享受特赦，不用越狱的……”

监狱长轻蔑地看了他们一眼，继续道：“先生们，不要耍小聪明了！我已经告诉检察院，本来到12月31日，你们刚好服完一半刑期，但昨天这次小小的郊游花了一天的时间，正由于少了这一天，你们特赦的条件没能达到，所以，你们不能获得特赦，你们的刑期还是八年。”

（题图：佐　夫）

·本刊信息传真·

“优媒杯”《故事会》优秀作品月月评

每期3篇选1　最高奖金800元

为鼓励读者参与，《故事会》决定举办“‘优媒杯’《故事会》优秀作品月月评”活动，参加方式如下：1. 每期由初评委推荐3篇故事为候选作品，读者可选择自己最喜欢的一篇，将其月月评短信代码（如AA111，没有短信代码的作品不参加评选）发送到911903（移动用户、联通用户）、02838168（广东移动）。每次限选一篇，可多次投票。2. 凡选对本期“最受欢迎的故事”的读者均有机会获得现金奖。每期设一等奖1名，奖金800元；二等奖10名，各获现金100元；所有参加评选的读者均有机会获得参与奖，每期200人，各获精美礼品一份。3. 本期活动截止期为：6月5日。得奖读者在评选结果揭晓后将得到短信通知。用户每投一票收费1元。

本期候选作品：1.《都是为了她》（p24）（短信代码：AA111）；2.《无奈的姻缘》（p40）（短信代码：AA112）；3.《欲望刺激器》（p67）（短信代码：AA113）

“优媒杯优秀作品月月评”2006年4月(上)评选揭晓

2006年4月（上）获得选票前三名的作品分别为：《伸进花瓶里的手》(728 票)、《神奇的木楔》（399 票）、《老哥儿们》（398 票）。。

经抽奖，下列读者获奖：一等奖（奖金800元）：顾笑安（130****5282）；二等奖（奖金各100元）：黄艳香（137****0408）、董明政（138****3360）、姚和平（137****1828）、韩委镇（135****3916）、陈正喜（136****9155）、龚杰（136****9017）、张治平（139****2134）、凌灵（137****9214）、王广山（135****3239）、孟云（138****1503）。阅读奖名单略。

你的生日，我没忘记，无法亲临，实在歉意，一条短信，传递祝福，祝你“生”体健康，“日”进斗金，“快”乐每天，“乐”于生活！四川 刘治（1131）

欲望刺激器

□谭文春

麦芝姬开了家时装店，生意很不好，为此，麦芝姬央求丈夫帮她想想办法，让生意变好。

麦芝姬的丈夫是个颇有名气的发明家，脑袋里经常会蹦出一些出人意料的绝妙点子。为了妻子，丈夫废寝忘食地钻研，不久，一个能让店里生意红火的神秘玩意儿便大功告成！

这天，丈夫拿着自己的新发明来到店里试用，刚好一位少妇走进店来，麦芝姬立即上前，满脸笑容地殷勤招呼，但那少妇丝毫不为所动，挑剔地这件衣服摸摸、那件衣服看看，转了一圈之后，就摇着头往外走。麦芝姬一脸失望，丈夫轻轻地安慰妻子说："别急，看我的！"便从衣袋里拿出一个像手机一样的东西，悄悄地对准那少妇，按下发射键。

随即，奇迹发生了，本已一只脚迈出店门的少妇，突然又转身进来，拿起一件衣服说："咦！这件衣服不错，我可以试试吗？"麦芝姬见她突然回心转意，惊讶得赶忙把少妇领去试衣间。不一会儿，就见那少妇喜滋滋地穿着新衣服出来了，也不还价，爽快地付了款，满心欢喜地走了。

看着一件本来不可能做成的生意，在丈夫的捣鼓下，居然不可思议地顺利成交了，麦芝姬高兴得抱着丈夫亲了又亲！接下来这一天，每一个进店来的顾客，都在丈夫手上那个神秘玩意儿的撺鼓下慷慨解囊，倾力购买，满载而归，麦芝姬兴奋得满脸红霞飞。

晚上回到家，麦芝姬这才问丈夫到底发明了什么东西，这么神奇！丈夫呵呵一笑，告诉她："这个叫做'欲望刺激器'，它能够发射出一种人体模拟频谱，专门刺激人的大脑中枢神经，增强顾客的购买欲，让每一个走进店里的顾客，绝不空手而归！但这玩意儿功率比较小，一次只能刺激一个人。"

自从有了这玩意儿，店里的生意是芝麻开花——节节高，麦芝姬为此还扩大了店铺面积，另外请了几个店员做帮手，月月都赚得盆满钵满。

随着生意越做越大，麦芝姬开始不满足"欲望刺激器"单一弱小的功率了，她对丈夫说："一次刺激一个人，会漏掉其他的顾客，让我们的生意大受损失。我要你加大功率，一次刺激一大片，让所有的顾客，一走进店里就被刺激到，一个都不放过，全部都不由自主地掏钱买我们的服装！"丈夫便将"欲望刺激器"加大了功率，并将其输出频谱的方式，由单一发射改成连续辐射，每时每刻，都让那种刺激人大脑中枢神经的频谱，在店中源源不断地发送。

随着生意日益火爆，店员们天天忙得脚不沾地，累得够呛，直喊招架不住了，甚至有人想辞职。

丈夫见此情景，又对"欲望刺激器"加以改进，在其中加入了一种刺激销售欲望的频谱，让店员精神始终处于高度兴奋状态，如此一来，即使整日奔波，也不觉累。果真，这个"欲望刺激器"的强化版一出笼，店里的生意更是像温度计掉进火堆里——直线上升！麦芝姬乐得每天晚上睡着了都嘻嘻哈哈地笑醒。

这天，一个男人走进店里，看见麦芝姬，惊喜地叫了一声："芝姬，是你！好多年不见了，你还是这么年轻漂亮啊！"麦芝姬见到他却突然脸红起来，原来这是一个多年来一直暗恋着她的男人。麦芝姬为了掩饰自己的慌乱，忙问他买什么，这男人在"欲望刺激器"强烈的刺激下，对麦芝姬产生了爱不释手的购买欲，脱口而出："我想买你！"麦芝姬听了这话，内心狂跳不已，在"欲望刺激器"强烈的、不可抗拒的销售欲望驱使下，终于，麦芝姬说："只要是我店里的，任何东西您愿买，我都卖。"

男人喜不自胜地掏出钱，麦芝姬仔细地数好，锁进柜台里，然后，把自己的手伸向顾客说："先生，这是您购买的物品，请拎好。"男人微笑着，牵着她的手，离店而去，其他的店员微笑着优雅地道别："先生请慢走，欢迎您下次光临。"

（本篇月月评短信代码：AA113）

（题图：魏忠善）

奇妙奇妙真奇妙，您的生日我没到，亲朋好友都重要，事业工作丢不掉，丢了工作没钞票，没了钞票把楼跳，如此风险不能冒，失礼之处多关照。云南 李礼（1132）

·中篇故事·

错综复杂的亲情，厚厚地包裹着每个人，穿越亲情的，是良知。有了这颗正直善良的心，亲情在渐渐明晰，爱情在慢慢靠近……

穿越亲情

□方冠晴

1.有凤来仪

陈川在网上结交了一位女朋友，她叫王晗，他俩相识，是从陈川佩戴的一块玉佩开始的。

王晗的网名叫“只爱佩玉男生”，王晗在视频里一看到陈川脖子上的玉佩，就主动与他搭话，他俩在网上聊得十分投机。

这天网上，两人在聊天时，王晗突然提出，说她后天要到陈川所在的城市出差，想顺道到陈川家看看。

约见面，这是个很暧昧的信号，何况是女方主动提出的，这让陈川高兴得神魂颠倒，可是他高兴之后，又犯愁了，他愁的是他的哥哥陈原。

陈原今年整三十，是个弱智患者，父亲陈仓满，快六十岁了，在家里照顾着陈原。陈川不敢将哥哥陈原的情况告诉王晗，只说自己是独生子，生怕说了，王晗会离他而去，因为陈川以前谈过五个女朋友，都是因为知道实情后离他而去的。陈川想，怎样才能让王晗不与哥哥碰面呢？哥哥那么大个人，藏是藏不住的，沉思良久，他猛地想起一个人。

那是三个月前的一天，陈川带哥哥出去散步，遇到一个中年人，他自称老李，是做生意的，想请人糊纸箱子，这是最简单的活儿，傻子都会做，要是让陈原去他那里做事，他管吃管住，说着还把电话号码留给了陈川。

当时，陈川只是一笑置之，现在

想起这件事，陈川有了主意，他打算先将哥哥送到老李那里，这样王晗就不会与哥哥碰上面，等到王晗与自己见过面后，双方交往多了，条件成熟了，再向王晗介绍哥哥的情况。

主意既定，第二天天刚亮，他趁父亲上街去买菜的机会，来到哥哥陈原的房间，催他起床，帮他穿好衣服后，就带他出门。陈原难得上一次街，高兴得一路手舞足蹈、呵呵傻笑。

来到老李家，陈川甚至没顾上观察干活场所以及了解如何操作等细节，只是与老李谈定，先让哥哥在这里试试，要是哥哥呆不惯，他还是要将哥哥接回去的，对此，老李一口应承下来。

办妥了这件事，陈川了了一桩心事，他赶回家，一进门，就见父亲满脸焦急，一见陈川劈头就问："你哥呢？你哥哪去了？"陈川只得将王晗明天要来家里的事告诉了父亲，他没敢说他把哥哥送到老李那里，撒谎说，为了不让哥哥在家里把事儿闹黄，他将哥哥送到同事家去呆两天。

父亲听了，叹了一口气，说："我知道，你哥难为你了，害得你……唉！"他顿了一顿，就喜形于色道，"既然明天有女孩子上门，那得好好准备一下。"说罢，他就又是抹桌子又是拖地板，忙得不亦乐乎。

事情总算办利索了，陈川的心情格外好，时间也就过得飞快，转眼间一天一夜就过去了，王晗该上门了，父子俩就眼巴巴地在家里等着。

王晗终于如约来了，哪知她一进门就掏出两张名片，一人递了一张。陈川不由一愣，他瞅了瞅王晗的名片，只见上面印着"琪瑶有限公司业务主管"的字样。他将名片收好，正想挨着王晗坐下，王晗微笑着说话了："陈川，你能不能将你的玉佩拿来，再让我看看？"

陈川又是一愣，敢情她不是来看人，而是来看玉佩的？不由一股失望之感涌上心头，只得默默地从脖子上取下玉佩，递了过去。

年年岁岁花相似，岁岁年年人不同，醒来惊觉不是梦，眉间皱纹又一重。在你生日的这一天，希望你能永远快乐、健康、美丽，生日快乐！云南 刘锦秀（1133）

王晗将玉佩接在手上，翻过去倒过来看了半天，渐渐地，双眼放光，脸上露出兴奋之色，当即从沙发上站了起来，走到陈仓满面前，一把握住他的手，激动地问：“阿伯，我能不能与您单独谈谈？”陈仓满惊疑地问：“单独谈谈？和我？”

王晗不由分说，拉住陈仓满的手，就走进里面房间，并随手“砰”地一声将房门关上了。

陈川傻了，他坐在沙发上，茫然地睁大了眼睛，望着紧闭的房门：这到底算怎么回事？约个女网友上门，人家不与自己呆在一起，反而与老头子关起房门嘀咕去了，真是邪门！

陈川在门外焦躁地等了半个多小时，房门终于开了，王晗出来时笑意盈盈，陈仓满更是满面红光，兴奋得不得了。他一见到陈川，就嚷起来：“川儿啊，好事呀，来，快、快叫妹妹！”说着就将陈川往王晗身边拉。

王晗兴奋地望着陈川的脸左看右瞧了一阵，然后伸手拉他到沙发上坐下，说：“我这次，就是为了你的这块玉佩来的。”说着话，将那块玉佩交还给陈川，继续说道：“是这样，我有个哥哥，很小的时候就走失了，我妈找他找了二十多年，一直没有找到。你知道我的网名为什么叫‘只爱佩玉的男生’吗？我其实是在找我哥。我哥走失时，脖子上戴了一块玉佩，就是你这块。”她一边说一边从自己的脖子上解下一块玉佩，递给陈川，说：“你看看，两块玉佩一模一样。只是，你那块上刻的是‘琪’字，我这块上刻的是‘瑶’字。这是我外婆送给我妈的两块陪嫁玉佩，我妈生了儿子后给了儿子一块，生了我后又给了我一块。玉佩上的‘琪’和‘瑶’，其实就是我妈的名字，她叫林琪瑶。”

听了王晗一番话，陈川怔怔地嘟哝道：“这是怎么回事呢？”他看看父亲，又看看王晗，“你是说，我是你的哥哥？”

王晗点了点头：“我在视频上无意间看到了你的玉佩，就在猜想你是不是我走失的哥哥。我将这事跟我妈说了，我妈让我来验证一下。现在看来，八九不离十了。”

陈川当即就笑了起来：“这不可能，我是我爸亲生的，怎么可能……”他的这句话还没说完，陈仓满走过来拍了拍他的肩，说道：“你不是我亲生的，你是我和你妈捡来的孩子，这话我们一直没告诉你，怕你心里有想法。今天王晗来找我，我才将实情都告诉了她，看来，你真是她的哥哥。现在好了，你总算可以与自己的亲生母亲团聚了。”

2. 意料之外

陈川脑子一时还没转过来，他真的无法接受这个现实，他叫了二十多年的爸爸，竟然不是他的亲生爸爸！

王晗这时站了起来，不好意思地说：“我妈的意思呢，为了稳妥些，最好做个亲子鉴定。做亲子鉴定的时间越快越好，我妈都等不及了。你们看，什么时候方便，就照名片上的号码，给我妈打个电话。”

陈仓满说：“其实不用搞得那么复杂，我可以担保，这事儿错不了。”

王晗说“亲子鉴定并不复杂，再说，这也不仅仅是家人团圆的事情，我们家家大业大，还关系到财产等诸多方面，所以……”陈仓满一听就明白了，人家开有大公司，就冲着财产也会有人赶着去认妈的，于是说：“中，你说什么时候做鉴定吧！”

就这样，双方敲定，三天后王晗和她妈妈赶过来，与陈川一起去做亲子鉴定。

王晗走了，陈川愣怔着，觉得这一变故太出乎他的意料了，陈仓满却高兴得不得了，一直摇着陈川的肩膀，兴奋地说：“孩子，你的苦日子总算到头了，你有个当董事长的妈妈，这日后就成公子哥了。”他顿了顿又说，“对了，你可以将你哥领回来了，你现在是大老板的儿子，再不用将你哥藏着掖着了。”

陈川点点头，直到走在去老李家的路上，才渐渐从这突然的变故中醒过神来。他摸出林琪瑶的那张名片，看了又看。“琪瑶有限公司”这名字他很熟悉，电视上经常有琪瑶公司打的广告，那可是一家大公司呀！想不到自己竟是这家大公司老板的儿子，而且，自己很快就能与亲生妈妈见面了！终于，一种激动、兴奋和期盼的感觉渐渐充满了整个身心，越来越强烈。

当他走到老李家门口时，他的脸上已全是笑意，他一想到自己是林琪瑶的儿子，整个思维便活跃起来，他暗暗对自己说“等母子相认了，看还有哪个女孩子敢嫌弃我？我一定在第一时间将这消息告诉那五个鼠目寸光的女孩，馋死她们，让她们后悔去吧！”他就在这样春风得意的情绪中按响了老李家的门铃。

来开门的，是一个他从未见过的胖女人，胖女人问他找谁，他说他找老李，胖女人说“你找老李呀？他曾经租我家的房子住过，可今天他突然提出不租了，搬走了。”

“搬哪去了？”陈川还没从自我陶醉中醒过神来，漫不经心地问。

胖女人说：“他上出租车时我好像听他对司机说，去长途汽车站，他大概离开这座城市去外地了吧！”

“去外地？”陈川彻底醒过神来，吃惊地问，“那我哥呢？就是昨天早晨我送来的那个人。”

“是那个傻乎乎的人？”胖女人说，“跟老李一起上车走了。”

长长的距离，长长的线，连着长长的思念；远远的空间，久久的时间，剪不断远方的惦念。祝你生日快乐！广西 何丙恒（1134）

“啊？”陈川顿时惊得目瞪口呆，他赶紧掏出手机打老李的电话，屋子里立即响起电话铃声。胖女人说：“别打了，老李给你的，就是我家的座机号码，你打他手机吧！”

手机？他哪知道老李的手机号呀！他傻了眼。

陈川怎么也没想到这个老李会将哥哥带走，万一哥哥有个好歹，自己既对不起弱智的哥哥，也对不起父亲呀！现在已不比以往，以往父亲有两个儿子，现在父亲只有哥哥一个亲生儿子，而自己现在竟然将父亲的亲生儿子弄丢了，这哪对得起父亲二十多年来对自己的抚养之恩啊！

他不敢将这个消息告诉父亲，他也不明白，老李带走哥哥陈原的意图，为了赶快将哥哥找回来，他立即打电话报了警。

警察很快赶来了，陈川担心地问他：“那个老李会不会是人贩子？”警察一听就乐了：“就你哥哥那种情况，哪个人贩子会贩他？”陈川一想也是，但老李为什么要带走他呢？而且连租的房子也退掉了，这是为什么？

警察也觉得这中间有疑问，但有一点是肯定的，人贩子是不会要像陈原那样的弱智患者，按理陈原不会有什么危险，但在陈川一再央求下，他还是同意跟陈川一起去长途汽车站找找看。

两个人来到长途汽车站，问了售票员，又问了车站的管理人员，得知他们搭乘了去武汉的班车。

知道哥哥去了武汉，陈川不敢怠慢，立即乘车赶到武汉去找。

傍晚的时候，陈川乘坐的车子还没到武汉，陈仓满就打来电话，问他这么晚了怎么还不回家，陈川哪敢说实话呀，只得撒谎说，单位临时有事加班，晚上回不去。陈仓满问：“那，你哥呢？”陈川忙说：“要不，让哥在

我同事家里再呆一天吧！”

陈仓满说：“这不成，不能老麻烦人家。你说，你同事家在哪里，我接你哥去。”陈川慌了神，匆匆说了一句：“不必了，明天我就带哥哥回去。”说完，就关掉了手机。

3. 愧疚寻兄

车到武汉后，陈川几乎是见人就打听，一直到下半夜，才从车站出口卖饮料的大妈口中知道，她见过这么个人，但后来去了哪儿，她就不知道了。

此时，陈川又急又悔，他骂自己鬼迷心窍，也不打听一下老李是什么路道，竟把不懂事的哥哥交给他，武汉这么大，要想找到哥哥陈原，无异于大海捞针！

陈川急得不知如何是好，这时父亲陈仓满的电话又打来了，他要陈川立即将陈原送回家。陈川知道，再瞒也瞒不住了，只得吞吞吐吐，将发生的事告诉了父亲。陈仓满听了，“啊”地惊叫一声，电话那端好半天没了声响。陈川吓坏了，他担心父亲会被这突然的消息吓出事来，哥哥毕竟是他老人家唯一的儿子呀！为了安抚老人，他只得对着手机一边检讨，一边郑重承诺：“爸，你别急，我一定会找到哥哥。一定会！万一找不到，我也永远是你的儿子，我会尽孝心的。”

“尽你个大头鬼！”陈仓满在那边吼了起来，“你在汽车站等着，我这就赶过来！”

到中午的时候，陈仓满就赶到了，他脸色铁青，见了面就将陈川骂了个狗血喷头，陈川心中有愧，只得耷拉个脑袋，怎么骂也不敢回嘴。

骂了一阵后，陈仓满才从怀里掏出几张陈原的照片，起草了一份寻人启事，然后拿到文印店里复印了几百份，到大街小巷四处张贴。

即使这样，一眨眼两天过去了，还是没有陈原的任何消息。陈川急，陈仓满更急。

到了第二天晚上，陈川想到，明天就是与王晗约定的做亲子鉴定的日子，眼下自己身在武汉，回去不了，得告诉对方一声。他就将这个想法跟陈仓满说了，哪知不说倒罢，这一说又像捅了马蜂窝，陈仓满火冒三丈，吼起来：“你就做你的春秋大梦吧，还惦记着去当有钱人家的儿子呢，我告诉你，你不把你哥给我找回来，你什么都别想！”

听到陈仓满这么严厉地骂他，陈川感到十分委屈，他真的不是惦记去认生母，他是想告诉人家一声，免得人家白跑一趟，哪知惹得陈仓满发这么大的火，唉！养子就是养子啊！

陈川只得避开陈仓满，躲到厕所里，偷偷给林琪瑶打了电话。但让他没想到的是，林琪瑶接电话时语气非

在关爱中让友情更深，在牵挂中让亲情更暖，在诚挚中让心底更静，在自然中让容颜更美，在简单中让生活更艳，在问候中让祝福更真。祝你生日快乐！黑龙江 范钰忠（1135）

常冷淡，只是淡淡地说了一句："好吧，什么时间有空再联系。"说罢就挂了电话。这让陈川一下子就愣住了，这哪是一个母亲和一个失散二十多年的儿子通电话的语气？王晗不是说，她母亲非常急迫地要与儿子相认吗？陈川的心里顿觉空落落的，有一种失望的感觉，而更多的，是不解。陈川却只得把失望和不解埋在心底，继续和陈仓满在武汉寻找陈原，这一晃就是五天。

到第六天，一个路人认出了陈原的照片，说他在汉口区看到一个乞丐，跟照片上的陈原很相像。一听这话，陈川和陈仓满激动起来，两个人当即打的赶往汉口区，来到那人所说的那条街道。

这是一条商业街，有超市、菜场，街道两边全是大大小小、各种各样的商店。街道上极少车辆，但人流如潮、熙熙攘攘、十分热闹。二人放眼望去，只见街道一角，果然有个乞丐，瘫坐在安有轮子的木板上。他头发蓬乱，脸又脏又黑，只露出一对呆滞的小眼睛，身上衣服又脏又破又单薄，手脚弯曲着，身上露出累累伤痕。他可怜巴巴地朝行人磕头作揖，眼泪汪汪地边哭边咿咿呀呀说着什么，不少行人见了，都怜悯地往他面前的破铁罐里丢钱。

陈川定睛一看，不错，是哥哥！见哥哥如此惨状，陈川的心都碎了。他飞奔过去，一下扑倒在陈原身前，把他抱在怀里，哭喊着："哥哥，哥哥，是我害苦了你呀！"

陈原也认出了弟弟和父亲。他傻乎乎地，说不清楚是哭还是笑，一边说着什么，一边紧张地往人行道上张望。陈川顺着哥哥张望的方向望过去，一眼就看到了躲在一张广告牌后面的老李。老李见自己被陈川发现，撒腿就跑。陈川骂道："兔崽子！看你往哪跑！"骂着拔腿就追。陈川在上大学时是百米冠军，用了不到两分

钟，就追上老李，像老鹰抓小鸡一样，揪住他的后衣领，一用力，就把他甩倒在地。

倒在地上的老李反倒镇定下来，他轻描淡写地说：“其实这也不是什么大不了的事，要不，我补贴你一点钱。”陈川一听就怒吼道：“你将我哥哥拐来当乞丐，还不是大事？”老李死皮赖脸地说：“我这也是在帮你呢！谁家摊上这么个废人不堵心？我帮你带出来你也清静了是不是？”陈川气得一巴掌抽在老李的脸上，抽得他双手捂住脸，再也不敢吭声。

这时，陈仓满和一些行人都赶过来了。陈川让他们押上老李，他背起哥哥陈原，来到附近派出所。

经检查，陈原身上青一块紫一块，都是老李逼他乞讨殴打所致。在事实面前，老李这才交待了一切。他家在农村，是个好吃懒做的主儿，后来跟着村里人到城里打工，却吃不得苦，于是租了一间房子住下来，然后穿得破破烂烂的出外乞讨，但毕竟他不是老人，又好手好脚，讨不到多少钱。那天他看到陈川带着陈原上街，他见陈原又傻又残，觉得这样的人一定是家里的累赘，家里人都嫌弃，自己倒可以利用这一点，让陈原帮自己行乞讨钱，这种白痴到自己这里就变成了摇钱树。当他达到目的后，为了不让陈川发现，就立即带着陈原来到了武汉。

4. 变化莫测

老李被派出所拘押了起来，而陈川和陈仓满终于找回了陈原，一家三口便离开武汉回家。看到哥哥身上的累累伤痕，陈川心里满是愧疚，一路上上车下车，他总是抢在陈仓满前头背起哥哥，似乎想以此来弥补自己的过错。陈仓满看在眼里，喜在心里，他眉开眼笑、乐呵呵地对陈川说：“这下好了，你哥找回来了，你现在可以去做人家老板的儿子，过好日子享福了。”听了这句话，陈川心里有一种说不出的滋味。

回到家里，陈仓满就催陈川给林琪瑶打电话，约她定下做亲子鉴定的日子。陈川掏出手机，想到上次与林琪瑶通话时对方那冷淡的语气，心里就很不舒服：难道有钱人就是这样，重金钱，轻亲情？要真是这样，认这个妈又有什么意思？

他思前想后、犹豫再三后，决定将电话打给王晗。

王晗接到陈川的电话，兴奋得不得了，当即就与陈川约定，第二天见面做亲子鉴定，这让陈川的心里又温暖了许多。

打完电话，陈仓满走了进来，在他的床边坐下，似乎是满腹心事。陈川见他这副模样，就问他有什么事，陈仓满迟疑了片刻，还是开了口：“明天林琪瑶要过来与你做亲子鉴定，她一定会有一些问题要问你，所以我想

把我的祈祷送给你，愿那是一片天上的云，让你忘却烦恼的人间；把我的祝福送给你，愿那是一支红蜡烛，带给你记忆的永远。祝你生日快乐！江苏 赵士玲（1136）

交待你几句。如果她问你今年多大，你就说你今年三十岁，还有……”

没等陈仓满把话说完，陈川惊讶得睁大眼睛、打断他的话说：“我今年三十岁？可我明明二十六呀！”

陈仓满说：“你按我教的说，没错。”

陈川皱起眉头，略一思索，然后试探道：“爸爸的意思，我不是林琪瑶的儿子？”

陈仓满郑重地点了点头：“对，你千真万确是我的亲生儿子。”

“这不是胡闹吗？”陈川生起气来，接着，他又忍不住开心地、孩子似的笑起来：“弄了半天，我不是捡来的，我是爸爸亲生的！”说着，上前一把搂住陈仓满，“爸，你干吗硬要将自己的亲生儿子送给人家呀？世上哪有你这样的傻爸爸？”

陈仓满眼泪流了下来，他抚摸着儿子的脸，长叹一声：“我都是为你好。你想，林琪瑶是大公司的董事长，家产上亿，你做了她的儿子，你的苦日子也就到头了。”

陈川没料到老头子会有这样幼稚的想法。他笑了起来，说：“你以为这是过家家呢，人家说认就认了？人家是要做亲子鉴定的。”

陈仓满却胸有成竹，不紧不慢地说：“亲子鉴定，你也是她的儿子！我早想好了，明天做鉴定时，带你哥一起去，你一直将你哥带在身边，医生抽血时，就偷偷让你哥伸出胳膊。”陈川双眼一下子睁得老大，怔了好半天，才小心翼翼地问：“你是说，我哥才是林琪瑶真正的儿子？”

陈仓满点了点头，接着就讲述了一件尘封二十五年的往事。

二十五年前，正是中国改革开放的初期，当时的陈仓满家在农村，但他不甘心脸朝黄土过一辈子，所以，他成了最先来到城里打工的农民。他来到城里，买了一辆三轮车，每天踩着三轮车载客，他只踩了不到两个月，就发生了一起事故。

一天，他载着一位客人，在经过

一段有下坡路的街道时，突然有个四五岁的小孩子横穿马路、冲到他的车头前，他一时刹车不及，将小孩撞倒了，三轮车从小孩的身上辗了过去，小孩当即昏了过去，他也几乎吓傻了，愣了愣之后，他就将孩子抱到车上，送到一个小诊所，诊所医生一看，孩子的手脚都断了，得送大医院。他问医生："送到大医院得花多少钱？"医生说："最低得五六千，还要看治疗的情况，也许还会留下后遗症。"

医生的一番话将陈仓满吓坏了，他踩了两个月的三轮车，才积攒下几百块钱，显然是不够孩子疗伤的，他更担心的是，孩子的父母会找他没完没了索赔，那样的话，自己踩一辈子三轮车，也不够赔这个孩子呀！几经考虑，他做出了一个昧良心的决定，那就是：逃！

他原想将孩子扔到医院门口，自己逃掉，但才到医院门口，孩子醒了，哇哇大哭不止，引来不少人的目光。在众目睽睽之下，他不敢扔，就想找个僻静点的地方扔了后，自己逃回老家。但他在城里兜了好半天都没扔掉，心想：孩子伤成这样，丢在这里没人管，万一死了，那自己的罪过就更大了。他终于没能忍下心扔下孩子，又担心耽搁久了会被孩子的父母找到，情急之中，抱着孩子上了回家乡的汽车。

回家后，陈仓满觉得县城正规医院去不起，就请村里的赤脚医生帮着孩子接骨。赤脚医生哪会这样的事呀！左折腾右折腾，孩子的手脚没能治好，也错过了治疗的时间，等他攒了一点钱再送孩子去县城医院时，医生也无能为力了。

陈仓满起先还有打算，那就是等孩子治好了再送回他父母那去，结果，孩子的手脚都废了，人变得痴痴傻傻的，他这才知道，自己不但撞断了孩子的手脚，连孩子的大脑也给撞坏了，他哪还敢将孩子送回去？只能留在身边当儿子了。

这孩子就是陈川的哥哥陈原。

5. 直面良心

听完陈仓满的讲述，陈川痛心地问："爸爸，你真做得出来！你将哥哥伤害成这样，居然还让我来夺取本该属于他的财产和幸福？你心里，就没有一丝愧疚吗？"

陈仓满低下了头，当他再次抬起头时，已是老泪纵横，他哽咽着说："我当然有愧，我为什么对你哥比对你还好？我们家从乡下到城里，搬了几次家，好日子过过，苦日子更过过，但我什么时候丢下过你哥哥，让他受过苦？但是，不管怎么说，我亲生的儿子是你呀！我当然希望你过得好，只要你认了林琪瑶这个妈妈……"

"够了！"陈川激动地站了起来，

一笑烦恼跑，二笑怒憎消，三笑憾事了，四笑病魔逃，五笑永不老，六笑乐逍遥，时常开笑口，寿比彭祖高。上海 王蓉蓉（1137）

"这个福我享不起，太昧良心，我这就给林琪瑶女士打电话。"

他刚刚拿起话筒，陈仓满慌忙伸手将话筒按住，可怜巴巴地说："你别忙着打电话，你听我把话说完，我这不仅仅是为了你，也是为了我们一家子人！"

陈川苦笑道："一家子人？也包括哥哥？"他真的不明白父亲在说些什么。

陈仓满继续说道："是呀，你与林琪瑶相认了，你就是她的儿子，你自己的生活好了不说，你有了钱就可以接济我们，我用这些钱请好保姆照顾你哥，一定让他吃好玩好，让他过得幸福，这是对大家都有好处的事呀！"

陈川被父亲说得一时没了主意，他慢慢放下话筒，吞吞吐吐地问："即使我愿意与人家相认，可人家要做亲子鉴定，这鉴定严格得很，能糊弄过去？"

陈仓满见儿子松了口，急忙连声道："这你就不用操心，我自有办法。"可陈川还是拿不定主意，他说："你让我再好好想想。"

这晚，陈川躺在床上整整一夜没合眼，他再三权衡，对他们一家人来说，父亲的主意确实不错，但良心呢？自己这样做了，良心能安吗？自己占有了本不该属于自己的财产，欺骗了一个已经受伤害了几十年的母亲，还要一直欺骗下去，这与当初父亲抱着哥哥逃回乡下，又有什么区别？

上午十点左右，王晗领着她妈妈林琪瑶来了。林琪瑶五十多岁，在陈川的想象中，像她这样的大老板，应该保养得很好，但见了面才知道，林琪瑶显得苍老而憔悴。

林琪瑶进了门，就一直打量陈川，然后仍像上次通电话时语气冷淡地问："就是你吗？你叫陈川？"陈川表现得异常冷静，语气平静却断然地说："不是我，是我的哥哥。"

此话一出，林琪瑶愣住了，王晗也愣住了。陈仓满惊得双眼圆瞪，差点晕倒。陈川依然平静地将两人带到

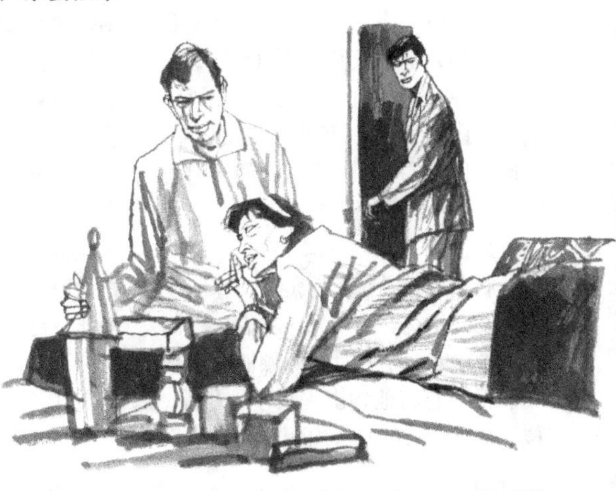

陈原的房门口，推开了房门。房间里，三十岁的陈原像孩子似的坐在床上，正在玩积木，林琪瑶一见，止不住泪水直流，“咚”的一声扔了手中的包，叫一声“我的儿啊！”就扑了进去。

王晗惊呆了，指着床上的陈原，结结巴巴地问：“是他？怎么会是他？他是我哥？”

“是的，就是他，他就是你哥！不会错，不会错！”林琪瑶边说边不停地用手抚摩陈原的脸，吓得陈原不知所措，林琪瑶这时发现陈原一只残废的胳膊，惊叫起来“怎么回事？我孩子的手怎么回事？”

事已至此，陈仓满再也瞒不住了，他只得愧疚地走上前去，低着头，将二十五年前的那件事，点点滴滴讲了出来。林琪瑶听得一愣一怔的，一直用牙齿咬着自己的下唇。

陈仓满讲完，愧疚地说“都是我害了你的儿子，我愿意承担责任。”

林琪瑶伤心地点点头，又摇摇头，叹了口气，说“我儿子的手和脚，的确是你害的，但，也是我间接造成的，可他的脑子，跟你没关系。”在场的人都愣住了。

林琪瑶接着说“我这孩子，脑子先天发育不全，治不好，我们夫妻俩都要做生意，哪有时间照顾他？后来我们狠狠心将他领出去丢了，但是，孩子毕竟是娘的心头肉啊！而且我们也意识到这是犯罪行为，因此在丢了他的当天，我就后悔了，四处找他，这一找就是二十五年……”说着，林琪瑶已经泣不成声了。

听到这儿，陈川这才恍然大悟，难怪自己与林琪瑶通电话时，她那么冷淡，因为自己是个正常人呀！林琪瑶根本就不相信自己是她的儿子。

林琪瑶擦干眼泪，这才过来拉住陈川的手，说“我能见到我失散二十五年的儿子，要感谢你！晗儿一直跟我说你如何帅气如何有学问有深度，说得眉飞色舞，我现在明白了，她说的确实是实情！”

王晗的脸一下子就红了，娇嗔道：“妈，你说什么呢？”

林琪瑶笑道：“这下不更好吗？你总是跟我说，你宁愿他不是你哥哥，现在真的不是了。”说着又面对陈川，恳切地说，“我要向你道歉。说实话，晗儿跟我说你是我儿子时，我心里清楚，你不是，所以，我以为你是那种想攀高枝的人，现在看来，我误会你了。”

一句话将陈川说得不好意思起来，他心里明白，自己也动摇过，差点就听了父亲的话，来冒充陈原。现在看来，自己的决定才是最正确的，而让自己做出这个正确决定的，不是与哥哥一起生活二十多年的亲情，而是良知。

（题图、插图：杨宏富）

岁月总是愈来愈短，生日总是愈来愈快，友情总是愈来愈浓，我的祝福也就愈来愈深，愿你的每一天都如画一样的美丽，祝你生日快乐！河北 李宵（1138）

家庭故事

家庭是一个舞台，千千万万个家庭演绎着万万千千的故事。这本故事书里的51则作品，艺术地再现了家庭中的矛盾纠葛、悲欢离合和儿女情长，内容亦庄亦谐，或耐人寻味，或令人捧腹，有较强的可读性和可传性。

情爱故事

集中所收38则故事，几乎覆盖人们情爱生活的各个环节，社会众生相在作品中得到了不同程度的映照和折射。这些故事不仅在情节设计上精于构思、巧于安排，而且在艺术风格上也各有所长。对看惯小说电影戏剧的诸位来说，浏览此书是一种全新的享受。

聪明人故事

本书犹如一叶风帆，引您在智慧之海遨游。故事中的主人公活跃在各自的人生舞台，凭着自己的聪明才智，斗强蛮，蔑权贵，助弱小，解万难，演绎着一出出绝妙无比的连台活剧，内容既有情节性又有趣味性。

傻子故事

傻子故事在民间流传极广。本书共收72则傻子故事，内容生动风趣，人物栩栩如生，一群言行可笑、可悲而又憨厚可爱的艺术形象，如一幅幅色彩奇特而又耐人寻味的漫画，让你目不暇接。

哇，没想到书可以出得这么漂亮！

“生活原来如此”

“生活原来如此”系列共有16册书,全彩，按礼品书精装，收录了几百个蕴涵心灵感悟、隽永难忘的生活小故事。每个小故事都配以精彩插画 寓意中赋予美感。

这里的一则则小故事,睿智而经典,每一则都会让你的心灵为之震撼。让你在洞悉生命意义的同时,体味生活的美丽。让我们在安静中保持心的平和,让我们一起来倾听生活的声音。虽然生活内在的声音常是微小的,但你的内心越平静,聆听得就越清楚——“生活原来如此!”

关于本系列丛书的更多信息，请登录本刊主办的“故事中国网”(www.storychina.cn)查询。

云朵酝酿出雪花；母亲孕育了孩子，雪花遇热终会融化；什么才能够感化你——母亲的孩子？

热雪

□耿建华

测字

王伟是快乐超市的业务员，妻子是收银员，女儿是品学兼优的好孩子，这在小城里是个让人羡慕的小家庭，可是，再好的家庭也有它的遗憾。

王伟年幼丧父，是母亲把他拉扯大的，现在，王伟好过了，母亲应该享福了，她却得了早期痴呆症，经常犯迷糊，说话颠三倒四不说，常常还不知冷热，这让王伟很头疼，有时，王伟甚至闪过一个念头：唉，这真是个累赘。

王伟和妻子一商量，就将母亲送到顶楼去住，这样，母亲就不会打扰他们的生活了。当然，王伟并不是不孝，他给母亲顶楼的房间装了彩电，在阳台上种了几盆花，还放了个煤炉，母亲可以看电视、浇花、兼着烧热水，每天这样过着，倒也相安无事。

王伟想：房屋开发商想得真周到！七层楼房，顶层不好卖，他们就来个“买七送八”，在七层上再加盖顶楼，有一个房间和一个大阳台，既可以供来客住宿，夏天晚上还可以在阳台上乘凉，无意间还帮王伟解决了这个大问题。

自从把母亲安置到顶楼住以后，王伟夫妻俩就几乎没上去看望过母亲，一来夫妻俩工作忙，二来嘛，母亲住在楼上也无声无息、太平无事，王伟也放心。

这年寒冬的一天夜里，人们吃过晚饭，就早早地偎到床上看电视去了。

下半夜，王伟听见外面有什么东西破裂的声音，疑惑地推醒妻子，问：“外面是什么动静？好像有什么东西塌掉了？”

妻子听了听，说：“别理它，又不是我们家。”说完就又睡去了。

可是这晚王伟被窗外的声音闹得心神不宁、怎么也睡不着，他躺在床上胡思乱想着，心情越来越坏：几天前单位会餐，有个外号“半仙”的同事小张要给他测字，随口说了个“宋”字，小张故作惊讶地说：“哎呀，你别不高兴，这个字不吉利。你看，上面是家，下面是木，意思是家里有木头，是不是家里有个木头一样的人？”他不能忍受被人嘲笑，当时就拂袖而去。

想着想着，王伟翻来覆去更加睡不着，他决定要把母亲送走，哪怕是送到养老院去也行，明天就行动！

热水浇雪

天终于亮了，外面吵吵嚷嚷的。王伟急忙起床，拉开窗帘，见外面白茫茫一片。

原来，昨晚雪整整下了一夜，到现在仍纷纷扬扬没有停歇。

对面楼顶上的太阳能热水器成了一个个雪堆；他推开窗户往下看，看见几乎所有人家窗户上的雨篷都被雪压塌了，原来昨晚听到的就是雨篷塌掉的声音；他赶忙抬头看看，发现自家的雨篷竟然是好好的。

这是怎么一回事？

正纳闷着，女儿推门进来，说：“爸，下好大雪呢，奶奶在楼上会不会冷？”

王伟正想着雨篷的事，没有理她，女儿“哼”了一声，转身就往楼上跑。

不一会儿，女儿在楼上叫道：“爸

阳光是我的祝福，月光是我的祈祷，轻风是我的双手，细雨是我的牵挂。流星划过的刹那，我许下心愿，祝正在看信息的你一切都好。内蒙古 李琪（1139）

明天来上班（文：张　童；图：包丰一）

1. 一个年轻人手握假本科学历证书找工作，见到公司老板后，忐忑不安。

2. 老板接过证书，瞅了瞅，问："你这玩意儿是假的吧？"

3. 年轻人羞愧得转身就走，老板说："慢，明天来上班！"

4. 年轻人激动地问："老板，你要我干什么？""造假酒、假醋和假酱油。"

爸！快上来！"

王伟上到顶楼，他一下惊呆了——雪花飘飘的阳台上，母亲穿着破旧的棉衣，手里拿着喝水的塑料杯，从煤炉上的壶里接了热水，靠着阳台栏杆慢慢地往下面的雨篷上倒，寒冷的雪风中，母亲的手颤抖得厉害，但她似乎忘却了这一切，安详而专注地倒着热水。

一杯倒完，母亲回过身，准备再去接一杯热水，忽然看到儿子，母亲有些惊慌，她看看儿子，又看看杯子，手足无措地说："我、我不是故意的，半夜里，雪下得很大，我怕雪压塌了雨篷，就往上浇热水，心想一浇热水雪就化了，就不会压塌我们家的雨篷……是不是倒水的声音把你们吵醒了？我、我真不是故意的，唉，我真的是老不中用了！"

"妈！"看着母亲满脸皱纹，还有一头、一身的雪，王伟再也忍不住，眼泪涌了出来。

阳台上，王伟紧紧抱着母亲，任凭寒风萧萧，飞雪飘零。

（题图、插图：安玉民）

（本栏目欢迎来稿。来稿可从邮局寄发，也可从网上传递。如为电子邮件，请发以下信箱：keyin118@163.com）

味道

□覃 旭

董事长到一家分厂检查工作，中午吃饭的时候，首先端上桌的是餐厅的主打菜——猪小肚黄豆汤。不等小姐动手，厂长就拿过汤勺，哈着腰熟练地给董事长盛上一碗。小姐正想接勺帮大家盛汤，副厂长已抢先为厂长盛上一碗，小姐这才为剩下的每位盛了一碗。大家都不喝，眼睛看着董事长，董事长似乎意识到什么，喝了一小口汤，表情平淡地说："有点味道。"

厂长等人跟着响亮地喝起来，不一会儿就喝得碗碗见底。厂长咂着嘴，说："不错。"副厂长也竖起大拇指，说："好汤！"其他人跟着齐声附和。

董事长听了，不觉纳闷：莫非我的舌头有问题？他又咂了一小口，还是觉得有点馊，但他不好说，以为这就是本汤独特的风味。

这时，董事长的司机赶来。厂长为他盛了一碗汤，司机才喝进嘴，就一口喷出来，说："隔夜汤，绝对是隔夜汤！"

董事长听了，笑道："我还以为是我的舌头有问题呢，原来真的有味道！"

厂长一脸尴尬，但他马上恢复自然，喝了一口汤，作细细品味状，然后恍然大悟似的说："还是董事长水平高，一进口就尝出来了。"副厂长等人也效仿厂长的样子，喝了一口汤，异口同声说："高，董事长的水平实在是高！"

董事长意味深长地扫了大家一眼，说："不是我水平高，而是你们都有点味道。"

人生如棋，大胆者举棋从容落子有声，胆小者心思缜密步步为营；人生如棋，棋场中落棋不悔大丈夫，棋场外观棋不语真君子。生活依然如此，朋友珍重。陕西 李伟（1140）

还需要买什么

□张金初

吴刚就要结婚了。瞧他，多开心呀！因为他的女友好似一朵娇花嫩蕊，温柔可爱，让人艳羡不已。但结婚前的准备工作也让他俩忙个不停。

刚装修好新房，这天，吴刚和女友在商量需要买哪些结婚用品，女友掩饰不住甜蜜地说："阿刚，我们要买家具、家电、厨卫用品，打造美好生活！"

吴刚点头说好，又问："还需要买什么？"

女友说："还要买鞋架、衣架、床上用品，完善美好生活！"

吴刚直点头说好，又问："还需要买什么？"

女友说"还要买花鸟虫鱼，增添生活情趣，点缀美好生活！"

吴刚使劲点头说好，又问："还需要买什么？"

"嗯……我们还要买书，《红楼梦》、《三国演义》、《水浒传》和《西游记》，让家里充满文化氛围，升华美好生活！"

"好，听你的，买！"吴刚拼命点头，又问，"还需要买什么？"

女友实在想不出还有什么东西没买，就说："阿刚，你也想一想嘛！"

突然，吴刚大叫道："哎呀，差点忘了！还有一个非常非常重要的东西没买，没有它，我们就没法过美好生活。"

女友大惑不解，问："什么东西？"

吴刚激动地说："我担心有人送礼送假钱，得买一台验钞机！"

小张爬树记

□周光林

五一长假，本县美丽的西部花园举行垂钓大赛，一著名企业提供的百万巨奖让本县各级单位组成的参赛队士气高涨、积极争先。

这天人山人海，市民小张没有位子，便爬上湖边一棵大树观看。

刚瞧了一阵，一位公安走到树下，小张慌了，公安却朝他摆摆手，焦急地问："谁领先？"

小张一听，忙回答："公安局队。"公安笑笑说："好，你慢慢看，让我们一起为公安局队加油！"说着便往别处巡逻。

一会儿后，一个城管出现了，见小张在树上，就抬头询问："谁落后？"小张道："县城管队。"城管连连喝道："够了够了，别看了，快下来。"

小张无奈，慢慢往下挪动身子。这时场内忽然欢呼雷动锣鼓喧天。于是，公安与城管又跑到树下说："上去，上去，快看谁赢了。"

小张一乐，三五两下又爬了上去。他刚抬头伸长脖子，树下却闪出一个扛着摄像机的记者，小张可不愿出风头，手忙脚乱间一下掉下树来。

晚饭后，小张早早坐在电视前，他正在看比赛实况转播以弥补遗憾，看着看着中间插入一则新闻，仔细一瞧，竟是他爬树的场面。

记者同时解说："今日一市民看比赛不讲文明，竟在公安、城管联合劝阻下仍强行爬树……"

看着画面里公安、城管在树下着急的样子，小张双眼一呆，几乎晕过去。

没有比脚更长的路，没有比人更高的山，没有到不了的岸，更没有忘不了的伤痛。事业尚未成功，同志仍需努力，祝你坚强，愿你快乐。广东 廖志军（1141）

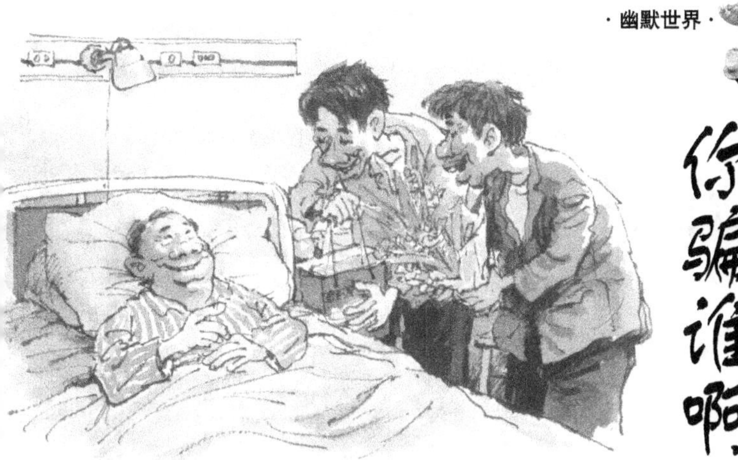

你骗谁啊

□胡爱林

老林从单位领导的位子上退下后，就得了一种怪病。

啥怪病？他睡在床上，老是冲着老伴喊："有人来了，快去开门。"

可是老伴开开门，却不见人影，如此一而再、再而三地叫开门，开开门又不见人，他老伴慌了，忙给在医院工作的儿子打电话。

儿子赶回家，连忙送老林去医院，可是老林住进医院之后，病情毫无好转。

老林的儿子请了许多同事会诊，也没找出老林的病因，就在大家束手无策时，奇迹却出现了。

那天，老林的一位老朋友提着一箱脑白金来医院看他，老林一改数日里的呆板，变得有说有笑。

老林的儿子很快找到了治疗老林怪病的方案。

老林的儿子找到一个当厂长的朋友，让这个工厂的工人轮流去看他父亲，并要提许多名贵的烟酒、水果、保健品等大礼盒去，隔三天一个，一切买东西及工人工资费用都由老林的儿子承担。

这一招果然奏效，可好景不长，一个月后老林的怪病又复发了，而且更加严重。

老林的老伴对儿子叹口气说："你爸的病怕是没指望了。"

儿子问："怎见得？"

老林的老伴又叹了一口气，对儿子说："你爸知道我们在骗他。"

儿子问："他怎会知道我们在骗他？"

"你爸说了，那么多人提上礼品看他，却没有人求他办事，这不正常啊！"

叫爸爸

□纪　琳

小英是个很懂事的女孩，一个周六下午，小英补习回来，坐在客厅里做功课。

这时突然门铃响，懂事的小英赶紧跑去开门，她看到一个英俊高大的男士站在门口。

小英心里正在想这位男士是谁，妈妈从厨房走出来了，看到这位男士，随即露出欣喜的笑容说："你终于来了！"

这时，妈妈突然回头对小英说："叫爸爸！"

小英心想"好奇怪，这个男的是谁？为什么我要叫他爸爸，难道……"她什么都没说，默不作声。

妈妈看小英一点动静都没有，就再一次对她说："叫爸爸！"小英仍是无动于衷，瞪着眼睛望着妈妈和那个男士，决定以沉默对待面前所发生的一切。这时，妈妈大怒并严厉地说："快叫爸爸！"

小英和妈妈僵持着……

妈妈急了、也火了，伸手打了小英一巴掌，并且大吼道："快叫爸爸！你站在那里发什么呆啊？"

小英顿时傻了，没想到妈妈竟会为了一个陌生男人而打她，小英难过得哭了出来，对着陌生人说："爸……爸……"

妈妈哭笑不得地说："你怎么了？你这样小声地叫爸爸，他能听到吗？你赶快到房里去叫爸爸出来啊！要他带这位叔叔上楼去修水塔！"

介绍情人，你有妻子；送你玫瑰，我是男子；送你啤酒，胀你肚子；送你跑车，我没票子；送你啥子，开动脑子；发条短信送你一家子：合家欢乐，幸福安康。四川 王林（1142）

唬人的考勤机

□庚　华

公司为了整治员工迟到早退、让别人代考勤的问题，便装上了指纹考勤机，不料，却惹出了不少笑话。

原来，按指纹不能保证每回都一次成功，财务科小何就创造了连按二十六次的记录，当考勤机语音提示终于说“谢谢”时，小何气得跳脚吼道：“我该‘谢谢’你！”

有人将意见反映给赵经理，赵经理平时是不必考勤的，但是既然有反映，他就要过问了。

赵经理带着办公室钱主任来到考勤机前，要钱主任按指纹，按了几次不行，钱主任冒出虚汗，手开始发抖，到第八次，总算成功了。钱主任如释重负，说“赵经理，我完成任务了！”

赵经理不满地哼了一声说：“钱主任，你请心诚公司的孙经理来一下。”

孙经理来了,他说：“赵经理，我知道你会找我的，是不是考勤机不好用？我们的考勤机是多功能高科技产品，采用现代纳米技术……”

赵经理不耐烦地打断孙经理的话，不满地说道：“考勤机就是考勤机，不管是大米还是小米，能吃饱肚子才是好米！”

孙经理忙赔不是，说道“当然当然，不过我想问一下，公司里员工们按指纹时，是不是有的人一次成功，有的人要按几次十几次？”

见赵经理点点头，孙经理接着说：“赵经理，这你就不懂了，这种多功能考勤机还可以进行心理测试，谁最忠诚，保证一次成功；谁三心二意，心怀不轨，那就要多按几次，所以我们的考勤机叫做心诚牌，就是心诚则

灵的意思。”

赵经理怀疑地问：“你说心诚则灵，倒有点意思，可是这跟手指头有什么关系呀？”

孙经理微微一笑，说：“有道是：十指连心哪！”

赵经理哈哈大笑，说道：“好，孙经理不愧是生意人，说出话来滴水不漏！”

不久，公司上下都知道心诚牌考勤机有心理测试功能，一个个都小心谨慎，生怕出差错，赵经理心里很是得意。

这天，有个衣着考究的人来到考勤机前，想试试这考勤机是否真的像公司里盛传的那样神奇，他信心十足地按下指纹，却没成功，他又连续按了三十几次，仍未成功通过。

这个人顿时气得脸色发紫，转身就走，正好遇到气喘吁吁赶过来的赵经理，他沉着脸问赵经理：“难道我对公司不忠诚吗？”

赵经理诚惶诚恐地答道：“不是。”

这人眉毛一挑，问道：“那为什么我一连按了好几十次都不成功，嗯？”

赵经理小心地回答道：“因为您的指纹没有输到考勤机里去。”

原来，这个人是前来视察工作的董事长。

（**本栏题图、插图**：李　加　史　琦）

海内外60位大作家

第一次在一本书中集体亮相　第一次为500万读者写故事

金庸、席慕蓉、白先勇、苏童、莫言、张炜、陆天明……

这些文坛大家，著洋洋万言，挥洒自如；说世相百态，如数家珍——却为一本杂志，数易其稿；为短短千字，字斟句酌。

为什么？因为，这是他们第一次面对《故事会》的500万读者，用故事讲述人生悲欢。

因为，他们希望用最短小的篇幅，汇聚最大的智慧。

于是，这些作品几乎都成为了不可多得的精品。

让我们一起聆听大作家们讲故事，一起开始轻松愉快的《故事会》之旅……

理想幻想梦想心想事成，公事私事心事事事称心，财路运路人生路路路畅通，晴天雨天雪天天天开心，亲情友情爱情情情似海。广东　吴爱玲（1143）

369 2006 SEMIMONTHLY 下半月刊 6月

故事会

2006年6月

下半月刊·绿版

主　编：何承伟

常务副主编：吴　伦

副主编：姚自豪（上半月·红版）

副主编：夏一鸣（下半月·绿版）

本期责任编辑：王雅静

发稿编辑：

姚自豪　周　吟　吕　佳

夏一鸣　鲍　放　郑继文

美术编辑：李宝强

电脑制作：郭瑾玮

通　联：归依玲

本社办公室电话：021-64375030

上半月刊编辑部电话：021-64332325

下半月刊编辑部电话：021-64336469

（上海市绍兴路74号　邮编：200020）

主管、主办：上海文艺出版总社

制作、发行总监：张　凯

电话：021-64313938

广告总代理：上海文艺广告传播中心

（上海市绍兴路74号　邮编：200020）

广告业务：021-34010383

广告投诉：021-64333738

广告经营许可证

沪工商广字3100320050022号

发行：中国图书进出口上海公司

本刊网址：www.storychina.cn

本刊各栏目欢迎来稿。来稿寄上海市绍兴路74号《故事会》杂志社，邮编：200020；请在信封上注明“××栏目”收；本期责任编辑E-mail地址:wyjing833@sohu.com

·笑话·

鲨鱼的计划

海里有两头鲨鱼。一头鲨鱼说:"等会儿有人潜水的话，咱们也别咬他了。"

另一头鲨鱼问:"那我们该怎么做呢？"

"我们直接把他头上戴着的那个玩意儿抢过来就行了，这样，咱们就可以戴着它上岸玩去了！"

（陈建明）

最新解剖学

图书馆里，一个医学院的学生问管理员:"这里能借到最新出版的解剖学方面的书吗？"

管理员很费解地问:"解剖学还有什么最新的？难道这几年人类的骨骼又出现新变化了吗？"

（葛国春）

（本栏插图：严克勤）

认不认得出

刘老师的长发和胡须留了十年了，一直没舍得剪掉，这天他终于下定决心换一下形象，想试试看同学们还能不能认出他。于是他装着找人来到班里，问"演艺班的刘老师来了没有？"一个同学看到后，飞速地跑到校长室，气喘吁吁地说"校长，不好了！我们刘老师剪了头发，连自己都认不出了！"

（张世欣）

别往坏处想

出嫁的女儿在电话另一端哭哭啼啼地说:"妈！现在都后半夜了，他还没有回家，他可能又去寻欢作乐了。"

母亲安慰道:"孩子，别总往坏处想，兴许他撞车了呢！"

（杨　清）

高瞻远瞩事业成，考场战场相呼应，成败皆需努力闯，功成名就尘埃定。哥们，看你那么辛苦，就把每行的第一个字送给你吧！安徽 陈伟峰（1201）

字谜

小非和小兰一见钟情，两人的感情迅速升温。可是小兰的朋友却说小非用情不专，小兰听后顿时心急如焚，她马上写了一封信，信上只写着“怂？”。第二天，她就收到了小非的回信，上面只写着“您！”。

收到回信，小兰心中的石头落了地。原来这是一个有趣的谜语信：小兰在问：“你的心上有两个人——怂，是吗？”小非的回答是：“我的心上只有你——您！” （葛 梓）

请速登机

有个大款外出旅游，在庙里看见一尊镀金的关公像，他曾听人家说关公是财神，就毫不迟疑地掏钱把它买了下来。

为了表示恭敬，他除给自己买了一张机票外，还给关公像专门买了一张机票。一上飞机，他就把关公像恭敬地摆起来。然而，时间到了，飞机还没有起飞，大伙着急地问空姐是怎么回事，空姐解释说：“有人登记了却没有上飞机，正在找呢！”

过了一会，那人还没到，大家开始埋怨起来。

又过了一会，只听见机场的大喇叭在大声呼叫：“关云长同志，关云长同志，请您迅速登机！” （姜文华）

安慰

电视台正在播放《动物世界》。节目的内容是：一只老虎在捕食山羊。

年幼的女儿边看边伤感地问：“妈妈，其他山羊为什么不去帮自己的同伴？就任凭老虎把它咬死、吃掉，如果十几只山羊一起上，还对付不了一只老虎吗？”

母亲抚摸着女儿的头，安慰道：“假如老虎的大脑有问题，或许它们可以把老虎撑死。”

（张福有）

老虎与鹿

老虎抓到一头鹿后要把它吃掉，鹿说："你不能吃我！"

老虎一愣："为什么？"

"因为我是国家二级保护动物。"

老虎笑了："总不能为了二级保护动物而让一级保护动物饿死吧。"

（罗国强）

选　择

东东正在玩电脑游戏，爸爸走过来问他："儿子，爸爸和妈妈就要离婚了，你跟谁？"东东头也不回，一扬手，说："把你们的离婚协议书拿来给我看看。"爸爸惊讶道："你看什么？"东东说："我看电脑分给谁了。"（王成化）

终有所选

好友乔迁新居，一群朋友前去参观庆贺。大家一面欣赏雅致的装潢，一面不停地问新郎："这套音响谁选的？"

"我老婆！"

"这组沙发谁挑的？"

"我老婆！"

"这幅壁画谁看中的？"

"我老婆！"

……

一个朋友忍不住问："这房子到底有哪一样是你选的？"

只听新郎得意地说："我老婆！"

（葛国春）

恋爱的痛苦

小王最近谈恋爱了，不过每一次都是与女友在网上聊。同宿舍的小朱提醒他，时机成熟了，一定要见面，否则两人的关系不可能有突破。小王想想也对，就和女友在网上说了，恰好女友也有这种想法。

见面回来后，小朱问他感觉如何。小王苦着脸说："女友说我们俩一见——"

"一见钟情？那很好哇！"

小王痛苦地说："好什么啊，她说'一见终情'，不是钟意的钟，而是终止的终！"

（宋启宾）

十年寒窗苦读，每日闻鸡起舞；知识灌溉青春，笔下挥洒灵魂；今朝整装待发，胜利就在前方；他日功成名就，师恩勿打折扣。江苏 刘昊（1202）

计划生育系

小李遇到留校的同学小刘，问起母校近况。

小刘说：“现在学校变化可大了！新建了一个分校区，大部分院系都迁到了那里。”

小李随口问：“那老校区还剩下几个系啊？”

“只剩下‘计划生育系’了。”

小李一愣，问：“以前好像没有这个系，是新开的吗？”

小刘笑道：“哪里呀，‘计划生育系’是计算机系、化学系、生物系和体育系的简称。”

（葛国春）

挂 钟

大学里有间教室的挂钟有毛病，只要被东西砸到就会走快一些——砸一下快五分钟。

一天，教授上课，发现同学们趁他不注意时，偷偷用橡皮擦砸挂钟，教授没有声张，依旧按时上下课。

不久，期末考试的日子到了。时间刚过去一半，学生们就听到“啪啪”的声音，只见教授正拿着粉笔头，悠闲地练习砸挂钟。

（小 清）

人道主义

卡尔屡次向玛丽求婚，玛丽都不答应，卡尔最后威胁道“你不答应嫁给我，我就去自杀。”

玛丽说：“随你的便。你自杀了，我看更符合人道主义。”

卡尔不解地问：“为什么？”

玛丽回答道：“因为如果我答应嫁给你，我的父母都要自杀，你想，死一人总比死两人人道吧！”

（王传生）

（本栏目欢迎来稿。来稿可从邮局寄发，也可从网上传递。如为电子邮件，请发以下信箱：wyjing833@sohu.com）

·海外故事·

斗牛士

□金　戈

为名忘义

不久前，阿方索的名字被写入《斗牛名人册》，这是一个斗牛士所能获得的最高荣誉。可阿方索却高兴不起来，因为他清楚，只要有第一斗牛士耶罗在，他就只能是个第二名。

耶罗比阿方索大两岁，成名较早，当初就是他发现了阿方索在斗牛方面的天赋，并把他引入这个行当，平日里更是对其照顾有加。在外人看来，他们不是兄弟却胜似兄弟，这不，就连两人穿的比赛服都是一样的。然而，处于事业巅峰的阿方索，就像着魔一般，取得的成绩越多，就越想打败耶罗。虽然他清楚，仅凭技术他是永远战胜不了耶罗的。终于他决定，无论用什么方法，都要在这次迎新年的斗牛表演赛上，把耶罗除掉!

这天，心事重重的阿方索，驱车到郊外看望自己的亲弟弟托雷斯。不久前，他刚资助托雷斯买了一个养牛场。托雷斯一见哥哥来了，急忙丢下手上的活，把哥哥让进屋里。

两人喝了一通闷酒之后，阿方索终于开了腔“托雷斯，哥哥的心事你最清楚了。我想除掉耶罗，就在这次迎新年斗牛表演赛上，你有没有什么好主意？”

托雷斯一听，会意地笑了，他压低声音问：“你的意思是让他看起来像是死于意外？”阿方索点点头。

托雷斯晃动着杯里的红酒，深思了一会儿，忽然他一拍大腿，兴奋地说：“有了，斗牛不是一看到红色，就会玩命地冲上去吗？只要我们给耶罗比赛用的牛，戴上一副能变色的隐形

回首十年之路，读书朝朝暮暮，为得龙门路，吃尽多少酸楚！知否知否，成败却对谁诉？北京 张新中（1203）

眼镜，那耶罗不就死定啦？”

阿方索一听，把脑袋摇得像拨浪鼓，失望地说：“我说托雷斯，亏你还养牛呢！所有的牛都是色盲，你难道不知道吗？它们之所以会冲向斗牛士手中的抖篷，并不是因为斗篷是红色的，而是因为斗篷是动着的，动起来的东西才能让斗牛发怒！笨蛋！”说完，他扔下酒杯，摔门而去。

阿方索心里乱极了，他现在只想尽快把耶罗除掉，可到底有什么好方法呢。他沿着养牛场烦闷地走着，不知不觉竟来到种牛交配场地。只见场地里面，一头膘肥体壮的公牛，正发了疯一般地朝一头正在发情的母牛冲来……

阿方索恶狠狠地想：要是被撞的是耶罗，那他就死定了！想到这，他红通通的眼睛突然一亮，一个大胆而完美的计划涌上了心头。

计谋失算

第二天就是迎新年斗牛表演赛了，这天傍晚，阿方索找到耶罗，搂着他的肩说：“咱们为比赛紧张了这么长时间了，今晚就一起喝两盅放松一下吧！”接着，就不由分说地把耶罗拉进了车里。与此同时，托雷斯偷偷潜入了阿方索和耶罗共用的更衣室，将母牛发情时的分泌物涂在了耶罗的比赛服上……

比赛的钟声终于敲响了，能容纳数万人的斗牛场此时已座无虚席。观众席上，呐喊助威声此起彼伏，把赛场变成了一个欢乐的海洋。斗牛士出场的顺序，是按他们的名气大小逆序排列的。很快，就只剩下阿方索和耶罗了。耶罗走上前来，拍拍阿方索的肩，说道：“老弟，该你出场了，祝你好运！”

此时，阿方索听到观众席上人们有节奏地呼喊着自己的名字，又紧张又兴奋，他整理好比赛服，深吸一口气，便带着前所未有的自信，笑容满面地走到场地中央。待向四周看台上的观众致礼之后，他潇洒地将手中的

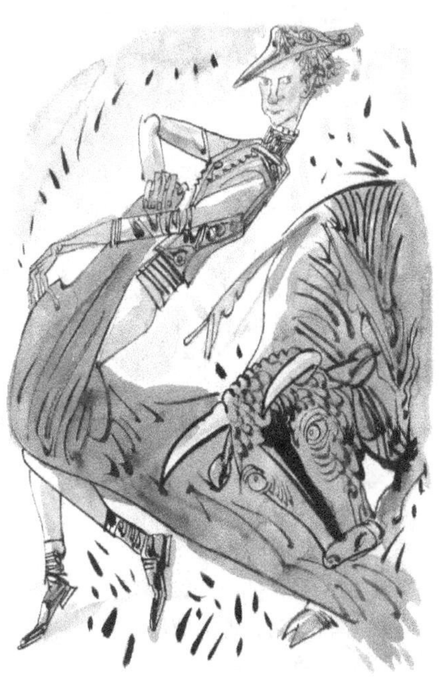

红色斗篷一挥，做了个“放牛过来”的姿势。这时，只见场地边上的小木门一动，一头膘肥体壮的公牛，如离弦之箭射了出来。

面对来势汹汹的公牛，阿方索不慌不忙，招招式式都优雅自如，赛场上响起了一阵又一阵雷鸣般的掌声。

不一会儿，公牛就累得直喘粗气，可它丝毫没有放弃进攻的意思，相反，几次扑空之后，这头发怒的公牛变得更加疯狂。只见，它低着头，尖角直冲前方，一双血红的眼睛直瞪着阿方索手中的红斗篷。停顿了一会儿，它再次撒开四蹄，玩命地朝阿方索猛冲过来。就在离斗篷几步远的时候，它突然慢了下来，鼻子一张一阖地，像是闻到了什么气息。

此时的阿方索正得意地等着，他打算再来一个漂亮的翻转，以结束这场完美的表演，可见牛忽快忽慢，他的心忽然一紧，就在他愣神的当儿，只见公牛突然加速，但方向却变了——直朝阿方索本人冲来。

眨眼间，阿方索被公牛掀翻在地，顿时天旋地转，一股巨痛猛地袭来，也正是在那一刻，他突然想到了什么：难道是没心没肺的托雷斯，把母牛发情时的分泌物，错涂在了自己的比赛服上？

但是现在明白什么都晚了，那公牛已掉转方向，再次朝他扑来，阿方索暗叫一声：“完了！”

就在这千钧一发之际，只见，耶罗赶在救援人员之前，飞身冲到公牛的身后，挥起尖刀，朝公牛屁股猛刺过去。公牛痛得长嘶一声，猛地飞起后蹄，不偏不倚，正踢在了耶罗的胸口，耶罗应声倒地，而剧痛难忍的公牛，也放弃了对阿方索的“求爱”，跑到了一边……

兄弟情深

一场盛况空前的斗牛表演赛，就这样在混乱中结束了。很快，救护车将阿方索和耶罗送到了医院。

简单包扎之后，阿方索不顾医生的劝阻，来到耶罗的病床前。他握着耶罗的手愧疚地说：“你，你干吗要救我啊？”

耶罗艰难地笑了笑说：“我那件完好的比赛服，没能给你带来好运，所以我只好自己上场啦！”

“什么？我穿的是你的比赛服？”

“是啊，我见你最近心神不定，一直很担心。所以昨天和你喝完酒，我放心不下今天的比赛，又回去检查服装器具。恰好发现你的比赛服上破了个口子，会影响技术发挥。于是就把我的比赛服换给了你，我的技术比你好，这样你会更安全些……”

听了耶罗这番话，阿方索已是泪流满脸，他忏悔地说：“我，我对不起你呀……”

（题图、插图：安玉民）

十年寒窗苦读，久尝悬梁锥股；把握生死时速，吃得晚霞朝露；无人之处呐喊，世界由我掌握；而今满怀希望，一登高榜荣光。广西 杨剑锋（1204）

爱与傻无关

□王圣永

扎根是个遗腹子，自打出了娘胎，脑子就不好使。长大了，村里人都叫他“傻扎根”。

每年农闲时，村里男人们都外出打工挣钱养家，可扎根不能，他只能挎着个篮子满村子转悠，捡点破烂换点零钱。他最爱去的地方，是村旁公路交叉口的那个“阿永家电修理部”。在那儿，他总能捡到些电线头、烂喇叭之类的小东西。累了，他就坐在门旁的破竹椅上看阿永干活。阿永也不烦他，有时候手上闲了，还会和他聊几句。

这天，扎根又坐在门边看阿永忙活，看了半天，突然问：“你会不会修收音机？”

搞家电修理的人都知道，收音机看起来简单，修起来却很麻烦，而且也赚不了几个钱。阿永当然也懒得修了，刚想推说“不会”，但转念一想：这个傻扎根，三十好几了，才娶了个媳妇，可那媳妇娶回来才发现比他还傻，老母亲也七老八十了，一家人全靠他养活。家里穷得叮当响，收音机怕是唯一的家用电器吧！这么一想，阿永冲扎根点点头。

扎根见阿永点头了，兴奋地问：“你能保证修好不？”

阿永笑道：“保证能修好。”

听到这话，扎根转身就跑，不一会儿，又“呼哧呼哧”跑回来，把手里的红布包朝阿永面前一放，说：“给你！”

阿永打开一看，哭笑不得，这叫什么收音机啊，一个又脏又破的盒子，加上一块电路板，既没电池又没喇叭。

阿永指着这破玩意儿问：“这东西响过没有？”

扎根咂着嘴说：“我们都听了好几年了，用它听戏，过瘾得很！”

阿永摇摇头，苦笑笑，然后转身在铁架上翻了一会儿，找出一个八成新的收音机，递给扎根，说：“拿去吧，包你好听！”

“你给我的？”

“给你的！”

扎根这才接了过来，他拨弄着手里的收音机，拧着旋钮，一会儿开大，一会开小，喜得合不拢嘴，连说：“还是你这个好用。”说罢，捧着收音机，乐颠颠地走了。

可谁知过了两天，扎根又来了，进门就问：“阿永，我的那个收音机修好没有？”

阿永奇怪地瞪了扎根好半天，说道：“不是给了你一个能听的吗，你还要那个破玩意儿干啥？”

扎根脖子一扭说：“给的是给的，可原来那个还是我的。”

阿永一听可来气了：这是哪家的逻辑？他拉开嗓门吼了一句：“那把原来的那个还给我！”

“还给你？还不回来了！”扎根傻呵呵地笑着说：“那个收音机被我媳妇抢走了。”

“她抢收音机干什么？她傻乎乎的还要听什么收音机！”

扎根突然收起笑，一脸严肃地说：“她不抢我也想把收音机给她，她有伴儿了，就不找我和我妈的麻烦了。可我，我……”

“你？”阿永突然明白过来了，“扑哧”一声笑了出来，“说你傻，你其实并不傻嘛，是你自己听不上了对吧？”

“不，不是！你怎么这样说我？”

希望高考成功的考生必读：考前勿食挂面，勿穿马褂，勿签收挂号信，勿听蛙类叫声，打电话勿说“我挂了啊”——中国考试防“挂”委员会印发。河南 马泽道（1205）

扎根憋了个大红脸，吞吞吐吐半天说不出话来。

阿永一看，乐了，就板起脸来故意逗他："肯定是，你不承认，我就不修了。"说着将那个破盒子朝桌上一扔。

扎根的脸更红了，憋了半天，梗着脖子说："不给修拉倒。"说完，扭头就走。

阿永没想到扎根一个半傻子，脾气倒挺大，可再想想：算了，何必与一个傻子计较那么多。于是便抓着空子，东拼西凑地把那个收音机鼓捣好了。

果然，天刚擦黑，扎根又来了，照旧倚在门框上望着阿永傻笑。

"来拿你那破玩意儿？"

扎根点点头。

阿永放下手里的活计，将两手往腰里一插，瞪着扎根说："不告诉我原因，我就不给你。"

哪知扎根倔得像头驴，声音比阿永还大："我也还是那句话：不给拉倒！"说完，扭头就要走。

阿永见状，急忙上前，一把拽住扎根忍住笑说："别走，别走，这不，我给你。"说着就把修好的收音机塞进扎根怀里。

扎根捧着收音机看了又看，听了又听，这才咧嘴笑了，嘴里嘟囔着："这下好了，修好了收音机，我妈也有事做了。"

阿永一听，奇怪了："你说收音机是给你妈的？"

"是啊，我妈眼睛不好使，又经常腰疼腿疼的，一疼起来就整晚整晚地睡不着；睡不着就想找个人说说话，找不到人，就只好对着墙一个人乱嚷嚷。现在好了有个收音机，她也有伴了。"

阿永一听呆住了，他没想到扎根竟是个大孝子，可自己还逗人家取乐，他真想打自己两耳刮子。

阿永拉住扎根说"你别走，我这里还有个大收音机，声音好，也好使，拿回去给你妈用正合适。"说着便从货架的最上层，拿下一个台式收音机，递给扎根。

谁知扎根连连摇头说："你已经给过我了，我哪能再要？"他一面说着，一面就把大收音机往阿永怀里塞。

阿永急了："扎根，你拿着，我不收你钱，就算是我送给你妈的，行吗？"

"你送给我妈的？"扎根这下可乐了，"这是你自己说的，你不要反悔哦！"说罢，他捧着收音机，头也不回地向家里飞奔而去。

望着扎根的背影，阿永长长地嘘了口气：我又怎么会反悔呢？傻子也有自己的孝心啊，甚至是平常人也比不上的孝心啊……

（题图、插图：安玉民）

·快乐辞典·

幸福生活的二十八个经典瞬间

妻子如是说：

- ◆ 躺在床上看影碟、吃零食，而他正在拖地板。
- ◆ 情人节为自己写封匿名情书，再故意让他发现，然后偷偷观察他紧张的样子。
- ◆ 同他吵架后，回娘家向老妈诉说委屈，其实都是些鸡毛蒜皮。
- ◆ 指使儿子把他的宝贝香烟扔进垃圾桶，自己幸灾乐祸地在一旁偷笑。
- ◆ 他戴着我手织的第一条围巾，逢人便夸："瞧，这是我老婆的手艺。"
- ◆ 儿子去春游，将有两天不回家。
- ◆ 生日那天，青梅竹马的他打来祝福电话，而老公浑然不知，或者知道也装作不知道。
- ◆ 老公撞车，自行车拧了麻花，而老公自己毫发无伤。
- ◆ 母亲节那天，收到儿子用压岁钱买的"太太口服液"。
- ◆ ……不过是生理周期推迟了几天。
- ◆ 第一次做糖醋鱼，惨不忍睹，却仍被父子俩一扫而光，且连赞鲜美。
- ◆ 铜婚纪念日那天，找出那件久违的结婚礼服，腰身依然很合适。
- ◆ 买了10元的彩票，中了价值30元的洗衣粉。
- ◆ ……母亲的肿瘤是良性的。

丈夫如是说：

- ◆ 在产房外等了半宿，终于听到一声响亮的啼哭，医生出来说母子平安。
- ◆ 家长会上，儿子多次被老师点名表扬，使得其他家长羡慕地问："谁是他爸爸？"
- ◆ 感冒真好，可以不刷碗，不拖地，还有鸡汤喝。
- ◆ 从对门劝架回来，老婆已煮好一壶香浓的咖啡，两口子对饮，讨论婚姻得失。
- ◆ 带发妻赴宴，被人误会和小蜜厮混。
- ◆ 世界杯开赛了，老婆刚好要回娘家小住几日。
- ◆ 突然发现，儿子比自己高出半头。
- ◆ 下岗名单公布了，自己榜上无名。
- ◆ 听丈母娘边洗衣服边感慨：爱女儿，就要爱女婿的臭袜子。
- ◆ 儿子可以为自己搓背了。
- ◆ 父母金婚纪念日，拍婚纱照时，我同妻子做花童。
- ◆ 老婆赚了3000元，自己的工资不多不少，刚好比她多出100块。
- ◆ 老婆出差三天。
- ◆ 老婆出差回来了。

（**推荐者**：芬　芳）

（欢迎读者为本栏目推荐新鲜有趣的俏皮话和顺口溜。来稿请寄：上海市绍兴路74号《故事会》杂志社，邮编：200020。请写明姓名和联系方法，并请在信封上注明"快乐辞典"字样。电子邮件请发wyjing833@sohu.com）

十年寒窗，只等今朝；金榜题名，前途光明；离别之际，依依不舍；美好前程，由你开创。千言万语尽在不言中，衷心祝你考上心中理想学府，开创美好未来！广东　陈松青（1206）

政府大院养老虎

本书系《故事会》金栏目“中篇故事”精选，共收9则传奇色彩浓郁的精品。大老虎走进政府大院，还被委以“保卫”重任，它果然尽职尽责，抓到了坏人，真叫新奇荒唐。两头公牛一碰面就眼红气粗，斗得天昏地暗，当它俩遭遇群狼围攻时，竟捐弃前嫌，配合默契，脚蹬角挑，杀得饿狼嗥嗥惨叫，可谓奇妙。还有鹰猴各为其主，舍命拼斗；小黄牛为救女主人，居然初生牛犊不怕狼；民兵营长独闯野猪沟，杀死红野猪；汽车班长迷路斗公狼，血战沙尘……

黑色人物在行动

本书系《故事会》金栏目“中篇故事”精选，共收9则该栏目之精品，主要围绕金钱这一主题多侧面地拓展故事情节。其中有因钱而污染灵魂，导致亲情泯灭，好友成仇；有见财起意，不择手段冒领他人钱财；有为钱所逼，做了违心之事；更有为发横财，行骗作恶等。这些作品的特点是故事情节曲折生动，令人回味无穷。

密访曲家屯

本书系《故事会》金栏目“中篇故事”精选，共收9则有关形形色色的“官”故事精品。或是颂扬清官好官心系民众，为民请命，惩治土顽，巧妙拒贿，秉公施政；或是批评某些干部为创政绩大搞形式主义，弄虚作假，蒙骗上级，苦了百姓；更有一部分作品对那些贪官污吏们以权谋私，仗势欺人，坑害民众，甚至为逃避罪责杀人灭口、销毁罪证等不法行为进行了无情的揭露与抨击。

高原守护神

本书系《故事会》金栏目“中篇故事”精选，共收其9则故事精品，说的是怎么做人的故事。作品通过对人物举手投足的精心设计，形象地描绘做人的道德、原则与气质，展示了人与人之间相互关爱、恪守诚信以及见义勇为的精神。面丑心善的火化工关爱弱女，可歌可泣；好邻里关心失足青年，以情动人；男女青年历尽坎坷，体现了大海可以作证的为人美德，等等。

海内外60位大作家

第一次在一本书中集体亮相　第一次为500万读者写故事

金庸、席慕蓉、白先勇、苏童、莫言、张炜、陆天明……

这些文坛大家，著洋洋万言，挥洒自如；说世相百态，如数家珍——却为一本杂志，数易其稿；为短短千字，字斟句酌。

为什么？因为，这是他们第一次面对《故事会》的500万读者，用故事讲述人生悲欢。

因为，他们希望用最短小的篇幅，汇聚最大的智慧。

于是，这些作品几乎都成为了不可多得的精品。

让我们一起聆听大作家们讲故事，一起开始轻松愉快的《故事会》之旅……

私人侦探第一案

本书系《故事会》金栏目“中篇故事”精选，共收9则作品，都是与歹徒、罪犯作斗争的故事。公安人员追捕逃犯，历尽艰险，血洒战场；罪犯遥控杀妻，扑塑迷离；村霸设置黑洞，为非作歹；小偷擒获白色恶魔，仗义可嘉偷盗贪官财物，枪杀情敌后代……作品内容曲折惊险，具有震撼人心的艺术魅力。

妻子要跳交谊舞

本书系《故事会》金栏目“中篇故事”精选，共收9则作品，皆系情爱故事。虽属情爱，却非都是甜甜蜜蜜，卿卿我我，而是充满了喜怒哀乐，恩怨情仇。看这些年轻的男女主人公，既有历经悲欢离合终成眷属，也有历经磨难依然遗恨终生；既有由爱变恨，愤而断情，也有化恨为爱，喜结良缘……

寻找幸福

□李道中

命运垂青，我偶得珍宝

上个世纪末我从山里考入大学，为了赚些生活费，我捣鼓起了信封和邮票。

那个时候话吧还没兴起，人们大多还是用信件通联。于是，我把八毛的邮票贴在四分钱的信封上，再以一元的价格在学校门口出售。两只小板凳一并，就摆成一个摊。放学人多的时候，生意尤其好，半小时可以卖掉一两百个。每天都能挣十多元，刚够吃饭零花。

尝到了做生意的甜头，我就开始琢磨生财之道。渐渐地，我发现常常有集邮爱好者来翻找邮票，他们为了集齐一套，甚至愿出几倍的价钱。摸着这个门道，我便一边学习收藏知识，一边去邮市上淘宝。本想存些本钱，却在这个时候交了女朋友，于是日子一天咬一天地紧。

也是老天眷顾我，一次我翻书查资料，竟从一本纸页发黄的旧书中发现两张旧邮票，仔细一看竟是《国际学联第五届代表大会》的纪念邮票！

顿时，我的眼珠不会转了。这是五十年代末发行的邮票，图案由国际学生联合会会徽和阿拉伯数字“5”组成。当时刚发行，就被发现为错版票，于是国家立即回收。所以这种错票流传出来的极少，价格也是难以估计！

· 我的故事 ·

天啊，发财了！珍贵邮票，我一下子得了两枚！

这以后的日子，我的脑子里就只有邮票了，连考试交了白卷也没放在心上。我到处查相关资料，一遍又一遍地读几乎相同的介绍。没错，是真的！虽然价格还不太确定，但绝对不是小数目。顿时，我觉得邮票放在寝室里也不安全了，就索性在外面租了房子，专门守着这稀有珍宝。不过，我没告诉任何人关于这两枚邮票的秘密。

由于有了这两个宝贝，我已经不再稀罕摆地摊赚小钱了。平时一有空，就往省城最大的收藏店跑。最恨的就是那个老收藏商总是拿些不值钱的小邮票在那儿炫耀。每当这时，我心里那个痒啊！

一天他又在向大家夸着自己的新收藏，唬得那帮傻瓜一愣一愣地，我站在旁边听了半天，实在忍不住了，便说："你这个算什么，真正的值钱货你还没见过呢！"

"嗨，你个穷酸臭小子！没啥本事在这放啥屁呢！值钱货你有吗？我看你也就只能摆摊卖个小邮票罢了！"

我本来就不善言辞，听他这话更气得不知该说什么了，在众人的哄笑声中，我红着脸退了出来。心里嘀咕：看不起人是不是，我就让你好好见识见识！

我气鼓鼓地跑回家，不一会就把两枚邮票全带了过去。这时人群已经散去，只剩老收藏商一人守着柜台。

我大模大样地走过去，摆出我的宝贝："老板，来看看值钱货。"

老收藏商不屑一顾地哼着鼻子说："哼，假的。"

可再等他探头仔细端详了一阵后，我就发觉他脸色不对了。还没说话，就伸手要抓，我赶忙把邮票本抽了回来。他愣了一下，失声叫道："你等一会儿！"接着转身喊道："虎子，老三，快来看！这回是真宝贝！"

那几个人正在里面屋子打牌，听了直嚷嚷："开什么玩笑……"我一看形势不对，拔腿就往外跑，顾不得老收藏商在后面喊我，就冲上街叫了一辆车，有如惊弓之鸟逃回了小窝。

守着宝贝，这是我要的生活

这以后，我就很少去省城了。出门也是提心吊胆，总觉得身后有人跟踪。

生活一天比一天窘迫，几乎每个月我们都是借钱度日。可日子越苦，女友越温柔体贴，尽管她也不知道我在干什么。

那段时间，我天天泡在图书馆或网吧里，查看着各方面信息。渐渐地，我的压力越来越大，不敢相信任何人，几次想告诉女友，也最终咽了下去。我的话越来越少，茶饭也咽不下

高考高考高考，高高兴兴去考，考出水平就好，好运向你微笑，笑傲六月风云，唯你独领风骚！河北 邢东（1207）

了。没多久，我就像变了个人，胡子拉碴，眼窝深陷，精神恍惚……

一天夜里，我又从噩梦中惊醒。一睁眼，看见女友正在灯下补她的内衣，那衣服又破又旧，皱巴巴地不成样子。见此情景，我的鼻子酸了，那一夜可是情侣们最浪漫的平安夜啊……我睁着眼躺了一整夜，天亮时终于做出了决定。

这天一早，我打电话给老收藏商，说要卖一枚邮票给他。我听出来这老家伙很兴奋，但他仍使出商人特有的伎俩一个劲儿杀价。我不耐烦了："行不行一句话，行你到这边来，银行里划账交货，不行拉倒。"他的口气马上软了下来，但让步的价格还是比我估算的差许多。这时，女友在灯下补衣服的情景在我大脑里一遍遍地回放，我的心碎了。没多犹豫，我就答应了。但我仍没说出我的具体住处，只告诉他一会儿再电话联系。

痛失珍宝，到底是福是祸

决心下定了，我回去取邮票，同时准备把真实情况告诉女友。

我一推开门，女友便开心地冲上来一把抱住了我，说："猜我给你准备了什么礼物？"我沉着脸吼道："我没那闲工夫！"

女友先是一愣，随即就委屈地哭了，边哭边从身后拿出一张自制的贺卡来，显然她费了不少心思——上面贴着从别处剪下来的小动物，圣诞树，突然我猛地看见那个熟悉的图案……我大惊失色：什么？我的邮票！

女友不哭了，高兴地凑上来说："漂亮吧！我设计了好几个小时呢。特别是这个带"5"的图案，是从一枚旧邮票上剪的，我好不容易才找到。你看，五月正好是你出生的月份，下面地球的图案不正象征着你要斗志满满地打天下吗？……"

我终于缓过劲来，猛地大吼一声打断她，断断续续吼着，哭着，给她讲了这邮票的来历和价值。女友吓呆

了，我则疯了般扑向废纸篓，扒着找剪下来的部分。

终于找到拼上了，但很明显也不值什么钱了。我瘫坐在地上好久，终于打起精神打电话给老收藏商：“邮票弄坏了一枚，我也只剩一枚了，不卖了。”

电话那头沉默了好久，猛然间响起老收藏商歇斯底里的喊叫：“好！果然是这样，我瞎眼了，竟栽在你这小王八羔子手里。”

我摸不着头脑，忙解释道：“别误会，是意外弄坏的……”他根本不听我的解释，“说吧，剩下一枚要多少钱。”

“真的不卖了。”我话音刚落，他立即回口道：“原来定价的两倍！”我还准备解释，他又涨价了：“三倍！”“不是……”我没说完，他一声吼打断了我：“五倍，卖不卖？”我不知道说什么，忙挂掉电话，心里紧张得“别别”跳！想了好久，才反应过来：天啊，五倍的价！哈哈！没想到这样一来还将了他一军，这个老狐狸！

真情真爱，让我寻到幸福

我一阵狂喜！一把抱起女友，“剪得好！剪得好！……”我语无伦次地给她讲了来龙去脉，兴奋得在床上翻跟头打滚，疯了似地狂叫着：“发财啦！”

女友却出奇地冷静，待我情绪稍平定些，她拿过那邮票问我：“你说的就是这枚？”“是呀，别用手摸，摸上指纹可不好。”我说着就要拿过来，她却一甩胳膊扭开。

“就是为了它，你整天茶不思饭不想？我说你这段时间怎么总是做噩梦，精神恍惚……你照照镜子，你看你都成什么样了！”女友吼着，放声哭了起来，“你知不知道，我有多担心，多心疼你！可每次问你，你什么都不说！不就是钱吗？为了钱，这个样子，值得吗？”

我这才意识到，这段时间心思只在邮票上，却忽视了女友的感受，我的眼睛潮湿了，轻声说：“有了钱，我们就能过得好一些……”

“我不需要！我只要你好！”女友大吼着打断我。

这时，我突然感觉不对劲，她的性格我再清楚不过了。正要伸手去拿邮票，然而一切都晚了！只见她闪电般地抽出邮票，三下两下把它撕了个粉碎。

“原来你整天都在干这些事！好了，再也没有了！一切都结束了！”

“啊！”我大叫一声瘫倒在床上。

我知道她是为我好，可我不忍心啊！多少个日日夜夜我独自惦念得睡不着觉的东西，一下子，全没了。

我身上一点力气都没有了，而女友也站在原地一直啜泣。不知过了多久，忽然有人敲门，还没等我起身，门

三年的短暂相伴，留下了美好的回忆，当枯叶落地时，你我将各奔东西，岁月流逝之际，我依然会记得那个同桌的你。贵州 周牧（1208）

就被撞开了，进来几个彪形大汉，那个老收藏商跟在后面。

一看我的样子，他愣住了："邮票呢？"我失神地指了指地上和桌子上。

他狐疑地上前来看。突然，他动作乱了，趴在地上捡着邮票的碎屑，捡一会、拼一会、看一会，猛地又一下子撒了一地。他红着眼睛冲我吼道："你疯了么？"

他的眼睛漫无目的地乱转，最后落在女友做的贺卡上。他冲过去看了一会，突然像狼嚎一般狂笑道："哈哈，果然是两个疯子！白痴！……"

他一边笑着、骂着，一边踉踉跄跄地走了出去，几个彪形大汉看看我，交换了一下眼神也出去了。

后来我听别人说，那天老收藏商根本没把钱拿来，他就是打算要杀人抢票的。

事后，我一直很庆幸女友毁了那两张票，不仅是因为躲过了一场血光之灾，更是因为我从此真正懂得了生活，懂得什么才是幸福……

（题图、插图：魏忠善）

·本刊信息传真·

2006年《中国最有影响力的故事》征文启事

五大奖励措施　稿酬外追加千字千元奖金

为鼓励多出优秀作品,《故事会》杂志社决定继续举办2006年《中国最有影响力的故事》征文大赛，并对优秀作品实行5大奖励措施：

1. 入选作品除在杂志上发表外，还将收入《〈故事会〉中国最有影响力的典藏故事》（2006年版）一书。2. 入选作品可得两笔稿酬：在《故事会》杂志发表的作品，首发稿酬每千字400元，选入书后再追加每千字1000元。3. 入选作品均颁发奖励证书。4. 本刊将委托有关专家对入选作品进行精彩点评。5. 本刊将邀请有关作者参加5月在上海举办的第十一期"故事创作研讨班"、10月在外地风景区举办的优秀作品改稿会以及年底的颁奖大会,所有费用均由我社承担。

征稿范围：具有现实感、新鲜感且可读性强的中短篇原创作品。超短篇（如幽默故事）的字数一般在1500字以内，短篇（如中国新传说）的字数一般在5000字以内，中篇故事的字数一般在15000字以内。

来稿方法：1. 从邮局寄发，请在信封上注明"征文大赛"字样，本刊地址：上海市绍兴路74号《故事会》杂志社，邮编：200020。2. 从网上传递，可发以下信箱：wulun@vip.sohu.net，请在主题上注明"征文大赛"字样。来稿也可直接发至各责任编辑的电子信箱,本期责任编辑的信箱是：wyjing833@sohu.com。

· 中国新传说 ·

真假题词

□岳春辉

都是喝酒惹的祸

小葛是秀水乡文化站的站长，这天乡里交给他一项重大任务——去县里装裱省长写给乡党委的亲笔题词！

原来上个月，省长来偏远的秀水乡视察时，一时来了兴致，就挥笔题词：山肥水美康庄道，柳暗花明处处春。对于秀水乡来说，省长亲临视察，已是乡里的头桩大事；而今又题了词，更是大事中的大事。乡党委书记手捧题词，感慨地想：这是对全乡工作的充分肯定啊！于是当即指示，从速装裱，挂在党委会议室里。

书记把这项任务交给了副书记，副书记又交给了小葛。递到小葛手里时，副书记掐破了耳朵眼吩咐道："省长的题词是大事！时间一定要抓紧，质量一定要一流！"

小葛领到任务，不敢怠慢，第二天天刚露明，便扔下怀里的新婚娇妻，带上省长的亲笔题词，赶早车直奔县城。到了县城，小葛径直来到乡里设在县城的招待所——同福酒楼。

小葛算得上是乡里文人，也是"酒仙"，一天三顿酒，无酒不成餐，一喝一个醉，醉了耍酒疯，为这事乡领导没少熊他。可今天，小葛早饭都没顾上吃，又坐了半天车，又饿又累，饥渴难耐，见了酒菜，自然亲得不行，不一会儿，整瓶酒就底儿朝了天。

酒足饭饱，小葛一抹嘴，直奔县

苦读寒窗十余载，冬去春来又一年，今朝考场见真章，人清气顺精神爽，如同行云和流水，笑看金榜题名时。辽宁 张允胜（1209）

里最有名的装裱社。讲定了价钱和交货时间后，他便神气十足地打开包，这一摸，不好了——省长的题词竟然不见了！小葛吓得酒醒了一半，可里里外外翻了几遍，就是没有踪影。到底丢哪儿了？小葛抠着脑壳使劲想，终于想起来了。原来，他在酒楼里喝完酒，醉得腾云驾雾，手舞足蹈，一不小心将碗里的三鲜汤溅了一桌。小葛醉眼惺忪地找纸擦桌子，他哪里分得清废纸不废纸，抓了纸就擦，擦了就扔到桌下。后来，服务员过来，就连纸带菜地抛进了后院的垃圾堆里。那扔掉的可不就是省长题词嘛!

想到这儿，小葛一拍脑门一跺脚，转身就往酒楼跑，三步并两步奔到酒楼找到垃圾堆。可上上下下翻了个底朝天，就是不见字纸的影儿。再问服务员，服务员想了想说：刚才厨师找引火，从这里抓了一团废纸点了!

这下小葛傻眼了，他想：完啦!这文化站长怕是干到头了。

真真假假谁辨出

小葛垂头丧气地回到乡里，贼一样地贴着墙根溜进家门。闷闷地吃完饭后，睡在床上才给老婆说了实话。小两口惶一阵，恐一阵。直到后半夜，他那当小学教师的老婆终于想出了一条妙计：“你不会仿着省长的字，再写一幅？”小葛一听，开心地从床上一跃而起，“对啊，我咋没想到！”小葛对书法略懂一二，拿到省长的字时，他还琢磨了好一阵子呢。可再一想，省长那字，柳神颜体，很有功底，咱哪能及得上啊。

老婆说：“写个大体像就中，又没有真比着，谁能认得真假！”接着他老婆像是给小学生上课一样，又分析，又比划，鼓励小葛索性来个瞒天过海，说不定还能死里逃生。

到了这地步，小葛也只好死马当作活马医，立刻翻身下床，光着膀子，找到毛笔和宣纸，罗锅一样伏在桌上，写了一张又一张，一直写到天快亮。那字儿，你别说，猛一瞅和省长的还真有点像，当然仔细一看就露拙了。小葛一个仰八叉，泄气地躺到床上直叹气，老婆却啧啧地夸：“好字，好字，就是省长的字。”说着连搂带抱地哄着小葛美美地睡了一觉。

好也罢，孬也罢，反正是逼上梁山。第二天上班时，小葛挑了一幅满意的又偷偷进了城。到了装裱社，出了个高价，请老师傅精心装裱了一番。

俗话说，人是衣裳马是鞍。这“省长题词”经全绫一裱，上下挂了名贵的檀香木轴儿，竟生出一派大手笔气势，让人一看，不由得肃然起敬。这中间，书记问了几次，说不久要召开全县大会，叫小葛到时不要误事。小葛只把胸脯拍得梆梆响，请领导尽管

放心，不会误事。书记放心了，可那个安排小葛去装裱的副书记却吊着脸，冷笑一声，这让小葛的心又吊到了嗓子眼儿。

小葛的不祥预感并非多余，只是他绝对想不到，那幅真正的省长题词还安然无恙，而且就在副书记的手里！

说来也巧，那天小葛喝醉酒，前脚刚离开同福楼，副书记后脚就进来了。他来，当然不是找小葛，而是找在酒楼里当服务员的小情人。副书记摆出一副检查卫生的架势，东瞅瞅，西看看。当他转到后院时，突然发现垃圾堆上躺着一块上好的宣纸。这副书记也是个喜好书法的人，见状便好奇地拎起纸角来看。不看则已，一看竟大吃一惊。他不动声色，用手帕把纸上的油渍擦干净，叠好，又打听了小葛的来去，不觉生出一个念头。

原来，副书记的小舅子早就看中乡文化站长这差事，就是愁没抓到除掉小葛的把柄，这回好机会来了。

假作真时真亦假

半月后，县里要在秀水乡召开山区开发典型的现场会，与会的除了县里的领导就是各乡镇一把手。头一天，副书记叫人找小葛，让他快去把题词拿来，挂在党委会议室。

其实裱好的“省长题词”小葛早拿来了，只是心虚，不敢早早挂到墙上，这一回无论如何也要上架了。第二天一早，小葛硬着头皮，把“省长题词”的卷轴，挂上了党委会议室的正墙。刚挂好，就见副书记手里拿着一卷宣纸走了进来。

副书记看了一眼小葛挂上墙的卷轴，然后把省长的题词在桌上展开，冷冷地说：“哼，你一个小小乡文化站长，胆子真不小呀，竟敢以假乱真糊

昨天相识相知，亲如兄弟姐妹，校园是家庭；今天难舍难分，好像骨肉分离，前途路不平；明天成龙成凤，恰似龙凤呈祥，神州任我行。湖北 李向阳（1210）

弄我，你看看这是什么？你赶快给我把那假的摘下来！”

小葛做梦也没想到这丢失的省长题词竟会落到副书记手里，心里连连叫苦：完了，完了！啥也不用多说，就等着滚蛋吧！他正要踩上凳子去摘字轴儿，就听院里一阵车流的骚动，随即听到有人喊：“县长来了！”

县长领了一帮干部，边走边说：“来，来，大家先瞻仰一下咱省长的题词。”话音未落，便进了会议室。他看见小葛正在摘墙上的字轴儿，便阻拦道：“哎——小同志，别摘别摘！就挂这个位置，很好！”

“县长……”副书记上前一步，讷讷地说：“县长，这字儿……”

“哈哈，咱省长的题词，很好啊！”县长抢过话头，接着从头至尾认真地吟咏一遍，手一拍，称赞道：“好！好！你们看咱省长这水平！看文，古为今用，有重要的现实意义；看字，稳实有力，落笔千钧，真是字如其人哪……”

越来越多的人簇拥着县长，在“省长题词”前竞相称赞。在众人的称赞声中，副书记和小葛站在一旁傻了眼。

一阵热闹过后，县长发现了展在桌上的那张被油渍弄脏的真题词，笑着问副书记：“噢，听说你也写有一手好字，这一张是你临摹省长的吧？”副书记哪敢明说，只嗯嗯地支吾着。县长略略扫了一眼那题词，说：“嘿，像！有点像！只是比省长的字嘛——还是嫩些，对吧？还是墙上挂的老辣呀！哈哈哈……”

副书记只好苦笑着附和道：“嘿嘿，我这两下子哪比得上咱省长……”说着抓过那题词窝成一团，迟疑了一下，便使劲扔出了窗外……

（本篇月月评短信代码：AA121）

（题图、插图：谭海彦）

·本刊信息传真·

故事中国联手搜狐读书共同举办新锐写手故事大赛

沙叶新、陈村、宁财神等领衔评委阵容

6月5日起，由《故事会》主办的故事中国网联手搜狐读书频道，共同举办首届中国新锐写手故事大赛，为每位年轻朋友提供展现创造力、想象力和故事讲述才能的舞台，成绩优异者有可能成为故事中国网和搜狐读书签约写手。

本次大赛将历时3个月，分初选、复选和决选3个阶段，大赛设一等奖一名，奖金5000元，二等奖3名，奖金3000元，此外还有三等奖和新锐奖若干名，大奖得主有机会参加《故事会》举办的颁奖暨笔会活动，大赛优秀作品将结集出版。

大赛的评委阵容强大，由著名剧作家沙叶新、作家陈村领衔的传统评委将和《武林外传》编剧宁财神领衔的新锐评委共同参与终审，并对优秀作品进行点评。大赛详情请登录故事中国网(www.storychina.cn)了解。

·中国新传说·

找见自己

□冷　空

王小六是个爱逗乐的小伙子，这天从城里回乡下休假。一到家放下行李，就急着登上了后山。

望着阔别多年的田野，呼吸着山里的新鲜空气，王小六真想喊他几嗓子。可是喊什么好呢？他闭上眼，突来灵感：何不喊自己的名字？离开家乡这么多年了，呼唤一下曾经的自己，多么浪漫！

于是，他登上顶峰，手卷成喇叭筒状，“王小六”地喊开了，那声音拖得老长老长，传得好远好远，还有回音，呵呵，真是过瘾！不料他的喊声刚停，一个洪亮的声音传了过来：“他家住那边，你得朝那边喊。”

王小六一愣，低头一看，只见远处北村竹林外走出来一位老大爷，正仰脸给他指路。王小六乐了：呵呵，这大爷以为我喊人呐，喊就喊呗。于是就又顺着大爷指的方向喊了几嗓子。

老大爷来劲了，声如洪钟地说：“大声点啊，他家就在山脚下，平时一叫就听见了，怎么会叫不答应呢？”王小六没想到这老头会这么认真，想要解释，又怕说不清楚，干脆敷衍敷衍得了，于是他又吼了几声。

老大爷在底下直摇头。王小六趁他不注意，“哧溜”一声便要往山下跑。不料老大爷一下子急了：“站在最高处喊呀！你声音本来就小嘛！就算下来喊，你也得到那边去啊，往这边走有什么用？”

王小六被缠得没办法，心想：也好，绕到那边他就看不到了，于是便说：“那我到南面去叫他。”说罢绕到南面，装模作样地嚎了几声，这才松了口气，往地上一坐，想休息休息。

哪知坐了没一会儿，就听见头顶上有人喊：“年轻人，叫答应没？”抬头一看，正是刚才那位老大爷。离得

高考来了，你沉默了；题海来了，你沉没了；走进考场，你承诺了；6月8号，你哭着睡了。孩子，累了就歇歇吧，明天的晨光定会送给你最美的微笑。云南 白雪姣（1211）

近些，王小六才认出来：这不是村里年纪最大辈分最高的有德老汉吗？没想到老人家九十多岁，腿脚还这么灵便，竟“呼哧呼哧”自己跑上山来了！王小六这下更不敢说出真相了，只得顺口答道：“没有，大概不在家吧。”

老人瞅着王小六的脸仔仔细细地看了半天，才问道：“年轻人，你打哪里来？”“省城。”“你和王小六什么关系，有什么事找他？”王小六嘴里支支吾吾地编道：“我们是朋友，几天不见，想他想得慌。”老人琢磨了一会儿说：“王小六在家，走，我带你到他家去。”

王小六慌了，忙道：“不用了，我改天再来。”说罢起身就想开溜。老人拦住他：“改天多麻烦，今天他肯定在家，走，我领你去。”

王小六没办法，只好往山下走。老人跟在他后面，一边走，一边和他聊天，东拉西扯却也不知说的是啥。王小六心想 这老汉莫非老糊涂了？我还是想法脱身为妙。想到这儿，他突然叫道：“哎呀！那不是王小六吗？总算找见了！谢谢您老人家啊！”说罢，他头也不回地撒开两腿就往那边跑。

转过小路，王小六傻眼了：几年前的山路早不见了，眼前是一个悬崖，人根本下不去。这下可如何是好！

王小六到底是个机灵人，他见老大爷正往这边赶，当即往地上一坐，装着什么也没发生的样子。老人过来叫：“我说年轻人呀……”王小六不等他说完，就装着惊喜的样子说：“哎呀！原来是有德公公。我是南村的王小六啊！好多年不见了，您老身子骨还这么硬朗，是来山上散心的吧。”

老人一愣，又瞅了王小六好半天，这才喘了一口气，说：“我正找你呢。刚才你朋友大老远来寻你，在山上叫了半天。”王小六摇头道：“不会吧，我坐在这里少说也有两个时辰

了，有人叫我，应该早听见才对。该不会是您老听错了吧？”

有德老汉又喘了口气，突然用手一指说：“哎呀，你朋友下山去了，正走在村口呢。快，咱们追他去！”说罢，拉起王小六便往村口的方向走。

王小六心想：敢情这老人家真有点糊涂啊。不过今天还真是好玩，那就顺着他吧。

两人来到村口，王小六有模有样地左张右望了一番，老人却一指菜窖口说：“我看见他进那儿去了！”王小六差点没笑出声来，脸上却一本正经地说：“一定在里面！我找找看，我说这个古怪的朋友呀！”

于是王小六猫着腰往菜窖里走，不料刚进去五六步，只听见“砰”的一声，菜窖门被关上了，紧接着是“咯”地一声，门锁也锁上了。只听老人在外面声嘶力竭地喊：“快来人呀！是王老五城里那个儿子呀，不知啥时候回来了，他疯了呀——”

（题图、插图：顾子易）

· 本刊信息传真 ·

“优媒杯”《故事会》优秀作品月月评

每期3篇选1　最高奖金800元

“‘优媒杯’《故事会》优秀作品月月评”活动，参加方式如下：1. 每期由初评委推荐3篇故事为候选作品，读者可选择自己最喜欢的一篇，将其月月评短信代码（如AA121，没有短信代码的作品不参加评选）发送到911903（移动用户、联通用户）、02838168（广东移动）。每次限选一篇，可多次投票。2. 凡选对本期“最受欢迎的故事”的读者均有机会获得现金奖。每期设一等奖1名，奖金800元；二等奖10名，各获现金100元；所有参加评选的读者均有机会获得参与奖，每期200人，各获精美礼品一份。3. 本期活动截止期为：6月20日。得奖读者在评选结果揭晓后将得到短信通知。用户每投一票收费1元。

本期候选作品：1.《真假题词》（p22）（短信代码：AA121）；2.《考验》（p40）（短信代码：AA122）；3.《化蝶飞》（p52）（短信代码：AA123）

“优媒杯优秀作品月月评”2006年4月（下）评选揭晓

2006年4月（下）得票前三名的作品分别为：《象棋高手》(804 票)、《挽起你的头发来》(696票)、《家传的宝贝》(676票)。

经抽奖，下列读者获奖：一等奖（奖金800元）：张申海（130****2322）；二等奖（奖金各100元）：沙松林（139****1311）、朱庆坤（139****0902）、王立群（136****2176）、韦立安（137****2648）、夏果（139****9824）、方志飞（139****7424）、姚力（135****3960）、周金林（137****6626）、刘果懿（139****9972）、张国银（138****2818）。阅读奖名单略。

祝福伴你考，各科成绩差不了，祝福伴你考，各所大学随你挑。祝你们百试顺利、万试如意、试如我意、心想试成。云南 赵青华（1212）

· 中国新传说 ·

要命的外财

□张果夫

外财何处来

老马在县文化馆干了三十多年，最近退休了。退休后的工资虽少了点，但他无忧无虑，日子倒也过得挺乐呵。谁料，这天他带着工资卡去取款，却发现户头上的钱一下冒出好多。再一细看，原来拨的是双份工资——一份退休的，一份在职的，两份相加差不多是原来的两倍呀!

老马先是一阵惊喜，接着眉头就拧成了大疙瘩：不对啊，肯定是财务弄错了！不行，得马上讲清楚！这么想着，他扭头直奔单位，找到会计姜小莉，把问题说了一遍。

姜小莉是个俊秀的小媳妇，干了好几年会计，还从没见过这样嫌钱扎手的人，当即笑弯了腰，眨巴着眼睛说："马老师，你的退休手续是我亲手办的，样样符合规定，他们工作失职，你猴急的啥呀？"老马皱着眉头，认真地说："小莉，话不能这样说，我马平原一辈子没贪过外财，这不明不白的钱更要讲清楚。麻烦你到上头跑一趟，这在职工资千万不能再拨了！"

姜小莉办事麻利，第二天就回过话来：财务科任科长说年内工作太忙，一时疏忽了，答应马上纠正，让他安心；至于已拨的款怎么解决，以后再说。

可奇怪的是，打这以后，一连好几个月，这在职工资仍然照拨不误，

·中国新传说·

老马算算卡上多拨的工资已超过万元，这可不是个小数目。急得他正要再去问一问，姜小莉打来了电话说，她们明天来拿退款，让老马把钱准备好。

果然第二天，姜小莉和财务科科长任东平，拎着水果和补品就来了。一进门，任科长便乐呵呵地说："老马，辛苦您了，我们来看望您，顺便来拿退款。"

老马慌忙让座、泡茶、递烟，像迎接贵宾似的。任科长拉着老马的手感慨万千："老马啊，还是您这样的老同志品德高尚啊！像您这样在金钱面前不动心的人是越来越少了，值得我们学习啊！"老马一阵谦虚后，便到内室，把钱取出来，一五一十数好交给了任科长。

任科长收下钱，笑呵呵地说："好，我给您老开张收据。"旁边的姜小莉早把一本稿纸和一支圆珠笔摆在了任科长面前。任科长大笔一挥，一会儿便写好了。他放下笔，又点起一支烟，自己仔细端详了一阵，又让老马看了看，才把稿纸的首页撕下。

不料就在这时，一团烟灰落在了收据上，任科长顿时慌了神，连说"失礼！失礼！"，接着忙对着收据又吹又拍，还掏出手绢小心翼翼地擦擦干净，这才折叠得方方正正的交给了老马。老马感激地接过收据，欢欢喜喜地送走客人后，这才松了口气，心想这下可以安心过日子了。

无辜背黑锅

哪知，安稳的日子过了没多久，两位纪检人员找上门了。老马一见，心里一"咯噔"：咱没做错什么事啊？

原来，县里开展财务大检查，发觉任科长财政收支中存在疑点，并从退休干部马平原的名下找到了涂改的隐痕。为查清问题，他们便找上门来。见了老马，他们客气地问："老马同志，我们是来了解您退休后多次领取在职工资的问题，有这回事吗？"

听到这话，老马不慌不忙地说："不错，确有此事，不过款子已经退了。""退了？有收据吗？"老马笑道："这么一大笔款子，怎能没有收据呢？"说着走进内室，打开橱柜，小心翼翼地从一本书里取出收据，交给了纪检人员。纪检人员打开一看，顿时皱起了眉头，又还给了老马："老同志，您自己看看，是不是弄错了啊？"

"没错！就是这张！"说着老马拿起老花镜，对着收据瞧，这一瞧不要紧，竟瞧得他傻眼了：原来那收据竟变成了一张白纸！"啊？！"老马顿时愣住了。当初任科长写收据的时候，他就守在旁边看着，白纸蓝字，清清楚楚地写着退款的时间、数额和收款人的名字，现在怎么会只字不存！

纪检人员说："老同志，您是不是记错了？要不再仔细找找？"

金秋六月即在前，面对学子赠话言：考场莫需太惊慌，发挥平常也叫棒；平静心理要自信，等你金榜题名时，再拜昔日恩师情。贵州 李明江（1213）

“没错啊！任东平签的，姜小莉也在场啊！”老马嘴里说着，脑里昏昏沉沉，好一阵子才从痴迷中回过神来，扬着手中的纸，斩钉截铁地说：“我发誓，就是这张纸！鬼晓得它怎么会变成白纸？这不是要我的命么？”

老马好不气恼！他想：我马平原清白一世，主动退款反背上贪财的黑锅，以后还怎么做人？“我不做亏心事，不怕半夜鬼叫门，咱们现在就去找他们当面对质去！”说着拉起纪检人员就向单位赶去。

找到任东平和姜小莉，五个人齐坐一堂，当面对质。此时，任东平早已拉下了脸，抱着胳膊，似笑非笑地对老马说：“老马同志，这事你可得想清楚啊？领取双份工资已经违反了纪律，再信口开河，嫁祸于人，可是错上加错呀！你说款已经退了，退给谁了？我可是没见到啊！你这么一大把年纪可不能干出亏心的事啊！”

老马气得脸色铁青，恨不得扑上去撕下他的画皮，但他生来是个没嘴葫芦，舌头在嘴里搅了半天，才勉强憋出一句话：“你，你不承认，就，就让姜小莉说说，她，她当时一直在场看着，小莉，你说话呀……”

哪知平时聪明机敏、伶牙俐齿的姜小莉，此时竟成了木偶人，嘴里支支吾吾了半天，也没说出个子丑寅卯来。两个纪检人员听了半天，却像看见西天的路上蹦出的两个孙悟空，一时也难辨真假了！

对质没有结果，老马回家后越想越气，竟引起老年心脏病复发，经过紧急抢救才保住了一条老命。但从此他脸上没了笑容，茶不思饭不想，一天到晚长吁短叹。

终有证据在

就在老马一肚子冤屈的时候，姜小莉突然敲响了大门。老马讨厌这种趋炎附势的年轻人，把身子一扭，留给她一个脊背。姜小莉却不生气，心

· 编读往来 ·

山东作者王伟： 看到自己的作品在《故事会》上面发表，实在太开心了，要知道这是我的处女作啊！在此，谨向各位老师表示感谢。此外，我很想让这篇作品在网上让大家共享，不知是否可以？

绿版编辑部： 首先向你表示祝贺，望继续努力，创作出更多的优秀作品。本刊现在已有了自己的网站，我们将选择部分作品免费刊于其上。顺便告诉大家，如果有不希望将自己的作品放在网上的作者，请您来信告诉我们。

87102部队李峰文： 我是一名雷达兵，在海拔4000多米的高地为祖国站岗放哨。说实话，平时难得看到杂志，所以每次《故事会》一到，大家都竞相传阅。但每次都是我第一个看，因为我不但会写，而且会讲。在这里，我要感谢《故事会》，感谢她让我们的生活不再寂寞。

绿版编辑部： 收到你的来信，我们也十分开心。每每想到《故事会》能给大家带来那么多快乐和感动，我们就干劲十足，信心倍增。同时，我们也希望你能把身边有趣的事写下来，寄给我们，让更多人分享你的精彩和快乐。

平气和地说："马老师，那天任科长在场，我能说什么？他好歹是我业务上的顶头上司，我得罪得起吗？"

"我不想听！"老马像撂镢头似地回敬说，"你想维护领导，却不顾我的感受，天地良心啊！"姜小莉眼里溢出泪水："马老师，你不谅解，我也不勉强。正是凭着天地良心，才使我提前为你想了一条退路……"

原来，姜小莉早就知道，任东平是个遇到财务漏洞就要捞上一把的主儿。当任东平撕下收据的首页之后，她发觉第二页稿纸上还印着笔痕，便多了一个心眼，保存了下来。现在，她把印着笔痕的纸交给老马，让他斜对着灯光仔细瞧瞧。老马一看，那阴影里果然是收据上的字。小莉接着说："我特别咨询过公安，如在纸面上涂上一层铅粉，那些字就会显示得清清楚楚，一撇不少……"

老马听她讲完，又对着那张纸仔细看了一阵，病仿佛一下子好了大半。他一骨碌从床上坐起来，拍着小莉的肩膀说："小莉呀，好闺女，老伯错怪你了！这就好了！"说着又若有所思地问"可是原来那张收据上的字哪里去了？怎么会变成一张白纸呢？"

姜小莉"噗嗤"一声笑着说："马老师，您没看到开收据那天，任东平用手绢在收据上擦了又擦吗？烟灰洒在收据上，吹吹拍拍就礼貌到家了，他干吗要那样做呢？"

老马拧着眉头想了半天，忽然一拍脑门说："我明白了，他是用化学品把字消了。这家伙真够损的！"说着便摸出收据，不顾身子虚弱，蹒跚着出门找有关部门鉴定去了……

（题图、插图：魏忠善）

让我的祝福翻过人民南路的栏杆杆，穿过肖家河的烧烤摊摊，游过浩瀚的府南河边边，爬上巍峨的塔子山尖尖，向着你的方向，提前呐喊："高考你一定行！"四川 陈伟（1214）

·中国新传说·

功德碑

□肖 胜

第一中学是县里升学率最高的中学，可学校的硬件设施不行，尤其是那个校门，农民赶场时内急，不知道的都把这当成厕所往里跑。

前两天一场大雨，把校门连同旁边的小半堵墙一齐冲塌了，这下校门不得不修了，可是学校哪来的钱啊。为这事，校长急得嘴上直长泡。这不，今天专门召开全体教师大会，让大家出点子、献良策。

会议室里大家都闷头不语。沉默了好一会儿，一个声音突然响起："我有办法！"老师们循声望去，原来是毕业不久的林老师。校长激动地站起身来，问："快说，什么办法？"

林老师一本正经地说："可以让镇上的人捐款！"

校长一听，像个泄气的皮球，"嗞"地一屁股又坐回到凳子上。其他老师则在底下偷偷捂嘴笑。

见大家这副样子，林老师赌气说道："不信？我愿立军令状！"

校长冷笑道："那行，改不好我要下你的课！好了，散会！"

大家本以为是林老师在耍嘴皮子，谁知没一会儿，林老师真的写了几大张启事，到处去贴。只见那启事上写着：

为方便学生出入，本校考虑将校门从西面改到南面。因缺少资金，现向全社会募捐。

支援办学，人人有责；功在当代，利在千秋。

老师们见了，都等着看笑话；校长呢，也考虑这样的教师还要不要。哪知启事贴出去不到半天，一个胖子就挺着大肚子，找到校长办公室，进门便问："你们是不是真要改校门？"校长惊喜地起身忙问："怎么，你要捐款？"那人一脸严肃地说："若真改，

我捐一万。”

送走胖子后，校长去问林老师，这到底怎么回事？林老师笑道："这是我意料之中的事，那胖子是南街的网吧老板，校门一改，离他的网吧最近。”校长忙问："那怎么办？”林老师胸有成竹地说："钱先收下，我自有办法。”

很快，南街搞游戏厅的、开台球室的、卖玩具的、开饭馆的老板们都一窝蜂地来捐款了。

校长又喜又惊，去找林老师商量："你说那些钱还收不收呢？”

“照单全收，其他事交给我了。”

捐款很快达到二十万，同时南街门面的租金也跟着飞涨起来了。看着校门施工，南街的老板们一个个算计着多久能把捐款的本儿捞回来。

校门终于建好了，那真是宽敞漂亮，要多气派有多气派。再看那校门前，还立了块功德碑，用红绸盖着。南街的老板们喜笑颜开，只等着剪彩之后，财源广来。

终于，在一阵鞭炮声中，剪彩仪式开始了。在喜洋洋的乐曲声中，功德碑上的红绸被缓缓地拉下了。人们欢呼着涌过去，看上面密密麻麻的捐款人姓名和所捐金额。而南街的老板们，巴掌拍得最响，挤得也最欢，一个个冲到最前面去找自己的名字。再看碑的最下面还有一段话：

承蒙社会各界的支持，本校成功地改建了校门并修补好了各处围墙。为和其他院校的教育模式接轨，即日起，本校将正式实行全封闭式教学。

顿时，那些胖老板、瘦老板、男老板、女老板的笑脸都僵住了。

（题图：顾子易）

· 本刊信息传真 ·

本刊隆重推出《过目不忘：50则关于荣辱观的故事》

向全国各地学校免费赠书5000册

最近，本刊编辑出版了《过目不忘：50则关于荣辱观的故事》一书。书中的许多故事，正在中国大地上以不同形式流传着。它们尽管题材广泛，内容不一，然而却聚焦着一个共同的主题，即“做人的道理”；包含着时代呼唤的“荣辱观”的元素，如爱国、求真、守信、勤劳、互助、守法等；凸现着故事艺术的感染力，以至于令你“过目不忘”。

为落实胡锦涛总书记关于加强社会主义荣辱观教育的指示，本刊决定向全国各学校免费赠书。

今去考场，沉着冷静是良药，惑雾疑云一扫空；此番征战，耐心细致是你难题克星，破险去阻全得胜。有道是：实力尽情发挥，金榜题名不远。湖南 朱恩智（1215）

我的婚事我做主

□王明智

· 中国新传说 ·

枯木逢春

老骟匠今年六十多，为人正直心眼好，那做活的手艺更是没得说。这猪哇，羊哇，骟过之后才长得壮长得好，所以老骟匠走到哪家都是块香饽饽。可老骟匠也是个苦命人，他二十年前死了妻子，一个人把孩子拉扯大。等给孩子成家娶了媳妇，他的头发也白了一半啦。想想看，辛苦了大半辈子还是一个人。哎，一个人就一个人吧，就不想那桩子事了。

这天一大早，老骟匠又去赶场逛猪市。正转悠着，就碰到住在自家房后半坡上的哑巴娃，小家伙鼻涕一把眼泪一把，给他比比划划说，他妈买猪崽的钱，叫小偷掏跑了，他妈去派出所告状，这半天还没见回来，哑巴娃就急哭了。老骟匠是个善心人，他把哑巴娃儿拉到面皮店里吃面皮，自己转身去了派出所。一进门，就见哑巴娃的娘何秀芝正坐在长凳子上抹眼泪，她一见老骟匠竟"哇"地一声哭开了，边哭边说："买猪的二百元钱，可是今年上面发的扶贫款啊。钱钱钱，命相连。偷这号钱的人，八辈子不得好死，下辈子还是三只手！"

老骟匠见状，一把拉过何秀芝说："算啦算啦，莫怄气了，趁天色还早，走，到猪市上我给你挑个好猪崽。没钱我给你垫上！"

老骟匠拉着何秀芝，走到大街

上，他想把手抽回去，哪想这女人把他的手捏得紧紧地，几次想抽都抽不回，秀芝捏紧了手说：“拉着你的手，我就像多了根主心骨，眼睛亮了，胆子大了，钱你都舍得借，一只手舍不得叫我拉？”老骟匠的脸红了，也就由秀芝这样拉着。不一会儿，两人就来到猪市上。

老骟匠挑猪，那是行家。很快他就挑了两个好猪崽，又带她到面皮店叫上哑巴娃儿，一路回了家。

第二天吃罢早饭，老骟匠就来到了何秀芝家骟猪。一进院门，只见屋里屋外早已打扫得干干净净，炉子里火烧得旺旺的，炉子上水烧得滋滋响。秀芝见骟匠来了，赶忙从柜中取出早已备下的好烟好茶。点烟，沏茶，忙得不亦乐乎。

抽了一锅烟，喝了一杯茶，老骟匠就起身开始做活儿。骟完猪崽，何秀芝又把他让进屋里喝茶。

老骟匠喝着茶，望着院里做破竹子活的哑巴娃儿出了神：小家伙嘴巴不会说话，可手却巧得很。那竹子，一丝一丝，破得通匀细致。老骟匠禁不住赞道：“真看不出，这娃儿手这么巧，破的竹篾又通匀又细致，他编啥哩？”

“编笆篓，”秀芝说，“不过他现在只会做这个，没人教呀，有人教，他啥都会。”

“叫他跟我学做骟匠，你同意不？”

“啥？跟你学做骟匠？”秀芝愣了一下，激动地说：“这些年，你帮我家骟猪骟羊，从来没收过一文钱，昨天又替我买猪崽，这又叫娃儿跟你学手艺，我咋感谢你啊！”

老骟匠摆摆手：“你这说的是啥话？你们困难，总得有个人帮啊！”

听到这话，何秀芝顿了顿，羞涩地说：“昨天买猪崽回来，不瞒你说，我一整夜翻来覆去睡不着。”

祝你：专科三本随手拿拿，二本一本不在话下，复旦浙大小菜一碟，清华北大有点难度，剑桥哈佛才是目标！浙江 陈战飞（1216）

“睡不着？”

何秀芝只是红着脸笑，用双手捂住自己的眼睛，好久好久不吭声。

老骗匠嘴里吧嗒着旱烟，烟雾一圈一圈在屋里飘。

何秀芝从指缝里看老骗匠，她知道老骗匠是个靠得住的男人。这几年要不是他帮忙，自己的日子真不知咋过。当年，老骗匠为了孩子没有再娶，而今，孩子已娶了媳妇，他自己也该享享福啦。她知道老骗匠不会嫌弃她，在这事上她得主动。想到这儿，秀芝的脸更红了，声音低得像蚊子哼哼：“我，我想嫁给你，做你的老婆。”

老骗匠一听，如同触电一般，浑身燥热，心跳加快。他知道秀芝是个好女人，论人品，论长相，哪样都不差。但自己毕竟大她二十多岁呀，老骗匠稳住神说：“你要想想好，我大你二十多岁呢！”

秀芝说：“大又咋了，你难道连个老婆都不敢娶？”

老骗匠没看她，只是低着头吧嗒吧嗒猛抽一阵烟说：“要不我替你打听个合适的？”

秀芝说：“不，谁我也看不上，我看上的只有你，我不是头脑发热，我想好了。”

老骗匠想了一阵，嘴里又开始吧嗒旱烟，不过脸上露出了笑容。

秀芝接着说：“我又不是要你来帮我种地，干力气活。我是想有你这么个主心骨，替我操操心，遇事出出主意。我不是那种没主见的女人，一不好吃，二不懒做，你只要站在背后，给我壮壮胆就行。”说过这些话，秀芝坐过去一些，把老骗匠的衣裳揪得紧紧地。

老骗匠说：“让我好好想想。”

秀芝说“你不用想，我早替你想好了。你怕你儿子媳妇不同意是不？我不怕，婚姻法上没有这种规定，他们要干涉，我就上法庭告他们。”

“别别别！”老骗匠见这女人对自己铁心了，自己不能再打退堂鼓了。他看着秀芝，轻轻拍着她的手，笑着点头了。

好事多磨

自打那天起，老骗匠精神焕发，经常一个人偷着笑，唱山歌，哼二黄，谁知道他心里有多么快活？

这天，儿子回来了，他把儿子叫到房里，打算把这事告诉他，话还没说几句，儿子就听出来老爸的意图，马上不高兴地说：“爸，你这是何苦呢？放着现成的福不享，去自讨苦吃。她家穷成那样，屁股后面又坠个哑巴娃，惹这种麻烦事，你不怕外人笑话？”

儿子像机关枪似的“嘟嘟嘟”说了一通，老骗匠被噎得满脸通红，气得直喘粗气，连儿媳妇叫他吃饭都没理睬，气咻咻地出了大门。

老骗匠怄气出了门，但一想到秀芝，一股暖流就涌上心头，鼓动着他下定决心非办成这婚事不可。他喃喃自语着:“我能败在你娃娃的阵下？老子这场婚事还包含着扶贫济困的意义，你娃娃懂吗？”这么想着，他绕了一大圈，到天黑时，又来到秀芝家里。

秀芝早已烧好了水，备好了茶，这会正坐在火炉边上，把手里的茶杯擦了又擦，只等给骗匠泡杯好茶。

一见骗匠，秀芝说“我猜你一定要来，”说着把热茶端给骗匠，“看你不高兴，是娃们不同意吗?”

骗匠看着她红润丰满的脸，慢悠悠地说:“他们管不了我的事。”说话间，从身上摸出两张百元的票子递给秀芝，“明日你上街，买几十斤米，割十几斤肉，后天我妹夫要带一帮人来给你翻修房子。你啥话莫说，做你该做的事情就得了，中午只管一顿饭。”

“你不来?”

“我不来，啥事都有我妹夫负责。我走得远远地，给他娃娃摆一场迷魂阵。”说毕起身走了。

第二天，秀芝带上哑巴娃儿，上街买了米，割了肉，回来泡了一盆豆，半夜起来又做了一锅豆腐。

天一亮，骗匠的妹夫果然带着一帮人来翻修房子。到了下午太阳还没靠山，三大间草房已经完工。临走时，他对秀芝说:“嫂子，明天中午，你做四个人的饭菜就行了，我们还要把房子里面的墙壁通通刷一遍，要不屋里灰突突的，不像个新房。”说毕手一挥，带一帮子人走了。

终于，新房子也盖起来了，墙壁也刷白了，里里外外都透着股喜庆劲儿。何秀芝高兴得合不拢嘴，她知道这都是老骗匠给她家带来的光彩。可是一连好几天，老骗匠都没过来。

这天，坡底下一阵汽车响，原来是老骗匠儿子要出门跑买卖了。秀芝

学习如走路，努力才进步，小学打基础，中学新起步，高考是冲刺；跨越梦想阶梯，考入理想学府，走社会主义道路，为人民服务！黑龙江 王贵（1217）

想，他这一走，骗匠就该来了吧。

果然，天刚麻黑时，老骗匠就上了秀芝的院坝。他进门就说："我给那小子摆了几天迷魂阵，没上你这儿来。现在他走了，我们抓紧把这事办了。明天你把娃儿带上，我们上街去买衣裳，理发、洗澡，然后到乡政府去领结婚证。生米做成熟饭，看他娃儿能把老子咋样。"

"我们在哪等你?"

"老地方，面皮店。吃饱肚子，办事有精神。"

皆大欢喜

第二天一早，三人就在面皮店里碰了头。老骗匠先领着母子俩吃了碗酸酸辣辣的面皮，然后就领着她们一起进了服装店。

秀芝一看，喜坏了。这些年，她们娘儿俩身上穿的都是公家救济的，自然没有这里的衣服新鲜、好看。

老骗匠拉着秀芝问："看上哪件？"

秀芝说："要素净一点的吧。"

"哎，结婚要图个喜庆，总得买件红的。"于是老骗匠给她选了两件素雅的，又挑了一件大红的，秀芝满意极了。接着，老骗匠又拉着哑巴娃儿在童装柜台买了两身童装。出了服装市场，三人又去买了脸盆、水壶、灶具，装了满满两背篓。

东西都置办齐了，老骗匠又把她们带到后街洗了澡，理好发，换了身新衣裳。人变了，年轻了，心里甭提有多高兴。老骗匠领着秀芝拉着哑巴娃儿一路走进乡政府，顺顺利利地领取了结婚证书。

下午他们回来，走到自家院坝一看，不禁又惊又奇：只见院门大开着，里面传出了一阵阵的音乐声。

原来这是老骗匠做生意的儿子回来了。几天前，他不同意他爸这场婚事，被他那在乡政府当干部的三姨，美美实实地教训了一番。老骗匠的儿子也是个响鼓不用重锤敲的人，一经点拨，头脑就清醒了。儿子知道他爸爱看电视，马上到商店抱了一台大彩电，抢在他们回来之前，送到家里，给他们牵上电线，安好插座，给老爸进门一个惊喜。

老骗匠进门，看到响着音乐的新彩电和站在旁边一脸愧疚的儿子，顿时明白了大半。但他还是脸板得平平的。秀芝拉着哑巴娃站在一边也不知说什么好。就在这时，只见儿媳从底下院子上来，站在门口乐呵呵地说："爸，何姨，下去吃饭吧，是姑父做的，我当下手，就等你们回来开席呢！"儿子也笑呵呵地说："爸，何姨，咱们先下去吃一顿团圆饭吧。婚事怎么办，咱们边吃边商量。"

老骗匠的脸上终于露出了笑容。一家人挽着胳膊走出院门……

（题图、插图：魏忠善）

·悬念故事·

考验

□曲育乐

谁是肇事者

几年前，马里奥还是个以偷盗为生的小混混，而今却成了洛克市首屈一指的房地产商人。眼下，经过一番异常惨烈的竞标，他又独揽了托特市市政大楼的改建工程。

此时，天色已暗。马里奥正兴奋地驾驶着他的黑色奥迪A8，全速行驶在从托特市返回洛克市的路上。

当他驶到一个爬坡路段时，突然听到了一阵轰鸣声，从后视镜看过去，只见一辆轿车正从后面飞驰而来，到了这个险段，不仅没有减速，反而左摆右晃，像是喝醉酒的莽汉。

就在这个当口，一辆摩托车从对面开了过来，只听“轰”的一声巨响，摩托车连人带车被撞得飞了起来，骑车人重重地摔在了路边的岩石上。而那辆肇事轿车居然只稍停了一下，便一溜烟消失在茫茫夜色中……

马里奥被眼前的一幕惊呆了！很明显，这是一起肇事逃逸事故。只可惜光线太暗，他并没有看清肇事车的车牌，但可以肯定的是，这是一辆和自己这辆一样的黑色奥迪 A8。

再看那个被撞的骑车人，只见他脑浆四溅，早已不动弹了。马里奥叹了口气，却没有报警，正所谓事不关己高高挂起。

一个小时之后，马里奥顺利到达了洛克市区。街旁的店铺早已关门打烊，可当他路过“本杰明心理诊所”时，却发现里面依然是灯火通明。

对于马里奥来说，这是一个亲切的地方，因为只有在那小小的治疗室里，他才可以毫无戒备地稍稍放松一

几分辛苦，几分耕耘，换来几分收获；几个祝福，几个关怀，送去几个问候；人生转折这三天，不管成功与否，相信只有经历风雨才能见彩虹。山东 刘雪刚（1218）

下。这几年，激烈的市场竞争，几乎压垮了他脆弱的神经，所以他一直靠心理治疗，来不断调整自己。

望着亮着灯的窗户，他下意识地放慢车速。

他值得信任吗

本杰明已经是马里奥的第二个心理医生了。此前，他有过一个心理医生，叫安妮娅。他曾是那么地信任她，常常将自己工作、生活中的烦心事，毫无保留地讲给她听。可让他没有想到的是，在不久前的一次竞标中，安妮娅竟然不顾职业道德，将他在心理治疗时透露给她的标底，以高价卖给了对手，害得他一夜之间损失了近千万！后来，在朋友的介绍下，马里奥才找到了本杰明。

虽然本杰明名声在外，几次接触之后，也给马里奥留下了不错的印象，但曾经的伤痛，还是让马里奥对这个心理医生心存芥蒂。望着亮着灯的窗户，马里奥慢慢停下了车，一个近乎疯狂的主意，涌上了他的心头。

马里奥从车中取出一瓶白酒，猛灌几口，然后一摇三晃地走到诊所门前，轻轻摁响了门铃。“马里奥先生，你怎么来了？今天可不是我们预约好的见面时间呀？”本杰明说着，把他让进门来。

马里奥哆嗦着嘴唇，却说不出话，脸上露出极度惊恐的表情。本杰明一看不由一惊，急忙拉他进了心理咨询室，锁上了房门，然后开口问道：“马里奥先生，是不是发生什么事了？”

马里奥神情凝重地说：“今天我去托特市签了一笔合同，在答谢酒会上多喝了几杯。晚上从托特市往回赶的路上，不小心将一个骑摩托车的人撞死了。我，我害怕受到处罚，就驾车逃逸了……”

听完马里奥的讲述，本杰明沉思了片刻后，拍了拍马里奥的肩膀，缓缓说道：“马里奥先生，作为一个守法的公民，我本该劝你去警察局自首。可是我不能这么做，因为你是我的病

人。既然人已撞死，你也构成了逃逸的事实，那么就让这件事悄悄地过去吧，我会为你严格保守秘密的。你所要做的就是，尽量放松，不去想这件事……”

从诊所里出来，马里奥脸上的阴云不见了，嘴角浮上了一丝轻笑：这只不过是他对本杰明的一个考验，看本杰明是否真的如人们传说的那样，是个严守病人隐私的心理医生。如果这一切都是真的，他才会毫不设防地与他进行交流；即使他向警察告了密，自己也不会有太多麻烦：因为没有确凿的证据和现场目击证人，是很难将他治罪的……

几天后，当马里奥翻开当地报纸时，他一眼看见一则悬赏公告：“吾儿瑞恩，于本月五号晚上，在洛克市赶往托特市的路上，遭遇车祸，不幸身亡，肇事者逃逸。现悬赏一百万，急寻目击证人。提供线索者，请与洛克市警察局联系！”

看完公告，马里奥不禁哈哈大笑起来：这几天，他正为如何进一步考验本杰明而犯难呢，现在这则悬赏无疑是雪中送炭呀！

原来他是……

这天早上，马里奥驱车经过洛克市警察局时，突然发现本杰明戴着一副大墨镜，正急匆匆地向警察局走去。他的心一下揪紧了：难道是本杰明看了悬赏公告后要到警察局报案？

这可是马里奥最不愿意看到的结果！要知道，心理医生对患者进行治疗时，都要进行现场录音。虽然这盘录音带不足以将他治罪，但考虑到这段时间，他正在参加一个投资上千万的工程投标，如果被这桩无中生有的官司缠身，那么自己公司的信誉将大打折扣，他很可能会失去这笔大买卖！这么一想，马里奥不禁为自己当初的荒唐行为而后悔不已。

六月，商人说，快赚钱了；老师说，快放假了；工人说，要发防暑费了；农民说，要锄草了；毕业生说，心焦的日子来了…六月过后，说什么都是一种人生。辽宁 潘辉（1219）

思来想去，马里奥决定，晚上到本杰明诊所走一趟，他想如果那盘录音带已被本杰明送到了警察局，那他也只好自认倒霉；如果那盘录音带还在，就将它偷走，以免留下后患。

这天晚上，马里奥面罩黑纱，身穿黑衣，早早潜伏在本杰明诊所外面的花丛中。几十分钟后，诊所里的灯终于熄灭了，一脸疲惫的本杰明走出了诊所，钻进汽车，朝家的方向驶去。

马里奥四下打量了一番，在确定没有什么异常情况后，悄悄钻出了花丛，轻手轻脚地来到诊所门外，拿出早已准备好的万能钥匙，拧开诊所的门。他闪身进去，很快就找到了那盘录音带。

就在他刚掩上诊所门的时候，只见一道亮光射来——本杰明的那辆白色福特车居然又开回来了！

马里奥一见，迅速转上公园的小路撒腿就跑。而他身后的本杰明一边喊“抓小偷”，一边也追了过来。

马里奥不敢回头，只是拼命狂跑，可始终也甩不掉身后的本杰明。不知不觉，竟跑到了穿城而过的维拉河边大道。马里奥只觉得身子发软，速度也渐渐地慢了下来。

眼看着就要被抓个人赃俱获，马里奥突然使出了一招金蝉脱壳——甩手把录音带扔到了维拉河里。时值隆冬，河里的水早已结冰，录音带在冰面上“嚓——”滚动了十几米，最终停在了河中央。

一见失物被丢到了冰面上，本杰明马上调转方向，直奔冰面。他几乎是连滚带爬地冲到河中央，拿到了录音带。可是就在他转身返回的瞬间，他的脚下突然一滑，整个人“噌”地一屁股坐到了冰面上。巨大的惯性使原本就不太结实的冰面，“哗啦”一下子断裂开来，本杰明还没来得及挣扎，就落入了冰下滚滚的暗流中……

本杰明医生下葬这天，洛克市下起了鹅毛大雪。马里奥怀着十分愧疚的心情，来到了葬礼现场。头发花白的老牧师宣读完悼词，又小心翼翼地掏出一个日记本，异常庄重地宣读道：“这是本杰明医生生前的最后一篇日记！‘亲爱的儿子瑞恩：虽然我已经知道将你撞死的凶手是谁，可我却不能将他的名字告诉警察，因为他是我的一个病人。为病人保守秘密，是我们心理医生最起码的职业道德；可是面对你的惨死，面对警察的无能为力，我不得不用悬赏公告的形式，来向你表达一个老父亲的无奈，但愿这能为你的死讨一个说法……’”

马里奥再也没能控制住自己的情绪，一头跪倒在本杰明医生的墓碑前，悔恨的眼泪喷涌而出……

（本篇月月评短信代码：AA122）

（题图、插图：佐　夫）

父母们辛苦，只为教育好孩子，可有时孩子们的言行，也能给爸爸妈妈们深刻的启示……

喊妈妈一声“姑姑”

□徐　生

梅子是个懂事的孩子，从小就知道体贴爸妈。别的孩子住校读书，每星期生活费要一百多，而梅子只要二十元就够了。虽然妈妈方虹总是提醒女儿要舍得花钱，身体最重要，可梅子每次都调皮一笑，卷起袖子，亮出“肌肉”说：“我壮实着呢，倒是妈妈你工作忙，要注意身体啊！”每当这时，方虹就觉得自己是天下最幸福的妈妈。

这天是周末，方虹刚给女儿放好换洗的衣服和生活费，就听女儿站在旁边吞吞吐吐地说：“妈，这两个星期，我的生活费能、能加到四十元吗？原来的钱不够用。”

方虹看着女儿笑了笑，没多犹豫就回卧室拿钱，她知道女儿大了，花销自然也大了。钱交到女儿手里，她又叮嘱道：“妈妈还是那句话，该用的还是要用！”

又是一个周末，晚上，方虹刚从厂里加班回来，就见梅子扑了上来，开心地说：“妈妈，元旦到了，同学们一致推选我做主持人呢。”听到这话，方虹疲惫的脸上露出了笑容。可还没等她说话，又听女儿在耳旁轻声说：“妈妈，参加晚会时你一定要穿得漂亮一点啊，给我增面子哦。”方虹一听，顿时皱起眉头，瞪大眼睛问：“你怕妈妈这身土打扮，丢了你的面

我们曾联床西窗，浇灌手足情谊，从花香弥漫的春夜，到风萧虫唧的秋日，有欢笑，也有泪水，愿我们永远怀念往昔佳日，让友谊之树常青！福建 陈新国（1220）

子？”梅子看着妈妈想要说什么，却终究没有开口。

方虹不禁一阵伤心和难过：一向懂事的女儿什么时候学会虚荣了。

庆祝元旦晚会的日子，很快就到了。方虹作为家长代表来到学校。此时，教室里彩灯闪烁，彩旗飘飘，女孩子们巧手折叠的千纸鹤，在空中交错飞舞，欢快的音乐奏出青春的节拍，到处可见孩子们快乐的笑脸。梅子正忙碌地穿梭在同学们中间，看来她不仅是这次晚会的主持人，还是一个策划者呢。

一切准备就绪，只见梅子自信地走到舞台中央，清了清嗓子说：“首先欢迎各位老师、各位家长、各位同学的到来！……”当她说到家长时，眼睛迅速地瞟了妈妈一眼。

此刻方虹正沉浸在兴奋自豪之中，突然，她发现女儿的目光在她的旧衣服上停留了片刻，接着脸上掠过一丝阴云。

这时，方虹又听到后排几个同学在窃窃私语，一个说：“那是梅子的妈妈吗，她不像是总经理的太太啊，穿得这么老土。”另一个说：“你瞧她那双手，又粗又大，还有脸，黄中泛黑，满脸的斑点。骗人，梅子在骗人。”

顿时，方虹只觉得脑袋“轰”的一响，没等晚会结束，她就悄悄走了出来，眼泪一个劲地流。是啊，丈夫常年工作在外，家里家外都由她一人操持，可不管多苦多累她都能坚持，那是因为有女儿的理解和支持。可是现在……

正在这时，只听身后有人喊，她转过头见是梅子追了过来。

梅子跑到近前，小声问道：“你现在就要走吗？”还没等方虹说话，就听教室那边有人在催梅子回去。

梅子迟疑了一下，又快速地在她的旧衣服上扫了一眼，说：“你走也好！还有，明天是周末，我不回去了，学校马上就要考试，而且班里还有一些事情要处理，还有妈……”梅子刚要说什么，可又哽住了，她稍顿了一下，轻声说：“嗯，你路上小心！”说完就头也不回地跑回去了。望着女儿的背影，方虹的眼泪再次涌了出来……

第二天，方虹还是放心不下梅子。女儿昨天为晚会忙了一天，今天又准备考试，身体能受得了吗？这么想着，她便做了女儿最爱吃的肉串，来到学校。

找到寝室，女儿不在。方虹又寻到教室，果然有十来个同学在看书。梅子见是妈妈，很是惊讶，但很快她提高嗓门问：“姑姑，你怎么又来了？”“姑姑？”女儿竟叫自己姑姑，这个称呼不亚于给方虹当头一棒。击得她头晕眼花，站立不稳，那天她匆匆放下东西，就离开了学校。整个人晕晕乎乎，不知是怎么到家的。

这两件事情给方虹的打击太大了，一连几天，她吃不下、睡不着：这就是自己苦心培养出来的女儿吗？不行，一定要跟梅子面对面地好好谈一次。

这天，方虹来到学校，先去找了梅子的班主任鲁老师，想了解一下女儿在学校的情况。鲁老师见是梅子的妈妈，当即把梅子夸奖了一番，然后从书架上拿出一个大红本子递给方虹，说："这是陈梅同学获得的'爱心奖'，本来是要到学期结束时发的，先拿给您看看。这孩子平时非常节省，但最近她还为两个特困的学生捐款100元。她怕同学不接受捐款，还一本正经地说自己是总经理的孩子，家里很富裕呢，其实我知道，你们做家长的也不容易啊……"

方虹的心猛地一颤，眼睛潮湿了，她终于明白了女儿要自己穿得漂亮的原因了……

梅子早看到妈妈了，这会儿正在门外焦急地等待着。见妈妈出来，她一下子扑上去抱住妈妈，又着急又后悔地说："妈妈，对不起，我那个歪点子简直糟透了，我让你伤心了……"说着靠在妈妈的怀里。方虹笑了，她摸着女儿的头发，轻轻地说："没关系，老师都跟我说了，你想帮同学，所以骗人家说妈妈是总经理的太太，对吗？"

"是啊是啊，那天晚会你来了之后差点露馅，所以，所以我才叫你姑姑的。"说着，梅子把妈妈抱得更紧了。

方虹故作不满地问："可你为什么不直接跟我说呢？"

梅子撒娇地说："我怕您舍不得啊，您还记得小时候我要钱捐助希望工程的事吗？我知道您心疼钱，可又想教育我有爱心，弄得左右为难几天吃不下饭。所以后来这种捐钱的事我索性就瞒着您了……"

听到这话，方虹的脸红了……

（题图、插图：安玉民）

你我他相聚，万分不容易，深深师生情，款款同学意，今朝一分别，他日难相聚，回首过往景，仿佛在昨昔，举起杯中酒，互祝道珍重。山东 王红果（1221）

红烧鲤鱼

别人送了一条大鲤鱼，足足 6 斤重。妈妈把它放在大铁盆里，倒满水还露出个脊背。妈妈说先养着，等爸爸回来一起吃。我和弟弟看着鱼，只盼着爸爸快点从镇上回来。

过了两天，大鱼死了。妈妈把鱼洗得很干净，放在盘子里。我和弟弟好开心，今天能吃上红烧鲤鱼了，可是我们跑到村口等了三次，都没看见爸爸的大自行车。晚上，妈妈在鱼的身上撒满了盐。

过了两天，妈妈托邻居给爸爸捎了个信儿，说家里有事儿让他回来一趟。邻居回来说爸爸那里很忙，暂时走不开。

又过了一天，妈妈拍掉了鱼身上的盐巴，把鱼挂在了铁丝上。妈妈说鱼晒干了，就不臭了。

可是这鱼老晒不干，一会儿小狗小猫来捣乱；一会儿，邻居来我家想蹭饭。妈妈悄悄把那条鱼移到看不见的地方。

我们对吃鱼彻底失望了。

到了第十天晚上，爸爸终于回来了，我和弟弟一溜小跑去开门。弟弟开心地喊着吃鱼喽。可当妈妈提着鱼走到厨房时，我们听见里面传来激烈的争吵声。“早该给孩子们吃了，非等我干什么！”我往门缝里看，是爸爸在训斥妈妈，妈妈只是低头往灶里添柴，眼角湿湿的。原来鱼里边生了好多蛆，爸爸把鱼埋在了院里的小树下，我和弟弟都哭了。

那天晚上妈妈一直在唠叨：“埋在盐里不应该坏呀……”

那一次，我们没吃到红烧鲤鱼，但长大后，我们读懂了母亲的心。

（**作者**：付体昌；**推荐者**：黄金玲）

留着爱的位置

一天，我去久别的朋友家做客，发现朋友的女儿是一个盲孩。

我们聊天的时候烟抽完了，朋友便叫女儿到小区门口的小店去买。我说还是我去吧，朋友却说女儿已经很熟悉小区的路了，可以买到的。

小女孩摸索着出去了。我一脸困惑地问："我去不是更方便吗？"

朋友却诡秘一笑，从怀里掏出了一包烟来，说："你以为我真没烟啊？其实我是故意让她帮忙的，这样她才能感觉到自己被我们需要着，不会觉得自己是个累赘。"

我的眼睛模糊了，是啊，爱的本身就是一种互相的给予，在给对方爱的时候，别忘了给他留一个爱的位置，让他好好地爱你。

（**作者**：张　翔；**推荐者**：陈　勇）

盗　马

古时候，有个国王有一匹千里马。一次，一个商人想用金币换这匹马，遭到了国王拒绝。商人恼羞成怒，决定用诡计把千里马骗到手。

这天，商人乔装成病重的流浪汉，躺在路旁，他知道国王每天都会独自遛马经过这里。果然，善良的国王看到奄奄一息的商人，马上把他扶上了千里马，要带他进城治病。商人坐上了马，指了指远处的木棍，示意那是自己的拐棍，要国王去捡。待国王转身时，商人夺过缰绳，纵马逃走。

国王跟在马后面追了很久，终于跑不动了。商人这才勒住了马，得意地对国王说："你丢了千里马，却连一个铜子儿也没得到，都是因为你太仁慈了。你还有什么话要说？"

国王大声说："马可以归你，但我有一个要求，就是请别告诉人们你骗走千里马的方法。"

爸爸妈妈别担心，让我高考好安心；爸爸妈妈勿焦心，让我高考有信心；爸爸妈妈请放心，让我高考用全心；只要高考我顺心，全家才是最开心。江西 姚晓矛（1222）

商人哈哈大笑说：“原来国王也怕别人嘲笑啊！”

“不，”国王喘着粗气回答，“我是担心人们听说这个骗局后，会怀疑昏倒在路边的人都是骗子、强盗。如果哪一天，你我也因病倒卧路边。那时，谁来帮助我们呢？”

听到这话，商人一声不响地把马牵回到国王身边，请求他宽恕自己的罪过。而国王不计前嫌，后来两人成了很好的朋友。

（**编译者**：盛　森；**推荐者**：白淑贤）

贫困不潦倒

我是个社区工作者，有一年冬天，我与同事们背着大米与菜油挨户走访那些贫困户。那些人家黑乎乎，灰溚溚的贫困状况超乎我们的想象。可是当我们循着地址又敲开一个贫困户的家门时，我们以为走错了人家。

这一家窗明几净，有冰箱有洗衣机，有漂亮的窗帘和门帘，有立得很整齐的书柜……可是，我们没走错。

这家的男人早几年病逝，欠下很多钱。两个孩子，其中一个有残疾。女主人一份薪水养三口人，还要还债，经济状况可想而知。

但女主人的笑容就像她的屋子一样明朗，她说冰箱洗衣机都是邻居淘汰下来的，用用也蛮好的；孩子们很懂事，帮着干零活……

这时我们发现，漂亮的门帘是用彩页的报纸做的；灶间的调味品只有油和盐两种，但油瓶和盐瓶擦得发亮。最让我惊奇的是，进门时女主人递给我的拖鞋——鞋底是磨秃了的旧解放鞋的底，上面是用旧毛线织出带图案的鞋帮，穿着好看而又暖和。

我们在这一家总共待了十来分钟，我渐渐看出了这一家确实贫困，但我也看出了这家的不贫困。我相信他们不会贫困太久的，因为他们即使贫困如此，也不潦倒。

（**作者**：莫小米；**推荐者**：邱卓文）

（**本栏插图**：安玉民）

·外国文学故事鉴赏·

根据美国作家L·詹姆斯的小说《赌》改编。

赌博游戏

□吴绍鹏　编译

亨利是一家首饰店老板，最近店铺的资金周转困难，店铺面临着倒闭的危险。能不能渡过难关，今晚和比尔见面后就知道了。

比尔是亨利最好的朋友，他最近混得不错。不过，如果不是当初亨利借给他一万美元，让他开个洗车店，比尔也没有今天。比尔发达后，再没提过还钱的事。不过亨利也没在意，因为那时他的首饰店还做得不错。可如今，他多么想有一万美元啊，有了一万美元他的店铺就可以起死回生了。

他约比尔见面，时间是午夜十二点，地点是树林里那家废旧的印刷厂。

十一点刚过，亨利就到了。他靠在身旁的一叠废纸上，拿起今天的晚报，上面的头版头条是：“麦克尔金银饰品店今夜剪彩。”亨利又仔细地数了一遍这家店铺的股东人数后，才长长地舒了口气。

原来上个星期，他和比尔打了个赌，赌金不多不少，正好是一万美元。内容是比尔想的：两人猜麦克尔金银饰品店未来的股东人数，是七个还是八个。

亨利选的是七个，现在晚报上清清楚楚地写着：“麦克尔金银饰品店由七个股东出资组成”。

看着报纸，亨利笑了。想到马上就可以赢得一万美元，亨利心里美滋滋的。

只听大门“咣”地一响，亨利腾地跳起来，冲着门口喊道：“比尔！”

果然是比尔。亨利看了看表，笑

求学时如“一”字单纯，毕业了遇十字彷徨，找工作走“S”路难免，少做“×”事走走“#”路长见识，黑夜里心如“＊”字无着落，看“○”号“？”自己：“到底是徒劳，还是真正的圆满？”吉林　玄青（1223）

着迎上去说："还好，没超过时间。咱们的打赌是有时间限制的，过了今晚十二点，合同就无效了。"

比尔看看亨利没有说话，只是从怀里摸出一支香烟，自顾自地点上。

"比尔，晚报你看了吗？""看了。""那你看，这一万美元……"

比尔挥了挥手，打断他的话说："哦，这个不用着急。你现在带钱了吗？不方便的话，明天送到我公司里也行。"

什么？亨利一个激灵，呆住了。愣了半晌，他才反应过来，冲到比尔面前，问道："你说什么，比尔？你昏了头吗？晚报就在这里，你看，'麦克尔金银饰品店由七个股东投资组成！'你赌的是八个，你输了！"

比尔似笑非笑地看了亨利一眼，朝空中吐出一大口烟雾，慢悠悠地说："不错，但那是晚上六点钟的事情。事实上，九点的时候，我给麦克尔打了个电话，要求把我的股份独立出来，所以现在的股东数应该是八个。我估计，明天的晨报就会刊登更正消息。"他又斜了一眼亨利说，"怎么样，还有什么问题吗？"

亨利惊愕地睁大双眼，望着比尔好一会儿，他才开口问道："既然是这样，你完全可以早一天公布这消息，那么晚报上就会直接证明你赢了，我也输得心服口服。"

"别说那种傻话，"比尔摆摆手说，"既然是打赌，就要以拿到钱为目的。如果我早一天放出风声，你输不起就会连夜逃走。那我找谁要钱去？"

"所以你就设计了这么一个情节，让我稳稳当当输钱给你？"亨利走近了一步，黑暗中，他的脸因为愤怒而扭曲。

对此，比尔丝毫没有察觉，他只是掐灭了手上剩下的半支烟，继续得意地说："唔，虽然你可能会不太高兴，但这确实是一个好办法。"

"哦，是这样。"亨利步步逼近，"说起来，你是不是还记得，几年前我曾经借过你一万美元？"比尔连头也没有抬："有借条吗？"

他刚说完，亨利就像猛兽一样扑了上来。两只铁钳一样的大手紧紧卡住比尔的脖子。比尔一个趔趄，倒在了地上，用尽力气呼喊、挣扎，但是完全没有用，愤怒的亨利把手越夹越紧。现在的他，就是一个失去了人性的魔鬼，听不进一句求饶的话，没有一点慈悲的念头。

终于，比尔的喉咙里吐出最后一口气，刚才还在挣扎的手脚这时候也不动了。亨利这才气喘吁吁地松开手，从比尔的尸体上爬起来。他定了定神，抬腕看了一眼手表后，对着比尔的尸体喃喃地说："十一点五十九分，股东还是七个。比尔，你输了！"

（题图：佐　夫）

·东方夜谈·

梁祝化蝶，生死相依。如果给你一个机会，你愿意和自己的爱人，共舞花间吗？

化蝶飞

□刘自忠

奇怪的摊主

江小鱼和阿芳是一对恋人,两人的恋情已到了谈婚论嫁的阶段。可是这次阿芳带江小鱼去见父母后，阿芳的父母却坚决不同意两人的婚事，他们认为江小鱼不是女儿能托付终身的人。为此，两人很是苦恼。最近正好有几个朋友要去附近一个著名景点旅游，为了散心解闷，两人便跟着一道去了。

这天，两人经过一个小摊时，被摊子上的蝴蝶吸引了。摊主是一个老太太，只见那两只蝴蝶，一黄一红，在她头上盘旋飞舞，煞是好看。老太太见有人看，就一拉头巾旁绑着的丝线，将两只蝴蝶扯到了手中。两人这才看清，原来这不是真蝴蝶啊。

见他们吃惊的样子，老太太将两只蝴蝶递过来说：“两位是不是要买一对回去？”两人接过一看，这两只蝴蝶做得很精致，几乎和真的一模一样，蝴蝶的翅膀上还画着漂亮的图案，红的上面是一个书生，黄的则画着一个女子。老太太刚放开手，两只蝶儿就又振翅而起，在摊前飞舞着。

老太太突然问道：“你们两个是恋人吧！”江小鱼点了点头，老太太

往事如梦，弹指间，光阴飞逝；岁月似歌，挥手中，韶华已去。平凡的日子里，惟有友谊的大手，将我们紧紧相握，歌唱一生一世的兄弟情谊。甘肃 魏世雄（1224）

这才笑道："这两只蝴蝶就是梁山伯与祝英台，两人生死不渝，成了千古的佳话。可惜现在的人，能像他们一样痴情的不多了。两位一定是婚事不顺吧？"

江小鱼一听，不由和阿芳相互对望了一眼，惊奇地问："你怎么知道？"老太太微微笑道："我是从你们眉间的一丝忧愁猜的，我活了六十多岁，看见的人和事太多了。"

被一个陌生老太太说穿了心事，两人都不觉有些吃惊，老太太扯过手上的那对蝴蝶递了过去："买一对回去吧，这是我这摊上特有的，过了这个村就没这店了。也许，它们能让你们看到自己想知道的东西。"两人笑了笑，就买了一对。

江小鱼拿过蝴蝶，将红蝴蝶的线绑在扣子上，又将黄蝴蝶的线绑在阿芳围着的丝巾上。这一路走来，两只蝶儿果然一直就在他们头上不断地飞舞。上山的时候，他们看到好几对情侣头上都有一双蝴蝶在飞，见此情景，大家都不由相视一笑。

神秘的小屋

傍晚，大伙就在一处吊脚楼住下了。阿芳和一个女伴住一间，一进屋她就将拴着蝴蝶的丝线绑在窗前，那蝶儿就在风中飞舞起来。

此刻，江小鱼也正躺在床上，欣赏着那只绑在床头上下翻腾的蝴蝶，再听着阵阵的流水声，吊脚楼的人语声以及节奏感十足的捶衣声，好不惬意。就在这时，绑蝴蝶的线突然断了，那蝶儿扑楞了两下竟向窗外飞去。江小鱼连忙出门追赶，却与阿芳撞个正着。阿芳大叫道："我那只蝴蝶飞出来了，我去捡它回来！"江小鱼惊奇地说："我那只也飞了出去，敢情它们想一起跑啊！"

两人追出来，只见蝴蝶在前面飞着，穿过竹林，又进入小道。两人一路跟着，可走了一阵，突然不见了蝶儿的踪影，再往四处一看，不禁大吃一惊，只见四周尽是野草荒林，连路

都没有了。

正惊异时，就见荒林中升起团团雾气，眨眼间，四周全让雾气给笼罩了，只有远处射来几束微弱的光线。这时，两人已弄不清东西南北，只得手拉着手，慢慢地延着满是顽石藤蔓的小道走着。走了一阵，终于看到前面有一座院子。

两人正要敲门，那扇门却“吱”地一声自己开了，从里面露出一颗脑袋。两人一看，这人竟是那个卖蝴蝶的老太太。老太太吃惊地问：“你们到这儿来做什么？”江小鱼说：“我们买的那两只蝴蝶飞到这儿来了，我们是跟着找过来的。”老太太盯着他们，嘿嘿一笑：“年轻人不说实话——那是假的蝴蝶，怎么能飞这么远？”

阿芳见老太太脸上露出奇怪的表情，眼里射出冷峻的寒光，不由打了个寒颤，连忙一拉江小鱼道：“我们还是回去吧！”老太太笑道：“既然来了，就进来坐一会儿吧！何况这么大的雾，你们也找不到回去的路呀。”江小鱼只得一拉阿芳进了屋，心想，就算她不相信蝴蝶真的飞进她家，大不了再买一对就是了。

两人刚跨进屋，老太太突然将门“砰”地关上了。这屋里没有电灯，只有桌子上一支蜡烛亮着。借着昏暗的烛光，他们发现屋里有好多蝴蝶，一群群、一双双地飞来飞去，根本分不清刚才飞进来的是哪一对。老太太见他们盯着蝴蝶看，就说：“你们该不是又想来买吧！只可惜我每对情侣只卖一对蝴蝶，不多卖的。”

江小鱼看着满屋的蝴蝶并没有答话，他只是奇怪这些蝴蝶为什么像是真的一样，能够自由飞翔？但他还没开口，老太太已经先说话了：“你们一定想知道这些蝶儿为什么会飞吧！”两人点了点头，老太太神秘地笑了笑，突然打开一扇门说：“你们看看就知道了。”

两人站到门前一看，只见前面一片雾气，这才发觉门外几步就是悬崖。只听老太太在身后冷冷地说：“知道吗？那些蝴蝶并不是普通的玩具，它们是有生命的——因为它们都是人变的！”说罢突然用手一推，江小鱼只觉身子一晃，便跌了出去。阿芳惊得大叫一声，急忙伸手去抓，两人的手虽然握到了一起，但她的身子也被拽了出去，只有一只手攀在崖边上。

老太太站在上边冷笑道：“没想到你还这么痴情！”阿芳大叫道：“就算是死，我们也要死在一起！”“好，那我就成全你们！”说罢将阿芳的手一扳，两人顿时坠下崖去。

江小鱼只觉得身子不断地往下坠落，他不断地挣扎，不知下落了多久，突然，只觉身子一轻，竟然慢慢地往上飞。再回头一看，背上竟长出一双红色的翅膀。这时，他发觉自己被一只大手捉住，耳边传来老太太的声

在万千年之中，在浪漫天地之间，在沧海变桑田之后，我遇到了你。我不顾一切地追到你，直到我捧着你深情地吻了一下。啊，录取单！陕西 陈涛（1225）

音："这次你知道那些蝴蝶为什么能飞了吧！因为它们就是你们这些人变的。"江小鱼还没反应过来，就发觉脚上被系了绳子，这时眼前又出现一只黄蝴蝶，仔细一看，正是阿芳。

他想大声叫喊，却喊不出声。老太太"嘿嘿"一笑，说："没想到还真有愿意和对方一起死的痴情人，你们现在已经和梁祝一样，还有什么不满足的？"说着她将两根线的另一头绑在柱子上，然后就离开了。

两人拥抱在一起，顿时流下泪来，他们知道再过几天，两人也将被老太太当玩具卖给别的人了。

他们想飞走，可是被身上的线牵着，根本就飞不远。焦急之中，江小鱼的眼光突然落在桌子上的那支蜡烛上，他顿时有了主意。

坠落的蝴蝶

江小鱼绕着蜡烛小心地飞了一阵，想让系在身子上的丝线接触火苗。果然，"呼"地一下，线被烧断了。终于自由了，江小鱼大喜，立即飞过来想把阿芳也拉过来。不料拉得太急，阿芳飞来时，正好从火苗上面经过，翅膀正碰到火苗，只闻到一股焦糊的味道，阿芳的身子便跌了下来，撞在了蜡烛上，那蜡烛竟然跟着倒了，滚下桌面。

江小鱼见状大惊，刚想过去看阿芳的伤势，哪知"呼"的一声，一股火苗蹿了起来，原来那蜡烛正巧滚进一个装满竹条纸张的篓子中。纸遇上火，马上燃烧起来。眨眼间，小屋已火光冲天，屋子里的蝶群也被烧得"吱吱"惨叫。

江小鱼回头一看，只见阿芳瞪着一双求助的眼睛看着他，不断地扇动着双翅。他想过去救她，但又想到，现在自己单独一人是能够冲出屋子的，可是，阿芳现在已经不能飞了，背上她能不能出去，就不敢断定了。这么一想，他犹豫了。就在他举棋不定的

时候，大火蹿过来，将两人隔开了。他转身朝屋外冲去，屋子很快就被火包围了。

江小鱼冲出屋后，盲目地飞着，大火越烧越旺，热浪不断地卷过来，他只得往树林间飞去。飞着飞着，突然一根树枝弹过来，他躲闪不及，被击中跌到地上。顿时，他只觉得双膝被撞得生疼，再一看身子，是个完完整整的人，哪有什么蝴蝶呀！

他张目四望，发现自己站在一片竹林前，喊了几声阿芳，就听不远处传来阿芳的回应声。江小鱼刚要过去，就见阿芳手里拿着一红一黄两只蝴蝶走了过来。江小鱼惊讶地问："这是怎么回事？难道刚才是一个梦？"阿芳摇摇头说"我也不清楚，我只记得身边的火光好大，接着又突然消失了，然后就看到这两只蝴蝶挂在前面的树枝上，就拿了过来。"

两人沿着原路回到吊脚楼，朋友们都笑他们是不是出去说悄悄话了，阿芳没说什么，只是低着头进了房。

第二天起来，两人发现那两只蝴蝶已不能飞了，他们又找到那个卖蝴蝶的摊子，却不见了那个老太太，只有一个小姑娘在那里卖旅游纪念品。

江小鱼上前打听，小姑娘说："她一大早给人看病去了，这里的人都知道，老太太会催眠术还能治病呢！"

这次旅游回来，江小鱼发觉阿芳对他逐渐冷淡了，最终两人分了手。他没有去问原因，因为他已经知道答案。那神秘的老太太已经让他们看到了对方的心，阿芳在危难之时愿意跟他一起去死，但他在生死关头，却是选择了独自逃生。这样的好姑娘，江小鱼知道自己配不上。

（本篇月月评短信代码：AA123）

（题图、插图：谢　颖）

·本刊信息传真·

精彩短信收发自如　3000元奖金等你来赢

2006年《故事会》"短信王中王"有奖大征集

应征方式：将短信内容（原创、推荐均可，本期特别征集：安慰失恋的朋友）发送到9119004（移动、联通），02838666（广东移动），并按提示完成相应步骤，即可参赛。每条参赛短信收费0.50元。

下载和评奖：您可以随时下载本刊迄今刊登的所有短信，再转发给你的亲友！只需发送 XF+4位短信编号（如XF1208）到91191（移动、联通），广东移动用户发送GU+4位短信编号到02838666000，即可获得该条短信。每月下载数前10名的短信成为"本月短信王"，作者奖金100元；每月下载数最高的1条短信荣获"短信王中王"称号，作者奖金3000元！所有入选短信作者（或推荐者）获得短信公司赠送价值10元的彩铃服务。下载资费：0.50元/3条（广东移动：1元/5条）。客服电话：020-22816956。

十年寒窗读书郎，背书写作考试忙，埋头苦干不简单，为赴高考这一趟，大步流星向前走，昂首挺胸赴前程，不求荣登状元榜，只愿六月见阳光。广东　李家红（1226）

温暖的游戏

和天下的儿女一样，晶晶总喜欢用自己的小气、生硬、不讲理和妈妈比试一下，去试探妈妈其实柔软的心。

这天晶晶放学回家，恰好遇上倾盆大雨。她虽然穿着雨披，可等赶到家时，鞋子、裤子还是湿了。一进门，她气呼呼地把鞋一扔，冲着正在做家务的妈妈大嚷起来："等会儿把我的鞋弄弄干，湿漉漉的让我咋穿？"嚷罢就往沙发上一坐，扯过一张报纸，胡乱翻了起来。可还没看几眼，又像吃了炸药一样，没头没脑地埋怨起妈妈来。

妈妈终于生气了，说话的声音也提高了八度。屋外雨越下越大，屋里娘儿俩越吵越凶。最后晶晶狠狠甩出一句："你算什么你，我学习这么忙，你还这样烦我，我不想跟你吵了！"说罢，转身坐到桌旁，埋头做作业。她想：你狠，我比你更狠。我不和你说话，看你怎么凶。果然妈妈也不说话了。气傻了一般，坐在沙发上直发愣……

不知过了多久，晶晶悄悄抬起头。她想看看妈妈在干什么，又怕妈妈发现自己在看她。可她越这样忍着，就越想看妈妈。其实晶晶知道妈妈就坐在她身后，她只要稍微扭一下头就行，但她偏不。

慢慢地，晶晶开始担心了：妈妈不会被我气哭了吧，不会以后不理我了吧。虽然她也明白，只要她扭过头说一句"我错了"，一切就都没事了，但这样太没面子了。她觉得自己实在是下不了台，干脆就僵着吧。

一个小时过去了，晶晶听见沙发

那边有动静，她猜想妈妈开始整理沙发了。她心里默默地说：只要她站起来，走到我身边，我就对她说："妈，刚才我错了。"过了一会儿，妈妈真的站了起来，走到她身边。晶晶又狠狠地想：只要她把我的书包拎进我的房间，我就说："妈，我错了。"没多久，妈妈真的这么做了。晶晶微微抬起头，想说话，可是张了张嘴却发不出声来。妈妈仍旧气鼓鼓的，一声不吭。晶晶忍了忍，索性把头一埋，继续保持沉默。她在心里又做出一个个的假设：假设妈妈帮她倒一杯热水；假设妈妈帮她放好龟鳖丸；假设妈妈刷好牙、洗好脸，帮她挤上牙膏，……但妈妈真的就这么一项项地做了。

晶晶仍旧拉着脸，不说话。最后，她狠下心想：如果妈妈把我的鞋子弄干，我一定说。只是她想妈妈生了这么大的气，大概早把这件小事忘了。但出乎她意料的是：妈妈真的拎起鞋，到洗手间用吹风机吹鞋子。晶晶悄悄抬起头，默默地看着妈妈的每一个动作——弯腰，伸手，拿出吹风机……

晶晶突然觉得耳边嗡嗡地响，鼻尖酸得要命，眼泪顺着手中的笔流到了纸上，水蓝色的字化开了。晶晶注视着妈妈所做的一切：她像平常那样做着，忙碌着。没有任何的赌气、不自然。终于，妈妈在洗手间里轻轻地说："不早了，来刷牙。"语气和平常一样，却温暖得让晶晶无地自容。

其实，晶晶一直习惯于和妈妈玩这样的游戏。在游戏中，她总能赢。不是她的不讲理让她赢，也不是妈妈的好脾气让妈妈输，只因为她是她的女儿，她是她的妈妈。此时，她回想着妈妈所发的每一个音，说的每一句话，做的每一件事——妈妈几乎每天都这么重复着，安心地重复着，没有怨言，而自己却没有一丝感激。

第二天一早，晶晶以最快的速度骑上车，她知道妈妈喜欢站在阳台上看她上学的背影。到了路口，晶晶突然放慢了车速，她回过头向阳台望去，果然妈妈就站在那儿。妈妈此时也愣住了，但很快脸上就露出了笑容，冲她招着手。晶晶点点头，转过身，眼泪却流了出来。她第一次，第一次想在她们的游戏中做个失败者，让妈妈傻乐一回，赢她一回……

晶晶继续和妈妈玩着没人知道的游戏，继续守着这简单的游戏规则，而她也遐想着：在某年某月一个阳光灿烂日子里，牵着已经老得没牙的妈妈走在温暖的大街上，回忆她们曾经一起做过的游戏，然后突然在她的脸上狠狠地亲一口，让她在满大街人羡慕的目光中就这样一直傻傻地乐下去……

（**作者**：孙雪晴；**推荐者**：黄健宏）

（**题图**：安玉民）

大儿郎，进考场，别惊慌，心开朗，显特长，若有忘，不东张，勿西望，脑子忙，用力想，数寒窗，你最棒，到揭榜，状元扛。广东 黄天马（1227）

祖传秘方

□廖　华

明洪武年间，扬州府有个叫白庆喜的商人，经营祖上传下的 “十全药膳粥庄”。白家的“十全药膳粥”根据祖传秘方熬制，清凉滋补，口味独特，名闻大江南北。可是，自打白庆喜的父亲病死外地，白庆喜接手粥庄以来，生意就每况愈下。白庆喜是看在眼里，急在心头。

这天，白庆喜正看着空荡荡的店铺发愁时，走进来一位衣着朴素的中年顾客喊着要喝粥。可等粥端了上来，那人只呷了一口，就放下了碗，还不住地叹气摇头。白庆喜见状，忙上前问道:“客官，可是这粥不合您的口味？这可是远近闻名的‘十全药膳粥’啊！”中年人冷笑一声:“这也算老字号‘十全药膳粥’？白老板也难怪你这粥庄生意惨淡了！”

白庆喜见中年人话中有话，忙上前鞠了一躬道:“请先生指教。”中年人微笑道:“**白老板，你如真想知道原因，就请跟走我一趟吧。**”

白庆喜虽然心中犯疑，但为了粥庄的生意，还是跟着中年人一路走着，一直走到城郊的一座尼姑庵，才停下来。

中年人推开一间屋子的门，对白庆喜说道:“秘方就在屋里，你自己进去看吧！”白庆喜狐疑地走了进去。只见屋里没什么陈设，只有一个土坑，土坑上躺着一位白发苍苍的老太太。白庆喜看了看那老太太，先是一

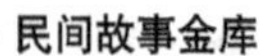

怔，接着“扑通”一声就跪下了。这时那中年人也进来了，问道：“白老板，你认识这位老太太？”白庆喜道：“这是鄙人的后母白杨氏，平时就有点痴傻。家父不幸病逝后，后母受了很大刺激，竟离家出走了。鄙人已经派人寻找多日，你帮我找回母亲，实在是我白家的大恩人啊！”说罢，磕头便拜。

那中年人道：“鄙人姓陈，走南闯北做点小生意糊口，你就叫我陈老板吧。那天我在城外古道上碰见了奄奄一息的老太太，就把她送到庵里暂养，后来老太太清醒了，对我说了一些你们白家的事。我才知道她是你府上的人。老太太还说，你用的秘方不正宗，真正的秘方就在她身上，你把她接回去，好生赡养吧！”

陈老板说罢，便告辞而去。白庆喜雇了辆牛车，把老太太拉回了家。

回家后，白庆喜吩咐仆人好好伺候老太太，自己也每日磕头问安，嘘寒问暖，把老太太照顾得无微不至。

一晃半年过去了，这半年里，白庆喜曾多次旁敲侧击地询问秘方的事，但老太太却时而清醒，时而糊涂，始终不提“秘方”二字。而白庆喜的粥庄生意越来越差，眼看支撑不下去了。

这天，白庆喜忧心忡忡地回到家中，他支开下人，径直来到老太太房中。白庆喜见老太太此时精神不错，就不再绕弯子，把店里的情况对她说了之后，恳切地说道：“妈，你虽然不是我的亲生母亲，但毕竟是白家的人啊。现在咱白家老店经营惨淡，就要撑不下去了，求你看在死去父亲的面上，将‘十全药膳粥’的秘方交给我吧！”老太太似乎听懂了，她点点头，伸手从怀中摸出了一个小小的布包，递给白庆喜。白庆喜没想到秘方得来竟如此容易，不禁喜出望外地接过布包。可当他用颤抖的手一层层打开来看时，却傻眼了：**里面包着的，竟是半个硬得像石头的窝窝头！**

白庆喜感觉自己被戏弄了，气得把窝窝头往地上一摔，冲着老太太大吼道：“我要的是秘方，不是这猪狗都不闻的窝窝头！”可话刚一出口，他就意识到自己失态了，忙俯下身去，柔声说道：“妈，我要的是咱家的秘方，不是窝窝头。”可是老太太被他一吼，又犯糊涂了，只是失神地看着白庆喜，好像不明白他在说什么。

白庆喜以为她在装傻，就再也抑制不住心中的怨气，一把揪住老太太的衣领，歇斯底里地叫道：“老乞婆，我好饭好菜供了你半年，你还跟我装疯卖傻，快把秘方交出来！”老太太拼命挣扎，长长的指甲划破了白庆喜的脸，白庆喜把她猛地一推，老太太头撞在床头上，便昏了过去。

白庆喜搜遍了老太太全身，也没发现秘方。愤怒的白庆喜此时已失去

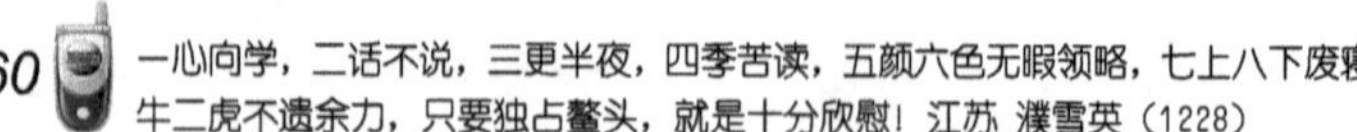

了理智，竟像疯了一样，扑上去将白老太太活活掐死了。

望着老太太的尸体，白庆喜这才清醒过来。当他想到自己犯了命案，想到找不到秘方，白家祖业将要败在自己的手上，他竟绝望地跪在地上，像只受伤的老狼干嚎起来。

正嚎着，传来了敲门声。下人来报，陈老板来访！

陈老板听到哭声，早已疾步走了进来。白庆喜照旧嚎着说："陈老板，你来迟一步，家母刚刚去世了。"陈老板大惊，继而悲痛不已，弯腰向遗体行礼。就在他弯腰时，见地上那半个窝头，忙捡起来，若有所思地端详着。白庆喜忙说："家母出身贫寒，偶尔爱吃点粗粮。这半个窝头是她吃剩下的，她刚才叫我扔掉，谁知……"

陈老板突然转身，目光如电地瞪着白庆喜说道："你在说谎！那日她曾告诉我，这窝头她揣在怀里二十年了，舍不得扔，怎么会让你扔掉？对了，你脸上为何有伤？"

不等白庆喜回答，陈老板突然大喝一声："来人，查验老太太遗体！"立即从门外拥进几个人。白庆喜见状上前拦住："你们是什么人？怎敢动我母亲的遗体！"只听来人喝道："你可知他是谁？他是新任扬州知府陈吉大人！我们都是他手下的办案的差役。"白庆喜一听，惊得目瞪口呆。没等他回过神来，那几个人已经检查完毕，向陈知府禀告："回府台大人，老太太口鼻有淤血，颈上有掐痕，是被掐死的。"

陈知府怒视着白庆喜道："白庆喜，你好狠毒！来人！带走！"白庆喜此时已像烂泥一般瘫在地上，待衙役给他戴上枷锁，他突然挣扎着指着陈知府骂道："不错，我是杀了人，可是你骗去了我白家的祖传秘方，也不是什么好官！"

陈知府凄然一笑，看着手中那半个窝头道：“白老板，你口口声声说祖传秘方，你知不知道，**你白家的祖传秘方，就是这窝窝头啊！**”

“你胡说！”白庆喜哆嗦着嘴唇说：“我白家的秘方怎会是这窝窝头。”

陈知府长叹道：“也罢，我就给你说说你父亲的往事，让你死得明白。”

原来二十年前，白庆喜的父亲白先茗靠着祖传秘方经营粥庄，虽然生意不错，但总觉得粥味有些缺憾，于是他就常常独自到深山去采挖药材，想改善“十全药膳粥”的口味。不料一次遭遇暴风雪，被困在了山洞中。

他又冷又饿，病倒在山洞中，幸亏被一位上山采药的村姑发现。村姑脱下身上的皮衣为他取暖，又把随身带的窝窝头调成糊喂他。雪停后，村姑又把白先茗背到家中调养。不料那村姑因把皮衣给了白先茗，自己却受了风寒，下山后就发起了高烧。白先茗此时已病愈，便熬汤煎药，伺候村姑。后来那村姑虽然好转，却落下了后遗症——时而清醒，时而糊涂。

那时白先茗已经丧偶数年，而他与村姑朝夕相处，竟产生感情。就决定娶她为妻，这村姑便是白杨氏。

此间，白先茗发现将村人用作干粮的窝窝头煮进“十全药膳粥”中，会产生奇异的香味。原来这窝窝头是用山中一种野生木薯所制，可入药，而且正与粥中的其他药材相得益彰！这无意间找到的秘方，让白先茗喜出望外，也让他更加感激白杨氏。于是他把当初二人在山洞中吃剩下的半块窝窝头用防腐药处理后，由白杨氏藏在身边，作了二人的爱情信物……

白庆喜听得目瞪口呆，当初父亲从山中带回白杨氏时，他只怨父亲背叛了母亲，也因此深恨白杨氏。父亲死后，他对外谎称白杨氏因伤痛父亲逝世，神志不清走失了，暗地里却偷偷把白杨氏遗弃了。没想到父亲和白杨氏之间，竟有这样一段感人的恋情！更没想到，白杨氏给自己的那半个窝窝头，居然就是“十全药膳粥”的秘方！

陈知府长叹一声说：“你一定奇怪我是如何知道这些的吧？当年我只是白杨氏邻家的一个放牛娃，那时你父亲日夜为白杨氏熬粥煎药，我是他的助手，也是他们爱情的见证人。我能有今天，也得感谢你父亲的资助啊！你父亲知恩图报，积德行善，白家粥庄才越来越兴旺。白杨氏虽然痴傻，可她对你有养育之恩，我上次让你把她接回，也是给你个改过自新的机会。没想到，你为了那‘十全药膳粥’的秘方，竟然对她下此毒手，**你早已忘了祖宗根本，那秘方对你又有何用呢？**”

（题图、插图：黄全昌）

高考要有毅力，游玩能避则避，不懂不要生气，没事多看笔记，学习都靠努力，祝你高考顺利。云南 王亚玺（1229）

出门打工，没点儿机灵劲儿咋行？可就是有那缺心眼的傻小伙，初次打工，就挣了个盆满钵溢。要说这钱是咋挣的，且看他走的这条——

生死打工路

□钱　岩

1. 初出门，算计不成

夹皮沟是个偏僻的小山村，每年都有人进城打工。眼看着村上的姑娘小伙村儿一个个都打工去了，童阿宝心里那个痒啊，他想自己也二十二岁了，饭一顿吃三碗，肩一担挑两筐，凭什么要苦守半亩坡地过日子？于是整日和母亲朱菊花吵着闹着要进城打工。可朱菊花死活不允，自己的儿子自己最清楚：儿子虽然人高马大的，模样也不赖，但说话办事不会动脑子，讲得难听点就是缺心眼。这要是进城打工，凭他的智力，还不被人当猴耍？吃亏流汗挣不了钱不说，要是有个三长两短，怎还了得？

童阿宝不服气，隔三岔五就跟母亲吵："我有手，也有力气，人家能进城打工，为什么我就不能？"

朱菊花一听就劝："儿子，人家是人家，我们是我们。在家万般好，出门处处难。你别看他们现在一个个到城里打工，可好多人忙活了一年，一分工钱都讨不到呢！"

可事情并不像母亲说的。年底，村上的姑娘小伙儿回来了，一个个衣着光鲜，拿着手机。特别是狗蛋，还带回来个如花似玉的老婆！童阿宝羡慕得口水直流，于是就去求狗蛋，年后也带他出去，挣了钱买衣服买手机，也讨个如花似玉的老婆！

狗蛋听了几乎要笑岔了气："阿

宝，跟你说实话吧，不仅我不敢带你到城里打工，村上其他的人也不敢！挣不了钱不说，要是把你弄丢了，你老娘还不把我们生吃了？阿宝，你还是老老实实的在家握锄头把子吧！”

童阿宝生气地想：你狗蛋有什么了不起，你们不带我，我自己就不晓得进城了？童阿宝铁了心要进城去打工，于是就瞒着母亲暗地里攒钱筹路费。这不，刚过完年，童阿宝就用一个编织袋装上自己的衣物，悄悄趁夜跑了。童阿宝高兴啊！嘿嘿，以后谁敢再说我童阿宝说话做事不用脑子？还好，他临跑前没忘在墙上写上一行字：妈，我进城打工挣大钱去了！

童阿宝来到镇上，从这儿到城里要坐长途汽车，车票五十元。五十元也太贵了！童阿宝想：我钱不多，不能一下就全花了。我买到中途的朱仙镇，票价就二十五。到了朱仙镇我不下，这么多人，他驾驶员能记得清？嘿嘿，这样我到城里不就能省一半的钱？童阿宝是这么想的，也是这么做的。买好车票后童阿宝很激动：大家都说我傻，连我母亲也不相信我，其实我一点也不傻！你想，哪个傻家伙能想出这么绝的主意？

车到了朱仙镇，驾驶员扯着嗓子喊：“朱仙镇到了，要下车的快点下车！”车上没人动，童阿宝听到了也装着像没听到一样，不起身。见没人应，驾驶员恼了：明明有人买票到朱仙镇，到了却不下，想用一半的钱蒙到城里啊？没门！于是吆喝了一声“检票”，就朝乘客走来。

见驾驶员查车票，童阿宝慌了，只好红着脸站起来，吭哧吭哧的说：“我、我想……”驾驶员轻蔑地看了看童阿宝，吼道：“想进城？进城为什么不买全票？想不到就你这熊样的人，也很会算计哟？可惜，老子见得多了！补票！”在众人的嘲笑声中，童阿宝只好补票。递上二十五元，谁知驾驶员凶巴巴的说：“不够，四十！”

童阿宝急了，结

高考即将来临，大家心难平静；平时功课不行，此时很难上进；记住这次教训，天天忘食废寝；功课如果抓紧，榜上留你大名。广东 赵会蓉（1230）

结巴巴地说:“什么?要、要四十?到城里总共不、不就要五十块钱!我已经买了二、二十五块钱,再、再补二十五块不就够了?凭什么多、多要我十五块?”驾驶员听了,也不和童阿宝多言语,上来就把童阿宝那装有衣物的编织袋抢了过来,扔下了车。嚷道:“你以为老子没见过钱?十五块也叫钱?你跟老子要花招,老子本来就不想带你!”童阿宝慌了,在众人的哄笑声中忙下车去捡。可他一下车,驾驶员就关上车门,发动了汽车,不顾童阿宝在外面拼命追喊……

望着远去的汽车,童阿宝懵了:没想到进城去打工,却被人扔在这半路上,人生地不熟的,这如何是好!车是沿着这条路向前开的,想必路的尽头就是城里了。这么一想,童阿宝又来劲了:你不带我,老子还不想让你带呢!我这么走到城里,省下二十五块钱路费,那我走路不就是在挣钱吗?童阿宝又乐了。于是,兴高采烈地夹上编织袋,一路走一路张望。走着望着,童阿宝突然停下了脚步。原来,他看到路旁土沟里有一个旅行包……

2. 仗义气 替人讨债

童阿宝跳到路边土沟里,捡起那旅行包。打开旅行包,童阿宝很失望,里面空空的,什么东西也没有,但旅行包的内侧还有一个口袋,于是就把手伸进去摸一摸,这样就摸出了一张照片。这是一张年轻女人的彩色照片,照片中的女人穿着红衣服,灿烂地微笑着,很漂亮。童阿宝看着看着,口水都要流出来了,于是就乐呵呵地把美女照片藏到自己贴身的衣袋里。

童阿宝扔下包,费力地从土沟里爬了上来,可刚迈开脚步,又停了下来。心想:沟里那旅行包,旧是旧了点,可总比我这编织袋强啊!于是童阿宝重新又跳回土沟里,拾了那旅行包,把上面的土拍了拍,把自己的衣物装了进去。嘿嘿,正好。

童阿宝再一细看,那旅行包的底部还有四个轮子,这下不用提,拖着就能在路上走。哈,这可比夹个编织袋潇洒多了!阿宝正喜滋滋地走着,可旅行包底下的轮子不结实,拖着拖着就掉了一个,拖着拖着又掉了一个,不一会儿四个轮子就剩下一个了。这下不能拖只好拎了,可没走几步,拎带又开线了。原来是个不好用的破包啊,怪不得人家把它扔了。童阿宝没办法,只好把旅行包顶在头上,就这么傻乎乎走在路上,不一会儿,头上就冒汗了……

这时,一辆摩托车从后面飞驰过来,驾车的是一个年轻人,个小人瘦,穿着一件黑皮夹克。那人看到童阿宝头上顶个旅行包在走,觉得很滑稽,于是就在童阿宝的面前停了下来,笑

着问："这位兄弟，你这是上哪儿去呀？"

童阿宝见问他话的皮夹克是个陌生人，就想起母亲平时的教导：见人只说三分话，不可全抛一片心。于是答道："我到城里去打工，干吗要告诉你？我又不认识你！"

皮夹克听了，笑得更厉害了："这位兄弟，说话真幽默。告诉我了是到城里打工，还说不告诉我！"

童阿宝暗暗一拧大腿，心想：糟糕，我怎么告诉了他我要进城去打工？千万不能再让他知道我包里衣服里还有钱。要不让他把我的钱抢跑了，那就惨了。于是童阿宝忙解释："我是到城里去打工，不过，我包里那件格子衬衫的荷包里是没有钱的。"

你瞧，这童阿宝是不是个缺心眼？他这样说话，不就等于是告诉人家那衬衫荷包里有钱？皮夹克笑了，他顿了顿说："我可不关心你那格子衬衫里是不是有钱。我只是想告诉你，这儿离城里还有好几十里路，你这么走，什么时候能走到？这样吧，上车我捎你一程。你放心，不要你一分钱。"

童阿宝听了，把眼瞪得老大："什么？你捎我，不要钱？我不相信。"说着童阿宝把头摇得像个拨浪鼓，"我妈妈说过，天上不会掉馅饼！"

皮夹克不满意了："你妈妈说，你妈妈说，你这个人是不是有病呀！我看你走得太累，出于同情，想顺路捎你一程，没想到你这么傻，快上来吧。再不上，我就走了。"

这下童阿宝犹豫了，心想：自己已经走得很累了，这不要钱的摩托再不坐，那真要被人当作傻瓜了。于是童阿宝忙爬上摩托，把旅行包紧紧抱在怀中。

皮夹克发动摩托，一边骑一边和童阿宝聊开了。不一会儿，童阿宝的警惕性就全没了。于是就把自己如何瞒母亲筹路费进城打工，大巴司机如何要多收他钱，又如何把他赶下汽车

高考渐渐逼近，与你即将惜别，浓浓的思念，化作轻轻的烟雾，对你依依不舍，却只留淡淡一句："勿忘我。"云南 李婕（1231）

的事一股脑儿说了。皮夹克听了叹道:“同吃一样米,生出百样人!这大巴司机实在太缺德了。唉,兄弟,不幸的是我也碰上了这样一个缺德的人!两年前我借给那人一万块钱,后来我找他要,他今天推明天,明天推后天,要急了,他竟捋着袖子要揍我!”

童阿宝接过话头:“我妈妈常说,杀人偿命,借债还钱!我不信,还有讨债的被欠债的打了?”

皮夹克说:“兄弟,我说的可都是实话,今天我就是再找他讨债去的。我的钱也是一分分挣的,不能不要啊!看样子兄弟你是个很仗义的人,这样吧,你陪我去讨债,壮壮我威风,那家伙欺软怕硬,说不定见你人高马大的,他就怕了,乖乖地把钱还我。真这样,我给你一千块钱好处费!还有,不管钱讨到讨不到,我都用摩托把你送到城里。”

什么?给我一千块钱好处费!还要把我送到城里?干,这样的事不干,传出去还真得被人当作傻瓜。于是童阿宝兴奋地问:“真的?你说话算不算数?”

皮夹克说:“我说话当然算数。如果能把一万块要回来,不要说给一千块,就是给你两千,我也划算!”

童阿宝接着问:“那远不远?你要知道,可不能耽误我进城去打工。”

皮夹克见童阿宝答应了,高兴地说:“不远,就在前面。不会耽误你进城的……”说着,就载着童阿宝拐上了一条小路。

3. 误杀人 仓皇逃命

皮夹克载着童阿宝大概走了二十分钟后,停到了一栋房子前。皮夹克对童阿宝说:“我先进去,你在外面等我,我不叫你,你就别过来,毕竟我是来讨债的,不想一开始就和人家搞僵。”

童阿宝点点头,看着皮夹克进了屋。不一会儿,屋子里就传来皮夹克和人的争吵声。童阿宝正犹豫要不要上前看看,就见皮夹克抱着头惊慌地从屋里往他这儿跑。边跑边喊:“快,快帮我拦住那、那王八蛋,他、他要打死我!”还没等童阿宝反应过来,皮夹克已躲到了童阿宝身后,紧张得直发抖。

这时,童阿宝看到从屋里冲出来一个络腮胡子,手里提根棍子,样子很凶,嘴里还骂骂咧咧:“老子不就欠你几个小钱?隔三岔五就来讨!老子今天要打断你的腿,看你以后还来不来烦我!”

童阿宝听了这样的话,很是生气。于是跨前一步,张开双臂拦住络腮胡子,不满道:“你这个人也是!欠债不还钱,还要把人家腿打断,天下哪有这个道理?”

络腮胡子见童阿宝拦住了他,把

眼一瞪，发火道:“哪块石头里崩出来个野小子，竟敢挡大爷我的道？既然你这么不知趣，那老子就连你一块收拾收拾！”说完，就举起棍子朝童阿宝的脑袋砸来。

童阿宝本能地把头一偏，但棍子还是结结实实地砸在了他的肩膀上。童阿宝这回真的生气了，上来一把揪住络腮胡子，然后就猛地一推。童阿宝劲大啊，在家能扛两百多斤重的大肥猪。络腮胡子被他这么一推，踉踉跄跄就直往后退，最后仰面跌倒在地上。

“啊……”络腮胡子倒地后一声惨叫，双腿胡乱蹬了一气后就不动了。

童阿宝诧异了：咦，这家伙这么没用，一推就倒，还敢欠人家债不还？欠债不还不说，还要打断人家的腿？

这时，一直躲在童阿宝身后的皮夹克战战兢兢上来了，他来到络腮胡子的跟前，见络腮胡子一动不动，就弯腰把手放在了他的鼻子下，发现络腮胡子已经没了呼吸。皮夹克慌了，忙去托络腮胡子的头。一托起他的头，皮夹克就大叫起来“不好了，他、他头撞上了石块，死了！”

“什么？这么一跌就跌死了？”童阿宝不信，上来一看，果然，络腮胡子的头已被鲜血染红了。

这下童阿宝吓坏了：“这不能怪我！我、我可不是故意的！我、我是来帮、帮你讨债的……”

皮夹克放下络腮胡子的头，双手沾满了血，看着都让人恐怖。皮夹克也急了，“我喊你来帮我讨债，可没让你把他弄死，你可不能抵赖！”

“我、我不进城打工了，我要回家……”童阿宝说着，转身要走。

皮夹克拦住童阿宝，说“你跑回家就行了？警察一调查，你家住哪里不就知道了？杀人偿命，即使你说你不是故意的，他们信了，那也有可能判个死缓，下半辈子就只能呆在监狱里了……”

高考到了，准备好了，要冲刺了，清华北大向你招手了。要毕业了，眼角湿了，该道别了，放心，早已把你记在心上了。云南 王明东（1232）

童阿宝本来脑子就不够用，出了这么大的事，更是六神无主了。皮夹克说："我真后悔，怎么要你这么一个楞头青来帮我讨债！出手一点儿都不考虑后果！不管你是有意还是无意，这王八蛋被你推倒跌死这是真的……"

"那、那我现在怎么办？"童阿宝眼巴巴地看着皮夹克，浑身哆嗦着。

"唉……"皮夹克终于从惊慌失措中缓了过来，"毕竟你是帮我讨债，我不能无情无意，一走了之，我得想办法救你。现在，你不能进城了，更不能跑回家，得想办法躲起来，躲到一个连警察都找不到的地方去！对了，我想起来了，我姐夫在附近开了一个窑场，那地方偏僻，躲那安全，你去不去？"

童阿宝哭丧个脸说："去，我去！我不想坐牢，不想枪毙。只是，只是我要、我要给我妈妈打个电话……"

皮夹克恼了："说你傻你还真是傻！现在给你妈妈打电话，那不等于告诉人家你躲在哪里！快上车，我们赶快跑，被人家发现就来不及了！"说着就发动了摩托。

童阿宝不敢再坚持要给妈妈打电话了，拾起包，慌忙爬上皮夹克的摩托……

4. 中圈套　含悲忍辱

皮夹克的姐夫就是刘老板。刘老板的窑场开在一个河滩上，那地方的确偏，四周几里连人家都没有。刘老板面如菩萨，脸上的肉多得把两只眼都挤没了。特别让童阿宝吃惊的是，这刘老板真是有钱，双手竟戴了五个戒指！

刘老板见小舅子领来个傻小子，有点不高兴："我没让你领人来你怎么还领个人来了？我窑场现在不缺人手！你们从哪来还是回哪去吧。"

皮夹克忙说："姐夫，你不是外人，我就跟你说实话了。这位兄弟帮我去讨债，那王八蛋欠我的钱不还，还要打我，他就拦。那王八蛋就用棍子打他，他一恼，就抓住那王八蛋使劲一推。谁知那王八蛋倒了，头撞到了一块石头上，死了。你说我这兄弟倒霉不倒霉？可人家毕竟是为了我，所以，我把他带到你这儿来躲躲。"

"什么？你当我这儿是避难所啊？你知不知道，窝藏杀人犯是犯法的！"刘老板生气道。

皮夹克脸上堆着笑，求道："我的好姐夫，你小舅子遇到了困难，不找你找谁？我这兄弟真的被警察抓去了，我肯定是脱不了干系的，说不定还要关几年。真的这样，你还不得花一大笔钱把我保出来？嘿嘿，姐夫，你要是心疼钱，倒不如现在就收留下我这个兄弟。退一万步，就是警察找上门来，你也可以推卸责任，说他只是你雇用的工人，哪里晓得他是个杀人犯！”

刘老板听了就不停地挠头，这的确是个难作的决定。挠了一会儿，刘老板问皮夹克："他把人家推跌死的时候，有没有被人看见？”

皮夹克说："没呢！当时附近根本没人，知道的明白他是被推跌死的，不知道的肯定以为是他自己跌死的。"

刘老板再转身看了看童阿宝，此时的童阿宝满脸恐惧，一双眼乞求地望着刘老板。刘老板叹息一声："唉，这个小兄弟岁数也不大，这要是被警察抓去了吃枪子，的确也可惜了。这样吧，看在我小舅子的份上，我就冒险收留你。不过，你要答应我三个条件……”

皮夹克抢着说："别说三个条件，就是三十个条件我们也答应啊！你说，哪三个条件？”

刘老板小眼盯着童阿宝，说"第一，要是警察找上门来，你得说你是自己找到这儿来打工的，打死人的事，老板根本不知道！第二，进了我这窑场后，尽量装哑巴，不要随便和工人们说话。不准说以前的事，更不准说打死人的事！第三，我收留你，可不能白养你，你得和我的工人一样干活！就这三点，你看你能不能做到？”说完就意味深长地点着一根香烟。

皮夹克马上把童阿宝往前一推，不满道："说呀！你说你能不能做到？你要是不能做到，那你的事我就不管了。反正打死人的是你又不是我，坐牢杀头的是你也不是我！”

此时童阿宝慌得如惊弓之鸟，哪里还敢说个不字！于是点头如鸡啄米："能做到，能做到……”

刘老板笑了："能做到就好！傻大个，这就跟我进去吧。"

童阿宝开始还以为刘老板是喊别人呢，可刘老板明明就是在望着他。童阿宝于是忙解释"刘老板，我不叫'傻大个'，我叫童阿宝。"

刘老板脸一沉，说："不，从现在开始，你就叫'傻大个'了，以前的名字必须忘掉！”

童阿宝虽然一万个不情愿，但也没有办法。唉，傻大个就傻大个吧，我又不是没被人叫过。

刘老板的窑场里有五六个工人，见童阿宝来了，一个个都很木然，只顾紧张地干着自己的活。一个脸上有疤的汉子，一手牵着一条大狼狗，一手拿个鞭子在转悠，不停地在大声训斥着工人。那狼狗见童阿宝进来了，拼命地叫着，还想挣脱疤子向童阿宝扑来。童阿宝可吓坏了，连连后退。刘老板一声喝，大狼狗就镇住了，不动也不叫。

刘老板召来疤子，指着童阿宝说："这是新来的，叫傻大个，你就让

苦读寒窗十几载，梅花香自苦寒来，愿君金榜题名时，推杯换盏尽开怀。山东 李红涛（1233）

他顶原来小泥鳅干的活。在没干活之前，让他们先认识一下。”

“是，老板。”疤子应了声，然后就把童阿宝带到工人中间，随后他一声喊，工人们马上就都停下了手头的活，围了过来。

童阿宝笑眯眯地想和他们一个个握手问好。谁知这些工人不说话，上来就把童阿宝放倒在地上，然后就是拳打脚踢。童阿宝抱着头，被打得在地上直滚。打了一顿后，工人们又四下散去，继续默默地干活。最后赶来的是个跛子，上来用跛腿也在童阿宝身上轻轻踢了两脚。童阿宝缩着身体哭着喊“我和你们没仇，你们为什么要打我？”

疤子笑道：“这叫不打不相识嘛！以后你们就在一起干活了，不过我告诉你傻大个，这些人都不是好东西，你以后只管干活，少和他们说话！”

窑场是烧砖瓦的，无论是制坯运坯，还是装窑出窑，都是很重的力气活。童阿宝算是有力气的了，可才干了半天，就觉得身上的骨头要散架了。可再累也不敢歇下来，监工疤子手里的鞭子随时都会抽到你身上。还有那吐着红红舌头的大狼狗，太让人害怕了。

干到天黑，童阿宝和工人们才歇了下来。可累了一天，晚上的饭食就是几个窝头，一碗稀饭和和几根咸菜。睡的屋子四面透风，可屋子周围却是厚厚的两人多高的围墙。童阿宝进了屋子，发现他的包被人翻得一塌糊涂。他忙上来检查，果然藏在格子衬衫里的五十块钱不见了！“你们谁偷了我五十块钱？”童阿宝又气又急地喊。

工人们听到像没听到样，一个个忙着钻被窝睡觉，白天干活太辛苦了，这会儿哪还有力气说话。最后还是那个跛子忍不住说了句：“你别喊了，我们没人拿你的钱，我们在这儿根本不需要钱。肯定是老板拿的，有能耐你去找他要去吧！”

童阿宝不敢去找刘老板要钱，惹恼了他，把自己撵了，那怎么办？自己可是个杀人犯，说不定警察正在四下抓他呢。童阿宝睡不着，想到自己现在的处境，再想到妈妈，就忍不住呜呜哭了起来……

不知什么时候，白天踢他两脚的跛子悄悄来到他床前，小声道："你哭什么哭？还让不让人家睡觉？不就五十块钱，我给你！"说着撕开自己的衣角，从里面抽出一个小纸棍。展开一看，是五十块钱。"你把它塞到衣缝里，否则让他们发现就没了！"

童阿宝不想要人家的钱，跛子说："给你你就拿着！反正我留着也没什么用！"

童阿宝接了钱，觉得这个跛子很亲切，是个朋友。一个人，没朋友不行，这是妈妈说的。于是童阿宝告诉跛子，他是背着妈妈偷跑出来打工的，身上一分钱没有可不行。

跛子吃惊不小："你怎么想起跑到这个窑场来打工？这刘老板是个吃人不吐骨头的禽兽！"

"我不是自己跑来的，我本来是要到城里打工的。"童阿宝忍不住，于是把嘴贴着跛子的耳朵，悄悄地说："跛大哥，我把你当朋友，你可千万不能告诉别人！我是在路上帮人讨债，没想到失手把人家推跌死了！这不，这地方偏，我就……"

还没等童阿宝把话说完，跛子就接上说："被你推跌死的是不是一个络腮胡子？"

童阿宝听了，惊得目瞪口呆："你、你、你怎么知道的？"

跛子长叹一声："唉，那个络腮胡子，已被我们这儿人推'跌死'好几回了！"

"啊？他是假装跌死的？"

跛子点点头："这是他们设的局，好让你在这里给他们做牛做马。"

童阿宝一听，顿时兴奋得直起身子，开心地说："这么说我没有杀死人，那我不在这里躲了，我要回家，我要找我妈！"

跛子把童阿宝的身子按了下去，叹了口气说："兄弟，你进来容易，出去难啊！"

5. 逃虎穴　又落狼窝

原来，这刘老板办的窑场是个黑窑场。刘老板不择手段，骗来人给他做苦力，这些人中有流浪乞讨的，还有智残的。他让皮夹克导演的请人帮忙去讨债，再失手打死人，就是他们常用的手段之一。只要人一被他们骗进窑场，那就完了。在这里，吃的是猪狗食，干的是牛马活，日夜被监视，你想跑也跑不掉了。打手疤子是个很狠毒的人，还有那条大狼狗，不要说被它咬了，看着都毛骨悚然。

"也有冒险想逃出去的，但都没

十年寒窗苦自流，百尺书牍脑海游，三尺卷上书精意，万人丛中取龙筹。河北　王雅彬（1234）

有成功。”跛子告诉童阿宝，“我这条腿就是跑没跑掉，让他们抓回来打断的！前不久，有个叫泥鳅的小乞丐，身体太弱，干不了窑场这重活，想跑也没跑成功，被他们放出的狼狗咬住了，咬得遍体鳞伤，最后伤口感染，死了。这次你被骗来，顶的就是小泥鳅的位置。”

童阿宝听了，全身的汗毛都竖了起来，怕得牙齿直打颤。跛子拍了拍童阿宝的肩继续说：“可是，我们必须要想办法让一个人逃出去，要不最终都会被折磨死！只有逃出去报了警，把这黑窑场端了，我们才有救。我腿瘸了，其他几个人又太胆小没用，你人高马大，现在就指望你逃出去报警，让警察来救我们了！”

“我？我也不敢，我、我怕那大狼狗！”童阿宝忙摇头不同意。

跛子于是就耐心地劝：“你别怕。我已经帮你想好了怎么逃，保证能成功。白天不好逃，疤子看得紧。我们就晚上逃，趁狼狗吃食的时候逃！”

童阿宝不相信：“白天都逃不了，晚上更甭想了。这围墙这么高，怎么能爬过去？何况那大狼狗，就在跟前。”

跛子不泄气：“当然，我们也不是硬来。我们在围墙的墙壁上掏两个坑，正好让你把脚搭上去爬。这样翻过围墙只要几秒钟，就是狼狗发现再冲上来也追不上你了。不过，你翻出墙后，不能往河堤上跑，那样很快就会被他们追到。你要拼命往河边跑，在狼狗追上你之前跳到河里就成功了。游到对岸，找着人家就报警。”

童阿宝听了也很激动。这窑场如同牢狱，要能逃出去就能回家了。“这办法是好。只是，只是疤子能让我们在围墙上挖坑？”

跛子说：“他当然不会让。我们偷偷地干。每天收工，我装着无意的样子用工具在围墙上撞几下，只要有一个星期，我就能在围墙上给你掏出两个坑来。这事只我一个人干，你别干。这样就是他们发现了，要打也就打我一个人。就是被他们打死，我也不会说出你！在这一个星期里，你只顾傻乎乎地干活，麻痹他们。”

一个星期后，跛子果然在围墙适宜的高度偷偷掏了两个坑，正好够人脚踩上去。

这天晚上收了工吃过饭，跛子悄悄对童阿宝说：“你准备一下，别慌，趁疤子喂大狼狗时，我们就开始行动。从这儿冲到围墙那也就几秒钟，等他们反应过来，你已经翻过围墙了。记好了，翻过围墙一定要往河边跑！”

虽然天已黑透，但数盏白炽灯还是把整个院子照得如同白昼。刘老板和疤子正在喂大狼狗。刘老板给工人们吃的是猪狗食，喂大狼狗的却是香

喷喷的肉。瞅准了机会，童阿宝突然像发疯似的冲向围墙。刘老板和疤子先是一愣，等明白过来，放出狼狗，叫骂着扑向童阿宝时，童阿宝已冲到围墙，只是太紧张了，脚没能准确地踩进坑，从围墙上滑了下来。眼看大狼狗就要咬着童阿宝了，就在这关键时刻，跛子操起一根棍子，怒吼着冲向大狼狗。出于本能，大狼狗调转头来，扑向跛子……

由于跛子舍命阻挡大狼狗，这就为童阿宝争取到了时间。童阿宝踩着坑，终于翻过了高高的围墙。翻过了围墙，童阿宝记着跛子的嘱咐拼命地往河边跑……

狼狗凶残地拖咬着跛子，刘老板和疤子扑上来，围着跛子又是一顿拳打脚踢。打昏了跛子，刘老板和疤子领着大狼狗赶快出来追童阿宝，可是迟了，童阿宝已经跳进了河里。

“疤子，快！快去找船！”听到刘老板的叫喊，童阿宝更是拼命地往对岸游，上了岸，这才发现这边河滩上也没有人家。童阿宝顾不上冷，拼命地跑，终于发现了一间小屋，里面还亮着灯，童阿宝一头就扎了进去……

屋里小桌子前，一个尖下巴的男人正坐在那喝酒。见童阿宝突然闯进来，吃了一惊。童阿宝一进来，“扑通”一声就跪到了尖下巴面前，哭着说：“大叔，你救救我！”

尖下巴望着浑身湿漉漉的童阿宝，好像一下什么都明白了：“你是从对面窑场逃出来的？”

“是！我、我是从对面那窑场逃、逃出来的。那窑场是个黑、黑窑场，专门、专门从外面骗人进去给、给他卖命。快、快帮我打电话报警！”童阿宝已冷得话也说不连贯了。

尖下巴不说话，拿来一套棉衣：“快把湿衣服脱了，换上干衣服。”

童阿宝很感

离别了只有思念，离别了只有回忆，离别了只想你笑，离别了只想你过得好，离别了真想为你流泪，离别了真想时光倒回。河南 靳国波（1235）

激，于是忙脱下湿衣服。可脱光了湿衣服，傻眼了，尖下巴却不把衣服给他换了。

“嘿嘿……”尖下巴阴笑道，“我干嘛要把衣服给你换？我干吗要帮你报警？实话对你说吧，对面那刘老板早就跟我商量好了，我每截住他一个逃跑的工人，他就给我两千块。你说，到手的两千块钱我能不赚？”

天啦！原来这尖下巴和刘老板是一伙的！这下童阿宝绝望了，光着身体，想跑都跑不了了！

6. 遭追捕　命悬一线

尖下巴眼看着两千块钱就要到手了，不由地心花怒放，嘴上却叹道：“唉，其实这缺德事我也不想做，可我急需钱啊！这样吧，你给我两千块，我就放你走。”

童阿宝哭丧着脸，他现在一分钱也没有，哪里有两千块钱？尖下巴说：“看你可怜，实在没钱，有贵重物品相抵也成。”

说到贵重物品，童阿宝突然想到他内衣口袋里的那张美女照片，这可是他的贵重物品。于是他急忙说：“贵重物品我有，在我衣服口袋里！”

什么？这傻瓜身上还有贵重物品？尖下巴马上就上来翻童阿宝的衣服口袋，这样他就发现了那张照片，那张红衣女人的照片。

尖下巴看到照片，吃惊不小。忙问：“这女的是你什么人？你从哪儿弄到这张照片的？”

童阿宝哆嗦着说：“这女的我不认识。一个星期前，我在路上捡到一个旅行包，在包里找到这张照片……”

尖下巴上来一把抓住童阿宝：“那包是不是一个有四个轮子的旅行包？包里还有什么东西？”

童阿宝慌了：“包有四个轮子，可它是空的，里面什么东西都没有……”

尖下巴抓着童阿宝不放：“那包底部有没有裂开？有没有洞？”

童阿宝说：“好好的呢！没裂开也没洞……”

尖下巴还想继续往下问，这时门外传来急促的脚步声。尖下巴慌忙把棉衣往童阿宝手里一塞，扒开屋角堆着的芦苇，命令道：“刘老板来了，你快进去躲起来！”

这尖下巴刚才还兴致勃勃地要把童阿宝交给刘老板，换两千块钱酬金，可为什么看了红衣女人的照片，立马改变了态度，还冒险把他藏起来呢？

这话说起来，就长了！尖下巴原本在城里做“皮包”生意，哄蒙拐骗，吃喝嫖赌，结果把亲戚朋友都得罪光了，还欠了一屁股债。为了躲债，尖下巴跑到了乡下。这小屋棚是个叫余半斤的老汉的，余老汉无儿无女，靠在河里打鱼为生。尖下巴跑来后就跟着余老汉学打鱼。后来余老汉死了，尖下巴就继承了余老汉的棚屋和渔具，好歹有了个谋生的手段。

这天，尖下巴打鱼，一网下去，鱼没打着，却拖上来了一个箱子，箱子锈迹斑斑。尖下巴好奇，就撬开箱子，往里一看，里面有好几只花碗，还有一个很精致的花瓶，看样子都有些年头了。在箱子底，尖下巴还发现一个密封的塑料袋。打开一看，还是一个密封的塑料袋。再打开，又是一层防水的蜡纸。尖下巴好生奇怪，小心地揭开蜡纸，里面竟是一幅书法作品。

字写得很飘逸，尖下巴认出来这好像是李白的《赠汪伦》，但上下的题跋还有那大大小小的图章，尖下巴就看不出个所以然来了。

尖下巴也算是个见多识广的人，知道这碗啊瓶的，还有这字都是值钱的文物，但到底值多少钱，他心里没底。于是就悄悄拿了一只碗来到城里，谁知竟卖了一万八千块！尖下巴乐坏了，哈哈，我成大富翁了！

于是尖下巴又是买名牌服装，又是购摄像手机，俨然把自己打扮成一个大老板，当晚就在城里花天酒地起来。只一天工夫，一万八千块就花得差不多了。可尖下巴一点儿也不在乎，不就一只碗嘛，我还有许多呢！

第二天，尖下巴回来后，用一只旅行包把碗啊瓶的装好。尖下巴很用心，他觉得这些文物中应该是那幅字最值钱。于是他撕开旅行包的底部，把那幅字藏在包的衬板里，然后再细心地缝好。忙好这一切，他准备在这小棚屋里歇最后一夜，明天一早就上路，到城里过大款生活去。

可就在这天傍晚，他的门被人叫开了，进来的是一个年轻女人。女人满脸疲惫，头发凌乱，但俊秀的模样还是遮不住的。她拿着一张照片，问尖下巴，有没有见过照片上的这个女人？尖下巴接过照片仔细一看，疑惑了，这灿烂微笑的红衣女人，不就是眼前的这个女人吗？那女人告诉尖下

蓝天作证，大地为契，有一份真诚的祝福从遥远的地方越过千山万水送到你的耳边，不老的苍松象征着我们的友谊，让我们欢呼共同拥有一个美好的明天。1375***6652（1236）

巴，照片中的女人是她的双胞胎妹妹。几个月前妹妹被人贩子拐了，听说就被卖到了这一带，于是就找来了。

尖下巴只好摇头，说没见过她这妹妹。女人听了，眼泪刷刷就下来了，她说，就是自己累死饿死也要找着妹妹，说完转身就要走。可刚迈出门槛，又饥又渴的她腿一软，瘫倒在地上……

尖下巴当然不会错过这个表现的好机会，忙把女人扶到屋里的椅子上坐下。“你太累太饿了，我这就去给你弄点吃的。找妹妹要紧，可自己的身体也要紧啊！”尖下巴一番话可把女人感动得热泪盈眶。

尖下巴找出方便面，烧开水冲泡。不过在放作料的时候，尖下巴偷偷放了几颗安眠药。嘿嘿，送到狼口里的羔羊，你说狼能忍着不吃？为了不让女人怀疑，尖下巴同时给自己也泡了一碗。

刚泡的面很烫，女人没有立即吃。尖下巴却忍着烫，大口大口地吃给她看，连面水都喝干了。后来，女人端起了碗，尖下巴见了，心中美呀。可女人还没动筷子，他就发现自己不对劲了，眼皮合上不想睁开！尖下巴心里一惊，自己的碗没端错啊！天啦，我上当了！肯定是女人刚才要我给她去倒杯开水的那会儿，乘机在我碗里下了药……

直到第二天中午，尖下巴才醒了过来，醒来后发现那个女人不见了，还有那装着文物的旅行包也不见了……他这才明白，他从城里回来时就被文物贩子号上了，他们精心策划了一个阴谋，让他一夜之间变回穷光蛋！

没想到，今晚，对岸窑场的一个逃工送上门来，两千块钱的酬金又能让自己过几天舒心日子。可没想到的是这个傻大个竟拾到了他的旅行包！估计那女人后来把包里的碗啊瓶的拿走了，就把没用的包扔了。她哪里想到那包底夹层里还有更贵重的字纸！

所以，见刘老板追来了，尖下巴立即改变主意藏起童阿宝，两千块钱酬金暂且不要了。尖下巴想：糊弄走那姓刘的，再细问这傻小子，只要找回我那旅行包，嘿嘿……

刘老板带着打手疤子，牵着大狼狗风风火火闯进屋，看见尖下巴正坐在桌前喝酒。尖下巴见到刘老板，忙起身，脸上堆着笑：“哟，刘老板是您啦！稀客，稀客，来喝一杯！”

刘老板生气道：“我哪有心情喝你这猫尿！我问你，有没有看见我的一个工人跑你这儿来了？个子大大的，人傻傻的。”

“没呢！”尖下巴装着吃惊道，“什么？你的工人跑了？我没看到。要是看到肯定截住送还给你了。你那酬金，可赛我打许多天鱼呢！”

刘老板急着追捕童阿宝，不想久留，于是对尖下巴说："要是看到那傻小子，帮我截住，酬金我还可以加！"

尖下巴拍着胸膛，说："刘老板，这还要您多说！截住了立刻就送给你。"

刘老板忿忿道："妈的，等抓到这狗日的，老子就把他剁了喂狗！"刘老板正要出门，跟在后面的疤子突然大叫一声："老板，你看，这地上有一堆湿衣服！"

7. 立大功　胜利而归

尖下巴一听，头一下就大了：天啦，刚才由于慌忙，竟然忘了把童阿宝脱下的湿衣服藏起来了！

刘老板指着地上那堆湿衣服，厉声问："这是怎么一回事？"

尖下巴现在不想把童阿宝交给刘老板，童阿宝还没告诉他旅行包放在哪呢。更重要的是，他不能让刘老板知道旅行包里的秘密！于是尖下巴就随口编道："是这么回事，下午打鱼，我不小心掉到水里去啦……"

可他话还没说完，疤子上来对着他的脸就是一拳，边打边骂："你他妈的胆子不小，这明明就是我们窑场傻大个的衣服，竟敢跟我们老板扯谎！"

尖下巴遭到重击，一下跌倒在地上，鼻血"噗"地流了出来。尖下巴想爬起来，可刘老板已把脚踩到他的胸口上，同时大狼狗的舌头开始在他脸上舔了，尖下巴顿时吓得魂飞魄散。"你说，你把傻大个藏到什么地方去了？不说，老子把你屎都踩出来！"刘老板一边说一边咬牙用力在尖下巴的胸口踩。

尖下巴觉得自己的五脏六腑都快要碎了，他拼命用双手抓着刘老板的脚往上推，嘴里痛苦地叫唤着："刘老板，求……求你，别……别踩了。我……我说。"

刘老板不再用劲，尖下巴这才喘过气来，哭着说："他、他就躲在那芦苇后面……"

疤子忙上去掀开芦苇，发现里面没人。芦苇遮住的墙上有个洞，童阿宝已经从那儿跑了。尖下巴叫苦不迭，这才想起那墙早就坏了，芦苇本来就是用来遮风挡雨的。

刘老板和疤子气急败坏，上来对尖下巴又是一顿拳打脚踢。疤子问刘老板怎么办？要不要把尖下巴做了？刘老板恶狠狠地说："做了倒便宜他了！傻大个跑了，干脆就把他抓回去，顶傻大个的缺给老子干活！"

刘老板他们来到河边，这才发现载他们过来的船又泊回了对岸，细细一想，很可能傻大个跟他们玩了个捉迷藏，又跑回去了。于是急着要赶回去，好在不远处，还停泊着一条尖下巴用来打鱼的小船。刘老板押着尖下

快乐靠自己寻找，烦恼靠自己去抛，心灵靠自己主宰，生活靠自己来调，心境靠自己营造，人生靠自己解套，愿你坦荡开朗、潇洒、轻松、快乐每一天。河北 郄录芳（1237）

巴上了船，疤子找来一根竹篙开始撑船。尖下巴想：刘老板的窑场如同鬼门关，站着进去，以后只能躺着出来了。不行，我不能让他们弄回去。船到河中间，尖下巴突然发力，摇晃起船来。这船本来就小，如今坐上三个人，船舷已贴着水面，现在被尖下巴用力一晃，疤子立足不稳，扑通一声就掉下了河。尖下巴继续疯狂地摇，还想把船舱的刘老板也摇下去，可刘老板拼命抓着船帮就是不撒手。结果，整条船都翻了过来，刘老板和尖下巴，还有大狼狗，都一起掉到河里去了……

刘老板的船真的是被童阿宝撑回去的。原来，童阿宝从墙洞里钻出来后就拼命往河边跑。他是这么想的：刘老板和疤子带着大狼狗都追过河来，那窑场就没人看守了，他这就回去放出工人，大家一起逃跑。特别是跛子，要是没他挺身而出拦截大狼狗，他也不可能逃出来。不知狼狗有没有把他咬坏？不管怎么样，一定不能丢下他！

童阿宝上了岸，把船固定好，刘老板他们没了船，一时半会回不来了。童阿宝跑回围墙边，借助外面的砖堆，一下就跃了过去。一进去就看见跛子躺在地上，一动不动。“跛大哥！”童阿宝忙跑过去，一下把浑身是血的跛子揽在怀里，伤心地大哭起来……

跛子睁开眼，见是童阿宝，吃惊不小：“你……你怎么又……又跑回来了……”童阿宝哭着说：“我是回来救你的，我要带你一块跑……”

“哈哈……你这个傻瓜，自投罗网，看你还往哪里跑……”童阿宝猛一抬头，发现有人手里拿着鞭子，得意洋洋地站在了他的跟前。童阿宝仔细一看，一下就目瞪口呆：这个人竟就是被他“打死”过的络腮胡子！原来，刘老板和疤子在出去追童阿宝之前，打电话叫来络腮胡子，让他来看守工人，五分钟前，络腮胡子刚刚赶到。这，童阿宝哪里想得到！

络腮胡子掏出手机，兴奋地想打电话通知刘老板，告诉他跑掉的傻大个又跑回来了。可电话怎么也打不通。打疤子的电话，同样也是打不通。络腮胡子哪里知道，此时，刘老板和疤子正在河里挣扎呢！

童阿宝看到络腮胡子，双拳紧握，咬牙切齿。这真是仇人相见，分外眼红！是啊，如果没有他和皮夹克设圈套，装死欺诈他，他怎会落入刘老板的魔爪！

络腮胡子看到童阿宝一脸愤怒，慌忙扬起手中的鞭子。可还没等鞭子落下来，童阿宝就像一头雄狮扑了上去，和络腮胡子厮打在一起……原本在一旁吓呆了的工人，突然像受到什么鼓舞似的，都叫喊着冲了上来，把个络腮胡子揍得哭爹喊娘，想装死都不能了……

童阿宝忙从络腮胡子身上搜出手机，想要报警，可是手机他没用过，其他工人也不会用。这时，躺在地上的跛子艰难地把手伸了过来，童阿宝于是忙把手机递到他手上。跛子颤抖着用那沾满鲜血的手指按下110，然后使出最后的力气喊："是公安局吗？我们报警……"

警察接到报警迅速出击，终于端掉了这个黑窑场，工人们得救了，作恶多端的刘老板一伙也一个个被抓了起来。只是，跛子因为伤势过重，救治不及死去了。童阿宝和工人们都很悲伤。

警察很认真地记录着童阿宝复述的打工、逃生的经过，特别对童阿宝遇到尖下巴后，尖下巴突然改变态度，这一段很感兴趣。于是警察仔细地检查了童阿宝捡到的那个旅行包，终于发现了包底夹层里的字画。警察们看到了这字画，顿时欢呼雀跃。为什么呀？

原来，十多年前，本地博物馆发生了一起重大盗窃案。镇馆之宝——唐朝大诗人李白的《赠汪伦》真迹被盗！同时被盗的还有几件明清的瓷器。警方经过缜密侦查，发现了盗宝歹徒，但歹徒负隅顽抗被击毙，失窃的文物也从此下落不明。没想到，现在他们在一个丢弃的旅行包里，发现了这件珍贵的文物！

童阿宝由于对发现和保护文物有功，博物馆方面奖励童阿宝现金十万元。童阿宝长这么大还没见过这么多钱，高兴坏了，屁颠颠地凯旋而归。童阿宝的母亲朱菊花，自从儿子出门那天起，就整天以泪洗面，为儿子担惊受怕。没想到儿子十天后就回来了，还带回十万块钱！朱菊花一下子大悲转为大喜，乐得合不拢嘴，见人就说："谁说我家阿宝傻？谁说我家阿宝缺心眼了？我家阿宝是天下最聪明的人！不信你们就去试试……"

（**题图、插图**：杨宏富）

快乐是春天的池塘，碧波荡漾；快乐是夏天的杨柳，轻舞飞扬；快乐是秋天的瓜果，满园飘香；快乐是冬天的雪花，素裹银装。天天快乐，是我送你的春华秋实冬暖夏凉。北京 高博（1238）

青春读本 1、2、3

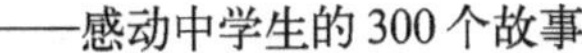

——感动中学生的300个故事

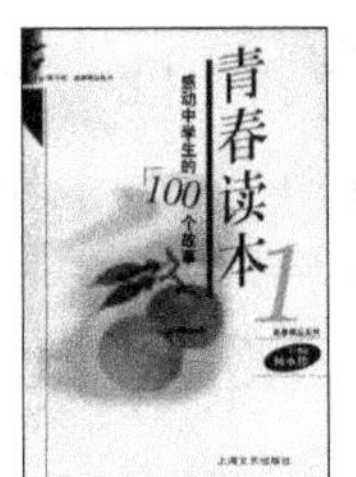

这是我国第一种由中学生全选、推选和评选而成的作品集。它来自全国各地的中学生之手，是从数万件推荐作品中大浪淘沙筛选出数千份来，然后又特邀上海市的几所重点中学的同学们组成“读书会”，依其多数同学的公认，最后才集镌了这三册共300个故事。

据先睹为快的同学们坦言，读了这些作品，才知道什么叫轻松阅读，体会到愉快教育的真正魅力；因为它不但使人学会了感动，而且还让人在感动中留下生命的暗记；用不着逐字逐句地诵读，这些故事已完全潜入了意识领地，在需要的时候喷薄而出。

当然对于其他读者来说，看这些作品，一方面，可以了解我们中学生到底喜欢什么样的作品，另一方面，也可以从中探究他们的心理世界和价值取向。

。

* * * * * * * * * * * * * * * * * * * *

滴水藏海 1、2、3、4

——1200个3分钟典藏故事

我们常有这样的生活经验 有时，想说出一番道理容易，而想让人接受这番道理则难，但如果你借助一个精彩的故事来述说道理，借事寓理，托事言志，情况则完全改观。

这就是故事的魅力。

《滴水藏海》收录的1200则作品正是这样魅力洋溢的精彩故事。这些故事内容精深，构思精巧，篇幅精短，形式精致。学者撰文，教师授课，干部讲话，家长训导，学生作文，都可从中得心应手地广征博引，如同置一架书橱于身边。

从《话说中国》到《行走中国》

行走中国

历史文化图书《话说中国》的工作暂告一段落后，编辑部随即开始了它的延伸产品——中国地理文化系列的图书出版工程《行走中国》的策划和编辑。与取得了巨大社会反响的《话说中国》的策划思路一脉相承，《行走中国》系列丛书是要秉持“普及人文地理知识，弘扬祖国民族文化”的编辑方针，坚持“弘扬和培育民族精神”的一贯宗旨，结合更多的文化资源，向广大读者倾力推出又一批大众文化精品力作。

“行走中国”，顾名思义，显然要讲祖国的地理知识，讲我们脚下的这块大地的故事。但如果光讲自然地理，不讲生活在这块美丽的大地上的人，不讲我们民族的先人在历史长河中创造的绚丽的文明，也许难以激发我们对中华民族生存的这块大地的激情，更难以激发对曾经为她付出辛勤劳动乃至献出自己生命的先驱们的崇敬，我们面对的这块大地会因此失去光彩，这套丛书也会因此失去灵魂。

显然，《行走中国》要做到人与大地的结合，也就是地理与文化的结合。这就是编辑出版这套地理文化系列丛书的宗旨。

《行走中国》 以独特的讲故事的方式，向读者娓娓诉说祖国大地的起伏沧桑、人文风情，是一部融地理、历史、生态、民族、考古、民俗等学科知识于一炉的国民素质教育丛书。

《行走中国》 特别邀请学者专家，如北大谢凝高教授、中央美术学院王其钧教授、云南社科院杨福泉教授、长城专家成大林先生等，将其毕生田野研究所得，撰写成既精要又精彩的篇章。

《行走中国》 集结了大量著名摄影家的第一手摄影作品，更有许多照片是摄影家多年积累的珍贵作品，读者既能直观地欣赏祖国的河山之美，更能通过摄影家独特的采访角度产生珍爱祖国美好河山与灿烂文化的情怀。

《行走中国》 附有为数众多的地图、解析图、示意图、专栏、延伸阅读、旅游导航等等，信息丰富，是一部兼具知识性与工具书功能的丛书。

我找你们头

□朱树元 供稿

阿P到市里看望上大学的儿子，下午准备乘火车返回县城。他买好车票，见时间尚早，又因见了儿子心里高兴，就跑腔走调地哼着歌，逛开了大街。等到火车快来了，他才一摇二摆地来到检票口。可一摸口袋，却傻了眼：裤兜开了一条缝，钱包和车票全没了。

阿P只得苦着脸，拉着划破的裤兜，反反复复跟车站说明原因，恳求他们网开一面，让他上车。可是，没人相信他的话，求了半天，毫无成效，阿P只好长叹一声："人心不古。"然后垂头丧气地走出车站，打算去向儿子求助。

经过一条小巷时，一辆白色面包车引起了阿P的注意，再看车的牌照这不就是自己家乡的车嘛。阿P顿时眼睛一亮，我不妨找他们帮忙，说不定可以免费搭一趟车呢。这么一想，阿P便朝面包车走去。不料，还没靠近那车，车门就突然打开了，"噌噌噌"下来四个身着灰色西服的人。走在头里的问道："你是干吗的？"阿P把头一昂说："我找你们头！"这人皱了皱眉，对旁边的人说："没错，听口音，是我们那儿的，带走。"旁边的三个立即上前夹着阿P往车的方向走，"唉，轻一点儿，我是专门找你们头，寻求帮助的！"不说还好，这一说，三人更加快了脚步，一把将阿P塞进了车。

车上还坐着一个穿警服的人，别人称他丁局长。阿P一看这架势，不由大惊，赶紧申辩："我，我没犯法，为什么抓我？"丁局长威严地一挥手，打断阿P的话，"你不是找我寻求帮助的吗？""是，是，我……"丁局长一声吼："你给我把嘴闭上，我可跟你说清楚了，啥事儿先回去再说，在这儿你别给我耍花招。"

阿P这下蒙了，一时间被弄得分不清东西南北，只知道咧着大嘴发出"啊啊"、"我我"之类的声音。这时，两个人像押犯人似的把阿P夹在当中，另两个人在巷子口转来转去，还不时向过往的行人询问什么，直到下午五点钟，丁局长才下令："回去。"

晚上八点多，面包车一直把阿P送到他工作的厂里，丁局长还打电话叫来了厂长，和厂长嘀咕了好一会儿，最后厂长大声说道："丁局长，您放心，阿P就交给我吧，我一定让您满意。"

阿P被带进厂长办公室，厂长抽着烟围着阿P不停地转圈圈。转得阿P一头雾水，他既不敢问，也不敢抬眼看厂长，只得耷拉着脑袋不吭气。一支烟抽完，厂长终于在阿P跟前站定，伸出他那短而粗的手指顶在阿P的鼻梁上，顶得阿P直打哆嗦。

"阿P，你，你吃了豹子胆了，竟然敢跟着瞎起哄。没错，我们县企业改制让不少人丢了饭碗，可我们厂不改制行吗？确实也有人面临着下岗，但你不是还没下岗吗？"

这下阿P可真傻了，抬起头刚想发问。厂长挥挥手，又张开了大嘴，唾沫四溅地吼道："你还去上访，你是不是想让咱们厂丢脸，让咱们县丢脸啊？幸亏上访办的人有先见之明，在那儿守着你们这伙人。"

厂长越说越恼，拍着桌子，把阿P骂了个狗血淋头。

阿P被骂得好像有点明白了，惊叫道："谁上访了？有没有搞错？"厂长皱起眉头，手指戳着阿P的鼻子，大吼道："你不是上访，你去哑巴胡同干吗？市信访局就在那胡同里面。"

快乐总与宽厚的人相伴，财富总与诚信的人相伴，智慧总与高尚的人相伴，魅力总与幽默的人相伴，愿所有的美好都与你相伴。辽宁 于晨亮（1239）

阿P这才明白了事情的原委，当即挺直腰，昂起头大叫起来：“我冤枉啊，我钱包被人偷了，看到本地车，想求他们捎我回家，哪知被误会了，我冤枉啊！”

厂长半信半疑地瞅着阿P，仿佛要看穿他的五脏六腑。阿P见厂长不信，拍着瘪塌塌的衣兜，着急地说：“你看，你看，钱包被偷了，车票也没了。”说着又掀起上衣的衣襟，把手插进裤兜里，五个手指立即从裂缝中伸出来，“瞧，裤兜被划开了，你看这整齐的口子，就知道是锋利的刀片割开的。”厂长蹲下身子，眯着眼睛仔细察看了裤兜，又想了想，这才缓和了语气说道：“我谅你也不敢，以后你给我好好干，好好儿听话，别胡思乱想。”

回到家，阿P对着妻子小兰倒开了苦水：“我们P氏家族一向安分守己，没想到稀里糊涂竟把我当成了刁民，唉！”小兰安慰道：“有啥好抱怨的，再怎么说你今天也省钱了，占了他们的便宜，应该高兴才是。哎，咱儿子咋样啊？”

一提到儿子，阿P一肚子苦恼委屈顿时飞到了九霄云外，向老婆汇报了一阵，就乐滋滋地上床睡下了。

可是，刚躺下，他又一骨碌翻身起来，跳下床就给儿子打电话：“喂，小P吗？你国庆放假不是要回家吗？老爸告诉你，你到火车站附近的哑巴胡同口，到那儿就说要找他们头儿，立马儿就有人免费把你送回家，咱还可以省几十块钱的车费呢……”

挂了电话，阿P自言自语道“咦，没想到我竟然这么聪明。”于是，他又飘飘然起来。

（**题图、插图**：顾子易）

《小方寸大财富——珍邮奇闻录》

方昭海　方　晓著

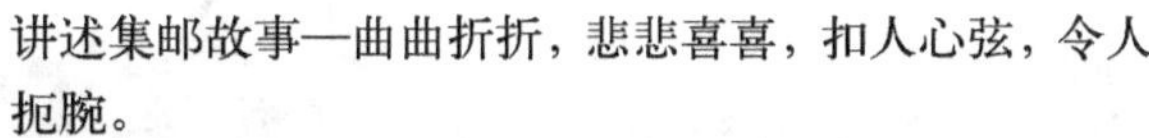

讲述集邮故事—曲曲折折，悲悲喜喜，扣人心弦，令人扼腕。

介绍珍邮知识—历史跨度大，涉及品类多，使人开眼界。

传授投资秘决—细分邮品收藏价值，指点迷津，操作性强。

内有五十余枚珍邮彩图，附最新各类邮品参考价。邮票是小市民的股票，上世纪八九十年代，邮市上曾产生过不少快速致富的神话。今天只要你掌握了这方面的知识和信息，拿出眼光和胆略，照样能在邮票—小方寸中觅得大财富。

抓小偷

□乐　奔

朱有财最近开了一个超市，成了朱老板。可是还没乐呵几天，就发现问题了，原来超市每天盘货时都发现少东西，他是又急又心疼，发誓一定要抓住那小偷！

这天一大早，朱老板亲自上阵，刚转到糖果区，就见一个胖小子正大模大样地吃奶糖，嘴里一边嚼着，手里还一边剥着，上下衣服口袋更塞得鼓鼓的。朱老板气得全身的血往头上涌，一个箭步冲过去，一把提起胖小子的领子，大喝一声："好小子，偷东西偷到我姓朱的地盘上来了，看我不收拾你！"说着就抡起了粗壮的胳膊。

谁知，那胖小子既不逃，也不躲，还牛气十足地梗着脖子昂起头说："你敢打我，我告诉我爸！"说着又往嘴里塞了一块糖。

朱老板一见，犹豫了，心说：这小子是啥路道的，咋敢这么牛？这么一想，他抡在空中的手停住了："你爸爸是谁啊？"

胖小子肥下巴一翘，流着口水说："周所长！"

朱老板一听，脸刷地白了，抡起的手不知往哪放。愣了一下，他马上顺手从货架上，拿下一包巧克力温和地说："哦——原来是周大哥的公子。好乖的小伙子！来，尝尝这个，这个好吃！"说着就要往胖小子口袋里塞。

这时只听旁边一个人说："这不是傻哥吗？他爸就是看厕所的周跛子！"

来年的花儿依旧可以美丽，却经历了金秋的凋零；明天的太阳仍可冉冉升起，却经历了黄昏的西落。人生何尝不是这样，何必因挫折而失落？河北 郝华南（1240）

不完全正常（文：张晓腾；图：包丰一）

1. 芝加哥一群劫匪在抢劫银行，有一个伙伴站在出口为他们放风。

2. 抢完现金后，匪首带着其他人准备撤退。

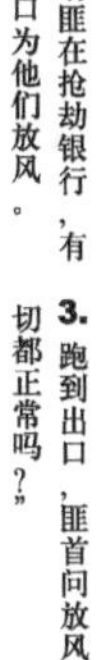

3. 跑到出口，匪首问放风的："一切都正常吗？"

4. "不完全正常，警察倒是没有来干预，只是有个小偷把我们的汽车开跑了。"

"哗"，朱老板手上的巧克力落在了地上，还没待大伙反应过来，又听"啪"地一声脆响，朱老板一巴掌抡过去，把傻哥和在场的人都打愣了。朱老板的脸气得通红："我当是什么所长，一个看厕所的！"

那人却拉住朱有财："哎，打不得，打不得啊！周跛子可不是好惹的！"朱老板鼻子一哼："有什么不好惹！"

"周跛子守着车站旁的公厕，不说利润，光那面积就比你这超市大好多！你说一般人能干上这份好差事？没有他哥哥周局长他能当厕所所长？"

"啊？"朱老板的脸又白了，眼睛睁得溜溜圆，嘴巴张成了"O"字型，愣了一会儿终于回过神来，僵硬的脸上马上又堆满了笑，"对，对，瞧我这记性……"说着转过身，一把攥住了傻哥的手，"呵呵，果然是周大叔家的人啊！好兄弟，刚才……"不等他道歉，傻哥抽出双手转身想跑，朱有财忙扑上去一个拥抱拖住他。

"放开！"傻哥以为这个胖子又要打他，扭着身子使劲挣扎，谁知越扭朱老板抱得越紧。傻哥急了，脸憋得通红，一转头正对着朱老板的大耳朵，张嘴就咬了下去，只听一声惨叫，在场的人全傻了……

假摔

□芦　利

阿强是个小混混,这天，他正骑着车在街上逛悠,就见旁边“突突突”开过来一辆小四轮。阿强的车把还没转过弯儿，就被小四轮撞上了。

旁边的行人见状，一边嚷着“撞人啦”，一边围了过来。小四轮上的胖司机也傻眼了，呆了好半天，才哆嗦着嘴唇走出来。

只见阿强躺在地上，捂着肚子“哎哟哎哟”直哼哼。胖司机一看，脸都吓白了，探着身子着急地问:“伤哪儿了？我这就送您上医院！”

那几个热心人一听，又是撇嘴又是摇头，其中一个拉过胖司机，贴着耳朵小声说:“我看您还是给点钱私了吧，否则，等会儿交警来了，你就不好办了。”

胖司机正慌着呢，听到这话，连忙点头称是。他转脸冲着地上的阿强恳求地说:“要不我给您医药费，咱们就算两清了行不？”只见阿强缓缓地支起身，有气无力地说:“我，我的肋骨断了……哎哟……算我倒霉，那就一千吧……哎哟……”胖司机一听“肋骨断了”，紧张地赶忙从怀里掏出钱，然后跳上小四轮就开跑了。

看着小四轮拐过弯不见了，阿强一骨碌从地上翻起来，开心地说:“哈哈！又有钱花喽！走！上馆子去！”说着和那几个“热心人”嘻嘻哈哈地朝饭店走去。原来阿强几个是串通好的，专门靠“假摔”骗司机的钱。

这天，阿强又在街上转悠，正左瞧右看地寻找目标，就见不远处一辆漂亮的奔驰正朝自己的方向开过来。“哈哈，又是一条大鱼！”阿强心想着，就做好了准备动作。不一会儿，又“啊”的一声躺在了地上。

“嘎！”奔驰停下了，阿强边“哎哟”，边眯缝着眼向车里瞧。只见，车上下来一个帅小伙，那小伙只瞥了阿强一眼，就开始按

忙碌是一种幸福，让我们没时间体会痛苦；奔波是一种快乐，让我们真实地感受生活；疲惫是一种享受，让我们无暇顾及空虚。所以，只要过得开心什么都好。广东 薛中华（1241）

见过没

□金 一 供稿

吴富贵的小儿子在北京讨上了媳妇，高兴得吴富贵做梦都笑出声来。这天他揣上钱，匆匆上了火车去看儿子。

下火车出了站，吴富贵一下子傻眼了：广场那么大！人那么多！这咋走啊？愣了好半天，他才想起来儿子说的线路图，于是赶忙找出来，跑到附近的公共汽车站，对着站牌左看右瞧，这才上了一辆车。

吴富贵脚跟还没站稳，就听女售票员冲自己喊着买票。他搁下肩头的行李，从怀里摸索了好一阵，终于掏出一张50元的纸币，得意地一亮“见过没。”

女售票员上下打量了一番吴富贵，从装钱的小包里抽出一张100元的钞票，冲吴富贵一亮，大声问：“见过没？”

吴富贵无奈地摇摇头，叹口气。

“咋样儿，没见过吧？”女售票员把100元往包里一塞，一脸鄙夷地催道：“快，买票！”

吴富贵又摸索了好一阵，才从怀里掏出那张线路图，朝女售票员眼前一凑，指着说：“见过没。”

女售票员刚想发作，只见吴富贵指着的地方有三个字：建国门。女售票顿时笑弯了腰，原来她把“建国门”听成了“见过没”。

手机。“热心人”围上来正要嚷，只听帅哥满不在乎地说：“交警马上就到，救护车也马上到。”

这回阿强“哎哟”不出来了——这咋办，遇上个硬家伙，不能就这样等着被抓啊。阿强这么一想，赶忙冲几个兄弟使眼色，自己从地上爬起来就要跑。还没等他迈出脚，帅哥就一把抓住了他的胳膊，嘲笑着说：“哥们，你这演技也太差了吧！告诉你，我是踢足球的，假摔那是基本功！你小子呀，差远啦！”

·幽默世界·

不过是玩笑

□吴　胜　供稿

有个单位，几个人同在一个办公室办公。其中，有一个老谢，四十来岁，说话随便，喜欢逗乐子，人称“活宝”。还有一个小郑，三十出头，俊俏靓丽，雅号“公主”。老谢和同事们开起玩笑来实在够呛，尤其对小郑，那玩笑开起来“荤”得过分，常常想法子变招儿在玩笑中占便宜，这让小郑哭笑不得。

这天，老谢又拿小郑开涮，引得大家哄堂大笑，小郑终于挂不住脸，她正要发作时，老谢赶紧嘻嘻一笑说：“小郑呀，咱们谁跟谁呀。不过是玩笑，何必介意！”小郑勉强忍住，嘴上没说什么，只是怪怪地盯着老谢看。

第二天是星期六，晚上老谢刚上床躺下，就听见楼下有人喊：“老谢，老谢，快下来，有好事哟!”“谁呀？”老谢一骨碌起来，忙着穿衣穿鞋。老婆一看钟，11点多了，便从窗口往下看，只见楼下停着一辆小车，旁边站着一个窈窕女子，那女子正望着自家窗户。老婆立刻变了脸，没好气地说：“快下去，别让人家等着急。”

老谢飞步下楼，见是小郑，不由奇怪地问：“这么晚了有啥事？”小郑淡淡一笑：“朋友聚会刚散场，路过这里给你打个招呼!”说罢送个飞吻，钻进小车。望着离去的小车，老谢呆了半晌，才摇摇头苦笑着往回走。

一进屋，老婆坐在床上，气乎乎地吼了起来：“深更半夜，有啥要紧事等不到明天！还来个飞吻，酸死人啦！”

看过最美的焰火，才明白平淡更长久一点；流过最苦的眼泪，才会珍惜每一分甜；圆过最傻的盟约，才相信真情永远不变；今生有你这个朋友，我倍感幸运！福建　逯红利（1242）

老谢支吾道："没……没啥……只是打个招呼……""哼，糊谁呢？鬼才信！"

这一夜，老谢好说歹说，风波才告平息。

星期天上午，老谢破天荒地陪老婆逛超市，算是对昨夜的弥补。夫妻俩正排队结账，就见旁边走来一个俊俏女郎，一脸灿烂地冲着老谢笑。老谢定睛一看，又是小郑。那小郑不由分说就把老谢拖到一边，附耳低语说了一阵莫明其妙的悄悄话，然后冲他挤挤眼，甜甜地说道："记住了，老地方，不见不散哦！"说罢飘然而去。

被晾在一边的老婆，气得脸发青，眼喷火。老谢像傻子一样，愣了一会，这才回过神来，心中惊呼：大事不好！

晚上，老谢的处境可想而知，夫妇冷战还没结束，电话突然响起来，老婆抄起话筒："喂，找谁？"谁知对方沉默不语，几秒钟后挂断了。老婆愤愤地骂了一句："神经病！"哪知话音刚落，电话铃又响起来，老婆抓起话筒吼道："谁呀？说话！"对方仍未说话，只是有女人轻微地喘息声，接着又挂断了。老谢见状，讨好地说："别理他，是骚扰电话。"老婆鼻子一哼，狠狠地剜他两眼，摔门进了卧室。

这会儿老谢紧张了，心头七上八下，正茫然不知所措时，电话铃又惊心动魄地叫了起来，老谢拎起话筒："哪个？"只听电话那头嗲声嗲气地说："老谢吗？我是小郑呀，刚才是你老婆吧？好厉害呀！"老谢随口应道："是呀！"小郑轻轻"哦"了一声，没头没脑地说："那，咱们说话还方便吗？"接着，她顿了一顿，叹口气又说"唉，肯定不方便。算了吧，还是见面再说吧。老地方，不见不散！"说罢，"咔嗒"一声，电话挂断。可是，紧接着又听见隔壁重重的"咔嗒"声，那是卧室分机挂机的声音。老谢的脑袋"嗡"地大了。

星期一，老谢顶着两个黑眼圈，满脸创伤地走进办公室。小郑看到，惊讶地叫起来"哟，老谢，瞧你那脸，不小心摔的？"老谢有苦难言，低声下气地向小郑连连作揖央求道："我的姑奶奶，你大人大量，就饶了我吧！"小郑嘻嘻一笑，轻描淡写地说："看你说的！咱们谁跟谁呀！不过是玩笑！"

您手中有没有得意之作？本刊辟有20多个原创性栏目，如中国新传说、悬念故事、我的故事、情感故事、幽默世界、16岁故事、海外故事和中篇故事等，总有一款适合您；读到或听到什么有趣事可以和大家一起分享吗？3分钟典藏故事、情节聚焦、外国文学故事鉴赏和快乐辞典等都是本刊推荐性栏目，欢迎您拿出不平凡的真知灼见来。来稿可从邮局寄发，也可从网上传递。邮寄地址：上海绍兴路74号《故事会》杂志社，邮编：200020；如为电子邮件，请发以下信箱：wyjing833@sohu.com。

老白干疗法

□朱平章

中秋佳节，别人都在家里团圆过节，退休师傅老洪头却被送进了医院。他的徒弟小许知道后，赶忙提着两盒月饼，去医院看望师傅。

一见师傅的面，小许拿起那两盒礼品对师傅说：“本打算今天跟您老一起过个节，谁知您会弄成这样，您看，这两盒月饼也陪您住院来了。”

老洪头平时忌甜食，他正要埋怨，却发现礼盒里除了几块月饼，还有两瓶高档老白干。

一见老白干，老洪头一骨碌坐了起来，抓起一瓶左看右看，说：“还是徒弟了解我，这个才是好东西，好东西呀！”看着看着，不由眼里放光，连那喉结也一上一下不停地滑动。

小许对师傅说：“我听说外国有个‘鸡尾酒疗法’，我看您这就叫‘老白干疗法’得了。”师徒俩逗乐了一阵子，小许就告辞回家了。

小许走后，老洪头顾不得手上还在吊盐水，立即用那只不上针的手，拿过酒瓶，咬下盖子，对着瓶口就“咕咚”了两口，“啊，好酒！”老洪头咂咂嘴，只觉浑身一阵清爽；“再来两口！”，于是拿起酒瓶“咕咚咕咚”又是两口；可老洪头还是觉得不过瘾，索性一仰头来个对天吹喇叭，咕咚了起来。不一会，酒瓶就见了底。

正当老洪头念叨着“老白干疗法”时，小护士一脚踏进了病房。见吊瓶里已经没了药水，便一边取空瓶，一边埋怨道：“你看，药水都快滴完了，你也不按铃通知我来换一瓶。”

老洪头大着舌头说：“换，换，换一瓶？换什么换，你别别别去拿了，”一边说着，一边伸手从床下拿出另一瓶老白干递给了护士：“我、我这儿还有一瓶，你给挂、挂上去！”

（**本栏题图、插图**：顾子易）

开机喜事到，向您问个好，办事处处顺，生活步步高，好运天天交，口味顿顿好，越活越年轻，家里出黄金，墙上长钞票，心中哈哈笑，朋友周末愉快！四川 易权（1243）

最具人气短信推荐6月(下)：同窗惜别

● 十年寒窗共度，阳光风雨同路；回首犹如昨日，转瞬各奔前途；挥手道声珍重，心底为你祝福！四川 唐源（1244）

● 有缘千里来相会，无缘对面不相识；缘分让我们相遇相知，梦想让我们相逢相识；分手不是缘尽，离别不是忘记；分别暂时，相知永远！湖北 奎云涛（1245）

● 挥不去的是决战时的拼搏汗水，忘不了的是孤灯下的寒窗剪影，离不开的是转身前的单纯岁月，想不到的是分别后的迷惘未来，最舍不得的却是你的纯真笑靥！江苏 杨意卡（1246）

● 头悬梁，锥刺股，十年寒窗最辛苦；三更夜读尚挑灯，破晓闻鸡又起舞；金榜高中固可贺，名落孙山亦丈夫；条条道路通罗马，盛世有为多坦途。四川 杨海云（1247）

本期特别征集

安慰失恋的朋友。有人说，恋爱中的男女是最愚蠢的，那么失恋后的男女就是最无可救药的。如果你的好朋友不幸失恋了，你会用怎样的短信去安慰他（她）呢？把它发送给我们，安慰天下失恋人，你还将有机会赢取3000元奖金哦！（详情见P56）

● 有一些回忆，终究不会过去，揣着你年轻的样子，也如同珍藏了我自己。因为我们，已不分彼此 因为那些故事，已被时光雕刻在我们心里……北京 夏天彬（1248）

● 花开春日暖，前程锦绣红；十年寒窗苦，金榜得题名；亲友喜相送，父母热泪盈；宏图期大展，万里待鹏程。黑龙江 王振（1249）

上期刊登的短信字谜你还记得吗？

天鹅仙鸟失踪迹，苦苦直寻八千里，白日毒辣把匀掏，齿瓢甘泉儿女共，相对心诚传喜讯，人与尔等齐欢欣。每句猜一字。（1150）

谜底是：我真的好想你 你猜对了吗？

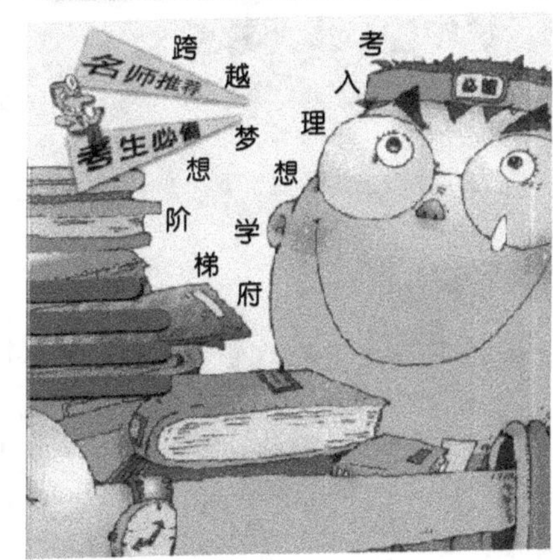

4月份短信王揭晓！

经过读者下载投票，4月份位列前十名的短信编号分别为 0713、0747、0748、0746、0745、0832、0834、0823、0837、0829，它们的作者（推荐者）各获奖金100元，4月份的短信王中王将从以上10条短信中产生，奖金3000元。谜底下期公布！

《话说中国》作为国礼赠送美国耶鲁大学

历时八年，全力打造历史文化读物精品，已成家庭收藏、馈赠亲友、学生阅读首选大作

《话说中国》八大看点

1 《话说中国》以故事传真中国五千年历史，立体化全方位地展示中国历史文化精华，使现代人轻松走进历史的缤纷世界，和巨人同游，与先贤对话。

2 享誉海内外的史学界顶尖学者李学勤教授担任本书总顾问，并由他精心组织了一批著名断代史专家出任本书各卷的顾问。

3 中国韬奋出版奖获得者、上海文艺出版总社编审何承伟担任本书总策划，全书集中了其从事编辑出版工作30年的能量与智慧。

4 著名学者、断代史专家孟世凯、许倬云、葛剑雄、陈高华、熊月之等任顾问，全力参与本书的策划、编撰与审定。

5 杨善群、刘精诚、顾承甫、程念祺等30余位来自全国各地的第一线历史学者撰写全书文字，将个人长年学术精华融于书中，倾力奉献经典而又精彩的篇章。

6 全书10幅4开地图，由著名史学家、复旦大学历史地理研究中心主任葛剑雄教授精心阐释、审定，系统展现从秦皇汉武直到近代各历史时期疆域变迁、民族融合、对外交往、名人胜迹等生动内容。

7 《清明上河图》《兰亭序》《韩熙载夜宴图》等名作巨幅拉页，原图引进，仿真印制，展现原作的惊世风采，配以名家精心点评，让你轻松拥有国宝，读懂国宝。

8 优秀装帧设计家、首届上海出版人奖获得者袁银昌领衔设计本书的整体包装。装帧版式设计独具匠心，完美体现出本书的现代性创意与百科全书的特征，体现出为读者着想的良苦用心；美妙的图与文组合，为您提供一程赏心悦目的中国历史文化之旅。

www.ingramcontent.com/pod-product-compliance
Lightning Source LLC
Chambersburg PA
CBHW051931220626
47052CB00004B/648

* 9 7 8 7 5 3 2 1 3 0 5 3 5 *